LA SOGA DE CRISTAL

ELIA BARCELÓ

LA SOGA
DE CRISTAL

Una novela de Santa Rita

Rocaeditorial

Penguin
Random House
Grupo Editorial

Primera edición: abril de 2024

© 2024, Elia Barceló
Publicado en acuerdo con UnderCover Literary Agents
© 2024, Roca Editorial de Libros, S. L. U.
Travessera de Gràcia, 47-49. 08021 Barcelona

Printed in Spain – Impreso en España

ISBN: 978-84-19743-12-1
Depósito legal: B-1.806-2024

Compuesto en Mirakel Studio, S. L. U.

Impreso en Liberdúplex
Sant Llorenç d'Hortons (Barcelona)

R E 4 3 1 2 1

Para mi madre, que me enseñó a leer hace tanto tiempo,
y que lleva meses esperando para saber
lo que pasa en la tercera parte de Santa Rita.
¡Feliz cumpleaños, mamá!
Con todo mi amor

Quien no tiene el Mediterráneo en la sangre no entiende el mensaje del otoño. Frente a la transparencia del aire, cada vez más frío, la incandescencia de la luz sobre el mar, la pureza de las arenas vacías de huellas y gritos infantiles, la reacción es de esperanza, de que pronto volverán el calor y la luminosidad de los días eternos. Quienes lo descubren en otoño no quieren aceptar que la naturaleza empieza a cerrarse sobre sí misma, a darnos de lado, porque se acaba la vida y empieza el periodo de descanso. Los flamencos de color de rosa abandonan las salinas y vuelan hacia aguas más cálidas, las higueras comienzan a perder las hojas, las ramas de los granados, oscuras y retorcidas, casi desnudas ya, se destacan como pintadas sobre un cielo tan azul que hace daño a la vista.

Los atardeceres son rosados, de color coral, rayados de nubes largas a poniente en todos los matices del gris y del blanco. A veces se levanta el *xaloc* y barre las hojas ya débiles que apenas se sostienen en los árboles, aunque los pinos y los cipreses siguen firmes, moteando de oscuro el paisaje. Florecen las dalias en las mañanas frías. Las *poinsettias* —flor de Pascua— empiezan a mostrar a quien quiera apreciarlos sus brotes rojos, que serán el mejor adorno cuando llegue la Navidad.

Los frutos de los olivos se van vistiendo de luto en espera del momento de ser cosechados. Las calabazas estallan en tonos de fuego.

Por la noche brillan las estrellas con mayor intensidad y el silencio va cayendo sobre el mundo. También los perfumes se van apagando. Ya no hay guitarras, músicas lejanas de verbena o fiestas de verano. Ya no explotan cohetes en el cielo, llenándolo de lentejuelas e ilusiones. El reino de la oscuridad se extiende, cubriendo con su manto de terciopelo las casas cerradas, los apartamentos vacíos, a la espera, las calles solitarias de las urbanizaciones donde solo, de vez en cuando, se oye ladrar a un perro.

La gente se retira a las ciudades, estrena los abrigos, la prisa, el trabajo. La piel deja de ser dorada, se pierde el brillo en los ojos, la sensación de inminencia alborozada de lo que va a traer el día. El tráfago cotidiano sustituye a la paz de disfrutar del vaivén de las palmeras, que sigue ahí, pero nadie contempla. Las piscinas se cubren con fundas protectoras, los hoteles se quedan vacíos en una existencia irreal, poblados a veces durante unos días por grupos de escolares o de jubilados que buscan el verano difunto con la esperanza de resucitarlo.

El otoño es el aviso de que se acerca el reino de la noche y del silencio, de que hay que preparar el corazón para los interiores: un fuego de leña después de un paseo, unas castañas asadas, unas horas de lectura en el sofá con una manta por las piernas, una taza de hierbas, unas velas encendidas…; el placer de las llamas titilantes, de una música envolvente, de un libro que acompañe la nueva sensación que nos ofrece el mundo.

Es época de podar las vides, amontonar los sarmientos que arderán en el verano para sazonar paellas amarillas y sabrosas, cerrar los últimos trabajos, recoger los frutos, conservarlos, reparar lo estropeado durante la primavera y el verano. Es la época en la que todos los pueblos sitúan el momento en que entra en contacto el mundo de los vivos con el de los muertos.

En otras tierras, la niebla permite creer en la existencia de los espectros que vuelven a agradecer, a solicitar o a vengarse. En el Mediterráneo, los fantasmas, si vienen, vienen del mar, y muy rara vez, porque las playas están desiertas por la noche y nadie quiere oír su llamada voraz ni les tiene el miedo que corresponde.

El día de Difuntos se visitan las tumbas, que han sido limpiadas por las mujeres de las familias y han recibido su ofrenda de flores; se comenta el tiempo, se lamenta la falta de lluvias y cada uno se va a su casa con la conciencia tranquila durante un año más.

La naturaleza se va volviendo ligeramente amenazadora con su promesa de frío, de días cada vez más cortos, de viento soplando entre las ramas, cantando canciones que inquietan el alma, de lugares solitarios, con ese punto de abandonados que nos hace querer huir de ellos porque, en las largas calles vacías iluminadas por la luz naranja de las farolas, los pasos suenan demasiado fuerte.

Sofía siempre ha pensado que noviembre es un buen mes para morir. «Sería natural —se dice a sí misma—. Seguir el ritmo de la naturaleza, apagarse como se apagan los granados, las higueras, las tipuanas, las jacarandas, las melias...; suavemente, sin alharacas; dormirse y no despertar; ahorrarse las fiestas de Navidad en Santa Rita, las decoraciones, las comilonas...». Pero, como siempre, algo en su interior se rebela, algo le susurra: «¿No quieres vivir para ver otra primavera, para despertar un día y saber en el fondo de tu alma que ha vuelto a suceder, que se ha repetido el milagro, que por fin empiezan de nuevo la luz y la vida? ¿Para ver cómo florecen las mimosas una vez más?».

Y la respuesta es sí.

«¡Qué tozudez la de la vida!», se dice mientras empieza a moverse en la cama, estirando los brazos, las piernas, poniéndose en marcha para levantarse, a pesar de que fuera aún es de noche y debe de hacer viento porque se oye su silbido entre las ramas del pino, y las palmas se agitan frotándose entre sí con ruido de agua.

Ya está totalmente despierta, pero se está bien en la cama. Durante décadas, esa primera hora al abrir los ojos estaba consagrada a sus novelas, a recoger la cosecha que su subconsciente hubiera ido depositando en su interior a lo largo de la noche y que le ofrecía en los primeros momentos del día. Con los ojos cerrados aún, su mente se dedicaba a resolver los problemas narrativos que se le hubiesen presentado el día anterior, o los más persistentes, los que llevaban semanas resistiéndose a ser solucionados y a veces, como por arte de magia, resultaban tan evidentes en esos primeros momentos de la mañana que hasta a ella misma le daba risa no haber pensado antes en esa posibilidad que, de improviso, se desplegaba frente a ella en toda su sencillez.

Ahora ya no escribe tanto, a pesar de que las ideas para nuevas novelas siguen acudiéndole como pájaros hambrientos. Los más de noventa años a veces le pesan, sabe que lo más probable es que no consiga terminar una nueva novela si se anima a empezarla, y prefiere pensar en la gente de su casa, pasar revista al pequeño mundo de Santa Rita que ha conseguido crear en aquel edificio inmenso, el que su bisabuelo Lamberto, recién licenciado en Medicina por la Universidad de Valencia, mandó construir en 1862 en unos terrenos que había heredado de sus padres, una gran extensión de secano donde apenas si sobrevivían viejos olivos y algunos almendros. Allí, con la dote de la esposa que se trajo de Valencia, Leonor Salvatierra, y más adelante con la herencia de ella, surgió el balneario más elegante del Mediterráneo, un balneario de talasoterapia para la gente del gran mundo.

En la siguiente generación, ciertas desgracias familiares obligaron a su abuelo Ramiro, también médico psiquiatra, a convertirlo en sanatorio para enfermedades nerviosas femeninas y, aunque la elegancia no se había perdido, Santa Rita ya no era un lugar donde pasar unas semanas haciendo una cura de sol y de mar.

Ahora, después de otras conversiones y de haber estado mucho tiempo casi abandonado, el Huerto de Santa Rita, su herencia, es su hogar; el suyo y el de una cuarentena de personas de todas las edades que ella ha ido eligiendo para crear una comunidad de vida y apoyo mutuos. Por fortuna, los ingresos de su profesión a lo largo de siete décadas —al fin y al cabo, es una de las escritoras de mayor éxito mundial de novelas criminales, al nivel de Agatha Christie, Ruth Rendell o Patricia Highsmith— le permiten no tener que preocuparse del mantenimiento de aquella finca que es como un transatlántico. Ha tenido la suerte de ser hispanobritánica y poder escribir directamente en inglés, tanto sus novelas de crímenes como las romántico-eróticas que, con otro seudónimo, también la han hecho famosa desde los años sesenta, aunque ahora hace ya mucho que no trabaja en esa línea porque cada vez le resultan más extraños los fenómenos del enamoramiento y del deseo sexual, mientras que los temas de la muerte y del asesinato parecen no tener fin y siempre se le presentan, poliédricos, sin tener que esforzarse por convocarlos.

Empiezan a oírse voces. Los estudiantes que se marchan a Alicante, a la universidad; la voz de bajo de Robles, unas risas que, de pronto, le ensanchan el corazón. Aún hay gente que se ríe a las siete de una mañana ventosa y fría. Resulta confortador. Santa Rita sigue viva y seguirá adelante cuando ella ya no esté.

Le duele el hombro, como tantas veces, pero con la primera taza de té se tomará las pastillas —el protector de estómago, el antiinflamatorio, el analgésico, la de la tensión— y todo irá mejorando. Recuerda de golpe que ha prometido pasarse un rato por la fiesta de Halloween que han organizado para, además, celebrar los dieciocho años de la nieta de Ascen. Llevan dos semanas preparando disfraces, esqueletos, telarañas falsas y todo lo que procede, discutiendo menús de colores extraños para crear ambiente —guisado de calabaza, arroz negro, boniatos al horno de un tono violentamente naranja, *calaveres amb bufanda*, *sepionets* en su tinta…—, eligiendo la música y, por lo que ha oído, los efectos especiales para dar sustos y un toque de magia a la fiesta. Le da un poco de pereza, pero no se lo puede perder.

Saca la mano del embozo y agita la campanilla de plata para que Marta sepa que ya está despierta y dispuesta a empezar el día. Luego se acuerda de que Marta, en ese momento, ha ido a llevar a sus hijos al colegio y, casi contenta por ello, decide levantarse sin ayuda. Aún se ve perfectamente capaz y, además, si se tropieza, se cae y se mata, siempre ha dicho que noviembre es un buen mes para morir.

«Les harías polvo la fiesta». Su estúpida voz interior que cada vez es más pragmática, al contrario que ella.

«Pues que se fastidien. En una buena fiesta de Halloween no puede faltar un muerto». Cuando termina de lavarse, aún se está riendo.

1

Noche de Difuntos

Que no, Eloy, que esas luces tienen que estar más altas, enmarcando la puerta!

—¿Y me lo dices ahora? A ver…, ¿dónde crees que vamos a engancharlas?

—Si ponemos una alcayata ahí, y ahí y ahí, se pueden enganchar estupendamente y hacemos un arco.

—¡Ah, mira qué bien! Conque «hacemos». ¿Quién es el que está subido en la escalera a punto de matarse?

—No seas pesado, niño, y espabila, que no tenemos toda la tarde. Toma, el martillo.

Quini y Eloy estaban colgando las guirnaldas de lucecitas en el salón mientras los demás se encargaban de otras tareas decorativas o culinarias. A Eloy, por ser mucho más joven y bastante más alto, le había tocado encaramarse a una escalera tambaleante y tratar de sujetarlas rodeando el quicio de la puerta para formar un arco entre el salón grande y la salita.

Robles, Marcial, Paco y Salva ya habían montado a los dos lados de la chimenea unas mesas con caballetes para disponer el bufet, y las chicas de la lavanda habían hecho unos manteles largos, negros y morados, con mantelillos de color calabaza para las bandejas y fuentes que irían saliendo de la cocina en cuanto estuviera listo lo demás.

El pequeño Sergio corría de un lado a otro llevando encargos y haciendo recados, sintiéndose tremendamente importante a sus cuatro años, mientras su madre daba la última clase de yoga del día.

Nel acababa de llegar con el esqueleto que, en principio, era el que pensaba tener en su consulta cuando la abriera, pero que de momento colocarían en la entrada de la salita para saludar a los invitados. Greta estaba sacando de la caja el sombrero de copa que había aparecido en sus meses de buscar y organizar todo lo que iba encontrando por las habitaciones y armarios cerrados del primer piso. En cuanto estuviera listo el esqueleto, le pondrían el sombrero y una capa que había cosido Lina para él. «Ya sé que en el chino también hay capas de vampiro y tal, pero nuestro esqueleto no puede ir vestido de cualquier manera», había dicho muy seria.

Candy iba y venía de la cocina, ocupándose, como siempre, de la organización y de que todo estuviera listo a tiempo. Mientras en las mesas del comedor de diario se iban amontonando platos y bandejas ya listos para servir, en el salón todos los presentes sacaban adornos de las cajas y los iban repartiendo por donde mejor les parecía, aunque Ascen, como iniciadora de la fiesta y abuela de Laia, la cumpleañera, por tácito acuerdo, era quien decidía si le gustaba de ese modo o prefería cambiarlo. Le hacía tanta ilusión la fiesta que había conseguido contagiar a todo el mundo y, entretanto, todos consideraban que aquello era un proyecto de Santa Rita, igual que el cumpleaños de Sofía, la cena de Navidad o la fiesta de la Noche de San Juan. Era en esa clase de momentos cuando Santa Rita se convertía en un solo ser con un propósito único que los hacía felices a todos.

—A ver —estaba diciendo Ascen—, entonces, el primer susto, ¿quién se lo va a dar a Laia?

—Tony —contestó Eloy, que ya se había bajado de la escalera y la estaba cambiando de sitio para que las chicas de la lavanda le fueran pasando las telarañas que querían colgar de las lámparas—. Por eso está en su cuarto vistiéndose y maquillándose. En cuanto llegue Laia, se apagarán las luces del pasillo, nos esconderemos todos y aparecerá Tony vestido de zombi avanzando hacia ella. ¡Va a ser genial!

—A ver si se va a asustar Sergio —dijo Greta, a la que los zombis siempre le habían dado mucho repelús.

—¡Qué va! Te asustas tú más que él. Además, siempre te lo puedes llevar a la cocina, si se deja, ¿eh, campeón?

Sergio, que no tenía muy claro de qué se hablaba, le sonrió con todos los dientes. Le gustaba mucho que Eloy lo llamara campeón.

—Entonces Laia llega con Celeste a las ocho, ¿no? —preguntó Ena.

—Sí, a las ocho. Sabe que es una sorpresa, pero no sabe nada más. Y mi hija me ha prometido que le vendará los ojos en el coche para que no tenga idea de adónde va.

—Hombre, la chavala no es tonta y se lo imaginará enseguida —dijo Salva.

—Pero no se puede imaginar todo esto —concluyó Robles, mirando a su alrededor con orgullo.

Todos echaron un vistazo alrededor, dándole la razón al excomisario. El salón había quedado fantástico. Hasta los sillones de siempre habían sido «disfrazados» con telas de los colores adecuados; había telarañas por todas partes; velas titilantes y misteriosas, pero de leds, para evitar el peligro de incendio; calabazas que Paco y Quique habían estado tallando desde hacía dos días para que iluminaran la entrada con sus sonrisas macabras; arañas negras y peludas para decorar la mesa; arcos de lucecillas, y el famoso esqueleto que, después de mucho discutir, habían decidido llamar Vladimir para darle un cierto empaque, en contra de los que estaban por llamarlo

Pepito, que era un clásico en los esqueletos de los institutos de secundaria.

Junto a la chimenea, cubierta por unas telas de inspiración vampírica, esperaba una gran foto de Laia que su abuela se había empeñado en poner para que fuera descubierta más tarde por la homenajeada. A algunos les había parecido un toque macabro porque les recordaba a lo que se hace en los entierros, pero a Ascen le hacía mucha ilusión y terminaron por dejar de protestar.

—¿Listos para que vayamos trayendo la comida? —preguntó Candy desde la puerta.

Con la colaboración de cada uno de ellos, en diez minutos se habían llenado las mesas de todo tipo de delicias. Había incluso una espectacular tarta de zanahoria de tres pisos, decorada con calaveras de mazapán y velas de un naranja intenso, y una ponchera que habían rescatado de la despensa llena de un brebaje rojo que nadie había probado aún y cuya receta era un secreto de Trini.

—¿Ha llegado ya Nines con los huesos de santo? —preguntó Candy a nadie en particular.

—Ángela —contestó Robles—. Ahora quiere que la llamemos Ángela.

—Es natural. Es mucho más bonito, pero me cuesta, después de tanto tiempo de llamarla Nines.

—Me ha puesto un mensaje desde la pastelería. Tiene que estar al caer.

Apenas un minuto después entró Nines con dos bandejas enormes llenas de los famosos huesos de santo de la pastelería de Gloria, y otra de yemas.

—¡Jo, qué pasada! ¡Esto es la leche! ¡Sois la hostia, gente!

Todos sonrieron ante el cumplido, aunque algunas de las señoras seguían pensando que Nines, ahora Ángela, podría empezar a pulir un poco su forma de hablar, sobre todo si quería entrar en el cuerpo de policía, que, al fin y al cabo, significaba pertenecer al funcionariado.

—Bueno —dijo Ascen, pasando la vista por el salón y por las personas que lo llenaban—, esto es una maravilla. Nunca me habría imaginado algo tan… —movió las manos para compensar la falta de palabras—, tan así, tan precioso. Gracias a todos por hacer esto por mi nieta. ¡Nunca olvidará su dieciocho cumpleaños!

—Bueno, bueno —dijo Robles—, tu nieta ha sido la excusa y nos ha venido fenomenal, pero esto también lo hacemos por Santa Rita, ¿no, gente?

De un momento a otro empezaron todos a aplaudir, a abrazarse y a darse palmadas en los hombros.

—Venga —interrumpió Candy—, si alguien tiene que cambiarse de ropa aún, o disfrazarse o lo que sea, más vale que lo haga ya mismo. Yo voy a buscar a Sofía. Laia y sus padres deben de estar al caer.

Hubo una desbandada general. Unos se marcharon a sus habitaciones a ponerse guapos, otros salieron un momento a tomar el aire y algunos pasaron por la cocina a ver si Trini les concedía el honor de probar el ponche antes que los demás.

Nel y Eloy se quedaron en el salón y empezaron a trastear con el equipo para que no faltara la música que habían elegido.

—¿Viene Lola? —preguntó Eloy.

—Sí, pero un poco más tarde. A eso de las nueve. Habrá que guardarle algo porque, si no, aquí estos hunos arramblan con todo.

Apenas había empezado a sonar la música misteriosa que habían decidido poner para ambientar al principio, y que estaban seguros de que a Laia, en cuanto se viera en el pasillo a oscuras y con Tony avanzando hacia ella, le iba a dar escalofríos, cuando entró Ascen con el móvil en la mano, ya arreglada, más guapa de lo que la habían visto nunca, pero con una expresión en el rostro que los hizo salir de inmediato de la zona donde estaba instalado el equipo de música para acercarse a ella.

—Ascen, ¿qué pasa? Parece que hayas visto un fantasma de verdad. Ven, siéntate. ¿Te traigo un vaso de agua? —Ella negó con la cabeza, como atontada—. ¿Un coñac?

La mujer se sentó en el borde de una silla y se quedó mirándolos, conmocionada.

—¡Ay, chica, dinos qué pasa, joder! —Eloy se estaba poniendo realmente nervioso.

—Mi nieta —dijo por fin con un hilo de voz—. Mi nieta…

—¿Qué? ¿Le ha pasado algo? ¿Ha tenido un accidente?

Ascen empezó a negar con la cabeza, sin palabras.

—No. Es que… No va a venir.

—¿Cómo que no va a venir? ¿Por qué?

—Ha desaparecido.

Eloy se puso en pie de un salto.

—¿Quééé? Nel, llama a Lola. Yo voy a buscar a Robles.

—No, no. No ha desaparecido. Es que… no saben bien dónde está. Se ha ido de casa —terminó Ascen mirándolos fijamente.

—¿Ahora?

—Dice mi hija que ayer, que fue su cumpleaños, estaba normal. Esta tarde se han presentado en la casa unos compañeros de clase para ayudarla a recoger sus cosas y Laia les ha dicho a sus padres que ya es mayor de edad y que se marcha para siempre; que ahora tiene otra familia.

—¿Qué familia? —Eloy miraba a Nel y ambos miraban a Ascen tratando de comprender qué estaba sucediendo.

—No sé bien. Celeste me acaba de decir que el colegio ese de pago donde la han llevado desde los diez años es de un…, no sé…, de una especie de secta. Gente bien, de dinero, muy exclusivo todo.

—¿Tú no lo sabías?

Ascen volvió a negar.

—Yo solo sabía que era un sitio de postín, y que Celeste y Alfonso estaban contentísimos de que la hubieran aceptado. No toman a cualquiera.

—Pero… ¿ellos sabían lo de la secta?

—No sé. Celeste no hacía más que llorar y no me he enterado bien. He tratado de llamar a Laia, pero no me lo coge. ¿Podéis llevarme a Benalfaro? Tengo que ir a ver a mi hija y hablar con ellos, a ver si me entero de algo más. Hay que conseguir que vuelva. Hay que denunciarlo.

Los dos jóvenes se miraron.

—Yo te llevo —dijo Nel—, pero lo de que vuelva…, de momento va a ser difícil. Es mayor de edad, Ascen. Por eso ha esperado hasta su cumpleaños para darles la noticia a sus padres. No ha desaparecido, se ha ido por su voluntad, y la policía no va a poder hacer nada.

La mujer empezó a sollozar, hondos hipidos que se le salían del pecho sin que pudiese controlarlos. Las lágrimas le corrían por las mejillas e iban cayendo sobre la pechera de su blusa negra con flores de lentejuelas, negras también.

—Anda —dijo Nel con suavidad—, vamos a tu cuarto a por una chaqueta; hace mucho fresco. Eloy, dile tú a la gente lo que sabemos y…, bueno, que anulen la fiesta.

—No, ni pensarlo. Que no anulen la fiesta —dijo Ascen, como saliendo de un trance—. Ellos no tienen la culpa de nada y no es plan de fastidiarlos, después de todo lo que han trabajado.

Los hombres volvieron a mirarse, Eloy se encogió ligeramente de hombros. En ese momento entraron Sara y Antonio, vestidos de vampiro, y con su bebé en brazos.

—¿Pasa algo?

—Ahora os lo cuenta Eloy. Nosotros tenemos que irnos. Anda, Ascen, vámonos.

La pareja se los quedó mirando en silencio hasta que, después de cruzar el arco de lucecillas y rozar el esqueleto, que, con su capa y su sombrero de copa, seguía sonriendo, salieron al pasillo.

Sofía se despertó en la oscuridad, con el penetrante ulular del viento entre los pinos, sin saber exactamente dónde estaba. Un momento antes había sido de día y, a pesar de que la niebla reptaba entre las tumbas a la altura de los tobillos, la luz había bastado para ver lo que la rodeaba: un camposanto abandonado que a veces era el de Santa Rita y otras parecía un cementerio inglés, con sus cruces negras de hierro forjado, el musgo cubriendo lápidas de inscripciones borradas por el tiempo, y unos oscuros tejos como telón de fondo.

Se había detenido frente a una de las tumbas. Recordaba las letras —góticas, en algún tiempo doradas—, y, aunque en el sueño no había conseguido descifrarlas, ahora las veía con toda claridad tras sus ojos cerrados, como si las llevara pintadas en el interior de los párpados:

LIDIA

Y unas fechas antiguas, maltratadas por la intemperie, que no había podido leer y ya no recordaba.

Luego habían sido los huesos. Tantos huesos. Tirados por el suelo, crujiendo bajo sus pasos; expuestos en el osario junto a la capilla; formando un arco bajo el que había que pasar para internarse en la zona de los nichos. Y el silencio, ese silencio espeso, antiguo, que tenía textura y olor.

Quería olvidar el sueño y lo que había querido decirle, pero su mente se empecinaba en recordarlo. ¿Por qué ahora? ¿Por qué precisamente ahora?

No era posible que aquello lo hubiese provocado la estúpida fiesta de Halloween, con sus calabazas sonrientes y sus arañas de plástico; ni siquiera por la mala noticia de la nieta de Ascen y el disgusto de su familia. Hacía mucho que a ella los disgustos, sobre todo los disgustos de los demás, no le quitaban el sueño. Sin embargo, algo había hecho que una de las compuertas que más habían aguantado en su interior empezara a mostrar fisuras por las que podían colarse los primeros filamentos de un hongo pernicioso que no quería permitir que anidara en su memoria.

Lidia.

Hacía décadas que no se le había pasado por la cabeza aquel nombre que estaba irremisiblemente ligado a la muerte, aunque, cuando Lidia murió, ella misma no había nacido. «A veces lo que vas sabiendo —pensó—, lo que te van contando, un detalle aquí, otro allá, te impresiona más que una explicación completa». La prima Lidia. Prima de Mercedes, de hecho, de su madre. Lidia, de la que solo se hablaba en susurros.

Sofía se incorporó trabajosamente en la cama, se puso la almohada de plumas entre la espalda y el cabecero y respiró hondo un par de veces hasta que el hombro dejó de latir con su dolor pulsante. Su cabeza seguía dando vueltas a aquel cementerio del sueño, a los huesos de su padre, a la tumba de Lidia. Pronto ella también sería un puñado de huesos, un despojo bajo una lápida.

No. Nunca. Sería cenizas. Algo seco, pulcro, anónimo, purificado por el fuego.

Tendió la mano hacia la mesita, notando el dolor del codo de tantos y tantos años de teclear, y, con un sorbo de agua, se tragó una pastilla rosa, de las que tranquilizaban y permitían dormir. Aún le quedaban unas horas y no quería pasarlas despierta en la oscuridad, pensando en el pasado, dejando que la visitaran sus fantasmas, los propios y los heredados.

Sin pretenderlo, se le torció la boca en una mueca amarga que era casi una sonrisa. Resultaba curioso eso de heredar fantasmas. De joven no lo habría creído posible. Se hereda una casa, una finca, un collar de perlas. Eso es todo. Si quieres, te los quedas. Si no, los vendes, los regalas, los quemas, para que no te pesen. Luego, conforme te haces mayor, descubres que también se heredan los miedos, las manías, los pecados, las culpas de quienes vivieron antes que tú y, si no luchas activamente en contra, el peso te va aplastando, los muertos empiezan a ganarte la partida y acabas haciendo cosas que no deseas porque era lo que le gustaba a mamá, o lo que exigía papá, o lo que había que hacer para que la abuela no llorara, o para que la prima no te tuviera envidia. Para evitar sufrimientos de otros, unos reales, algunos inventados; para ayudar a los que no habían tenido la suerte de nacer con tu fuerza, con tu capacidad de resolución y de trabajo.

Se dio cuenta de que estaba pensando en circunloquios, como llevaba tanto tiempo haciendo, mintiéndose a sí misma, «dorando la píldora», como solía decir Candy. Pero el veneno de la píldora era real, aunque estuviese pintada de oro. Y no se estaba mintiendo; era solo que no estaba llamando a las cosas por su nombre y mucho menos a las personas. Las costumbres tardan en morir, especialmente las costumbres muy arraigadas y que se han desarrollado poco a poco como técnica de supervivencia. ¡Había tantas cosas enterradas! Literal y figurativamente. Volvió a sonreír. Su vida siempre era doble, como las *labrys*, las grandes hachas minoicas de doble filo cuyo nombre estaba relacionado con la palabra «laberinto».

Se había acostumbrado a mezclar en su mente lo vivido con lo inventado, lo leído, lo visto en miles de películas. La confusión perfecta entre la vida y el arte que, al fin y al cabo, una vez pasadas, no son más que impresiones grabadas en el cerebro. El recuerdo de algo sucedido tenía la misma definición, la misma claridad, la misma intensidad que el recuerdo de la escena de una de sus novelas. En algunos casos, Sofía sabía con seguridad si había sido real o no. En otros casos, lo ignoraba.

Sin embargo, en lo tocante a las antiguas historias de su propia familia, quizá porque la mayor parte las había sufrido en carne propia o se las habían contado en su juventud, cuando el cerebro aún está fresco y cualquier cosa deja huella, como la suela de un zapato en el barro, tenía muy claro qué había sucedido. Cosas terribles en su momento que ya no eran apenas nada, porque hacía décadas de los hechos, incluso más de un siglo desde el origen de todo.

Había intentado muchas veces ponerlo por escrito, pero siempre derivaba a lo narrativo y de ahí a la pura ficción, a la novela. No era capaz de contar la historia de su familia objetivamente, exponiendo los hechos. ¿Los hechos? Volvió a sonreír en su interior. Los famosos «hechos» eran simples historias que le habían contado quienes las habían vivido de primera mano o las historias más lejanas que habían ido pasando en susurros de mujer a mujer en la tradición familiar. Muchas de ellas, aunque le parecían perfectamente posibles, no le constaban, y durante mucho tiempo había preferido ignorarlas, no darles importancia.

¿Habría llegado la hora de contárselas a Greta? ¿Para qué? ¿Por tradición? ¿Para que la pobre muchacha tampoco se librase de su herencia de fantasmas familiares? ¿Por maldad, para que su sobrina sufriera una pizca de lo que había sufrido ella? No, no era eso en absoluto.

Ella quería a Greta. Pensaba que la quería casi de la forma en que suponía que las madres aman a sus hijas —no podía estar segura porque no había tenido hijos propios—, pero sin la angustia de andar preguntándose si lo había hecho bien, si su educación la habría traumatizado de algún modo, lo que resultaba bastante tranquilizador. Estaba muy contenta de que, por fin, después de un montón de años casada con aquel estúpido y presumido médico alemán, se hubiese decidido a abandonarlo y trasladarse a Santa Rita. «Solo una temporada —decía—, hasta que me centre y decida qué quiero hacer». Su esperanza era que aquella situación se prolongara hasta que, casi sin darse cuenta, el veneno de Santa Rita se le fuera metiendo dentro y ya no pudiera imaginarse la vida sin sus jardines, sin su comunidad, sin todos los secretos familiares que, poco a poco, iba descubriendo.

De adolescente había pasado un año allí, el último del instituto, mientras sus padres arreglaban el divorcio y ahora parecía que, después de tantos años en Alemania, estaba volviendo a adaptarse a la vida mediterránea, a su nueva libertad, a la vida rodeada de personas que, como ella, amaban los jardines, la lectura y el arte.

Greta y ella siempre habían tenido una relación muy intensa. Además de ser tía y sobrina, Greta llevaba siglos traduciendo sus obras del inglés al español y, recientemente, también al alemán, y el trabajo común une, con frecuencia, mucho más que los lazos de sangre.

Llevaba desde poco antes de la Pascua en Santa Rita, pero en esos meses había empezado a descubrir su interés por la familia, por los papeles antiguos y los objetos inclasificables que llenaban el desván y las polvorientas habitaciones olvidadas. Cada vez le preguntaba más cosas sobre las generaciones anteriores. No era ella, Sofía, la que quería imponerle el peso del pasado y lo innombrable.

Era Greta misma la que se empeñaba en saber, en organizar elegante y limpiamente el árbol genealógico de una familia de loqueros de la que, quizá en secreto, se sentía lo bastante orgullosa como para tomarse el trabajo de hacerlo, sin percatarse de lo que se ocultaba en las profundidades, como quien sale un domingo de sol en un barquito a dar una vuelta por la mar serena sin pensar en todo lo que se mueve debajo del casco del bote —tan marinero, tan bonito, con sus rayas azules y rojas y sus velas blancas—, en todos los monstruos marinos, los naufragios, los huesos de los ahogados.

2

Huesos de santo

Greta se había dejado convencer por las chicas de la lavanda para participar en una de las muchas tácitas convenciones de Santa Rita y después del desayuno las había acompañado a «visitar las tumbas», como decían ellas. Los dos días anteriores se habían dedicado —unos más y otros menos— a adecentar el pequeño cementerio que rodeaba la iglesita, arrancar las últimas hierbas, ya resecas, pasarle la escoba a las lápidas y un paño a las cruces y las estatuas, llenar de agua los jarrones, poner claveles, dalias y gladiolos aquí y allá, más bien al azar, porque los difuntos que reposaban en aquel camposanto no eran familia de ninguno de los residentes, e incluso colocar algunas velas rojas como las que ella conocía de Alemania y Austria y que, al parecer, habían empezado a ponerse de moda también en España.

Otra curiosa costumbre que le habían explicado era que podía «amadrinar» a alguna de las personas enterradas allí y ocuparse personalmente de cuidar su tumba, aunque ella sí tenía allí a su propio abuelo, el doctor Mateo Rus. Le había hecho gracia la idea y, por razones que no había querido explicar a nadie, había elegido las cuatro tumbas de mujeres jóvenes que habían muerto en Santa Rita siendo director su abuelo —Reyes, María, Pilar y Begoña—, y el día anterior les había llevado unos crisantemos araña blancos, que siempre habían sido sus favoritos por la finura y elegancia de sus pétalos.

A eso de las diez, después del último café, unos cuantos residentes habían acudido a la puerta de la iglesita y, desde allí, habían paseado sin rumbo entre las tumbas admirando las flores. Algunas mujeres bisbiseaban padrenuestros y salves mientras que otras, como Greta, se limitaban a contemplar en silencio el sol de la mañana que iluminaba las viejas piedras, sacaba chispas de luz a los dorados de algunas letras, daba relieve a los pétalos rojos y naranjas de las dalias o a los elegantes crisantemos amarillos y blancos. Con el sonido de fondo de la algarabía mañanera de los pájaros, dos ardillas habían estado persiguiéndose de rama en rama hasta desaparecer entre los pinos de la sierra, más allá de la verja de Santa Rita. No había habido ni misa ni rezos organizados. Era solo una visita de buena voluntad, una forma de decir a los que habían muerto lejos de su tierra y de su gente que no los habían abandonado.

Ahora ya, terminado el recorrido, muchos se habían ido a Benalfaro, a Elche o Alicante o Santa Pola, a otros cementerios, a visitar a sus propios parientes, y Greta había subido al gabinete a recoger uno más de los muchísimos volúmenes del diario de su abuela Mercedes que habían conseguido encontrar por fin y que Sofía, después de echar una ojeada rápida, había decidido dejarle a ella sin más controles.

Sin saber exactamente por qué, unos meses atrás había decidido indagar en el legado de su familia, yendo cada vez más hacia el pasado, tratando de comprender quiénes habían sido las personas de su sangre que la habían precedido en la existencia. Podría haberse conformado con un árbol genealógico, pero en realidad no era eso lo que le importaba porque los nombres ya los conocía y no decían nada del ser humano que los había llevado en vida. Lo que ella quería saber era qué relaciones habían tenido entre sí, cuáles habían sido sus ilusiones, sus penas, sus éxitos y sus fracasos y, para ello, no había más remedio que bucear en el pasado, buscar entre los papeles amarillentos que llenaban cajas y cajones, tratar de extrapolar y comprender personalidades a partir de los objetos de los que habían elegido rodearse en vida, tanto si se trataba de un reclinatorio de seda violeta, que apuntaba a una antepasada profundamente religiosa, como de un delicado jarrón de cristal que podría ser un Lalique, algo que aún tenía que comprobar, y que resultaba más frívolo que un crucifijo de plata.

Por eso ahora que por fin habían encontrado los diarios de su abuela Mercedes se había fijado la tarea de leerlos, aunque solo fuera en diagonal, para extraer detalles que pudieran servirle para completar la imagen que ya se había hecho de ella a lo largo del verano, cuando había descubierto la faceta artística de Mercedes Montagut, junto con los valiosísimos cuadros expresionistas que habían sido emparedados en una habitación del pabellón B, junto con el diminuto esqueleto de un bebé.

Mercedes había sido una pintora notable, pero como escritora no era gran cosa, y debía de tener muchísimo tiempo libre porque anotaba día tras día montones de detalles sin ninguna trascendencia. Por eso ella pasaba las hojas cada vez más rápido, deteniéndose solo cuando algún nombre propio despertaba su curiosidad.

Dejó el volumen que ya había leído los días anteriores y cogió el siguiente con la idea de pasarlo rápido también, porque no esperaba demasiado de lo que una niña de doce años tuviera que decirle a su diario.

Antes de regresar a su cuarto, pasó la vista por el retrato de Mercedes pintado por Marianne von Werefkin, por las cubiertas enmarcadas de algunas de las novelas favoritas de

Sofía que llenaban las paredes de aquella habitación dedicada a su carrera. Era un lugar agradable, atemporal, con sus estanterías de puertas de cristal, sus vitrinas y aparadores. Ya casi a punto de marcharse de allí le llamó la atención que la calavera que Sofía había tenido sobre su escritorio toda la vida, y que había retirado un par de meses atrás, estuviera ahora en el gabinete, en el mueblecito que había entre las dos ventanas, junto al tintero y la pluma de ganso que siempre la habían acompañado.

Recordaba que en verano le había preguntado a su tía qué había sido de la calavera y le había dicho que andaría por algún armario. Recordaba también que el motivo de su destierro había sido que, cuando el accidente de Moncho Riquelme en primavera y la consiguiente aparición de la policía, Sofía le había dicho que era mejor quitarla de en medio porque estaba segura de que los agentes e inspectores no tenían las mismas asociaciones que ella al verse en presencia de un cráneo pelado.

«Para mí es un recordatorio de que la vida es breve, de que todo se acaba volando y hay que darse prisa y no desaprovechar el tiempo». Algo así le había dicho. «Para ellos es la prueba de una muerte, quizá violenta; y si hay asesinato, hay asesino. Los policías no se andan con sutilezas».

Se acercó y la estudió de cerca. Era posible que aquella persona hubiese muerto de algún accidente, ya que había una gran fisura en la parte de la sien izquierda y unos cuantos pedacitos de hueso se habían desprendido en algún momento dejando ahora solo un agujero de bordes irregulares. Sofía había heredado la calavera de un amigo o novio que tuvo en su primera juventud; alguien que estudiaba Medicina y la había conseguido a través del sepulturero de su pueblo, como se hacían antes esas cosas. También era frecuente que los médicos tuviesen una en su mesa, para impresionar a los pacientes. Sofía era hija, nieta y bisnieta de médicos, y el único marido que tuvo, tantos años atrás, lo era también. No tenía nada de raro que hubiese heredado aquello; lo único raro era que le gustara lo suficiente como para haberla mantenido durante décadas en su escritorio, pero Sofía siempre había sido una mujer fuera de lo corriente.

Tendió la mano hacia el cráneo y, antes de tocar su pulida superficie, la retiró. En agosto había tocado la pequeñísima calavera del bebé emparedado en el pabellón B y con eso había tenido bastante. Ella no era ni tan exótica como su tía, ni profesional de la medicina como su padre, su exmarido y una de sus hijas. No había por qué hacerlo.

Cerró el gabinete con llave y se retiró a su cuarto a hojear el diario de su abuela mientras esperaba la hora de comer. Se había ofrecido a echar una mano en la cocina, pero se habían apuntado muy pocos y Trini le había dicho que no valía la pena, que, con las sobras de la fiesta de Halloween y poco más, comerían estupendamente sin que nadie tuviese que trabajar.

El diario estaba escrito, igual que el anterior, con pluma estilográfica, en una tinta que debió de haber sido azul brillante y ahora estaba desvaída y como triste. Pasando la vista acá y allá, leía fragmentos en los que se hablaba de comidas familiares, disgustos con una condiscípula, admiración por un chico del pueblo que no quería nombrar, algunos dibujos —esbozos de rostros, muy buenos para ser de una niña preadolescente; flores; corazones; pajarillos—, fragmentos de poemas que había copiado voluntariosamente… Nada que le sirviera a ella para la historia familiar.

De pronto, le llamó la atención un nombre que no conocía: Lidia. ¿Una amiga, quizá? Volvió la página anterior, leyó unos cuantos párrafos y tuvo la impresión de que se trataba no solo de una pariente de Mercedes, sino de alguien que debía de ser una familiar muy cercana, porque se refería a ella como «la prima Lidia» y daba la sensación de que vivía también en

Santa Rita o al menos de que pasaba allí las vacaciones, ya que en las anotaciones de octubre de 1916 Mercedes decía que Lidia volvía para la Navidad, que ella iba a acompañar a su madre y a su tía a la estación a recogerla, y que tenía muchas ganas de verla de nuevo.

Levantó la vista de la página, con un esfuerzo de concentración, tratando de saber a quién se refería Mercedes al hablar de «su tía». ¿Tía de su abuela Mercedes? Tenía que ser una hermana de su madre o de su padre, por lógica, pero no le sonaba de nada. Repasó la genealogía. Sofía era hija de Mercedes y Mateo. Mercedes era hija única de Ramiro y Soledad. Uno de los dos debía de tener una hermana que también vivía en Santa Rita y de la que ella nunca había oído hablar; y esa hermana sería la madre de Lidia. Tendría que preguntarle a Sofía.

Greta suspiró. La cosa se estaba complicando cada vez más. Sabía que iba a ser así, pero de todas maneras le sorprendía que, a medida que una iba hacia atrás en la historia de la familia todo se abría como un abanico que, plegado, parecía estrecho, y luego se iba ampliando y ampliando hasta hacerse inabarcable. Era natural y, sin embargo, resultaba casi mareante: inmediatamente detrás de ella, dos personas, su padre y su madre. Antes de ellos, cuatro abuelos. Ocho bisabuelos. Dieciséis tatarabuelos. Treinta y dos tataratatarabuelos… y así sucesivamente. Sin contar con los hermanos, de los que partían ramas de tíos y primos, hijos de tíos y primos, primos segundos, terceros…, una jungla cada vez más enmarañada. Aparte de que, a medida que una buceaba en el pasado, la información se iba haciendo más escasa hasta resultar decepcionante. Era posible, a base de registros parroquiales y civiles, descubrir los nombres y las fechas de los antepasados, llegando incluso hasta un par de siglos atrás, pero muy pronto lo único que podías averiguar sobre ellos era eso: cómo se llamaban, con quién se casaron, qué profesión tenían los hombres, en qué zona vivían, cuántos hijos tuvieron…; puros datos, nombres, fechas sin más. Nada que pudiese ayudar a saber quiénes eran, cómo sentían, si sufrieron o fueron razonablemente felices, si se casaron con la persona que amaban o con quien más convenía por otro tipo de razones, si los hijos cuyo nombre se conservaba fueron solo los que consiguieron sobrevivir, mientras que hubo otros que murieron en el parto o unos días después. Toda la dimensión humana, lo que hace que las personas lo sean, se pierde en esas genealogías; y yendo más atrás del siglo xix, a menos que se tratase de una familia de la alta nobleza, ni siquiera había rostros a partir de los que intentar extraer alguna información o sacar conclusiones. La fotografía no se había inventado y ninguna familia mediana podía permitirse encargar un retrato al óleo.

Lo que quedaba eran anécdotas sin importancia, frases hechas, algún comentario que se había ido transmitiendo de generación en generación, pero que ni siquiera tenía por qué ser definitorio de la persona, sino que, quizá al contrario, se había conservado al principio por lo llamativo que resultaba tratándose de esa persona en concreto.

¿Qué sabía Greta de la bisabuela Soledad, la abuela de Sofía, por ponerse un ejemplo cercano? Que era una señora muy religiosa y caritativa, que había viajado mucho con su marido, el bisabuelo Ramiro, que acompañó a su hija Mercedes a Inglaterra en alguna ocasión (porque hacía un par de meses había encontrado su pasaporte y le constaba) y que tenía un abrigo de astracán con el que se la veía, muy ufana, en una foto fechada en 1919.

Triste que eso fuera todo lo que quedaba de doña Soledad Valls.

Y, yendo una generación hacia atrás, aunque aún no se había puesto a investigar en serio, lo único que sabía era que los padres de Ramiro, don Lamberto y doña Leonor, habían sido los fundadores del Sanatorio de Talasoterapia de Santa

Rita en 1862. Le sonaba que él había heredado los terrenos de sus padres, que tenían muchas tierras de cultivo por la zona, y ella había aportado su dote y después la fortuna heredada de su padre, un empresario valenciano no recordaba de qué ramo, y entre los dos habían conseguido poner en pie el sanatorio más moderno y elegante de la costa mediterránea. De esa época databan las arañas y candelabros de cristal del salón noble, la vajilla de porcelana china, la cubertería de plata y algunos de los muebles y objetos más elegantes que aún se conservaban. Lamberto y Leonor debían de haber tenido buen gusto, mucho dinero, y al parecer dos hijos, Ramiro y una hija que habría sido la madre de «la prima Lidia», a menos que se tratara de una hermana de la bisabuela Soledad.

Greta se dio cuenta de golpe de que, mientras estaba pensando todo lo referente a las generaciones anteriores, sus dedos habían seguido pasando las páginas del diario infantil de la abuela Mercedes, sus ojos habían ido recorriendo las líneas y algo en su cerebro había registrado un detalle que ahora le extrañaba. En algún momento, sin percatarse, había leído la palabra «invernadero».

Volvió hacia atrás buscando esa palabra para ver si estaba hablando del internado o si tenía relación con Santa Rita, ya que, al menos que ella supiera, en Santa Rita nunca había habido ningún invernadero.

No se había equivocado. En un párrafo en el que contaba cuánto le gustaba esconderse con su prima para que le contara cosas de la escuela religiosa en la que estudiaba interna (Lidia debía de tener tres o cuatro años más que Mercedes), se decía que el lugar favorito de las dos era el invernadero porque allí casi nunca iba ninguno de los mayores. También contaba el diario que, en vida de la abuela Leonor, se usaba tomar el té allí bajo los grandes ficus, pero desde la muerte de la abuela se había perdido la costumbre y el invernadero solo era frecuentado por los jardineros durante la mañana. Por la tarde, cuando el sol se filtraba por entre las ramas de los árboles exóticos que lo habitaban, ellas se recostaban en una manta sobre la hierba con la espalda apoyada contra uno de los gruesos troncos y Lidia le contaba cómo era la vida más allá de los muros de Santa Rita.

Greta oyó el sonido del gong llamando a comer, dejó una señal en el diario, se aseguró de que el radiador quedara encendido a baja temperatura para que la habitación siguiera estando caldeada cuando volviera, y bajó al comedor.

Había poca gente y estaban todos agrupados en dos mesas pegadas en plan familiar, haciendo planes para la tarde: recoger todo lo que se había quedado tirado en el salón después de la fiesta de Halloween, jugar una partida de hombre lobo en cuanto regresaran los que se habían ido a visitar a parientes vivos y muertos, y luego, después de cenar, ver una película de miedo.

—De miedo, nada —estaba diciendo Trini cuando llegó Greta—. Yo ya he pasado mala noche pensando en la nieta de Ascen. No me faltaba otra cosa que ver ahora algo que me vuelva a quitar el sueño.

—No seas gallina, Trini. —Eloy le sonreía entre cucharada y cucharada de la crema de calabaza—. Todos sabemos que Candy y tú sois las que mejor puestos los tenéis de toda Santa Rita. No me irás a decir ahora que te da miedo una peli.

—Pues yo voto también por una comedia o algo ligero antes de irnos a dormir —apoyó Ena—. A mí me gustan los cuentos de fantasmas y de miedo, pero las películas me dan repelús. ¿Tú qué dices, Greta?

—Comedia. Pero que no sea una cursilada, y que no sea lo de que un chico le miente a una chica, ella se da cuenta y se ofende, lo deja y al final él confiesa, se reconcilian y se quedan juntos. De esas he visto suficientes y ya no tengo quince años.

—Me lo estáis poniendo cantidad de difícil —dijo Nel, que se había ofrecido a buscar la película.

—Mira, chaval —otra vez Ena—, la cosa es fácil: lo que queremos es amor y lujo. No tengo ganas ni de terrores ni de miserias de nadie. El cine ha de hacer soñar.

—También hay cine de concienciación —apuntó Eloy.

—Justo el que no nos apetece en estos momentos —zanjó Robles—. Yo tampoco estoy por el terror.

—Es que es la fecha adecuada, no fastidiéis. En Navidad siempre vemos *Qué bello es vivir* y no protesto. Si queréis, buscamos una de terror psicológico, sin sangre ni tripas.

—¡Que no, Eloy! De esas, ni pensarlo. Son casi peores. —Ena sacudía los dedos delante de su cara como espantando insectos.

—Venga, gente, tenemos dos televisores, uno en el salón y otro en la salita —propuso Nel—. Podemos hacer dos grupos. ¿Quién se apunta a una de miedo?

Eloy, Candy, Reme y Nel mismo levantaron la mano.

—Pues en cuanto acabemos de comer me pongo a buscar las dos pelis, la de miedo y la cursi…; perdón, la comedia rosa.

Los partidarios del terror se echaron a reír y al cabo de un instante se estaban riendo todos.

—A todo esto —preguntó Greta cuando se serenaron—, ¿sabemos algo de Ascen?

Robles terminó de tragarse la croqueta que tenía a medias y contestó.

—La he llamado hace un rato. Se va a quedar unos días en casa de su hija. Aún no saben bien qué hacer. Parece que Laia ha hablado con ellos por teléfono y les ha dicho que no se preocupen, que está muy bien y es muy feliz, que dentro de una semana hará los votos definitivos y unos meses más tarde irá a visitarlos, cuando ya esté adaptada a su nueva vida.

—¿Votos? —Greta miraba a Robles, perpleja—. Yo creía que eso era cosa de monjas.

—Me he estado informando un poco sobre el colegio ese tan exclusivo y la secta a la que pertenece. Parece ser que se llaman los Mensajeros de Ishtar y son muy discretos. Deben de tener dinero a paletadas y, por lo que he podido recoger de aquí y de allá, todos tienen algún tipo de «don» o de «poder» especial...

—¡Venga ya! —interrumpió Candy, mientras pelaba una mandarina—. ¡A otro perro con ese hueso!

Todos sonrieron, como siempre que sacaba alguna de las frases idiomáticas que tanto le gustaban y que tan raras quedaban en su acento británico.

—Yo os cuento lo que he leído. Su jefe o gurú o lo que sea es un tío llamado Ishtar...

—Pero si Ishtar es una diosa —dijo Greta—. Ay, perdona, Robles. Sigue.

—Sí, ya, es una diosa, sumeria, a todo esto, pero que cubre los aspectos contradictorios del ser humano. El amor y la guerra, por ejemplo; la sexualidad y la muerte. Al menos es lo que pone en la Wikipedia. Y a veces se la representa con barba. Así que el tal Ishtar igual puede ser hombre que mujer... ¿Nos quedan huesos de santo?

Reme le alcanzó la bandejita con los que habían sobrevivido.

—Y esa gente..., ¿de qué vive? ¿Por qué son tan ricos? —preguntó Candy.

—No hay mucha información, pero tienen mecenas, seguidores, como los queráis llamar, que los apoyan y les hacen donaciones. Y, por lo que me ha parecido comprender, puede uno pedir una cita y acudir a una consulta para..., no sé bien..., cuestiones de salud por un lado y por otro..., que te den un consejo, que te digan si algo te va a salir como tú quieres o no, si vale la pena arriesgarse en un asunto, si la persona que amas te conviene...; pagando, claro. En su propia página web es todo muy vago. Podéis echarle un ojo más tarde. Se llama simplemente *Los Mensajeros de Ishtar* y está claro que la ha hecho un excelente profesional. Manipulación de primer nivel.

—¿Y para qué quieren crías como Laia? —Trini estaba poniendo cara de tener la respuesta, pero quería que alguien le dijera que no era cierto.

—No dicen nada de entrar en la secta. Me suena a que ellos lo consideran un gran honor que no está al alcance de cualquiera. No parece que hagan proselitismo de ningún tipo.

—Bueno —dijo Greta—, si financian un colegio..., a mí no se me ocurre mejor manera de hacer proselitismo. Adoctrinan a los alumnos y alumnas y al final eligen a quienes, por lo que sea, les interesan.

—Con lo orgullosos que estaban Celeste y Alfonso de que hubiesen aceptado a la niña en el colegio... —comentó Reme, meneando la cabeza con tristeza—. Y ahora..., con eso de que ya es mayor de edad y le han comido el coco, les quitan a la nena, sin más. ¡Qué poca vergüenza! ¿Cómo iban a imaginarse una cosa así?

—Hombre —dijo Candy—, es como si metes a una cría en un burdel a los diez años y luego te extraña que te salga puta.

—¡Qué bruta eres, Candy! —dijo Trini.

—Pues razón no le falta —apoyó Robles.

—Ya nos iremos enterando. ¡Venga! Quitamos la mesa en un momento y enseguida al salón a ponerlo presentable. Si acabamos rápido, incluso nos da tiempo a una siestecilla.

—¿Nadie quiere café? —preguntó Robles.

Nel y Eloy levantaron la mano. Candy pidió té.

—Voy a la salita a ir poniéndolos.

Los demás empezaron a recoger los platos y pronto se reunieron en el salón que, después de la fiesta, había perdido la frescura y la sensación de inminencia del día anterior.

—No hay nada más deprimente que un ambiente de posfiesta —dijo Greta pasando la vista por las velas derretidas, las cáscaras de nueces, los manteles llenos de manchas y los

restos de telaraña que colgaban por todas partes, desmaya-
dos—. Hasta Vladimir parece más triste. Incluso con la chis-
tera puesta.

—De Vladimir me encargo yo. —Nel le quitó el sombrero
y los adornos, lo descolgó con cuidado y se marchó con él
hacia su cuarto mientras los demás, armados de escobas, plu-
meros y trapos, empezaban a adecentar el salón.

La gente de Santa Rita (1)

$\mathcal{A}$ veces Sofía piensa que Santa Rita es como un aparato bien engrasado, o, mejor, como un cuerpo humano en perfecto estado de salud: compuesto por muchas piezas con aspectos, formas, texturas y usos diferentes, pero que, trabajando juntas, se complementan y equilibran hasta convertirse en un todo que funciona sin tropiezos y permite que cada una tenga su lugar y su función y se desarrolle individualmente sin estorbar a las demás. No solo sin estorbarlas, sino ayudándolas a mejorar su trabajo.

No tiene ni idea de cómo han llegado a esa situación, de cómo lo ha conseguido. Aquello que empezó, ya ni siquiera recuerda cuánto tiempo atrás, sin ningún propósito concreto, se ha ido convirtiendo en una especie de milagro, en una utopía real que probablemente no sea repetible en ningún otro sitio ni con ninguna otra gente, pero eso es algo que no le importa. Santa Rita funciona y eso le basta.

Se recuerda a sí misma a los cuarenta años viviendo sola en el caserón —los veranos, sobre todo—, escribiendo horas y horas en la marquesina, o por la noche en una mesita plegable al lado de la alberca a la luz de una lámpara de camping, oyendo el concierto de los grillos y disfrutando de una botella de vino blanco helado hasta que el agotamiento la obligaba a subir a su cuarto en la torre —«como una princesa de cuento», se decía a sí misma—, y al cabo de un par de horas la luz del amanecer la sacaba de nuevo al exterior. Entonces el jardín era una mezcla de desierto y selva. Desierto en los lugares donde no alcanzaba el agua y el sol lo calcinaba todo —agaves, plumas, chumberas, olivos semiabandonados, viejos almendros, higueras, palmeras que habían sobrevivido al descuido de una década, sus troncos ocultos por generaciones de palmas secas— y selva en la parte norte, donde apenas si llegaba la luz, las plantas de sombra habían medrado, y la hiedra había ido tomando troncos de árboles, verjas, bancos de piedra y alguna que otra fuente seca con su Cupido en el centro o su fauno cubierto de líquenes.

En aquella época, Santa Rita tenía fases de llenarse de gente —*drifters* que había conocido en sus viajes por el mundo, que iban para unos días o unas semanas y se marchaban sin despedirse, de un momento a otro— alternando con otras de paz total, de bendita soledad creativa. Siempre le había gustado estar sola, pero poco a poco fue aceptando la idea de compartir el espacio con otras personas, estables, de fiar; gente que ya eran amigos o que podían acabar siéndolo.

La primera fue Candy, su secretaria de entonces, la que después empezó a llamarse *personal assistant* y ahora es su mejor amiga, su mano derecha, su otra mitad, la que lleva Santa Rita —la administración, la contabilidad, la intendencia, las decisiones del día a día— como si no pesara, como si fuera su tarea principal, además de todo el trabajo que implica la correspondencia de Sophia Walker —su seudónimo para las novelas criminales o de suspense, y de Lily van Lest, el nombre con el que firma las romántico-eróticas—, los contactos con sus editores, agentes y traductores, y su agenda…, que durante mucho tiempo fue un trabajo casi de jornada completa. Ahora, cuando lo piensa, no se explica cómo pudo soportarlo durante tantos años.

Al menos en eso han mejorado. Ya casi no viajan y no hay muchos desplazamientos que preparar. Tener más de noventa años es, además de una realidad incontrovertible, una buena excusa para no moverse de casa, para no dar discursos ni hacer pregones ni impartir clases o conferencias.

Poco a poco, después de unos años de viajar casi de continuo, Candy empezó a convencerla de adecentar Santa Rita, de invertir parte de sus ganancias en sanear el edificio, en no dejar perder el jardín, que había sido una maravilla y aún conservaba muchos árboles maduros y la infraestructura que don Lamberto, su bisabuelo y fundador del balneario de talasoterapia, había diseñado junto con un paisajista inglés.

Casi sin darse cuenta, Sofía abrió sus puertas a amigas que se habían quedado viudas, o se habían separado, o no tenían dónde ir por otras circunstancias. Luego también acudieron algunos hombres en la misma situación, aunque siempre les dejaron claro que si buscaban un lugar donde las mujeres les sirvieran, como estaban acostumbrados por sus propias madres y esposas, Santa Rita no era lo adecuado. Allí eran todos iguales y todos tenían que arrimar el hombro, o marcharse.

Después vino la idea de aceptar también gente joven, estudiantes que no se podían permitir pagarse un piso en Alicante o en toda la zona costera, con los alquileres que el exceso turístico había vuelto prohibitivos, pero que estaban dispuestos a ayudar en cualquier cosa que fuera necesaria para la buena marcha de la sociedad de Santa Rita.

Con el tiempo, del grupo de mujeres de la casa surgió la idea de «las chicas de la lavanda». Carmen, Fina, Ena, Quini, Sole, Lina…, el grupo variaba según el tiempo y las ganas o las necesidades de sus propias familias. En algún momento se fijaron en que había muchas plantas leñosas y abandonadas, pero que seguían echando flores, y se les ocurrió hacer saquitos para regalarlos. La cosa fue a más, empezaron a hacer plantaciones nuevas y a aprender a cultivarlas, fueron ampliando su oferta de regalos, se decidieron a ir a mercadillos parroquiales, medievales, navideños, turísticos y, con la ayuda de la gente joven de la casa, abrieron también una página web para vender sus productos, y habían conseguido ya tener unos ingresos considerables, lo que, para muchas, sucedía en sus vidas por primera vez, ya que la mayor parte habían sido amas de casa y nunca habían tenido un trabajo remunerado. Otras sí, como Ena, que había sido matrona hasta su jubilación; Ascen, que se había dedicado a la limpieza durante más de veinte años; o Trini, que había sido cocinera en varios establecimientos y que ahora era quien llevaba la cocina en Santa Rita con la ayuda de todos los demás.

Sin pretenderlo, porque las cosas fueron saliendo así, también aceptaron parejas y a gente de mediana edad que todavía estaba activa en el mundo laboral, como Miguel y Merche que, cuando llegaron, eran profesores, él, de Matemáticas en una universidad privada y ella, de piano en el conservatorio. Él, ahora, ya se había jubilado; ella aún no. Ambos tenían una discapacidad visual; la de Miguel era más severa, era ciego desde los seis años, pero ninguno de ellos tenía dificultades para vivir en comunidad. Nieves, treintañera, entrenadora de yoga, había solicitado entrar a vivir en Santa Rita cuando se quedó embarazada, y había tenido allí a su hijo Sergio, que había sido el habitante más joven de la casa hasta que una pareja de estudiantes, Sara y David, un par de meses atrás, en pleno verano, habían tenido a Mateo. Ahora Nieves tenía un estudio en lo que tiempo atrás fue el pabellón B, donde se hacían los tratamientos que requerían agua y electricidad en la época en que Santa Rita había sido hospital psiquiátrico para mujeres.

Tony, Nines, Elisa, Eloy y Nel habían entrado como estudiantes. Elisa se había marchado después de un año; Tony estaba terminando Ingeniería electrónica y también pensaba irse al acabar. Eloy y Nel habían estudiado Medicina y estaban preparando el MIR. Para Sofía, aunque todos eran importantes y contribuían a la buena marcha de Santa Rita, Nel era especialmente valioso. Además del puro aspecto práctico de tener un médico en residencia, era un muchacho inteligente, trabajador, positivo, siempre sonriente y, lo mejor, una buena persona, un hombre con un gran corazón. Por eso se alegraba tanto de que, desde hacía unas semanas, él y Lola hubieran empezado a vivir juntos y les hubieran comunicado a todos que eran pareja. Lola era la última que había entrado, poco después de la Pascua. Era inspectora de policía y se habían conocido cuando la muerte de Moncho Riquelme.

El que también había sido policía era Robles, otro de sus favoritos por su fuerza moral, su valor, su amor incondicional a Santa Rita. También por lo que había sufrido en la vida sin, por eso, volverse cínico ni amargo. Candy y Robles eran sus dos apoyos en el mundo. Marta, la chica que la atendía, y que tenía dos hijos a su cargo, era un sol también, pero aún no le había conquistado el corazón, cosa que, conociéndose como se conocía, no resultaba nada fácil.

Nines, ahora Ángela, había sido la habitante más problemática de Santa Rita, pero con la ayuda de Robles parecía estar evolucionando en buena dirección. Quizá en un par de años más se convertiría en una mujer de provecho, pero para entonces seguramente se habría marchado de allí.

Salva también llevaba tiempo fuera de la casa porque había tenido que ir a ayudar a su hijo y a su nuera, pero acababa de volver y se notaba lo aliviado que se encontraba de poder estar de nuevo con todos ellos. Igual que Reme, que desde que el inútil de su yerno había entrado en la cárcel y su hija Rebeca, con la ayuda de Robles, lo había denunciado, estaba más serena y feliz que nunca en su vida.

Paco y Marcial, casi sin darse cuenta, se habían convertido en jardineros y, con la ayuda de todos los demás, habían hecho de Santa Rita el paraíso que fue. Se encargaban de casi todo lo que tuviera que ver con reparaciones, con el jardín, con las fuentes… Era una suerte inmensa contar con ellos.

Y para poner la guinda final, su sobrina Greta, que, después de muchos años de ausencia, ha vuelto a Santa Rita y, aunque al principio le dijo que se quedaría solo unas semanas, ya lleva ocho meses con ellos y no parece tener prisa en marcharse. Por fortuna, se ha enamorado de la historia familiar y se ha propuesto la tarea de cribar y organizar todos los documentos, fotos y enseres que tengan relación con la familia Montagut-O'Rourke hasta haber conseguido hacerse una idea clara de quiénes fueron todos sus antepasados.

Esa está resultando la tarea más difícil y agotadora de Sofía: Greta quiere saber, pregunta constantemente, le interesan las antiguas historias familiares por tremendas que sean, pero a la vez le duele y le escandaliza enterarse de ciertas cosas que han sucedido en los últimos ciento veinte años. Y es ella, su tía, quien tiene que dosificar la información, alterar sutilmente el ritmo de los acontecimientos pasados, brindarle pausas, tentarla con insinuaciones, con amagos de confesión, con páginas que ha escrito en las que se narran circunstancias que podrían resultar excesivamente dolorosas si fueran entregadas como simples hechos objetivos en un proceso judicial… Está resultando la prueba de fuego de la narradora que siempre ha sido: mostrar sin revelarlo todo de golpe, darle pequeñas recompensas, cerrar los vacíos de la historia, esos vacíos imposibles de llenar porque no ha quedado nada tangible que explique qué sucedió, ni mucho menos por qué…, añadir alguna suposición sin que parezca que lo es, embellecer algún detalle, bordar alguna falsedad, invención, mentira piadosa, en el tejido de lo narrado para conseguir que las cosas cobren sentido, sabiendo, sin embargo, igual que lo sabe su sobrina, que las vidas, las historias de las vidas de las personas y las familias, no tienen sentido del mismo modo que lo tiene una novela, que está hecha precisamente para dar sentido a la vida, orden al caos de la existencia, respuestas a las preguntas… Sofía se siente a veces como Sherezade narrando día a día, escamoteando el final para que Greta quiera seguir adelante, para que no se vaya, para que, cuando termine de comprender, se haya enamorado tanto de Santa Rita que no quiera ya marcharse.

Sofía no puede estar segura de que Greta, que es su única heredera, esté dispuesta a hacerse cargo de Santa Rita a su muerte. Podría ser que prefiera venderlo todo al Ayuntamiento de Elche o a la Generalitat Valenciana para que lo conviertan en una casa museo, como le han pedido tantas veces, y marcharse a recorrer el mundo, que era lo que más le apetecía cuando llegó. Sabe que es mucho pedir, que la responsabilidad es excesiva para una mujer que acaba de separarse de su marido de toda la vida y que ha vivido siempre en Alemania, pero piensa que no hay que perder la esperanza. Si algo tiene claro Sofía es que todo es posible, incluso las cosas más abstrusas, aplicando tesón, trabajo, inteligencia, optimismo… y un poquito de suerte.

Por de pronto, Greta sigue investigando y ella sigue ofreciéndole miguitas, dejando piedrecillas blancas en el sendero hasta que, en algún momento, llegue hasta el final.

Ascuas

Como tantas veces desde que vivían allí, Ascuas estaba sentado en una roca frente al mar, mirando sin ver la extensión gris plomo punteada de espumas blancas. El vientecillo era frío, pero no le molestaba todavía. Era un precio razonable por esa soledad que podía disfrutar tan pocas veces. Al parecer, los demás no sufrían por esa falta de intimidad; estaban satisfechos con la vida comunitaria y nunca los había oído quejarse. Aunque, claro, él tampoco protestaba delante de los otros. ¿Para qué? Estaba seguro de que cualquier comentario, cualquier pregunta o vacilación sería llevada de inmediato al Maestro, con la voz dulce, con los ojos bajos, por el bien de la oveja que corría el riesgo de descarriarse.

En el horizonte se recortaba la silueta de un gran barco carguero que acababa de zarpar del puerto de Alicante hacia algún destino lejano y exótico. Con toda claridad vio en su mente, o quizá solo fuera en su imaginación, nunca había podido estar seguro, la figura rechoncha del capitán en el puente de mando, en la mano una taza marrón con un gato blanco dibujado. En cubierta, varios marineros vestidos de oscuro fumaban con la espalda apoyada en el metal de la pared, mirando hacia la costa, hacia él, sin saber que él los estaba mirando. El viento agitaba sus cabellos y arrastraba el humo de los cigarrillos hacia su izquierda. Olía fuerte a mar y a algo que podía ser petróleo y que no resultaba desagradable. Hablaban en una lengua que no comprendía y se alegraban de dejar atrás el puerto.

Ascuas sacudió la cabeza, los hombros, estiró los dedos de las manos, parpadeó. El barco volvió al horizonte, alejándose de él.

¡Cuántas veces había pensado en marcharse! Así, sin más. Recoger en un petate sus cuatro cosas, realmente menos de cuatro, porque no había nada que fuera solo suyo, cruzar la verja del jardín y echar a andar por el camino del acantilado hasta llegar a cualquiera de los pueblos cercanos, subir a un autobús y desaparecer para siempre. El problema era que no se le ocurría adónde podría ir o a qué. Llevaba más de treinta años en la Orden, y no solo en la Orden, sino sirviendo directamente al Maestro. Aparte de eso no sabía hacer nada en absoluto. Había terminado la educación secundaria ya viviendo con él, que entonces se llamaba Tom, y, desde ese momento —cuando cumplió los dieciocho, pasó las pruebas y se entregó a Ishtar—, no había vuelto a hacer nada que le permitiera ganarse la vida en el mundo exterior. Tampoco tenía dinero propio. Ishtar les proporcionaba cualquier cosa que necesitaran: ropa, comida, productos de aseo, atención médica… La vida era muy simple para los adeptos.

El Maestro lo sabía y muchas veces se reía de él y lo humillaba a propósito, por el placer de verlo a punto de llorar de rabia y de impotencia. De hecho, el Maestro no solo lo sabía, sino que lo había querido así, lo había planeado así. Y él, durante mucho tiempo no se había dado cuenta de que el haber sido elegido por el Maestro no era un regalo ni un éxito, sino todo lo contrario. Era una forma de castrarlo, mutilarlo, atarlo definitivamente para que nunca pudiera salir de allí; mucho menos ahora, que ya no era realmente joven, que ya no podría ni siquiera dedicarse a trabajos que requirieran fuerza física. No podía llegar hasta el puerto y tratar de que lo emplearan como estibador. No quería ni pensar en cómo lo mirarían si se presentaba allí con su túnica blanca y azul y el anorak celeste por encima a pedir un trabajo con esas manos suaves, acostumbradas a la crema de rosas que fabricaban las hermanas con la cosecha del verano.

En lo que sí tenía mucha experiencia era en el sexo, tanto con hombres como con mujeres, pero esa era una de las cosas de las que querría huir. Si saliera de allí, no quería que su cuerpo estuviese siempre a disposición de quien lo reclamara, igual que tampoco quería que su tiempo no fuera propio, ni su mente, ni su risa. ¿Cuánto tiempo hacía que no se reía?

Los Mensajeros sonreían mucho, sonreían siempre, pero no reían jamás, y eso era algo que echaba de menos. «Solo los tontos se ríen», decía el Maestro; siempre lo había dicho, ya desde mucho antes de serlo, cuando no era más que Tom. Durante mucho tiempo se creyó superior por esa calma, ese equilibrio que le permitía sonreír constantemente, sin risa, sin llanto, pero ya no podía más. Cada vez con más frecuencia se encontraba proyectándose en otros, sobre todo en las pocas ocasiones en que salían de la casa y veía a su alrededor gente que no pertenecía a la Orden. Gente que gritaba, reía, insultaba, se enfurecía, comía como si fuera lo último que iba a hacer en la vida…; gente normal.

Se proyectaba en ellos, como había hecho ahora en el carguero, y por un instante sentía o creía sentir el peso de su cuerpo, la sacudida del diafragma, los músculos del rostro tensándose en la risa o en el grito. Era una pequeña liberación.

Tom se había percatado. Tenía un sexto sentido para notar los cambios, por sutiles que fueran, en las personas que lo rodeaban, especialmente sus adeptos. Sabía que no tardaría mucho en castigarlo por ello, y esta vez tenía miedo. Esta vez estaba seguro de que lo haría no como Maestro, sino como

Ishtar, lo que siempre era mucho más terrible, y si el castigo se había ido retrasando, no era porque hubiese decidido dejarlo pasar. Era simplemente porque seguía dándole vueltas a cómo herirlo de verdad, por dentro y por fuera. Con los años, su crueldad había ido aumentando, igual que su fortuna y su poder. Y su furia. Esa furia contenida que casi nadie más notaba, que solo se desataba en privado con quien fuera en cada momento el objeto de su rabia, y que se había ido agudizando con cada cumpleaños, con cada día en el que advertía que estaba un día más cerca de su muerte, del instante en que quedaría privado para la eternidad de todo lo que había conseguido a lo largo de una vida de explotación, de robos, de asesinatos incluso.

Él era uno de los pocos que sabía algo de lo que el Maestro ocultaba. Cuando empezó a servirlo era un niño de ocho años escapado de un orfelinato, y él, un hombre de cuarenta con un nombre falso, un don verdadero y un pasado turbio, que había decidido crear una nueva religión por segunda vez, en esta ocasión con su nombre auténtico y apoyándose en unas historias sobre extraterrestres bajados a la Tierra junto con unas antiguas creencias sumerias que le daban una pátina de glamour a sus enseñanzas. Los años le habían dado la razón. En Estados Unidos, la tierra de los predicadores, construirse una fama a base de decirle a los demás lo que tenían que hacer, a cambio de un buen dinero, era mucho más fácil que en Europa, y una vez conseguido allí, teniendo el capital necesario y explotando su don, ya no era tan difícil implantar su doctrina en otra parte.

Recordó de nuevo lo que Tom le había contado tanto tiempo atrás: cómo, en su juventud, había sido ayudante de un naturista, un hombre que, sin título ni estudios de medicina, era capaz de establecer diagnósticos increíblemente certeros y, con hierbas y productos naturales, mejorar en muchos casos a los pacientes que acudían a él. El joven Tom aprendió mucho de aquel hombre. Aprendió a identificar enfermedades y trastornos observando los pequeños detalles: el color de unos ojos, la palidez de un rostro, la descamación de una piel, las estrías de unas uñas, el olor exudado por un cuerpo… Con esos conocimientos y ayudado por su don, consiguió llegar a un nivel que resultaba casi mágico y a una cuota de acierto que lo elevaba sobre el mundo de lo natural.

Tom había estado a punto de enseñarlo a él, hacía tiempo, cuando aún era joven, pero luego había cambiado de opinión y se había justificado diciéndole que se complementaban mejor si uno se ocupaba de la parte física de los pacientes y el otro, él, Ascuas, se concentraba con su don en averiguar qué era lo que sentía cada cliente, dónde estaban sus heridas, sus cicatrices, sus traumas. Así, entre los dos, podían ofrecer un cuadro completo. Sonaba razonable y tardó mucho en darse cuenta de que no era verdad, de que Tom, simplemente, temía que él pudiera llegar a hacerle sombra en algún momento y prefería dejarlo en la ignorancia.

Para cuando lo comprendió, ya era tarde para enfrentarse a Tom, para cambiar de vida, para todo.

Sintió un escalofrío. Se estaba quedando helado, pero le había hecho bien aquel rato frente al mar, con las gaviotas por toda compañía.

Se colgó la sonrisa del rostro como quien se coloca una mascarilla, se sacudió la arena, se arregló los pliegues de la túnica y echó a andar con calma hacia las escaleras que llevaban a la casa. Quizá encontrara a Brisa y, si estaba de humor, podían dedicar un rato a hacer planes que nunca se realizarían. Ella también estaba herida. Tanto como él.

3

La cosecha de la oliva

*L*ola Galindo se sorprendió cuando Ernesto, el compañero que conducía, tomó la desviación. Ella había pasado montones de veces por esa carretera, paralela al mar, y jamás se había dado cuenta de que existiera ese camino. Aunque no era proclive a fantasear, por un momento le pareció que había surgido de pronto de la nada y volvería a desaparecer cuando ellos se marcharan. Como si la gente que vivía allí no quisiera que la encontrasen.

No se había equivocado tanto. Cuando el camino desembocó en un muro blanco de unos tres metros de alto, cerrado por una puerta metálica con dos cámaras montadas a ambos lados, se fijó en que no había interfono, ni nombre, ni placa que dijera que aquella era la sede mundial de los Mensajeros de Ishtar.

—¿Qué hacemos ahora, jefa? —preguntó Ernesto.

—Nos han llamado ellos. —Dio un ligero cabezazo hacia arriba indicando las cámaras—. Nos habrán visto ya y supongo que nos abrirán enseguida.

Antes incluso de terminar de decirlo, la puerta empezó a descorrerse con suavidad, dejando libre la vista a un jardín cuidadísimo con superficies cubiertas de césped —«En pleno Mediterráneo, qué desperdicio de agua», pensó Lola—, palmeras, adelfas en flor y el mar de fondo. Parecía la foto de un calendario o la publicidad en Instagram de un hotel de lujo. El edificio era discreto, blanco con toques de verde oscuro y macetones con geranios de color de rosa.

Aparcaron frente a la entrada, se apearon del coche y, apenas habían puesto el pie en el primero de los tres escalones que llevaban a ella, se abrió la puerta y aparecieron dos personas, hombre y mujer, de unos cuarenta años bien llevados, vestidos enteramente de blanco, pero no como personal sanitario, sino con tejidos blandos y fluidos, con un toque exótico, una especie de túnicas o togas o saris o como se llamaran esos vestidos que cubrían el cuerpo hasta los pies y estaban llenos de pliegues. Como era justo lo que pensaba encontrar, Lola no se sorprendió en absoluto.

—Bienvenidos, agentes —dijo el hombre con una voz cálida, bien modulada—. Sean bienvenidos al hogar de los Mensajeros de Ishtar. Yo soy Ascuas y ella es Brisa.

Lola y Marino cruzaron una breve mirada de perplejidad por lo poco habitual de los nombres.

—Nosotros somos la inspectora Lola Galindo y el subinspector Marino Vidal. ¿Han reunido a todas las personas que viven aquí, como les pedimos por teléfono?

—Por supuesto, inspectora. Vengan por aquí —contestó la mujer llamada Brisa.

El pasillo que se abría a su izquierda era amplio, de suelo de mármol blanco, y estaba tan limpio que ambos policías se miraron los zapatos que, por contraste, parecían sucios y gastados. Los de la casa llevaban sandalias a pesar de lo frías que tenían que estar las losas.

Ascuas abrió las puertas correderas de un salón enorme. Frente a ellos, a través de unas cristaleras de suelo a techo y de pared a pared, brillaba, azul profundo, el Mediterráneo. No había muebles, solo unas grandes alfombras de color crema y muchísimos cojines de todos los tonos del azul y del violeta sobre los que se sentaban unas cuantas personas vestidas de blanco, todas jóvenes, y que se pusieron en pie al verlos entrar. En la esquina de la izquierda brillaba un fuego en un pedestal hecho de algún tipo de metal de color óxido; en la esquina derecha, otro pedestal idéntico contenía una especie de columna de aire que se enroscaba sobre sí misma y que solo era visible porque en ella flotaban unas motas doradas.

—Hermanas, hermanos —habló Brisa—, la inspectora Galindo y el subinspector Vidal.

Los siete presentes inclinaron la cabeza para saludarlos. En todas las miradas, menos en una, brillaba un punto de perplejidad. La chica, que había hecho lo posible por permanecer oculta detrás de un compañero más voluminoso, miró a Lola con rabia, durante un segundo, antes de volver a bajar la vista.

—¿Laia? ¿Eres tú? —dijo la inspectora. Nunca la había visto en persona, pero su abuela había hecho una ampliación de su foto para la fiesta de Halloween y le resultó fácil reconocerla, sobre todo porque la muchacha miró a su alrededor, como un conejo asustado.

—No pienso volver a casa —dijo, en vista de que nadie parecía tener interés en contestar por ella—, que lo sepáis todos. Soy mayor de edad y he tomado una decisión para mi vida. Puedes decírselo a mi abuela.

Ascuas hizo un gesto para calmar los ánimos y la chica cerró la boca. Luego, con una sonrisa, el hombre se dirigió a los policías.

—Tienen que perdonarnos, agentes. Los adeptos no saben por qué están ustedes aquí. Mucho menos Laia, que es aún neófita. Tomen asiento, por favor.

—Estamos bien así, gracias —contestó Lola mirando con una cierta aprensión la multitud de cojines—. Ustedes pueden sentarse si lo prefieren.

Respondiendo a una mirada de Brisa, los siete adeptos presentes volvieron a acomodarse en posición de loto. Lola tomó la palabra.

—¡Buenos días a todos! Hemos venido, efectivamente, por un caso de desaparición, pero no se trata de la tuya, Laia. Nos han avisado esta mañana de que vuestro jefe…

—El Maestro —interrumpió Ascuas.

—Bien, sí, de acuerdo. —Lola carraspeó—. El Maestro, Ishtar, o como lo llamen ustedes aquí, lleva más de dos días desaparecido. Los señores Ascuas y Brisa han denunciado su desaparición hace un par de horas y hemos venido a entrevistarlos para recabar información a la mayor brevedad sobre todo tipo de posibilidades. Necesitamos saber quién lo vio cuándo y establecer el momento exacto de su desaparición. Tenemos que empezar a buscarlo cuanto antes. Se trata de una persona anciana y cabe en lo posible que esté herido o en peligro en algún lugar.

—El Maestro no es un anciano —dijo un chico que estaba sentado sobre una gran almohada violeta—. Es un ser maduro, un alma antigua.

—No sé si aquí un señor de ochenta y tres años se considera más joven que en otros sitios, pero en el mundo exterior, a esa edad y cuando se ha perdido, buscamos a un anciano. —El tono de la inspectora no dejaba cabida a discusiones—. ¿Está bien de salud el… Maestro?

Todos asintieron con la cabeza hasta que Brisa añadió:

—Tiene diabetes, pero es algo con lo que ha convivido siempre. Por lo demás, está perfectamente sano.

—¿Y su salud mental?

—Excelente.

—¿No ha dejado ninguna nota, ningún aviso de que haya tenido que marcharse con urgencia a alguna parte?

—En ese caso, inspectora —contestó Ascuas, mirándola fijamente—, no los habríamos molestado a ustedes.

—Bien. Dentro de unos minutos unos agentes les tomarán declaración individualmente. Procuren recordar todo lo que puedan de los últimos días. Cuándo lo vieron por última vez, qué estaba haciendo, con quién habló, de qué… Todo lo que sepan. ¿No hay más personas viviendo aquí? Les hemos pedido que los reúnan a todos.

—Somos más, pero en este momento el resto de los habitantes de la casa están en un retiro. Vuelven mañana.

—Bien. El subinspector y yo necesitamos ver toda la casa, los jardines, el ambiente en el que se desarrolla su vida y, por supuesto, también su despacho y su zona privada.

Ascuas y Brisa se miraron con una cierta inquietud. Lola lo notó, pero no hizo ningún comentario.

Al volverse para salir del salón, ambos policías se dieron cuenta de que en la pared situada detrás de ellos había un gran jardín vertical por el que se deslizaban pequeños hilos de agua, como cascadas, que se perdían en la parte de abajo, donde, en una tierra oscura, florecían docenas de orquídeas.

«Dinero no les falta, desde luego», pensó Lola.

Siguiendo a Ascuas y a Brisa, que iban ofreciendo explicaciones con cuentagotas, Lola y Marino recorrieron el amplio edificio que, al parecer, no contenía más que las salas comunes, las salitas donde se recibía a los consultantes, y el área privada del Maestro. Los adeptos vivían en otra zona del jardín, en una construcción de un solo piso con habitaciones individuales y baños comunes.

El terreno era grande, más de quince mil metros cuadrados, les informaron, y estaba ubicado en un promontorio frente al mar con una caída de veinticinco metros hasta las rocas en las que rompían las olas. La playita a sus pies era de propiedad privada y la única forma de acceder a las instalaciones, al menos cómodamente, era por el camino que habían tomado ellos o bien desde el mar.

Mientras Ascuas y Brisa los llevaban de vuelta al edificio principal, después de haber echado un vistazo al pabellón de las habitaciones de los adeptos, Marino le tendió su móvil a Lola. Era la ubicación del lugar con una imagen enfocada en una parte de los jardines que todavía no habían visto y que resultaba bastante llamativa. No se distinguía bien qué era, pero se veía una especie de pista, una piscina larga, una rotonda de pequeño tamaño justo en la punta rocosa, pero su finalidad no quedaba clara.

—¿Qué es esto? —preguntó la inspectora enseñándoles la imagen.

Los dos adeptos se miraron con cierta preocupación.

—Eso es… algo privado. Sacral, espero que me entienda. No está hecho para otros ojos más que los nuestros. Solo para iniciados.

—Ya. Pues, de todas formas, nos gustaría verlo.

—No es posible, inspectora, lo lamento. El Maestro no está en esa zona; ya hemos buscado nosotros, y no hay ninguna razón para que la vean ustedes, a menos que lo ordene un juez, por supuesto. —Brisa bajó los ojos, con una modestia totalmente impostada.

—Esperemos que no sea necesario —dijo el subinspector.

—¿Cómo dice?

—Que, de momento, y para un caso de desaparición de un anciano, no resulta absolutamente necesario. Si nos constara su muerte, por ejemplo…, eso ya sería otra cosa.

—¿Su muerte? —Ascuas se quedó pálido en un segundo—. ¿Por qué dice usted eso?

—Porque es algo que tener en consideración —completó Lola—. Este paraje es abrupto. Puede haber salido a estirar las piernas y haber dado un mal paso. Podría haber bajado a la playa a…, no sé…, a meditar, por ejemplo, y haber sufrido un paro cardiaco. Habrá que comprobarlo. Háganse a la idea de que, hasta que no nos conste que el Maestro no está en su propia casa, no ampliaremos la búsqueda.

—Pero…, pero… ya sabemos que aquí no está.

—Sí, ustedes lo saben. Nosotros aún no —terminó Lola con una sonrisa llena de dientes.

—¡Joder! —dijo Marino, nada más subir al coche para volver a comisaría—. ¡Qué agobio de sitio!

—Pues hazte a la idea de que vamos a tener que volver pronto, porque algo me dice que esos dos pájaros no les van a contar nada relevante a los colegas que los están entrevistando a todos y no nos va a quedar otra que insistir nosotros.

—Pero ¡si son ellos los que quieren encontrar al… «Maestro»! —terminó con una voz engolada, imitando a Ascuas.

—No sé yo…

—¿Cómo que no sabes, Lola?

—Es difícil de explicar. Es una sensación muy vaga, como de que es todo un teatro. Será porque me fastidia ese secretismo, y a mí todo eso…, lo… esotérico —dijo, y agitó la mano en círculos—, me parece falso, y todos ellos, unos hipócritas o unos imbéciles.

—Mujer, tienen sus creencias…

—Sí, ya nos iremos enterando. No parecen muy dispuestos a contarnos nada, ni de quiénes son ni qué hacen allí. ¿Has visto cómo nos ha contestado la tal Brisa que no le parece relevante para buscar al Maestro que sepamos en qué creen y cuáles son sus ritos?

—Pero nos han dicho que solo aceptan a personas extremadamente sensibles y que tengan un don.

—Ya. ¿Y qué don tiene Laia, aparte de ser una cría preciosa de dieciocho años recién cumplidos?

—¿Tú no vives en Santa Rita? Pues pregúntale a su abuela.

—Lo haré, descuida.

—Vamos a ampliar la búsqueda, ¿no?

—Claro. Lo íbamos a hacer de todos modos, pero me acaba de llegar un mensaje de Aldeguer diciendo que hay ya dos alcaldes que tienen un interés personal en que localicemos cuanto antes a Ishtar; que es un personaje importante y no podemos permitir que la prensa piense que somos unos incompetentes.

—La prensa piensa lo que le da la gana. O más bien no piensa. Publica lo que cree que va a vender más.

—Yo lo sé, tú lo sabes y el comisario, probablemente, también, pero es lo que hay.

Guardaron silencio unos minutos, cada uno repasando las impresiones que les había dejado la visita.

—¿Qué dices del superjacuzzi del baño privado del Maestro? —preguntó Marino, después de dudar un momento. Sabía que Lola era muy sensible a todo lo que sonara a cotilleo innecesario y mucho más a cualquier cosa que pudiera interpretarse como opiniones machistas, pero tenía que preguntarlo porque de verdad le parecía importante—. ¿No se supone que son todos tan espirituales? Allí caben lo menos seis. O dos con muchas ganas de moverse —terminó, después de una breve pausa.

Lola lo miró de reojo, para comprobar que no era solo hablar por hablar.

—Si te refieres a que el gurú se «relaja» de vez en cuando con sus adeptos, yo también lo he pensado. Pero son todos mayores de edad y cada uno se encama con quien quiere.

—Siempre que no haya una relación de dependencia…

—Se supone que son libres. —Calló un instante—. Pero a mí también me gustaría saberlo. Vamos a ver si conseguimos hablar con alguien que se haya salido de la secta y esté dispuesto a contarnos un par de cosas. Aunque eso no nos va a ayudar a encontrarlo, claro.

—Igual está senil y no han querido decírnoslo.

—Es una posibilidad.

Guardaron silencio durante unos minutos, cada uno dándole vueltas a lo que habían visto y oído. El compañero que conducía salió de la autovía, cogió la nacional para Benalfaro. Santa Rita se veía a su derecha, casi paralela a la carretera. De pronto, la inspectora dijo:

—¡Ernesto, haz el favor, déjame aquí mismo, en la entrada! Voy a ver si me dan de comer y vuelvo luego a comisaría. No hace falta que me lleves hasta la misma puerta. Aquí me vale.

Lola se despidió de su gente y, a paso vivo, recorrió la avenida de las palmeras que llevaba desde la carretera hasta la casona. A pesar de los meses que llevaba viviendo allí, cada vez que volvía le impactaba la belleza del lugar y casi no podía creerse que aquella fuera su casa ahora, que allí, al final del pasillo ajedrezado, estuviera su habitación con sus cosas —pocas, porque ella nunca había sido de rodearse de trastos— y lo que más le importaba: Nel, el hombre que, en cuestión de semanas, se había convertido en el centro de su vida.

Aún no vivían realmente juntos, pero se encontraban todos los días, y todas las noches dormían o en el cuarto de ella o en el de él. Antes o después tendrían que plantearse unir dos habitaciones, como habían hecho otras parejas de Santa Rita y convertir el resultado en un pequeño piso. Por ahora no había prisa. Estaban bien así.

Santa Rita podía tener una historia convulsa, pero era también un remanso de paz, sobre todo gracias a la gente que vivía en ella. Aunque había alguna que otra pelea, como en todas partes donde conviven personas muy distintas, siempre acababan por arreglarlo y tampoco era difícil evitar a este o a aquel durante unos días, hasta que las aguas volvían a su cauce.

A pesar de estar a primeros de noviembre, el sol brillaba con fuerza y las palmeras se mecían levemente en una brisa que ellas notaban en sus coronas y que a nivel del suelo apenas se sentía. El aire era fresco, otoñal, cargado de olores con un punto de humedad que en otras épocas no se percibía. La gran buganvilla que trepaba por la fachada no tenía tanta flor como en primavera y en verano, pero seguía poniendo una hermosa mancha de color sobre la casa. Los geranios y las gitanillas, que en la otra mitad del año adornaban ventanas y balcones, estaban ya guardados en el semisótano, junto a las

ventanas que daban al norte, podados, y regados esporádica-
mente, a la espera de su resurrección en cuanto la primavera
empezara a notarse en el aire y echaran las primeras hojuelas.

Lo bonito de vivir en contacto con la naturaleza era, para
Lola, que infundía esperanza, porque se notaban los ciclos de
la existencia: la muerte de la que surgía la vida, imparable; el
cambio de colores, los brotes tiernos primero, luego las hojas
y las flores, los frutos… Y después de nuevo la recogida de los
frutos, la caída de las hojas, las ramas peladas del invierno…
Y volver a empezar, igual que el sol desaparece por la tarde y
cae la noche, pero siempre regresa al alba trayendo un nuevo
día, un nuevo afán. La muerte no es definitiva. De ella surge
la vida. Una y otra vez. Pura esperanza. Sofía se lo había contado muchas veces.

En la ciudad todo eso no se sentía. Los días eran iguales en
todas las estaciones. Solo cambiaba la ropa: más cálida o más
ligera, con o sin chaqueta, con o sin calcetines.

Santa Rita no solo le había dado un hogar, una pareja y casi
una familia; también le había hecho el regalo de ver desarrollarse la vida a su alrededor.

Le había mandado un mensaje a Nel diciendo que iba a
comer a casa. Como él estaba en la universidad, no se verían
hasta la noche, pero tendría ocasión de hablar con Robles y, si
había suerte, con Ascen.

Antes incluso de ir a su cuarto a lavarse las manos, pasó por
la cocina. Trini, Ena, Marcial y otro hombre que no conocía
estaban ya dando los últimos toques a la comida.

—¿Llego a tiempo para apuntarme? —preguntó—. Estoy
muerta de hambre.

—Claro, mujer. Ya sabes que contigo siempre hacemos una
excepción, por tus horarios.

—¿Eso no es soborno de un funcionario? —dijo jocosa-
mente el desconocido. Los demás se rieron mientras ella des-
tapaba la cazuela.

—Mmm…, guiso de calamares con guisantes y patatas. ¡Qué bueno!

—Mira, Lola, este es Salva. Creo que aún no lo conoces —los presentó Ena.

A punto ya de ofrecerle un apretón de manos como habría hecho de estar en cualquier otro sitio, Lola se acercó al hombre y se dieron dos besos.

—Salvador Alcázar —completó él.

—Lola Galindo. Ya me he dado cuenta de que te han dicho que soy policía.

—Claro.

—Salva vive aquí desde hace tres años… —añadió Ena.

—Cuatro —interrumpió él.

—Eso. Pero ha estado fuera unos meses porque su nuera ha tenido gemelos, un par de semanas después tuvieron que operarla de apendicitis y, nada más volver de la clínica, se pegó un resbalón en la ducha y se rompió una pierna. ¡Qué mala pata, la criatura!

—Nunca mejor dicho —terminó Salva—. Los pobres estaban desesperados. Es su primer crío, y resulta que vienen dos, y luego el accidente. Así que no me ha quedado otra que echar una mano, pero ahora ya ha pasado lo peor y pueden volver a organizarse solos. ¡No sabéis cuánto he echado de menos Santa Rita! Aquí el tiempo pasa de otra manera.

—¿Habéis visto a Ascen, por casualidad? —preguntó Lola.

—Creo que estaba por los olivos con Robles, pero se han apuntado para la comida, o sea, que no tardarán en llegar. Ya vamos muy justos de aceite, así que, cuanto antes podamos llevar la oliva a la almazara, tanto mejor —dijo Trini.

—Que conste que este año me pido un par de kilos para adobarlas con la receta de mi abuela —intervino Marcial—. No lo he hecho nunca, pero de crío siempre me iba con ella a partir las olivas, y luego no puede ser tan difícil ponerlas en salmuera, sabiendo las cantidades.

—Nosotras nos apuntamos a catarlas —concluyó Ena por las mujeres presentes.

—Voy a lavarme las manos y vengo a ayudar a poner la mesa. —Lola salió de la cocina en dirección a su cuarto con una sensación de extrañeza. En el tiempo que llevaba allí creía conocer absolutamente a todos los habitantes de Santa Rita, y ahora la presencia de Salva la había descolocado. Él era un residente más antiguo. A él ya le habían hablado de ella y, sin embargo, ella no sabía nada de él. Sería deformación profesional, pero no le gustaba la sensación; tenía que ponerse al día con toda rapidez.

De aspecto resultaba agradable: unos setenta y algo, alto, en forma, aunque con un poco de barriga, fuerte pelo blanco, casi plateado, peinado hacia atrás, barba corta y gafas sin montura. Vaqueros y jersey de pico azul con una camisa de lunares diminutos. Debía de ser muy buen padre para animarse a irse durante meses a ayudar a su hija y su yerno con dos recién nacidos. Se preguntaba qué profesión habría ejercido antes de instalarse en Santa Rita. Algo tranquilo, quizá de tipo intelectual. Ya se enteraría.

Greta soltó un estornudo, se sonó fuerte en un pañuelo de papel y miró con asco el color amarronado que lo manchaba. Polvo. Polvo de décadas. Era una auténtica vergüenza que a nadie se le hubiera ocurrido nunca limpiar en lo que habían sido la secretaría y los antiguos despachos. Como no habían necesitado el espacio, se habían limitado a dejarlo ahí, esperando que la entropía del universo se encargara de su destrucción. Ni se les había pasado por la cabeza que era un modo bastante estúpido de atraer polillas, ratas y toda clase de bichos desagradables. Decidió ponerse una mascarilla para la próxima sesión, pero en ese preciso instante le daba mucha pereza ir a su cuarto y volver.

Se había propuesto encontrar los planos originales de Santa Rita, lo que no era tan difícil como podría parecer porque estaba segura de que, en algún instante de cuando comenzó a ordenar, había visto algo que podía ser eso y, siendo como eran unos tubos de cartón de tamaño considerable, no podían estar muy escondidos. Seguramente ella misma los había puesto donde entonces le pareció lógico y ahora no conseguía recordar.

Eso era algo que siempre encontraba raro. Te pones a ordenar, guardas las cosas que van saliendo en lugares que consideras sensatos y evidentes y, en cuanto pasan unas semanas, eres incapaz de recordar dónde las pusiste; ni siquiera con qué criterio elegiste el sitio adecuado. Por eso es todavía más difícil, como no sea por pura casualidad, toparse con algo que fue guardado por otra persona; o ni siquiera guardado, simplemente metido en algún rincón para que no estorbara de momento, y luego olvidado para siempre.

Giró en torno a sí misma, tratando de abarcar con la vista todo lo que había en aquella secretaría. Archivadores antediluvianos de metal gris, mesas de madera oscura, cajas de cartón por todas partes, resmas de papeles, papelotes varios y en varios estados de descomposición, pelusas, cadáveres de insectos, cajas de plástico donde iba guardando lo que valía la pena conservar...

¿Estarían allí los famosos planos o los habría visto en el antiguo despacho del director, la estancia más natural para conservarlos?

Suspiró, volvió a sonarse la nariz y se encaminó hacia allí. ¿O sería más lógico que estuvieran en la biblioteca? Podría ser, pero la luz no era buena y haría un frío de narices. Quizá debería subir a su cuarto, darse una ducha, cambiarse de ropa y leer un rato. Marlene le acababa de enviar un manuscrito, una novela negra alemana para que viera si le gustaría traducirla al español, y aún no la había empezado, pero lo cierto era que no le apetecía. La historia de su propia familia, por las trazas, era mucho más negra que la que hubiera podido inventar aquella autora. Esa historia, la de Santa Rita, la tenía enganchada, a pesar de que (o quizá porque) todo lo que iba saliendo a la luz era monstruoso, al menos para una persona como ella, que siempre había vivido en el lado luminoso de la existencia, salvo un par de situaciones puntuales por las que seguía sintiéndose culpable, aunque una parte de ella supiese que no había realmente motivo.

En cualquier caso, hasta que no supiera cómo se había desarrollado la historia de su familia desde la fundación del sanatorio de talasoterapia en 1862 hasta el momento presente, no podría descansar. Y sabía que era necesario apresurarse porque, aunque cualquiera puede morirse a cualquier edad, a partir de los noventa y tres años ya no constituía una sorpresa, y su *aunt* Sophie cumpliría los noventa y cuatro en mayo. Si quería preguntar ciertas cosas, tenía que hacerlo ya mismo.

Ella le había dado a entender en la última conversación que habían mantenido sobre la familia que había bastante más que aún no le había contado. También le había dicho que Candy tenía mucha información, pero siempre era mejor ir directa a la fuente, a la persona que más cerca estaba de los sucesos. Aunque «cerca» no dejaba de ser un eufemismo, habida cuenta de que los bisabuelos Ramiro y Soledad habían nacido, él en 1873, y ella en 1885, y los tatarabuelos Lamberto y Leonor, en 1830 y 1840 respectivamente, a mediados del siglo XIX, dos siglos atrás.

Abrió las puertas de la biblioteca y entró frotándose los brazos. Allí la temperatura bajaba muchísimo porque los radiadores estaban cerrados y, como daba al nornoroeste, nunca recibía sol directo, salvo un par de horas en verano, al final de la tarde.

Pasó la vista por las estanterías, deseando marcharse cuanto antes o volver con el anorak puesto, pero en ese instante, algo le llamó la atención: en una caja de cartón, puestos de pie como paraguas en un paragüero, varios rollos oscuros y largos se apoyaban contra la pared casi en el rincón de una ventana.

¡Ahí los había puesto ella misma no recordaba cuánto tiempo atrás!

Cruzó la biblioteca a pasos largos, se agachó, cogió la caja completa en brazos, la llevó a la secretaría, le dio un par de golpes con unos zorros, lo que en la zona llamaban «espolsador», para quitarle el polvo acumulado y empezó a intentar leer las etiquetas de los cilindros. Todas eran antiguas, el papel estaba seco, roto en muchos lugares, y la tinta con la que habían escrito las palabras era de un sepia desvaído, casi ilegible.

Dejando a un lado los que no conseguía leer o no parecían muy prometedores, encontró por fin uno con la inscripción PLANOS DE SANTA RITA, 1883. Sonrió.

Sacó su contenido con manos temblorosas de emoción. El papel podría resquebrajarse si no llevaba cuidado; tenía unos ciento cincuenta años.

Extendió las hojas sobre la mesa más grande y fue colocando carpetas y libros de contabilidad en las esquinas para que no volvieran a enrollarse sobre sí mismas. La de más arriba era el plano de la casa grande, donde ahora vivían todos ellos: la torre, las dependencias generales y las habitaciones de los pacientes. Una página para el primer piso, otra para el segundo, varias más para la distribución de los tres pisos de la torre y el desván. Más abajo se hallaba el plano del jardín, donde también estaban marcados la capilla, el osario, la alberca y el mirador. El pabellón B aún no había sido construido, pero se veían unas entradas rotuladas con la palabra BODEGAS que daban la impresión de haber sido excavadas en la misma colina de la sierra. Entre dos de esas entradas, había un caminito que parecía atravesarla y conducía a una zona marcada como INVERNADERO.

Greta se llevó las manos al pecho. ¡Lo había encontrado! ¡Había existido un invernadero en Santa Rita! Al menos ciento cincuenta años atrás había estado ahí o había sido planeado.

Siguió buscando entre los papeles más pequeños e igual de curvados que había sacado del cilindro hasta dar con un plano en el que se representaba la estructura de un invernadero de tipo inglés, de los que se fabricaban a finales del siglo XIX con hierro forjado y cristales, como el Palacio de Cristal de Madrid o el de Kew Gardens, en Londres, aunque de menor tamaño. El dibujo de alzado era un fino trabajo hecho a plumilla con tinta china y mostraba todos los detalles y filigranas que en su día debían de haber existido, suponiendo que no se hubiese tratado solo de un proyecto que nunca se llegó a construir. Pero no. Si la abuela Mercedes, en su infancia, se refugiaba allí con la prima Lidia, como contaba en su diario, era evidente que existió. Lo que le extrañaba era que el abuelo Mateo, que era británico, no hubiese hecho nada para impedir que aquella joya de estilo victoriano cayera en la ruina y el olvido. Quizá con la Guerra Civil y todo lo que había que arreglar en Santa Rita, decidieran dejarlo para más adelante, y acabó por perderse.

Greta pasó los dedos suavemente por las finas líneas negras. ¿Cabía la posibilidad de que quedase algo de aquella maravilla? ¿Cómo podía ser que en el curso que pasó en Santa Rita, a sus diecisiete años, nadie le dijera que allí mismo, en algún lugar de la colina de los pinos, podían estar aquellas ruinas? ¿Lo habían olvidado? ¿Lo había destruido todo la guerra, una bomba de algún avión italiano, de los que bombardeaban la provincia de Alicante? Tenía que ir a verlo con sus propios ojos.

Volvió a guardar los planos en el cilindro, cerró la puerta de la antigua secretaría y, con él en la mano, subió a su cuarto. Después de darse una ducha y ponerse ropa limpia, cogió el móvil y puso en práctica la idea que se le había ocurrido. Google. Buscó Santa Rita en Google Earth y fue ampliando: allí se distinguía la casa; el trazado de todo el jardín, sombreado en muchos sitios por los altos árboles que no permitían ver lo que había debajo de ellos; la piscina nueva —lo que significaba que el dron habría pasado recientemente por allí—; el mirador semitapado por los pinos; la avenida de palmeras que llevaba a la entrada; la iglesita con su cementerio...; la sierra rodeando la propiedad; el barranco que la hacía inaccesible por poniente... ¿Dónde estaban, si existían, las ruinas del invernadero? Tenían que estar —mirando a vista de pájaro— detrás de la colina que había tras el pabellón B. Amplió la zona. Lo que se veía era una simple masa vegetal de un verde mucho más oscuro que el de los pinos de alrededor. Ningún edificio, nada que pareciera una construcción humana.

¿Por qué allí la vegetación cambiaba de color y se volvía uniforme? ¿Qué había allí?

Desde arriba se apreciaba con claridad que el sanatorio se había construido en una especie de pequeño altiplano, con las colinas y dos barrancos arropándolo por la espalda mientras que, por delante, el terreno iba bajando en terrazas hasta llegar al nivel de la carretera. A partir de ahí, todo continuaba en una suave pendiente hacia el mar, a unos diez o doce kilómetros de distancia, ya fuera del llamado Huerto de Santa Rita.

Era fundamental ir a ver qué había detrás de la colina, aunque tuviera que salir a la sierra por la puerta oxidada que no se abría jamás, y trepar entre piedras y pinos hasta dar con esa mancha verde que no tenía por qué estar allí. Le pediría a Robles que la acompañara y no le diría nada a nadie hasta ver ella misma de qué se trataba.

Mientras tanto, quizá fuera a tomarse un té con su tía, a ver si averiguaba algo del pasado.

En el tiempo que habían tardado en comer, el día se había ido volviendo más gris y se había levantado un viento frío que, aunque no hacía imposible el paseo, le quitaba bastante placer a caminar sin rumbo por el jardín, que era lo que habían pensado hacer. De modo que, en cuanto Ascen se reunió con ella en el porche, donde habían quedado, para evitar tener que meterse en la salita o en el salón a la vista de todo el mundo, Lola le propuso ir a su cuarto y tomarse allí un té o un café.

Caminaron por el exterior y entraron por la puerta de poniente, que estaba casi al lado del cuarto de Lola. Una vez dentro, la anfitriona quitó el portátil de la mesa para que Ascen pudiera sentarse, y fue al rincón de la cocinita a poner el café que las dos iban a tomar.

—No eres muy de trastos, por lo que veo —comentó Ascen, después de echar una mirada en torno.

—No. Nunca me han gustado los cachivaches. Me distraen y no me dejan pensar. ¿Te apetecen unas galletas integrales? Es lo único que tengo.

—Vale. No debería, pero me pirra lo dulce.

—¿Eres diabética?

—No. ¿Por qué?

—Por lo de que no deberías.

—No es por la salud, hija, es por el culo.

—¡Pero si eres delgada!

—Claro. Porque no como todo lo que me gustaría.

Las dos se rieron. Lola puso las tazas sobre la mesa.

—¿Leche?

—Hace mucho que dejé de mamar. Lo tomo como los duros de las películas, negro y sin azúcar.

Dio un primer sorbo, a pesar de lo caliente que estaba, y cogió una galleta del cuenco que Lola había puesto sobre la mesa.

—Igual que yo. —Lola bebió también de su taza—. Mira, Ascen, quiero preguntarte algo un poco delicado y por eso te he pedido que nos viéramos a solas.

La mujer la miró a los ojos, sin sonreír, sin nervios, masticando eficientemente la galleta hasta que tragó el bocado.

—Tú dirás.

—Es sobre tu nieta.

—¿Laia? ¿Qué le pasa? ¿Sabes algo de ella?

Lola le hizo un brevísimo resumen de la situación. El gurú, un hombre de edad avanzada, había desaparecido, ellos habían pasado por la finca y allí había visto un momento a Laia. Les habían contado que los adeptos tienen todos un don especial y ella tenía mucha curiosidad por saber, caso de ser cierto, cuál era ese don especial de la muchacha.

Ascen esbozó una mueca de amargura que no tenía nada que ver con el café sin azúcar que se estaba tomando a sorbitos.

—Laia ha sido siempre una chica muy lista y muy buena, siempre dispuesta a ayudar a cualquiera que lo necesite; y muy amante de los animales, de todos. A veces sus padres y yo hemos tenido la impresión de que cuando ella toca a un animal, se calma de inmediato, pero yo a eso no lo llamaría tener un don especial. Es solo que es más buena que el pan y los animales lo notan, claro. Y, por otro lado…

—¿Qué? —preguntó Lola inclinándose hacia ella.

—Tú la has visto, ¿no?

Lola asintió con la cabeza.

—Pues eso: que la cría es un bombón. Según yo, ese es el único don que le interesa al gurú ese de los cojones.

—Entonces tú crees que… ese tipo… la quiere tener allí para…

—No sé, Lola, será que soy muy malpensada. Tú has estado allí. ¿Había alguno feo, o viejo o desagradable?

—No. La verdad es que no, pero no los hemos visto a todos. Solo a los más jóvenes. Nos han dicho que los elegidos son siempre veintisiete, pero que hoy solo estaban estos. Los demás se habían ido a hacer un retiro.

—Cuando vuelvan, los miras, a ver qué te parecen. Yo he visto a los alumnos del colegio. Alguna que otra vez que, por casualidad, fuimos a recoger a Laia sus padres y yo para irnos de excursión o algo así. Le he estado dando vueltas a lo que recuerdo, a lo que me impresionó. Son todos guapos. Todos. Y casi todos ricos, o al menos bien situados. Los eligen así a propósito.

—¿Tú conoces al gurú?

Ascen negó con la cabeza.

—De fotos, de los periódicos, y, desde que Laia se ha marchado, he estado mirando en internet todo lo que se me ha ocurrido. Por si me cruzo por la calle con ese asqueroso y puedo escupirle en la cara. Aunque no creo que vaya por la misma calle que los demás. Él está por encima de la gente normal como nosotros.

Lola dejó que se le pasara un poco la rabia, volvió a servirle café, la animó con un gesto a coger otra galleta, y siguió preguntando.

—Oye, y ¿por qué sus padres la llevaron a ese colegio?

—Porque da mucho postín y, por lo que me han estado contando estos días, porque, cuando te gradúas en esa escuela, te dan una beca para un año en Estados Unidos, donde ellos tienen una filial, sucursal…; algo así, para que pruebes distintas carreras, a ver cuál te atrae más. Y tienen muchísimos contactos en todas partes. Si ellos te avalan, puedes llegar adonde quieras.

—Vaya.

Ascen se puso de pie, como si necesitara quemar energía.

—Sí, además, la culpa es mía… —dijo en voz baja, de espaldas a Lola.

—¿Y eso?

—Porque yo crie a Celeste, a la madre de Laia, con todos los caprichos, como si fuéramos ricas. Me mataba a trabajar para que ella tuviera de todo, para llevarla a un buen colegio, para que pudiera estudiar. Y luego se casó con Alfonso, que es abogado y tiene un bufete que va muy bien. Ella trabaja en la información turística para no aburrirse, pero no le haría falta. Viven estupendamente. Laia es hija única. Nada era lo bastante bueno para la niña. No tienen suficiente con nada, todo les parece poco. ¡Si yo hubiese criado a Celeste como lo que era, como la hija de una emigrante española en Suiza, que se ganaba la vida limpiando casas y oficinas! A lo mejor tendría menos pájaros en la cabeza, se habría enterado de lo que cuesta todo y no se le habría ocurrido llevar a Laia a esa escuela de gilipollas.

—No es culpa tuya, Ascen.

—No sé… —Soltó un bufido—. Ahora ya da igual. Me voy al jardín a arrancar hierbas antes de que oscurezca. ¿Me dirás si encontráis al gurú?

—¿Para qué? ¿Para que puedas escupirle a gusto? —preguntó Lola con una sonrisa.

—Eso mismo.

Ya estaba Ascen en la puerta cuando se volvió para decir:

—A lo mejor hay suerte y ha huido.

—¿Huido?

—Esa gentuza siempre tiene líos de dinero, de malversación, de cosas así… Igual ha tenido que salir por pies y, cuando vea que no vuelve, Laia se viene para casa. ¡Ojalá! En fin, gracias por el café, reina.

Ascen se marchó, dejando a Lola con la sensación que tenía siempre que alguien la llamaba «reina»: que eran unos exagerados y, a la vez, que sentaba bien; te hacían sonreír sin siquiera proponérselo.

Después de cuatro días de trabajo, Robles, como todos los que habían colaborado en la recogida de la oliva, estaba agotado, pero feliz, porque se trataba de un agotamiento puramente físico y, además, productivo. Le dolía todo, pero no era el cansancio del no dormir, de horas redactando informes, de eternas esperas en un polígono industrial, de cafés en las gasolineras, de interrogatorios a deshoras bajo la mirada de reptil de un tío a quien habrías querido partirle la jeta, pero tenías que tratar con consideración… Era un cansancio bueno, honesto, de músculos y articulaciones, un cansancio que permitiría que, poco después, la despensa de Santa Rita estuviera llena de tinajas de un aceite dorado y sabroso para mojar pan con sal, sabiendo que era producto de tus olivos y de tu esfuerzo.

Cuando salió de la ducha, dudó un instante entre meterse en la cama sin más y bajar a tomarse dos cervezas seguidas y ver qué había de cenar. Primero había pensado que no tenía hambre, pero, a medida que se iba vistiendo, fue dándose cuenta de que se sentía capaz de comerse una vaca con los cuernos y todo. Esperaba que no se les hubiera ocurrido hacer una cena ligera, de esas que tanto les gustaban a las mujeres de la casa, a base de ensalada y otras hierbas. Si era el caso, acabaría cogiendo el coche para ir a Benalfaro a que Marina, la de La Sirenita, le hiciera un buen filete gordo y casi crudo con su buena ración de patatas fritas. Se lo había ganado. Y seguramente Quique, Paco, Marcial, Salva y hasta Miguel estarían dispuestos a acompañarlo porque todos se habían deslomado en el olivar igual que él. Algunas chicas también habían trabajado con ellos, pero habían dejado claro que pensaban meterse en la cama con un vaso de leche con colacao y galletas, y para él eso era y seguía siendo un desayuno, no una cena.

Greta le había picado la curiosidad con unas insinuaciones bastante misteriosas de algo que creía haber descubierto y quería enseñarle, pero tendría que esperar hasta el día siguiente para saber cuándo. Necesitaba comer y dormir, por ese orden. Luego ya se vería.

Tendrían que acabar llamándola Cristóbal Colón, porque no hacía más que descubrir cosas. Desde que ella había llegado a Santa Rita, daba la sensación de que todo se iba ampliando, creciendo, ahondándose. Antes aquella casa, con su jardín y sus tierras, era un maravilloso lugar donde vivir, sin más, mientras que ahora había adquirido otra dimensión: la temporal. Ahora era, además, un punto en la historia, un momento entre el pasado, que ella estaba sacando a la luz, y el futuro. Un doble futuro: el cercano, que todos estaban contribuyendo a forjar, y el remoto, en el que, aunque ellos ya no estarían, quedaría todo lo bueno que habrían trabajado para crear.

Sonrió para sí mismo por lo filosófico que se estaba poniendo mientras recorría el pasillo en dirección a la salita, donde ya se oían voces alegres y chocar de vasos. Antes de llegar, pasó por la cocina, donde Trini, Ena, Ascen y Tony se afanaban en el horno con algo que olía de maravilla.

—¡*Rostidera* de cordero! —dijo la voz de Miguel detrás de él—. Hacía siglos que no la comíamos.

—¡Y yo que temía que tocara ensalada o hervido valenciano! —comentó Robles nada más entrar.

—Hoy os lo habéis ganado —dijo Trini desde la cocina—. Bueno, estas noches pasadas también, pero hoy celebramos el final de la cosecha, como quien dice, y toca algo especialmente bueno.

—¡Hasta postre hemos hecho! —dijo Tony.

Las tres mujeres lo callaron de inmediato con muchos «shhh», cruzándose la boca con el dedo.

—Vale, vale, ya me callo.

—Pues si lo tenéis todo listo, nosotros vamos a tomar una cerveza a la salita. ¿Os venís?

Tony y Ena se quitaron los delantales. Trini y Ascen dijeron que irían enseguida.

—Robles —dijo Miguel con la socarronería de siempre—, ¿no has pensado nunca en comprarte un masaje de afeitar que no se dé de patadas con el gel de ducha que usas?

Robles se quedó parado en el pasillo, francamente perplejo.

—Pues no, la verdad. ¿Tan horrible es la mezcla? Yo no la noto.

—Sí, ya me lo figuraba. Por eso te lo digo.

—¿No será que tú lo notas porque eres ciego? ¿Tú crees que los demás lo notan también?

—Los que tengan nariz, sí. Por suerte, los perfumes de ahora, y más los de droguería, se esfuman muy deprisa. No es horrible, no sufras. Es solo que cuando se te acabe uno de los dos, podrías probar otro. Si quieres, te acompaño a comprarlo.

—Cuando se me acabe, te digo, pero hazte a la idea de que es de litro. La cosa va para largo —terminó con una carcajada—. Igual luego echas de menos esa combinación única.

Se había reunido tanta gente que la salita se les había quedado pequeña y muchos habían pasado al salón cada uno con su vaso. Marcial y Lina habían terminado de preparar los troncos en la chimenea y estaban preguntando si querían el fuego ya para el aperitivo o mejor para después de cenar. Lola acababa de llegar y antes incluso de quitarse el chaquetón, ya tenía en la mano una copa de vino que le había traído Nel. Robles sonrió al verlos mirarse. Era bonito ver cómo se querían, ver el comienzo de un amor. Solo esperaba que tuvieran mucho tiempo, que les durase muchos años, que Nel no tuviera que pasar por lo que él pasó a la muerte de Sagrario.

Lola estaba radiante. Desde que él la había conocido como una compañera seca y algo fría, excelente profesional, hasta ahora, daba la impresión de que algún mago la había tocado con una varita mágica. Estaba claro que la felicidad pone más guapa a la gente. O sería el amor.

Salva se le acercó con dos botellines en la mano. Los chocaron y se los bebieron casi de un solo trago.

—Este año la cosecha es buena —dijo Salva—. No sabes lo contento que estoy de haber llegado a tiempo. Estaba hasta las narices de pañales y malas noches. Los gemelos son preciosos, pero cansan bastante más que los olivos.

Los dos rieron.

—¡Mira quién ha bajado!

Apoyada en su muleta y del brazo de Marta, con Candy al otro lado, Sofía los miraba desde la puerta de la salita, como una reina disfrutando de la presencia de su pueblo. Alguien había puesto música de boogie woogie y aquello parecía una película de Hollywood de los años cincuenta, con los muebles de época y toda la concurrencia con una copa en la mano.

Hasta las que habían decidido irse a la cama con el colacao y las galletas, debían de habérselo pensado mejor y estaban aún por allí, aprovechando que la cena iba a ser mucho más pronto de lo normal para darle a todo el mundo la ocasión de retirarse temprano.

Sofía se instaló en el sillón de al lado de la chimenea mientras Candy iba a la barra a buscar unos martinis.

—Un día es un día —dijo, sonriéndole a Eloy, que estaba ya poniendo el hielo y el limón en las copas—, pero con poquita ginebra. Bueno…, un chorrito más, hombre…

Greta se acercó a Robles con una cerveza en cada mano.

—Está claro que aquí todo el mundo piensa que me va la marcha —aceptó, con un guiño en dirección a Salva.

—¿Tienes algo que hacer mañana por la mañana? —preguntó Greta sin más rodeos.

—Estoy seguro de que enseguida me vas a decir qué es lo que tengo —contestó, divertido por su brillo de ojos, que dejaba bien claro que tenía un plan ya listo.

—Necesito que me acompañes a una cosa.

—¿Puedo salir a andar un rato primero o tiene que ser muy temprano?

—Tipo a las diez me basta.

—¿Te importa que me una a lo de salir a andar? —preguntó Salva—. Llevo meses moviéndome menos de lo que quisiera y, aunque en estos momentos estoy hecho polvo con lo de la oliva, creo que me animaré más si al principio no tengo que ir solo.

—Claro, hombre, pero yo salgo temprano, sobre las seis y media, siete a más tardar.

—En plena noche —añadió Greta—, al menos en noviembre.

—No hay problema, yo siempre he sido madrugador.

Lola se acababa de quitar la chaqueta cuando sonó su móvil.

Robles la vio cambiar de expresión, retirarse hacia las ventanas para poder oír mejor y tensar los hombros. Una emergencia, estaba claro. ¡Pobre chavala! Nada más llegar a casa y con tan buen ambiente como tenían, y otra vez a la calle, al frío, a ver qué había pasado que fuese tan grave como para requerir su presencia.

La inspectora cruzó unas palabras con Nel, se besaron ligeramente en los labios, cogió la chaqueta y la mochila y atravesó el salón sin dar explicaciones a nadie. Si alguien se dio cuenta, pensarían que iba a su cuarto a dejar los trastos y a lavarse las manos antes de la cena. Robles la siguió.

—¿Quieres que te acerque al pueblo?

—No, gracias, no hace falta. Vienen a recogerme. Disfruta tú que puedes.

—¿Algo grave?

—Un cadáver, para variar.

—Si hay suerte, es muerte natural y llegas a tiempo a la cena.

—Me parece que mejor me guardáis algo de ese cordero. No creo que la cosa sea tan fácil. —Hizo una pausa, como dudando si decirle algo más o no—. Es el gurú desaparecido. Ya lo han encontrado, pero muerto. No lo comentes, por favor.

—Por supuesto. Te guardaré la cena, Lola, descuida. Le pondré una pegatina al táper para que a nadie se le ocurra levantarse a media noche y comerse la *rostidera* que te toca. Y ya sabes, si puedo servirte de algo…

—Gracias, Robles.

Llegó un coche de policía conducido por Marino. Un minuto después, el excomisario los veía perderse al final de la avenida de las palmeras con una sensación rara en la garganta, una mezcla de alivio por no tener que ir, de nostalgia del recuerdo de la adrenalina que, si fuera él el inspector, habría empezado a circular por sus venas, y de inquietud por algo que no conseguía definir y que tenía relación con la muerte violenta de otro ser humano.

4

Los ficus gigantes

Qué se sabe? —preguntó Lola en cuanto se abrochó el cinturón—. ¿Dónde lo han encontrado? ¿Es seguro que está muerto?

—Para, para, mujer, que te va a dar un pasmo. Sí, es seguro que está muerto; al menos eso nos han dicho. No nos han explicado casi nada por teléfono. Solo han pedido que vayamos a la casa…

—A la del otro día.

—Sí. Que tienen allí al Maestro y lo están velando.

—¿Cómo que lo están velando? ¿Dónde lo han encontrado?

—Ahora nos informarán al llegar.

Lola empezó a mordisquearse los labios. Había algo que no acababa de gustarle, pero no tenía nada claro qué podía ser. No sonaba a la forma normal de comunicar el hallazgo de un cadáver, mucho menos del cadáver de una persona conocida y que ya llevaban un par de días buscando.

—¿Habéis avisado al juez?

—Claro. Al juez, al forense, a la científica, a todo el mundo. Algunos puede que ya hayan llegado.

Lola sacó el móvil y volvió a mirar la foto que se sabía de memoria: un hombre mayor, de muy buen aspecto, sano y seguro de sí mismo, que recordaba un poco a Gandhi, pero sin bigote, con el cráneo afeitado, gafitas redondas y unos ojos que parecían taladrar al contemplador. En fotos más antiguas, en las que se le veía más joven, sonreía con frecuencia y parecía un actor de cine. En la más reciente, llevaba barba corta canosa y vestía una especie de túnica blanca con muchos pliegues y borde azul. Se preguntaba dónde habría estado los días anteriores y cómo y dónde habían hallado su cuerpo, pero de eso iba a enterarse pronto.

—¡Ya podían haberlo encontrado mañana! —suspiró Lola en el mismo momento en que Marino tomó la desviación hacia el mar. Los pinos enanos que cubrían el terreno rocoso eran una alfombra de oscuridad delante y detrás de los faros del coche. La noche, sin luna, era particularmente oscura.

—¿Y eso?

—Teníamos una cena estupenda para celebrar la recogida de la oliva, y todo el mundo estaba de buen humor.

—La verdad es que parece que lo pasáis bien en la Casa las Locas.

—No te puedes hacer una idea… —terminó Lola con una sonrisa que a Marino se le antojó misteriosa y supuso que tenía que ver con el novio que se había echado, bastante más joven que ella.

—Pues ya estamos.

Marino cortó el contacto y apagó las luces del coche. Eran los primeros. Subieron los tres escalones y, como la vez anterior, se abrió la puerta y apareció Ascuas con cara de fantasma, pálido y tenso.

—Bienvenidos. Gracias por acudir —dijo, como si los hubiesen invitado a un baile.

Los precedió por el pasillo hasta el mismo salón que ya conocían y que ahora, a las ocho de la tarde de un día de noviembre de luna nueva, no mostraba el azul del mar, sino una negrura absoluta. Los cristales reflejaban el interior, creando un extraño efecto de reduplicación que convertía la sala, iluminada por docenas de velas, en un espacio imposible suspendido en la nada. La columna de fuego y la columna de aire dorado, a izquierda y derecha, brillaban con una luz tenue, rojiza, misteriosa.

En cuanto se les acostumbraron los ojos a la penumbra, se dieron cuenta de que, a pesar de que había más de veinte personas en el suelo, sentadas sobre los talones, el silencio era total. En medio de la masa de adeptos, el Maestro yacía sobre unos paños de color oscuro, vestido de blanco y con las manos entrelazadas sobre el pecho. Tenía los ojos cerrados.

A sus pies, una figura femenina, supusieron que Brisa, murmuraba una plegaria en una lengua incomprensible. Las volutas de humo de docenas de varillas de sándalo se enroscaban entre las cabezas inclinadas de los adeptos creando una niebla en la sala. El espeso perfume oriental era mareante y hacía el aire casi irrespirable.

—¿Qué es esto? —preguntó Lola en un tono de voz tan normal que todos dieron un respingo, por el contraste que suponía con el ambiente que reinaba en el salón.

—Un velatorio, inspectora —contestó Ascuas en voz muy baja, como si no pudiera dar crédito a la estupidez de la pregunta.

—Ya. Salta a la vista, pero supongo que el cadáver de… del Maestro… no habrá aparecido hoy a media tarde aquí mismo con velas, incienso y todo lo demás. ¿Me equivoco? ¿Dónde lo han encontrado? —continuó sin esperar respuesta, dado que la pregunta anterior había sido obviamente retórica.

—Unos jóvenes adeptos lo han encontrado a mediodía en la pequeña cueva del mar, la que hay a la izquierda de nuestra playita. El… cuerpo estaba muy maltratado por el choque contra las rocas. Las olas… —se le quebró la voz—, las olas lo habrán estado golpeando contra la costa quién sabe cuánto tiempo.

—¿Se han vuelto todos locos? —La inspectora Galindo miraba a su compañero con la sensación de haberse metido en el sueño de un desconocido—. ¿Me está diciendo que lo han encontrado hace diez horas, lo han subido hasta aquí, lo han lavado y lo han expuesto antes de avisar a la policía?

—¿Hemos hecho mal?

La pregunta era tan inocente, o tan idiota, que Lola estuvo a punto de estallar en una carcajada, pero Ascuas siguió hablando con expresión compungida:

—No podíamos dejarlo allí. Habría sido una falta de respeto. Su cuerpo debía ser purificado para ayudar a su alma a alcanzar la trascendencia.

—¿No saben que un cadáver no se puede tocar hasta que llegan la policía, el juez y el forense? ¿Qué pasa, que están tan fuera del mundo que nunca han visto ni siquiera una película de crímenes? —Su voz iba subiendo peligrosamente.

Ascuas se quedó mirándola sin comprender.

—No —dijo, contrito—. No recuerdo haber visto nunca una de esas películas, inspectora, lo siento. Nosotros nos ocupamos de otras cosas. Sabemos lo que debe hacerse cuando un ser vivo cambia de plano.

—¡No! ¡Al parecer no tienen ni idea!

En ese momento sonó una especie de gong.

—Perdonen, tengo que ir a abrir. ¿Esperan ustedes a alguien?

Marino se volvió de espaldas a Ascuas para que no lo viera reírse. Aquel tío o era imbécil en serio o era muy buen actor, pero en una comedia del absurdo. ¡Mira que preguntarle si esperaban a alguien!

—Vaya a abrir. Serán nuestros compañeros —dijo Lola.

—Este tío es gilipollas —le susurró Marino al oído en cuanto Ascuas cruzó la puerta.

—O nos hace gilipollas a nosotros. Nunca en la vida me ha pasado nada igual.

—Ni a mí. Y ahora, ¿qué hacemos?

—Lo único que podemos hacer: aguantar hasta que el juez y el forense hagan lo suyo. Luego, compañero, nos espera una noche muy muy larga, me temo.

Después de la cena, entre el cansancio de los días pasados en el olivar y que muchos de los que trabajaban fuera de Santa Rita tenían que madrugar, todo el mundo se retiró temprano. Greta, aprovechando que su tía estaba de muy buen humor y no parecía cansada, la acompañó a su cuarto y, aunque no pensaba decirle nada todavía de lo que había creído averiguar, se encontró con una taza de infusión de hierbas en la mano, contándole que en el plano de 1883 aparecía un invernadero que actualmente no existía y que quizá ni siquiera se hubiese llegado a construir.

—Pues claro que existió —dijo Sofía totalmente convencida.

—Pero ¿tú llegaste a verlo?

La escritora negó con la cabeza.

—Creo que no, aunque tengo algo… como imágenes borrosas de un lugar que podría haber sido una ruina. Lo que pasa es que no me acuerdo de si esas imágenes son de Santa Rita o de otro sitio. ¡He visto tantas cosas en la vida!

—Entonces ¿por qué estás tan segura de que existió?

—Por mi madre. Me lo contó muchas veces…; lo bonito que era, con las plantas enormes y la luz filtrándose por entre las hojas, creando charcos de sol en el suelo entre las sombras verdosas y azuladas… Tu abuela era pintora, ya lo sabes, y cuando nos contaba cosas siempre nos hablaba de los colores. Supongo que eso me ayudó mucho en mi propia imaginación para la escritura.

—¿Te hablaba también de Lidia?

La expresión de Sofía, que había sido dulce y soñadora rememorando a su madre cuando le hablaba de los colores, cambió de pronto y se hizo cerrada, impenetrable, la famosa «cara de póquer» que nunca dejaba traslucir lo que había en su mente.

—No me acuerdo, la verdad. ¿Qué Lidia? No me suena.

—En los diarios de cuando era pequeña, tu madre habla de «la prima Lidia». ¿Sabes quién era?

Sonaron unos golpecitos en la puerta y apareció la cabeza de Candy con su clásica expresión de pájaro inquisitivo.

—¿Molesto? Venía a ver si Sofía necesitaba algo antes de retirarme, pero ya veo que la juerga continúa. ¿Os queda té?

Llevaba puesto el camisón y la bata y unas zapatillas de peluche que parecían patas de oso.

—No molestas, nos queda infusión de hinojo con anís y no necesito nada, pero llamar juerga a esto es un poco excesivo, querida mía —contestó Sofía—. ¡Para lo que hemos quedado, Candy! Una tacita de hierbas a medianoche. Anda, siéntate.

Candy se sirvió una taza, cogió una mantita, la extendió sobre sus piernas y se repantigó en el sillón con un suspiro.

—¿De qué hablabais?

—De la prima Lidia —contestó Greta, antes de que Sofía pudiera decir otra cosa.

—Aaah… A ver si me acuerdo… La prima Lidia sería la hija de la tía Matilde, la chica que murió joven y luego su madre se volvió loca o algo así, ¿no es eso, Sophie?

—Eres una bocazas, Candy.

—¿Qué pasa, que no querías hablar de ella? Pues haberlo dicho.

—¿Quién era la tía Matilde? —preguntó Greta.

No le sonaba de nada ni asociaba ninguna anécdota o recuerdo con ese nombre.

—La hermana de tu bisabuelo Ramiro —contestó Sofía, como dándose por vencida—. Tus tatarabuelos, los fundadores de Santa Rita, Lamberto y Leonor, tuvieron dos hijos: Ramiro y Matilde. Matilde tuvo a Lidia y enviudó muy joven, así que se vino aquí a vivir con su hermano y su cuñada. Ramiro, como sabes, se casó con Soledad, y tuvieron a mi madre, Mercedes; por eso Mercedes y Lidia eran primas.

—¿Y por qué yo nunca había oído hablar de Matilde y su hija Lidia?

—¡Yo qué sé, hija! Tu madre nunca fue de recordar y contar historias familiares. Ya ves que salió de aquí apenas casarse y prácticamente no volvió nunca más. Eileen vivió siempre de cara al futuro. Nunca le interesaron las viejas historias. Mi hermana y yo no podíamos ser más diferentes, y tú te criaste con ella. Si hubieras vivido aquí durante tu infancia, sabrías más cosas del pasado. Aunque, no sé yo…, cuando tú eras pequeña yo tampoco era como soy ahora, también miraba más al futuro y me pasaba la vida de acá para allá, viajando por el mundo, entrando y saliendo de relaciones más o menos breves… —Soltó una risita—. Pensando más bien poco en lo que había quedado atrás.

—A mí, sin embargo —siguió Candy—, siempre me interesó la historia de la familia de Sophie. Seguramente porque la mía era tan sosa, todos de clase obrera, buena gente, muy trabajadores, sin tiempo para nada especial ni esplendoroso. Fíjate que mis abuelos contaban que se casaron el día de Navidad junto con otras diez o doce parejas, porque era el único día libre que tenían en todo el año, y después se fueron a dar un paseo por Hyde Park y tomaron el té en una *tea house* los dos solos. Luego, para sus bodas de plata, en el colmo de la sofisticación, fueron de romería a St. Audrey y se compraron las tazas más horteras del mundo con la cara de la santa. Yo nací al final de la segunda guerra, cuando mi país estaba hecho unos zorros y no había otra que arremangarse y arrimar el hombro. Por eso, cuando empecé a trabajar para Sophie y me trajo aquí y descubrí Santa Rita y las historias familiares…, no sé…, fue como entrar a vivir en una película en tecnicolor, con un papel secundario, discreto, pero en una gran producción. Por eso sé tantas cosas. Por lo que me ha contado tu tía y por lo que he ido averiguando yo. Ahora me alegro de que hayas tomado el relevo, Greta, y espero que me vayas contando lo que averigües. Bueno, que nos lo cuentes a las dos, aunque Sophie dirá que a quién le importan todas las viejas historias.

Sofía le sacó la lengua.

—Te lo dirá, pero es mentira. A ella le importan. Y a mí.

Greta las miró con cariño. Siempre le habían caído bien, pero antes no formaban parte de su vida mientras que ahora, desde que vivía en Santa Rita, se habían convertido en las personas más importantes de su nueva existencia. Seguía queriendo a sus dos hijas, por supuesto, pero ya no eran centrales en su día a día, del mismo modo que, para ellas, su madre era importante pero accesoria. Carmen y Lola se estaban construyendo su existencia en Alemania, donde habían nacido, muy lejos de Santa Rita, y, mientras ella estuviera sana y razonablemente feliz, no consideraban que hubiese que hacerle mucho caso, sobre todo desde que había decidido romper su matrimonio. Ahora el peso de Fred, el padre de ambas, había recaído en ellas y estaban comenzando a acostumbrarse a que él tenía una nueva pareja, Heike, y su madre se había instalado en España por tiempo indefinido.

Pensó por un momento decirles a Candy y a su tía Sophie que, al día siguiente, iba a emprender con Robles una expedición a la mancha verde que había visto gracias a Google Earth, detrás de la colina que cerraba Santa Rita por el norte, para tratar de encontrar algún resto del invernadero que aparecía en el mapa, pero se dio cuenta de que ya era tarde y las dos mujeres necesitaban descansar casi tanto como ella, aunque, a su edad, no hubieran colaborado en la recogida de la oliva.

Ya les contaría lo que descubriera y, de paso, seguiría ahondando en la historia de la familia. Estaba segura de que había mucho más que saber de la desconocida tía Matilde y de su hija Lidia.

Había bruma sobre el mar cuando salieron de la casa de los Mensajeros de Ishtar. El mundo parecía haber sido empaquetado entre algodones. El silencio pesaba sobre los pinares como una manta mojada, igual que se sentían Lola y Marino: como si les hubieran echado encima una tela pesada y húmeda, fría.

—Te invito a un café —dijo Lola al subir al coche—. Estoy helada.

—¿Sabes lo que me apetece?

Se miraron un instante antes de que Marino se contestara a sí mismo.

—Un chocolate con churros, o con buñuelos.

—Como seis mil calorías de golpe.

—Pues no sé tú, inspectora, pero yo me las he ganado.

—¡Venga, me apunto! Un día es un día. ¡Qué nochecita, joder!

—¿Tú crees que de verdad son tan… tan tontos como parecen, como nos quieren hacer creer?

—Yo qué sé, Marino, yo qué sé. Si fueran tan tontos no habrían podido hacerse tan ricos. Aunque, claro, a lo mejor el único listo era el Maestro y por eso están todos tan desesperados y tan perdidos ahora que se han quedado solos.

—Te juro que me estalla la cabeza con todo lo que nos han estado contando. En cuanto duerma un poco trataré de poner las cosas en orden y te las paso. Luego hay que ver de qué ha muerto. Enrique no ha querido comprometerse mucho, ¿no te parece?

—Enrique estaba tan perplejo como nosotros por el morro que han tenido los adeptos. ¡No solo habían movido el cadáver, sino que lo habían lavado! No vamos a encontrar nada después de lo que le han hecho. Y ¿has visto a Marcos? —Lola sonrió al recordarlo—. Casi le muerde un ojo al tal Ascuas. En cuanto vuelva al juzgado, los empapela. Me juego el sueldo. Estaba que se subía por las paredes.

—Con toda la razón del mundo. Aunque me ha contado que no era la primera vez que se encuentra con una cosa así y que tampoco se puede hacer mucho.

—¿Adónde vas? —preguntó Lola, viendo que Marino, en lugar de girar hacia el aeropuerto, tomaba la dirección opuesta.

—A un sitio que conozco en Santa Pola. Los churros son caseros de verdad. Oye, ¿tú crees que se lo han cargado?

—¿Al Maestro? Sí. Juraría que sí, pero no me preguntes por qué. Debe de ser por lo mal que me caen todos.

Los dos soltaron unas risillas.

—Y el caso es que no creo que les conviniera su muerte —continuó Lola—. Ya los has visto…, como pollos sin cabeza. Pero eso de subir al muerto a la casa y quitarle todo lo que pudiera darnos una pista sobre qué ha pasado…, eso huele a premeditación. Saben que ha sido uno de ellos y no quieren que los de fuera destapemos nada. Me figuro que vamos a tener que sacarles los detalles con sacacorchos y no te puedes imaginar la pereza que me da.

—Es porque estamos hechos polvo.

—También. Y porque, por lo que hemos averiguado del tal Ishtar cuando creíamos que solo estaba desaparecido, no solo hay posibilidades de que sea un asunto interno, sino de que alguien de fuera, alguien resentido, o a quien haya estafado o que quiera vengarse de ellos por lo que sea, haya decidido que era el momento oportuno para cargárselo y eso nos aumenta exponencialmente el radio de acción.

—Como hay que empezar por algún sitio, yo creo que podemos empezar por los de dentro y, si vemos que no hay nada, ampliamos.

—Pues ya los has visto esta noche. Nadie ha oído nada, nadie sabe nada, nadie recuerda nada. Lloran y gimen y de vez en cuando se acuerdan de que la muerte no es el final y sonríen como pasmados, pero sin soltar prenda.

Aparcaron delante mismo de la churrería porque Marino pensaba recoger el chocolate y los churros para llevar, pero Lola le puso la mano en el brazo antes de que se apeara.

—No, nada de cutreces esta vez. Entramos, nos sentamos y desayunamos como personas decentes.

—Venga, entra tú. Voy a aparcar decentemente —subrayó, tomándole el pelo—. ¿O crees que por una vez podríamos dejar el coche como está? Si se acerca un colega a multarnos, ya salgo yo. ¿Bien?

Lola se encogió de hombros y entró en el local donde, al menos, se estaba caliente, aunque olía a fritura de un modo que, si no fuera por el hambre que los dos tenían, le hubiera resultado francamente desagradable.

—En cuanto Enrique nos dé los resultados de la autopsia, nos ponemos a interrogar a todos los «ángeles».

Una de las adeptas de mayor edad, una mujer que debía de andar por los cuarenta y tantos, les había dicho que, en origen, el primer nombre que había tenido la orden era los Ángeles de Ishtar, pero que luego el Maestro había temido que no los tomaran en serio por el parecido con *Los ángeles de Charlie* y había cambiado la palabra. Al fin y al cabo, «ángel», en griego, significa «mensajero».

—Entonces, cuando hayamos dormido un par de horas, tú pones en limpio lo que hemos ido sacando a lo largo de la noche y yo me encargo de reunir la información que tenemos sobre la víctima, a ver si, conociendo al hombre, podemos imaginar quién ganaría algo con su muerte.

—Y ahora, nos comemos todo esto sin hablar de asesinatos, ¿te parece? —Marino le hizo un guiño mientras, con la mano derecha, enarbolaba una porra tan grande como la de la sota de bastos.

Nada más abrir los ojos a la primera luz del día, aún en la cama, arrebujada en su edredón, Sofía hizo un repaso mental como solía hacer —rápida, sin detenerse demasiado en cada uno— de los habitantes de Santa Rita, como haciendo inventario, a pesar de que ninguno de ellos estaba allí presente en su cuarto y tenía que imaginarse dónde se encontraban y qué estaban haciendo.

Era una rutina tranquilizadora que había descubierto hacía unos años y que sustituía a la que durante mucho tiempo fue su manera de empezar la jornada de trabajo: despertar, estirar los músculos, volver a acomodarse en la cama, cerrar los ojos a veces, y comenzar a pensar en todos los problemas narrativos que debía solucionar para avanzar no solo con la novela que llevaba entre manos, sino con las dos o tres siguientes.

Durante mucho tiempo, hasta que la muerte de su madre la liberó de estar siempre pendiente de ella y del pequeño mundo de Santa Rita —entonces vacía, pero llena de secretos que era necesario enterrar y mantener enterrados—, Sofía había vivido sin ser consciente de todo lo que sucedía a la vez en todas partes. Su mente no llegaba más allá de sus novelas, de las necesidades de su propia vida y la de Mercedes, y del esfuerzo titánico de preservar la memoria, aunque ocultando, incluso ocultándoselo a sí misma, todo lo que no debía ser sacado a la luz.

Fue en aquella primera época cuando aprendió, gracias a la necesidad —gran maestra— y a la espléndida novela de George Orwell, el concepto del doblepensar, y eso llenó sus días de tal forma que apenas si le daba tiempo a reparar en lo que sucedía a su alrededor, a menos que tuviera relación inmediata con ella.

Solo ahora, o quizá desde hacía un par de décadas había ido comprendiendo que, aunque toda la vida de un ser gira alrededor de su propia existencia y desde su propia perspectiva, las vidas de todos los demás, justo a la vez, giran, cambian, evolucionan, se mueven como un caleidoscopio sin principio ni fin, incesante, eterno.

Mientras ella, ahora, pasaba su vida entre su estudio y su habitación, el resto de las vidas rodaban, cambiaban, sucedían en torno a ella, se alejaban, volvían…, y cada una de ellas tenía el mismo valor. Todo acontecía a la vez y era de igual relevancia: máxima para cada protagonista, secundaria o casi desprovista de toda importancia para los demás.

Cuando abría los ojos en su habitación de la torre y oía las voces juveniles delante de la casa, el bajo profundo de Robles respondiendo, la escoba de Lina pasando como un metrónomo por las aceras alrededor de la casa —un *swish, swish* tranquilizador por rítmico y repetido—, los motores de los coches de las alumnas de Nieves que venían a la primera clase de yoga casi antes de que se hiciera de día…, permanecía atenta, dándose cuenta de que todos ellos estaban oyendo, viendo, sintiendo, pensando cosas que para ella no existían, que no llegaban hasta su cama.

Una vez, muchos años atrás, en uno de los primeros festivales literarios a los que la invitaron, un colega ya mayor, que acababa de perder a su mujer de toda la vida, dijo algo que, entonces, la conmovió, precisamente porque nunca lo había pensado: «Sé que algunos de ustedes están aquí no tanto porque les interese mi obra o lo que yo tenga que decir, sino para paliar por unos minutos el dolor que están sintiendo. Un dolor físico que tratan de calmar con pastillas e inyecciones, pero que no se acaba de pasar del todo. O un dolor psíquico por la pérdida de una persona muy amada, o de un bebé que ha nacido antes de tiempo y no ha sobrevivido, un dolor que no es posible mitigar. O el dolor de un fracaso, o de un abandono amoroso. O el desgarro que produce la ausencia de ese animal de compañía que se alegraba de su regreso a casa y que ya no estará a su vuelta cuando salgan de aquí y lo único que les esté esperando en lo que era un hogar sean los muebles. Quiero que sepan que los comprendo, y que no me ofende que su motivo para haber venido a mi charla de esta tarde sea ese. Quiero que sepan que ese motivo es tan literario como el que más, porque sin dolor no hay literatura, porque el dolor es el abono de la fértil tierra del mito, que es el origen de todo lo que hacemos los narradores y los poetas».

Quizá aquel colega no hubiese pronunciado esas palabras exactas, pero el núcleo era ese y, desde entonces, se había concentrado tanto en el dolor como en el placer, tanto en sus páginas como en su vida, pero durante mucho tiempo después de haberse quedado sola, sin su hermana, que vivía en Inglaterra, sin su madre que acababa de morir, el centro fue ella misma: sus deseos, sus miedos, sus preocupaciones, sus éxitos, sus fracasos. Durante mucho tiempo no pensó en que los demás eran también protagonistas cada uno de su existencia y era fundamental tomarlos tan en serio como se tomaba ella a sí misma.

La comunidad de Santa Rita fue el resultado de esa epifanía, o quizá fuera al contrario: una vez establecida la vida en comunidad, tomó conciencia de la cantidad de cosas que acontecen en una misma casa, en un mismo pueblo, en un mismo país todas a la vez, a la misma hora; y todas son igual de importantes o igual de insignificantes, de triviales.

Cuando pasaba un avión sobre su casa, listo para aterrizar en el aeropuerto de Alicante-Elche, pensaba en los pasajeros que miraban el paisaje desde arriba, que llegaban a aquel rincón para descubrir un mundo desconocido, o para pasar unas vacaciones, o para cumplir con un trabajo o un encargo y marcharse cuanto antes, o que regresaban a casa con el corazón dando saltos de júbilo; gente alegre, triste, preocupada, decidida, aterrorizada… Todos caminando a ciegas hacia el último día de su vida que podía tardar mucho en llegar o ser el siguiente, o esa misma noche.

Eso era lo que más la había ayudado en su profesión, mucho más que la fantasía o la imaginación desbordada: el ser capaz de ponerse en el lugar de cualquier otra persona, el comprender, poniéndose en su situación, las motivaciones que llevaban a otros a actuar de maneras extrañas, incomprensibles al primer golpe de vista.

Empatía. La mayor cualidad del ser humano. La base del comportamiento civilizado. «No le hagas a nadie lo que no querrías que te hicieran a ti». «No hagas daño. No permitas que te dañen». ¡Sería tan fácil la vida si todos interiorizaran un concepto tan sencillo!

Algunas religiones lo habían intentado y algunas personas religiosas vivían de ese modo, pero en cuanto aparecía en la ecuación el deseo de poder, o la posibilidad de enriquecerse, ya no había más barreras, y la empatía pasaba a declararse debilidad, estupidez, pobreza de espíritu.

En ocasiones se le ocurría pensar cómo habría sido tener un hijo o una hija que educar, si habría conseguido criar a un ser humano empático, decente y con capacidad de ser feliz. Suponía que sí, como habían hecho tantos padres y madres a fuerza de amor, ejemplo y mucho mucho trabajo, y consintiendo en reducir su libertad a cambio de esa nueva relación amorosa. Pero no fue posible.

En su familia siempre había resultado difícil tener descendencia. Esas eran las espinas de las rosas de Santa Rita, como le había oído decir a su abuela en algunas ocasiones. Sus bisabuelos tenían treinta y tres ella y cuarenta y tres él cuando consiguieron por fin concebir a su primogénito, Ramiro. Él y Soledad, en la siguiente generación, tuvieron pronto a Mercedes, pero ya no pudieron volver a ser padres, después de dos bebés que murieron al poco de nacer. Eileen también había sufrido tres abortos y al final habían decidido que con una hija sana era suficiente. Ella, Greta, su sobrina, era la primera de la familia que no parecía haber tenido dificultades; tenía dos hijas, Carmen y Lola, que habían llegado sin contratiempos.

Ella misma, Sofía, por el contrario, nunca había estado embarazada. No lo echaba de menos, aunque algunas veces en su vida había sentido curiosidad. Siempre había tenido bastante con los personajes de sus novelas y las intrigas de sus tramas, además de los viajes y los numerosos amantes y ya, mucho después, con la gente de Santa Rita que ahora eran su familia, una familia normal, con problemas y preocupaciones normales, no como la propia, la de los Montagut-O'Rourke y todos sus terribles secretos.

Sin moverse todavía de la cama, con cariño, hizo un repaso mental de todos los amigos y amigas que compartían su hogar, deseándoles alegría, sosiego, una vida larga y en paz.

Lola dejó caer el bolígrafo con el que se estaba dando golpecitos en los dientes, se levantó casi de un salto, fastidiada por ese estúpido automatismo que acabaría por costarle el esmalte de la dentadura, según su dentista, y echó a andar hacia la máquina de café, no porque le apeteciera particularmente, sino porque estaba ya un poco harta de buscar datos sobre la víctima, con más bien pocos resultados.

Le resultaba curioso que precisamente en pleno siglo XXI, con internet y redes sociales y toda clase de adelantos, pudiera resultar tan difícil reunir información sobre una persona tan aparentemente notoria como lo había sido el hombre que se hacía llamar Ishtar. Según sus discípulos, cuando después de mucho tira y afloja se habían dignado darle alguna respuesta útil, era de nacionalidad estadounidense, aunque de ascendencia española, y se llamaba oficialmente Thomas Richard Greenleaf, pero llevaba tanto tiempo siendo simplemente Ishtar que casi nadie más lo sabía, salvo los que tenían acceso a sus datos mundanos por cuestiones administrativas.

La búsqueda en internet de ese nombre, al menos por el momento, no había arrojado grandes resultados. Había alguien llamado así en Carolina del Sur, nacido en 1956 y muerto en 2010, pero, obviamente, no se trataba del mismo, y un abogado en ejercicio, de unos cuarenta años, en Dallas.

De todas formas, lo más curioso era que, al ponerse en contacto con la embajada de Estados Unidos para informar de la muerte de Greenleaf y pedirles que rastrearan sus archivos en busca de posibles familiares, había resultado que esa persona no les constaba ni como residente en España ni como ciudadano estadounidense. Por eso ahora estaban esperando la autorización del juez para poder abrir la caja fuerte que había en la casa, con la esperanza de que en ella se guardaran los documentos válidos de aquel hombre. Si no el pasaporte, al menos un testamento que les permitiera saber más. Y estaba segura de que testamento tenía que haber. No crea uno un imperio como los Mensajeros de Ishtar para dejarlo todo sin atar, sobre todo cuando uno ya ha cumplido los ochenta. Aunque igual pensaba que iba a ser eterno…

Se tomó el café de un solo sorbo, amargo, requemado y ardiendo y, como siempre, pensó que era imbécil por no haberse acercado al bar de Chelo, donde los cafés tampoco eran gran cosa, pero no estaban tan asquerosos ni venían en vaso de plástico. La cafeína era auténtica, eso sí.

Regresó a su despacho resistiendo el impulso de hacer una visita a Marino. Ya vendría él cuando tuviera el resumen de las primeras entrevistas con los adeptos. Ahora no quedaba otra que seguir buscando y, en cuanto llegara la orden del juez, volver a la mansión de los «mensajeros» a ver qué encontraban.

No acababa de entender por qué, pero había algo en aquel caso que no le gustaba nada. Ella estaba acostumbrada a tratar con quinquis, con narcos, con chulos y puteros…, gente brutal, arrogante, violenta…, o con personas más educadas, de otras capas sociales, que fingían colaborar con una investigación, pero mentían u ocultaban datos por obvias razones. La gente de Ishtar era otra cosa, algo que le recordaba a las monjas de su infancia, a los ejercicios espirituales que les imponían una vez al año, a los curas untuosos con sus manos blancas y sus miradas hipócritas. Quizá lo que tanto le molestaba fuera esa aparente mansedumbre de los adeptos, esa forma de cerrarse en banda con suavidad, la sensación de darse de narices contra una mullida pared de goma que no cedía. Era como pelearse con unas natillas.

Volvió a sentarse a su escritorio, tendió la mano hacia el bolígrafo y lo dejó caer. No. Tenía que quitarse esa manía como fuera. Empezó a pasarse la lengua por los dientes mientras reunía lo que había encontrado.

En la red había montones de fotos de Ishtar con gente importante —gobernadores, senadores, diputados, alcaldes, todo tipo de políticos de todas las denominaciones, grandes empresarios, artistas de fama mundial—, en inauguraciones, aniversarios, congresos, conciertos benéficos..., todo tipo de celebraciones de alto nivel. Siempre se le veía sonriente, vestido de blanco, con ese aire a lo Gandhi que hacía pensar en un hombre dulce pero firme, humilde sin blandura, con un brillo de inteligencia en la mirada; alguien especial.

También se había topado con muchos testimonios de personas que contaban su experiencia con el Maestro, agradecían su ayuda y explicaban que su «don» —en este punto coincidían todos y todos lo llamaban «sobrenatural»— consistía en ser capaz de decirle al consultante con pasmosa exactitud cuál era la enfermedad que padecía, aunque aún no se hubiese manifestado, o el dolor psíquico o el trauma o la situación vital que lo estaba destruyendo y a la que habría que poner fin para poder alcanzar la armonía y el equilibrio. No ofrecía soluciones, no daba consejos, no vendía ningún tipo de fármacos, ni objetos mágicos, ni hierbas, ni pociones. Por lo que había leído, cuando por fin recibía a un cliente (la lista de espera podía extenderse un par de años), hablaban unos minutos sin que Ishtar tuviera que preguntar nada particularmente íntimo, luego se quedaba en silencio durante a veces más de una hora, y después le explicaba al consultante cuál era su problema. En ocasiones, podía decirle qué especialista sería capaz de ayudarlo a partir de ahí y otras veces se limitaba a indicar que era el mismo cliente quien tenía que tomar las decisiones necesarias para salir de la situación que lo estaba enfermando. No había controles posteriores, no había seguimiento de ningún tipo. Era una sola consulta. Eso sí, carísima. No había encontrado en ninguna parte las tarifas, pero a juzgar por los comentarios que había leído, la cosa debía de ser prohibitiva.

Por la información que había podido recopilar, algunas veces derivaba a algún cliente/paciente a uno de sus adeptos con otro «don» especial que podía resultarle útil, pero de esto se hablaba mucho menos en las redes.

Lola soltó un sonoro resoplido. Desde que había salido del odioso colegio de monjas en el que la habían metido a los diez años, era particularmente alérgica a todo lo que sonara a religión o a esoterismo, que, a su forma de ver, no se diferenciaban demasiado. Todo cuentos chinos para manipular a los demás o, en el mejor de los casos, explicaciones traídas por los pelos, inventadas por gente que no era capaz de aceptar que el mundo está lleno de cosas que no entendemos todavía, pero que, en lugar de esperar a que la ciencia consiga darnos una respuesta, prefiere creer las historias inventadas de los que dicen comprender el mundo. Luego todo lo arreglan con el cuento de «la fe», lo que se resume en: «No tiene ni pies ni cabeza, pero si tienes fe, si crees, es así, sin más».

Decidió cambiar de pensamientos porque estaba empezando a cabrearse.

A juzgar por lo que había leído, en el caso del tal Ishtar había algo de verdad en el asunto. Daba la impresión de que tenía algo real que ofrecer, que no era cuento. O al menos no todo.

Tendría que intentar presentarse ante aquellos adeptos con un poco más de buena voluntad, dejando abierta la posibilidad de que hubiera algo verdadero en todo aquello. Aunque… bien mirado, a ella le pagaban por encontrar al asesino de una persona y llevarlo ante un juez, no por tratar de comprender a quienes lo rodeaban en vida.

Además de que, de momento, no estaba nada claro si aquello había sido un asesinato o un accidente. El informe forense no había llegado aún y, aunque su intuición le decía que al gurú se lo había cargado alguien que lo conocía, por motivos que seguramente estarían en la estrecha gama que va del dinero al poder y vuelta, no podía en realidad hacer nada hasta saberlo seguro.

Sonaron dos golpecitos en la puerta y entró Lara con un informe en la mano.

—El preliminar de la científica, Lola.

—Cuéntame.

—Han encontrado algo que puede indicar una intencionalidad criminal.

—A ver.

Lara se acercó, puso encima de la mesa unas fotos tomadas con un dron que mostraban la zona que el día de la desaparición no les habían permitido visitar, y le fue indicando con el dedo:

—Mira, esto es la casa. Detrás, entre la casa y el final del terreno, antes de que caiga hacia el mar, aquí, hay una parte que, como ves, desde arriba se parece a un minigolf, pero que es otra cosa. Aquí tenemos una especie de pequeña pista de tierra suelta, ¿ves? Como un sitio para jugar a la petanca, pero más pequeño, unos cinco o seis metros de largo y dos y medio de ancho. No sabemos para qué sirve, pero por ahora da igual. Luego hay más o menos lo mismo, pero de agua, como una minipiscina alargada…

—¿Llena?

—Sí. Después, a continuación, tenemos otra vez algo parecido a la pista de tierra, pero muy ennegrecida, con ceniza apisonada. Tampoco sabemos qué es. Tendrás que preguntarles cuando vayas a verlos. Y aquí, al final, ya en la punta del precipicio… ¿Ves? Aquí se acaba el terreno y hay una caída de unos veinte metros hasta las rocas y el mar…, pues aquí hay una pequeña rotonda, de unos tres metros de diámetro con una estructura hecha de cuatro postes metálicos, con tirantes que unen esos postes con el centro por medio de una especie de cinturones elásticos. La persona que se coloca en el centro puede amarrarse con esos cinturones…

—¿Para qué? —interrumpió Lola, perpleja—. ¿Para disfrutar de la vista sin peligro?

—No creo, la verdad. Más bien parece tener relación con las dos toberas, realmente bestiales, que apuntan a este centro y, cuando se ponen en marcha, soplan una corriente de aire salvaje, de manera que quien esté en la rotonda, si no está atado con esos cinturones, se vuela como una pajilla y cae por el barranco sobre las rocas.

Las dos mujeres se miraron.

—¿Qué sentido tiene eso? —preguntó Lola.

Lara se encogió de hombros.

—Ni idea. Pero lo que yo venía a decirte es que esos cinturones de seguridad estaban manipulados. Si alguien hubiese querido usarlos, quizá no se habría dado cuenta, pero cuando se pusiera en marcha el viento de las toberas, habría salido volando sin poder hacer nada por evitarlo.

—O sea, que si alguien estaba ahí en el centro de la rotonda, asegurado con los cinturones, creyendo estar a salvo, y otra persona hubiera puesto en marcha el viento…

—O la misma persona. Según los técnicos, en la rotonda hay un botón que se acciona con el pie y pone en marcha las toberas.

—No entiendo nada.

—Pues pregúntales y que nos lo expliquen.

Lola se puso de pie, cogió el anorak y el informe.

—Hazme el favor de decirle a Marino que lo espero fuera, que nos vamos a hacerles una visita a los Mensajeros. Alguien tiene que darnos una explicación.

—Bueno, ¿me vas a decir adónde vamos y qué es lo que buscas y para qué he tenido que ponerme las botas de monte?

Robles caminaba detrás de Greta cruzando el jardín en dirección a la sierra que cerraba Santa Rita por el nordeste. El día era desapacible, con nubes que cruzaban, rápidas, el cielo, impelidas por un viento alto que, donde ellos estaban, apenas se dejaba sentir más que a rachas.

—Confía en mí. No quiero decirte aún nada por si resulta que me he equivocado, pero si tengo razón, va a ser una sorpresa increíble. ¿Te has traído el Tres en Uno como te dije?

—Sí, aquí está.

—Pues ya puedes usarlo, a ver si hay suerte y conseguimos abrirla. ¡Está tan dejada, la pobre!

Habían llegado a una puertecilla de hierro, bastante oxidada, en medio de la cerca de alambre que separaba los terrenos de Santa Rita de la pinada que cubría la sierra.

—Porque por aquí no se va ninguna parte y, con todo lo que hay que hacer en el jardín y en la casa, esta zona la hemos ido olvidando. A lo mejor habría que quitar el cerrojo de la cancela y poner un simple candado. Déjame sitio.

Robles cogió el aerosol y pulverizó un par de veces la cerradura donde debía entrar la llave. La metió con esfuerzo y al cabo de un par de intentos y varios tirones consiguió abrir la puerta.

—Señora… —dijo con una reverencia—. Más vale que me lleves a un sitio estupendo, porque esto está lleno de cactus invasores.

Efectivamente, el terreno estaba lleno de plantas espinosas, piedras y rocas de considerable tamaño, sobre todo en comparación con los pinos enanos que raras veces eran más altos que ellos, aunque los que estaban más cerca de Santa Rita tenían hasta cuatro y cinco metros, posiblemente porque sus raíces bebían del agua de riego del jardín o de las aguas grises. Tenían que llevar cuidado sobre todo con las grandes zarzas pinchosas y los cactus invasores que, en apenas un par de décadas, se habían establecido en la región, aprovechando que las chumberas habían sido atacadas por una plaga de cochinilla blanca que las estaba haciendo desaparecer. Subieron durante unos diez minutos buscando un camino inexistente que los llevara hacia la derecha, que era donde Greta, incomprensiblemente para Robles, quería ir.

—Pero ¿qué narices buscamos, muchacha?

—Un poco de paciencia. Ahora verás.

Consiguieron llegar a lo más alto de la colina. A su izquierda, la elevación permitía ver un barranco abrupto que había sido excavado por las aguas torrenciales a lo largo de los siglos y que ahora estaba seco, sin apenas vegetación, más que algunos hierbajos. Más allá, la otra orilla rocosa, cubierta de pinos y cactus. Después el valle, extendido a sus pies hasta la gran sierra de Callosa y, girando la vista hacia el sudoeste, la línea brillante del mar. A la derecha, sin embargo, para sorpresa de Robles y alivio de Greta, lo que se veía desde allí era totalmente distinto: un dosel intensamente verde, de un verde oscuro y lustroso, que no permitía distinguir ni el suelo ni la vegetación que pudiese haber debajo.

—¿Qué coño es eso? —dijo Robles, perplejo.

—Si no me equivoco —contestó Greta, recogiendo los labios con los dientes, encantada por lo que veía—, ahí abajo debería estar el invernadero que Lamberto Montagut mandó construir al poco de fundar Santa Rita.

—¡No jodas!

—Ahora se trata de comprobar si tengo razón y si conseguimos llegar. Desde aquí parece una jungla.

—¿Y cómo venía la gente aquí?

—Creo que había un paso en Santa Rita. Por lo que he leído, debía de haber una especie de túnel que comunicaba nuestro jardín, la parte que está ahora detrás del jardín japonés, con esta zona.

—Pero ahí había unos almacenes o bodegas o algo de ese tipo, prácticamente excavados en la colina.

—Si cuando bajemos ahí —dijo, señalando la zona verde oscuro que se extendía frente a ellos—, encontramos algo, al volver podemos empezar a buscar cómo se llegaba antes desde Santa Rita hasta el invernadero. ¡Anda, vamos! Estoy deseando ver qué hay.

Robles no se lo hizo repetir. Abrió la marcha, buscando una forma de llegar abajo sin engancharse la ropa en las zarzas ni tener que cortar ramas de ningún arbusto, aunque llevaba un buen cuchillo de monte, como siempre que salía a la sierra.

Poco a poco fueron descendiendo en zigzag la falda de la colina. El dosel sobre sus cabezas se iba haciendo cada vez más espeso hasta casi tapar por completo la vista del cielo y muy pronto se dieron cuenta de que las ramas que se extendían por encima de ellos ya no eran de pino, sino de unos ficus que debían de ser enormes, porque aún no se veía el tronco del que partían. Pronto empezaron a ver también raíces colgantes que se enterraban en el suelo en cuanto lo alcanzaban.

—Es como una selva semitropical —dijo Robles en voz baja.

De algún modo, una vez en la penumbra de los ficus, no parecía adecuado hablar en voz alta. Los dos lo sentían.

—Es increíble. Aquí ni siquiera se nota que estamos en noviembre —musitó Greta, casi hablando para sí misma—. Mira, Robles, esto son filodendros enormes, y chefleras, y diefenbaquias…

—Yo solo reconozco las plantas que tenemos en casa.

—Esto también es casa. Y son plantas bastante normales por la zona. Si vas al jardín del hotel Huerto del Cura las verás. Lo que pasa es que necesitan mucha agua y por eso no las tenemos en el nuestro. Además, aquí hay un auténtico microclima, ¿no lo notas?

—Sí. Es como haber caído por un agujero y haber salido a otro mundo. Incluso da un poco de yuyu… No parece natural.

—Yo creo que lo que pasa es que estamos en lo que fue el invernadero. Mira, ahí ves una columna.

A unos pasos por delante de ellos, efectivamente, se alzaba una fina columna de hierro forjado que había sido blanca en tiempos lejanos. Fijándose un poco, se distinguía entre las frondas un armazón también de hierro, que debió de apoyarse en las columnas que poco a poco iban descubriendo y surgían como apariciones fantasmales entre la vegetación. El suelo estaba cubierto de cristales rotos que crujían bajo sus pasos, ya medio enterrados por capas y capas de hojas muertas y flores marchitas. La luz entraba sesgada entre las grandes hojas, creando rayos oblicuos y haces de luz que producían un efecto teatral, como si hubiesen entrado en un escenario a punto de comenzar la función y en cualquier momento pudieran sonar las primeras notas de una obertura. Olía a musgo, a humedad, levemente a hongos o a materia vegetal en descomposición.

—Me parece estar soñando —dijo Greta casi en un susurro—. Esto es una preciosidad.

Robles no contestó. A él también le parecía bonito, pero, a la vez, le resultaba un poco desagradable, como si no fuera correcto estar allí, haberlo encontrado después de tanto tiempo, como si algo le dijera que debían marcharse y salir al sol y al viento en lugar de seguir avanzando en aquella penumbra, pisando un suelo que cedía levemente bajo su peso, imaginando un techo que ya no existía. No podía decidir si se trataba de algo que entroncaba con sus terribles experiencias del pasado o con algo más prosaico, relacionado con todos los lugares en los que había estado en su vida donde se habían cometido crímenes y aberraciones.

—¡Mira, Robles!, ¡mira qué ficus!

Los dos alzaron la vista hasta casi tener que echar la cabeza atrás para abarcar los gigantes que se alzaban delante de ellos. Los dos árboles debían de tener más de veinte metros de altura, y sus copas, entrelazadas, alcanzaban un perímetro de treinta metros. No habrían podido rodear sus troncos entre ambos con los brazos extendidos. Una densa red de lianas caía desde las ramas hacia el suelo, como un pequeño bosque de columnillas oscuras. Las hojas brillaban, satinadas, de un intenso verde oscuro.

—Son tan grandes como los de Alicante —dijo Greta, que siempre se había sentido fascinada por los impresionantes ficus del paseo Canalejas, del Portal de Elche o de la estación.

—Deben de ser viejísimos. Mira, ahí se han quebrado algunas ramas. Y ahí habría que apuntalar, para que no pase lo mismo. —El excomisario no quería hablarle a Greta de la sensación que lo había invadido minutos antes y, como siempre, decidió compensar con el pragmatismo que todos le conocían.

Greta sonrió. Apenas descubiertos Robles estaba empezando a ver todo lo que sería necesario hacer para salvarlos.

—Si los mandó plantar don Lamberto al fundar Santa Rita…, figúrate, tendrán más de ciento cincuenta años.

Greta se quedó parada en un punto medio entre ambos árboles, dirigiendo la vista a izquierda y derecha, tratando de hacerse una idea de dónde debía de haber estado la entrada del invernadero. Ahora ya podía distinguir las columnas y hacerse una idea del plano original: un espacio rectangular muy amplio que, con los años, se había ido rompiendo por la presión de los árboles y las plantas, reventando los cristales del techo y las paredes, torciendo incluso algunos hierros donde un jardinero, más de un siglo atrás, había atado una rama, entonces débil.

—Aquí debía de ser la entrada, me figuro.

Robles bajó la vista.

—Sí, mira, esto son los restos de las puertas de cristal. ¿Has visto alguna foto de entonces?

Greta se quitó la pequeña mochila que llevaba colgada y sacó un sobre del que extrajo dos fotos gruesas, impresas en una especie de cartón, en blanco y negro. En una se veía el armazón del invernadero, aún sin plantas, y dos hombres elegantemente vestidos posando, muy ufanos, delante de la obra.

—Mira, las encontré en una caja entre muchas más, pero no les había hecho caso hasta que me topé con los planos y me di cuenta de que eran de aquí, de Santa Rita. Al principio pensé que serían de algún viaje, tomadas en algún hotel elegante en Inglaterra o algo así, pero al poner las dos cosas juntas… Tengo que preguntarle a Sofía, pero yo juraría que este del sombrero de media copa y la barbita es don Lamberto Montagut, el fundador de Santa Rita, mi tatarabuelo, el padre de mi bisabuelo Ramiro. Supongo que el otro sería el arquitecto.

En la otra foto, que debía de ser muy posterior, se veía a tres señoras vestidas de blanco, una mayor y dos jóvenes, sentadas a una mesita de caña servida para un té, ya entre frondas. Se distinguían con claridad los ficus, que entonces no eran gigantes, y algunas gráciles palmeras de invernadero. A la izquierda, de pie, dos sirvientas vestidas de negro, con cofias y largos delantales blancos, esperaban las órdenes de su ama.

—Esta creo que es mi tatarabuela, doña Leonor. —Greta señaló a una de las mujeres—. Esta podría ser su hija Matilde. La otra…, no sé, tal vez la mujer de Ramiro, su nuera, Soledad, mi bisabuela, la madre de Mercedes, mi abuela pintora. Es increíble que una misma persona pueda ser tantas cosas, ¿verdad? ¿Ves? —siguió Greta, avanzando unos pasos—. Estamos más o menos donde estarían sentadas ellas, aquí bajo los ficus. Solo que entonces aún no eran tan enormes.

—Tengo que mirar esas fotos con lupa, bien miradas. Sin las gafas de leer no distingo detalles, aparte de que a mí las genealogías nunca me han dicho nada. No me aclaro ni siquiera con mi familia. ¿Por qué dejarían perder todo esto?

Greta se encogió de hombros.

—Puede que acabara siendo demasiado caro de mantener. En época del bisabuelo Ramiro es cuando Santa Rita dejó de ser balneario de talasoterapia para ir derivando a sanatorio para enfermas mentales. Más hospital que hotel de moda, ¿me explico? A lo mejor ya no tenía sentido seguir invirtiendo en tanto lujo. —Avanzaron entre la vegetación, tratando de distinguir senderos entre las frondas, mirando hacia abajo para dejarse guiar por las piedras que marcaban unos parterres ya desaparecidos. Desde el fondo les llegaba un gorgoteo de agua, un sonido intermitente de gotas cayendo sobre una superficie.

—Aún va a resultar que hay más agua en Santa Rita de la que creíamos —comentó Robles.

—A finales de octubre llovió un par de veces. A lo mejor hay un aljibe…

En la zona donde se acababa la construcción, ahora inexistente, se levantaba un muro muy maltratado por el tiempo. En el centro, un caño con forma de cabeza de dragón dejaba caer un hilillo de agua irregular que goteaba sobre un pequeño estanque redondeado, cuya superficie estaba casi totalmente cubierta de plantas acuáticas.

Greta y Robles se miraron, emocionados. La fugaz sensación de malestar que había sentido Robles al principio, había pasado, dejando espacio a una extraña trepidación, igual de curiosa, que lo llevaba a imaginar cómo habría sido aquel espacio en otros tiempos más felices y en qué podría convertirse en el presente.

—Esto, bien arreglado, podría ser la hostia —dijo él, frotándose las manos, como siempre que se entusiasmaba con algo—. Esa pared debe de ser la de una especie de alberca que recoge el agua de lluvia y luego la va dejando caer al estanque. Habría que buscar la bomba. Seguro que había una bomba, y debe de estar ahí detrás.

Robles estaba tan concentrado en buscar con los ojos el paso, para investigar más de cerca el posible acceso a la bomba del estanque, que no se dio cuenta de que Greta se había quedado inmóvil junto a él, con la cabeza echada hacia atrás.

No lo notó hasta que ella le puso la mano en el brazo y, sin palabras, solo con una mirada, dirigió su atención hacia arriba, hacia una de las ramas del gran ficus. Allí, desde hacía más de un siglo probablemente, pendía una soga que alguien había cortado con un cuchillo.

—Robles... —dijo por fin Greta en voz baja—, mira eso. ¿Sería un columpio?

Algo en su interior sabía que no lo era, pero no quería pensar en la primera imagen que aquella cuerda había conjurado en su mente.

El excomisario se quedó mirando lo que Greta había descubierto. De pronto comprendía, con cierto alivio, que su anterior aprensión se había debido a algo real que su subconsciente había percibido antes que su mente y eso había provocado en él la reacción que, por unos instantes, había relacionado con las espantosas escenas sobrenaturales del pasado que aún lo asediaban en ciertos momentos de debilidad y de las que no siempre conseguía librarse.

—Harían falta dos para un columpio. —Robles, a lo largo de sus años en la policía, había visto unos cuantos suicidios por ahorcamiento y aquella soga con su borde desflecado, cortado a toda prisa, parecía indicar que tiempo atrás, del dogal parcialmente desaparecido, había colgado el cuerpo de una persona.

Lo más probable era que, después de retirar el cadáver, la soga hubiese quedado allí sin más, cada vez más alta conforme crecía el árbol, como testigo de lo sucedido.

—Quizá —dijo Robles, pasándole el brazo por los hombros— hayamos descubierto por qué dejaron perder el invernadero.

Balneario de Talasoterapia
Huerto de Santa Rita
1916

*M*ercedes salió sigilosamente por la puerta de la cocina tratando de no mirar ni a izquierda ni a derecha para no cruzar la vista con nadie que le preguntase adónde iba o, mucho peor, que le encomendara alguna tarea. Desde que había cumplido los doce años todo el mundo parecía haber decidido que ya era lo bastante mayor para colaborar más en todo tipo de trabajos, aunque para lo que le habría gustado hacer —como cenar en el comedor del primer piso con los mayores o quedarse después de la cena a las veladas musicales o a las lecturas poéticas, por no hablar de los bailes— seguía siendo demasiado niña.

Cruzó a buen paso por el jardín trasero, enfiló el paseo de los cipreses saludando con la cabeza a Blas y a Roque, que estaban fumando apoyados en las azadas, y cuando ya nadie podía verla, echó a correr hacia el invernadero donde Lidia la esperaba. Una pollita como ella no debía correr, se lo decían constantemente, pero le encantaba sentir el aire en el pelo y que los talones casi le tocaran el trasero cuando se lanzaba al galope.

Estaba rara su prima. Había llegado la noche antes en el último tren, se habían visto apenas unos minutos antes de tener que irse a la cama y, en lugar de abrazarse entre risas como hacían siempre, Lidia había estado distante, con la mirada perdida y la piel más pálida que de costumbre. «Estoy muy cansada —le había dicho, y luego, acercándose a su oído y bajando la voz, había añadido—: mañana a las diez donde siempre», y se había apartado enseguida para acompañar a su madre, la tía Matilde, a darle las buenas noches al abuelo Lamberto, que siempre se alegraba de recibir en Santa Rita a su nieta mayor, y más cuando había venido a propósito para celebrar en familia su octogésimo sexto cumpleaños.

Se detuvo unos instantes antes de entrar en el invernadero para recuperar el aliento. Se aplastó las mejillas con las dos manos mientras inspiraba hondo el olor picante y húmedo que salía por las puertas abiertas. Era como una pintura viva: las altas columnas blancas, los cristales espejeando el cielo y la luz, la vegetación intensamente verde, punteada aquí y allá por un destello amarillo o de color coral.

Los rayos de sol, casi incandescentes, como lanzas de fuego, atravesaban las frondas del interior y se estrellaban, encendidos, en el piso de mármol blanco de la entrada, y mucho más dulces y cálidos, como rendidos, en la tierra húmeda de los parterres. Sus ojos pasaban por los colores acariciándolos, pensando, de forma casi inconsciente, qué tonos habría que mezclar en su caja de acuarelas para conseguir pasarlos a un papel.

Entró silbando para avisar a su prima de que ya había llegado y que ella, contestándole con otro silbido, le dijera si estaban solas o no. No hubo respuesta.

Lidia se hallaba, como siempre, sentada sobre una manta de rayas al pie del ficus más grande, con la mirada perdida hacia el fondo, hacia la fuente del dragón que no podía verse desde allí. Al parecer no la había oído llegar. Mercedes se acercó sonriente y se arrodilló a su lado, una vez se hubo subido los calcetines todo lo que daban para protegerse las piernas del frío y la humedad. Antes o después la vestirían de largo como a su prima, pero, por ahora, no había más remedio que aguantar con los calcetines cortos lo menos tres años más, hasta los quince. Lo malo era que la moda estaba cambiando, no había más que ver a las señoras que venían de Madrid a Santa Rita, a tomar los baños, y quizá cuando ella llegase a la edad de poder ponerse de largo, las faldas ya habrían subido hasta media pantorrilla. Pero, aunque así fuera, podría llevar medias y no tendría que pasar tanto frío.

—¿Qué te pasa, Lidia? —preguntó, al ver que su prima no reaccionaba a su abrazo y tenía unas sombras azuladas bajo los ojos—. ¿No has dormido bien?

Lidia sacudió la cabeza.

—Últimamente nunca duermo bien. Ya ves, ni siquiera en casa.

—¿Te pasa algo? ¿Estás mala?

—No quiero volver al internado —dijo al cabo de un momento de silencio, recogiendo los labios con los dientes—, pero mi madre no está dispuesta a consentirlo. Quiere que acabe el curso.

—Antes te gustaba estar allí, ¿no?

—Sí. Al principio. Pero es cada vez peor. No quiero volver. —Se le llenaron los ojos de lágrimas, sacó un pañuelo arrugado de la manga y se lo aplastó contra la boca, antes de sonarse la nariz, ya enrojecida.

—Díselo a mi madre y a lo mejor ella consigue que la tuya cambie de opinión. O podemos tratar de convencerlas otra vez de que vaya yo al internado y así no estás sola.

—¡No! —dijo Lidia casi con furia—. ¡No sabes la suerte que tienes de no tener que vivir allí! No lo soportarías, Merceditas, hazme caso. ¿Tú sabes lo que es que te obliguen a estar de rodillas en un rincón de la clase encima de un puñado de garbanzos? ¿O que te den con una regla en los nudillos hasta hacerte sangrar? Y eso es lo de menos… —Ahogó un sollozo.

Mercedes la miró, perpleja. No tenía ni idea de que pudieran pasar cosas así.

—¿De verdad? —preguntó por fin.

Lidia se puso de pie, furiosa.

—¿Ves? Tú tampoco me crees. Nadie cree lo que cuento. Mamá dice que soy mala, que me invento cosas. Y eso que no he contado lo peor…

Se le escapó un sollozo, se levantó de golpe y echó a correr de vuelta hacia la casa.

—¡Lidia! ¡Espérame! ¡No te vayas!

—No eres más que una cría, Mercedes. No sé por qué me molesto en hablar contigo —dijo volviendo la cabeza ya en la puerta del invernadero—. Tendría que haberme callado. Así no pensaríais que estoy loca.

Mercedes se quedó donde estaba, al pie del ficus, pasmada por el estallido de rabia de su prima, algo que no había sucedido jamás. Ni siquiera había podido decirle que ella no pensaba que estuviese loca. Era solamente que nunca había oído nada igual y necesitaba un momento para digerirlo. Tenía que hablar con su madre y pedirle que mediara, que convenciera a la tía Matilde de que Lidia no volviera al internado si se encontraba tan mal allí. O quizá con su padre. La tía Matilde solía dejarse aconsejar por su hermano Ramiro, que, salvo el abuelo, era el único hombre de la familia. Pero el abuelo era ya muy anciano y nadie le hacía demasiado caso porque muchas veces decía cosas raras, cosas que tenían que ver con muertes y tragedias y maldiciones, mientras que papá era un hombre cariñoso y razonable. Sí, era mejor decírselo a papá y confiar en que sirviera de ayuda para la pobre Lidia.

5

Pan tostado con aceite

Con bastante cara de fastidio, Ascuas y Brisa, siempre juntos como si fueran gemelos, o quizá fuera que no se fiaban un pelo el uno de la otra, pensó Lola, echaron a andar delante de ella y de Marino, rodeando la gran casa en dirección a la parte de atrás, donde estaba lo que habían venido a ver. Les había costado casi una amenaza de denuncia por obstrucción a la justicia, pero al final los adeptos se habían plegado a sus deseos y habían aceptado enseñarles aquello que, según ellos, era sagrado y no apto para ojos vulgares.

Al llegar, sin embargo, ninguno de los dos policías tuvo la menor sensación de estar frente a algo especial, como sí que sucede a veces visitando una iglesia o unas ruinas antiguas, esa emoción indefinible de estar en un sitio donde la energía es diferente, donde se siente una especie de presencia especial.

Aquello, como ya había pensado Lola al ver las fotos del dron, parecía una especie de minigolf raro, de cuatro pistas nada más.

—Si son tan amables de explicarnos qué es todo esto —los animó la inspectora, al darse cuenta de que los dos adeptos no parecían muy dispuestos a hablar.

Ascuas carraspeó. Brisa tomó la palabra.

—Resumiendo mucho, aquí están viendo el espacio donde celebramos las iniciaciones de los neófitos. El lugar sagrado donde todos los Mensajeros de Ishtar hemos abierto los ojos de la mente a la otra realidad, donde hemos prendido nuestra alma al alma del universo para siempre.

Lola hizo un gesto circular con el dedo, como dando cuerda, para indicarle que con eso no era bastante, que tenía que seguir explicando. La mujer alzó los ojos al cielo, exasperada, y continuó.

—Lo que ven representa las cuatro materias: tierra, agua, fuego y aire. El neófito…

—O la neófita —añadió Marino con una sonrisa socarrona—, ¿no?

—O la neófita —confirmó Brisa, un poco fastidiada por la interrupción— tiene que pasar por la prueba de las cuatro materias para ser considerada aceptable en nuestra comunidad y formar parte de Ishtar.

Viendo que la mujer no parecía muy dispuesta a continuar, Lola preguntó.

—¿Haciendo qué?

Los dos adeptos se miraron. Ascuas tomó la palabra.

—La ceremonia comienza al atardecer, en el instante de equilibrio perfecto entre el día y la noche, la luz y la oscuridad, justo cuando Venus, el astro de Ishtar, se hace visible. La primera prueba es la de la tierra. La persona que, después de todos los años de aprendizaje y de haber pasado muchas otras pruebas, ha conseguido llegar hasta esta, que es la definitiva, comienza por aquí. —Ascuas se dirigió a la pista de tierra y se la mostró con la mano—. Aquí se cava un hoyo rectangular donde yacerá la persona que va a ser probada, en directo contacto con la tierra, origen de la vida. Una vez en su lugar, se la cubre de tierra y, a lo largo de no menos de seis horas y no más de ocho, dependiendo de la época del año en que se realiza la ceremonia, la probanda yace en la oscuridad de su fosa mientras la comunidad le hace compañía, meditando a su alrededor, hasta que el Maestro decide que es suficiente y puede salir.

—¿Entierran viva a la gente? —preguntó Marino, horrorizado.

—No. No enterramos a nadie. Le ofrecemos la posibilidad de probar su entrega y su valor, de enfrentarse al miedo y a la muerte. Todos hemos pasado por ello, señor Vidal.

—Subinspector Vidal —corrigió, tanto por automatismo como porque le molestaba la forma en que aquel tipo se dirigía a él.

—Y todos hemos sobrevivido, como ve. Lo hacemos voluntariamente y, en ocasiones, volvemos a hacerlo para reafirmarnos en nuestros votos y nuestra decisión.

—Siga, haga el favor —añadió Lola, mordisqueándose el interior de los labios.

—Una vez superada esta prueba, la neófita o el neófito —Ascuas lanzó una leve sonrisa al subinspector, que tanto interés parecía tener en que se aludiese a ambos géneros— se despoja de su túnica manchada de tierra y entra en la cuenca lustral…

—La piscina.

—Sí, inspectora. Supongo que para usted es una piscina. Pues, como decía, entra ahí y entonces varios de nosotros, los que hemos sido designados para ello, nos aproximamos, entramos en el agua y la sumergimos tres veces durante el tiempo que consideramos necesario para que el alma de la probanda entre en comunicación con la segunda de las materias, se funda con ella y se libere su individualidad, mezclándose con el todo.

—*Waterboarding* después de haber sido enterrada viva. Genial —comentó Lola sin poder contenerse.

—Una vez unida a la materia agua —siguió Brisa, con los ojos brillantes, sin hacer el menor caso del comentario de la inspectora—, viene la prueba del fuego. Síganme.

Avanzaron unos pasos hasta situarse al comienzo de la segunda pista de tierra, la que el equipo de la científica, en su informe, había dicho que era de cenizas apisonadas.

—Aquí, ya casi al filo del amanecer, hay un camino de ascuas, un fuego que ha estado ardiendo toda la noche y que, después de las dos pruebas anteriores, se ha consumido hasta quedar reducido a carbones tan rojos y ardientes como el sol. El neófito tiene que caminar sobre ellos, a la velocidad que le marcan los tambores y crótalos que toda la comunidad toca a su paso hasta llegar al final, donde lo espera el Maestro tendiéndole la mano. Es un momento maravilloso, créanme. Sublime.

Lola y Marino cruzaron una mirada, tratando de mantener una expresión neutra.

—Y entonces… —Ascuas y Brisa se miraron también, emocionados— es cuando llega la última prueba, justo cuando empieza a salir el sol por el horizonte del mar. La prueba del aire, del viento, la que, de ser superada, permitirá al alma del probando volar libre para siempre y diluirse en la comunidad y, a través de ella, en el infinito.

Ascuas tomó el relevo. A Lola le pareció un programa de radio de los de antes: habla ella, habla él, habla ella, habla él…

—El Maestro da la mano al neófito, que ya ha superado las tres pruebas anteriores, lo conduce al centro del círculo, aquí, ¿ven?, lo asegura con estos tirantes que se enganchan en el cinturón que el probando se ajusta a la cintura, y si el viento del amanecer no es lo bastante fuerte, cosa que sucede en muchas ocasiones, se pone en marcha el aire de las toberas. La persona que está atada en el centro, de un instante a otro, siente toda la fuerza del viento sobre su cuerpo, como el aliento de un dragón que quisiera consumirlo y lanzarlo contra el mar. La fuerza es bestial, se lo aseguro, y cuesta un gran esfuerzo soportarla, pero uno sabe que está a punto de lograr lo que lleva años y años deseando, trabajando, para alcanzar. Los

ojos de toda la comunidad te miran, te sostienen, te apoyan…
Es una sensación maravillosa, una lucha que se prolonga de
un modo que parece eterno.

—Y justo cuando crees que ya no puedes más, que vas a
desmayarte o a gritar que paren —continuó Brisa—, que ese
viento te está arrancando la piel y el pelo…, entonces viene
la calma y te dejas llevar por la dulzura de la entrega, por la
sensación de que eres una con el todo. —Hizo una pausa—.
Es algo que no se puede explicar. Hay que haberlo sentido.

En ese mismo momento, se levantó una brisa fría, húmeda,
que venía del mar y, aunque no era demasiado fuerte, se metía
en los huesos y hacía temblar.

Los dos policías se acercaron con cuidado al borde del precipicio que no estaba asegurado con ningún tipo de barandilla
ni muro. Una caída desde allí tenía que ser letal por necesidad.

—¿Contentos? —preguntó Ascuas—. ¿Era eso lo que querían
saber?

Marino y Lola volvieron a mirarse y asintieron lentamente con la cabeza.

—¿Y luego qué pasa? —preguntó la inspectora cuando ya
los adeptos se estaban girando para volver.

—Nada. La nueva adepta recibe su nombre definitivo, es
conducida por el Maestro hasta la casa, mientras los demás
cantamos y esparcimos pétalos de flores. La bañamos, la vesti-
mos de blanco, la coronamos de rosas y la entregamos a Ishtar.

—¡Vaya! A… Ishtar. Al Maestro, ¿no?

—A Ishtar encarnada en el Maestro, efectivamente.

—¿Y qué más?

—Nada más. Lo que sucede después es secreto de cada persona y nadie tiene forma de saber si su experiencia es igual a
la de otro.

—Pues ¿no se supone que ustedes son todos uno, unidos al
cosmos o al universo o algo así? ¿Qué sentido tiene que eso
sea secreto?

Ascuas y Brisa metieron las manos dentro de las mangas, bajaron los ojos y guardaron silencio.

—Cambiemos de tema —dijo Lola—. Los tirantes que sujetan a la persona al centro de la rotonda del viento…

Antes de que la inspectora pudiera terminar la frase, la interrumpió Ascuas.

—No están operativos. Ha habido un problema y tenemos que repararlos. Por eso no se pudo llevar a cabo la iniciación de Laia.

—Ah, ¿cuándo tendría que haber sido?

—El día después de cuando desapareció el Maestro —dijo Brisa con la voz estrangulada.

Greta estaba en el salón, junto a la chimenea, sentada en uno de los sofás de dos plazas, rodeada de libros y papeles por todas partes y con el portátil abierto en su regazo cuando entró Robles, trayendo todo el exterior consigo, como solía hacer. De repente olía a fresco, a leña quemada, al mundo de fuera.

—No sé cómo puedes pasarte las horas aquí dentro, muchacha. Hace un día precioso. Fresco pero clarísimo.

—Sí, ya. Pero hace demasiado frío para sentarme fuera a leer, aunque sea al sol, y alguien tiene que mirar todos estos diarios, y recortes de periódicos y todo lo que va saliendo y llevaba siglos encerrado ahí arriba criando polvo.

—Bueno…, tanto como que alguien tiene que hacerlo… Hasta hace muy poco nadie lo había hecho y nos iba bastante bien. ¿Quieres un café?

Greta miró el reloj. Las doce menos cuarto.

—Mejor una cerveza, ¿no? —dijo, interpretando la mirada escéptica de su amiga.

—Si no te importa, lo que de verdad me apetecería es un vermut rojo con hielo.

—¿Y unos canapés de caviar iraní, ya puestos?

—Venga, hombre, que tampoco es pedir tanto.

Robles fue a la salita, donde estaba el bar y siguieron hablando, aunque tenían que subir el volumen para oírse.

—Además, si nadie hiciera estas cosas que yo hago —continuó ella—, no habríamos descubierto el invernadero; y sé que te hace mucha ilusión, no me digas que no.

—¿Quién ha descubierto qué? —preguntó la voz de Miguel en la salita. Debía de haberlos oído hablar desde el pasillo.

Greta alzó los ojos al techo. Si Miguel lo sabía, era más que probable que esa misma noche lo supiera todo Santa Rita, pero tampoco podían mentirle.

—Aquí, nuestra amiga, ha encontrado un plano antiguo, de finales del siglo XIX, donde se ve un invernadero detrás de la colina —acudió Robles al rescate.

—¡No jodas! ¿Un invernadero antiguo, como el Palacio de Cristal de Madrid?

—En aquella época debía de ser algo así, aunque en pequeño.

Greta sonrió para sí misma. No se le había pasado por alto que Robles estaba diciendo la verdad, pero no toda, en un espléndido equilibrio para no mentirle, pero no decirle tampoco que ya lo habían visto con sus propios ojos.

—Pues habrá que ir a ver si aún queda algo, ¿no?

—Le estoy poniendo un vermut a Greta. Yo me voy a sacar una cerveza. ¿Qué quieres tú?

—Otra.

—Ahora os las llevo.

Miguel entró en el salón, levantó un poco la cabeza, la giró en todas direcciones, y se orientó para encontrar a Greta.

—No puedes sentarte a mi lado porque lo tengo todo lleno de trastos, Miguel. A mi derecha hay un sillón.

—Ya. Tengo muy claro el mapa de este sitio. Y hablando de mapas…

Ella volvió a alzar los ojos al techo. Había tenido la esperanza de cambiar de tema. ¡Como si no conociera a Miguel, que podía ser un auténtico perro de presa cuando había algo que averiguar!

—¿Dónde se supone que estaría ese invernadero? Yo estaba seguro de conocer cada metro de Santa Rita.

—Según el plano, debería estar al otro lado de la colina que cierra nuestros terrenos por el norte, noroeste.

—Por ahí no hay ningún paso.

Entró Robles con los dos botellines cogidos por el cuello y el vermut de Greta en la otra mano, se sentó frente a ellos y repartió las bebidas.

—En esa zona, en algún momento de los años veinte o treinta —explicó ella—, se excavaron en la falda misma de la colina las bodegas o almacenes que ahora tenemos y que todos conocéis, donde guardamos el aceite, las patatas y diez mil trastos viejos que no valen para nada y que antes o después habría que tirar. No lo sé seguro, pero me imagino que por aquella zona, en el siglo XIX, habría algún sendero o alameda o algo así y que después se cerró por lo que fuera. Tengo que preguntarle a Sofía si tiene algún recuerdo.

—¡Mujer! Tiene noventa y tres años, pero no es tan vieja como para recordar algo del siglo XIX —dijo Miguel.

—Pero puede haber oído algo a su madre o a su abuela. Sofía tiene una memoria excelente, sobre todo para los recuerdos más antiguos, los de su infancia. Hace unos días estuvimos hablando de una prima de su madre que yo ni sabía que hubiese existido. Está bueno esto, Robles, muchas gracias.

—Gracias las que usted tiene, señora —contestó el expolicía guiñándole el ojo.

—Pero ¡qué deliciosamente antiguo puedes llegar a ser, Robles! ¡Me encanta!

—Bueno, entonces —continuó Miguel— ¿cuándo vamos a ver si existe ese invernadero?

—Le daremos un par de días a Greta por si encontrase algo más en esos papeles viejos. Cuando recojamos el aceite de la almazara y lo metamos en el almacén, ya podemos hacer planes.

—Si pensáis que se me va a olvidar, como a los críos, vais listos. Seré ciego, pero tonto no soy.

—Lo que sí eres es malpensado —dijo Greta—. Venga, idos por ahí, que tengo que trabajar.

—¿Hace una partida rápida? —preguntó Robles a Miguel.

—¿Rápida? ¿Antes de comer?

—Eso.

—¡Venga! En diez minutos te doy jaque mate, ¿qué te apuestas?

Los dos hombres se alejaron hacia las ventanas del fondo del salón mientras Greta, con un último sorbo a su vermut, volvía a sus papeles, aliviada de tener un par de días más para intentar que Sofía quisiera contarle por qué había una soga de ahorcado en las ruinas del invernadero.

—Bueno, pues al menos ahora sabemos que Ishtar no cayó desde lo alto del precipicio hasta las rocas —comentó Marino, que estaba leyendo el informe del forense por encima del hombro de Lola.

—«Las magulladuras y laceraciones no son consistentes con una caída de veintitrés metros… —leyó ella en voz baja, picando de aquí y de allá—, producidas *post mortem*, del choque contra las rocas de la gruta». O sea, que ya nos da igual si los tirantes de la prueba del viento estaban en buen estado o no. Ascuas nos dijo la verdad con eso de que la iniciación de Laia se había retrasado por problemas técnicos.

—Y el menda se ahogó, según esto.

—Sí, aún respiraba. Tiene los pulmones llenos de agua de mar. Así que bajó a la playa por su pie, a pasear o a lo que fuera, le dio un mareo o algo, cayó al agua, no consiguió levantarse y se ahogó sin más. Un estúpido accidente. —Lola cogió el bolígrafo y empezó a darse golpecitos suaves en los dientes, como siempre que pensaba.

—No me cuadra —dijo Marino con la vista perdida en algún punto de la pared de su izquierda, cerca del techo.

—¿Por qué?

Marino la miró casi ofendido.

—No me malentiendas, hombre —se apresuró Lola a añadir—. A mí tampoco me cuadra, pero no sé por qué. Seguramente porque les he cogido manía, con tanto misterio y tanto secreteo. ¿Se te ocurre algo?

—Yo es que no veo a un tío de más de ochenta años, mimadísimo por sus adeptos, yéndose por su pie a dar una vuelta, y solo, sin que nadie lo acompañe o al menos esté por allí cerca por si el Maestro necesita algo. Y eso de irse a pasear por una playa que tiene, como mucho, treinta metros de largo también lo encuentro raro.

—¿Por qué?

—Porque es como pasearte por tu salón arriba y abajo, como un tigre en una jaula…

—¡Pues menudo salón, de treinta metros!

Guardaron silencio unos minutos, releyendo el informe. El cuerpo presentaba algunas magulladuras que se habían producido aún en vida y tenía muchas marcas de agujas en la zona de los glúteos, los muslos y el abdomen, cosa normal en una persona diabética que debía inyectarse regularmente. Tendrían que preguntar a los adeptos si Ishtar había sufrido alguna caída que explicara las magulladuras y un par de heridas a medio cicatrizar en la rodilla izquierda. Por lo demás, y para su edad, estaba sano y debía de hacer algún tipo de gimnasia porque sus músculos estaban en buena forma.

—Entonces… ¿qué hacemos? —preguntó Marino.

—Por mí, seguir investigando. Pero es Aldeguer quien tiene que decidirlo. Voy a verlo ahora mismo.

—¿Le habrá dado tiempo a echar un ojo a los papeles que le trajimos ayer, los de la caja fuerte del menda?

—Me figuro que sí. Hay un par de alcaldes y gente importante que quiere saber qué ha pasado, me lo dijo ayer. Por eso supongo que se habrá puesto enseguida con ellos. Tanto si ha sido accidente como si se lo han cargado, lo que está claro es que el tío no era trigo limpio.

—¡Y que lo digas! Ninguna persona decente tiene dos pasaportes con dos nombres y dos nacionalidades distintas, uno falso y uno legal, guardados en su caja fuerte.

Lola salió del despacho, pasó por la máquina, estuvo a punto de sacarse un café y se acordó de lo asqueroso que estaba, a tiempo para no hacerlo. Iría a ver al comisario y después se acercaría al bar de Chelo a tomárselo allí. Iba aprendiendo.

La puerta estaba entreabierta, tocó con los nudillos de todos modos y entró. Recordó fugazmente que Robles le había contado que cuando él había empezado su carrera, tenía que esperar en la puerta, preguntar «¿Da usted su permiso, señor comisario?» y entrar solo cuando le hubieran contestado. Ahora todo era más sencillo.

Aldeguer estaba mirando la pantalla de su ordenador, pero enseguida desvió la vista hacia ella.

—¿El caso de los «mensajeros»? —preguntó nada más verla.

—Ese. ¿Qué dices? ¿Seguimos? ¿Has visto los papeles que te trajimos ayer?

—Aquí están. Un pasaporte falso americano a nombre de Thomas R. Greenleaf y uno español, legal y en fecha, a nombre de Avelino Ramírez Cuesta, nacido el 5 de agosto de 1924 en Benalfaro. —El comisario sonrió—. Pobre hombre, llamándose así y siendo gurú de una secta, comprendo que quisiera cambiarse el nombre.

—Pues podría haberlo hecho legalmente.

Aldeguer se encogió de hombros y siguió colocando los documentos en su escritorio, uno al lado de otro: los dos pasaportes, un fajo de billetes de quinientos euros, una agenda pequeña, negra, con direcciones y teléfonos, la dirección de un notario de Santa Bárbara, California, que suponían que sería quien tenía su testamento, y una Glock 26 de 9 mm.

—¿Tenía permiso de armas? —preguntó Lola.

—No.

—Claro, habría afeado su look de gurú pacifista. ¿Para qué crees tú que la tenía?

Aldeguer volvió a encogerse de hombros.

—Si vivió bastantes años en Estados Unidos, como parece, puede que se le pegara la costumbre de tener un arma en casa, pero al menos la tenía encerrada en la caja fuerte. Eso sí, cargada.

—¿Entonces?

—El equipo forense no puede pronunciarse definitivamente sobre si ha habido injerencia externa en su muerte, pero estamos recibiendo presiones para aclarar el caso lo antes posible y evitar rumores. Al parecer hay mucha gente en las altas esferas que estaba relacionada con él y le debe respeto. —Lola alzó las cejas, sorprendida—. Me lo han dicho tal cual, yo solo te lo cuento. El tío debía de ser bueno en lo que hacía, aunque para lo demás parece que no tenía muchos escrúpulos en hacerse pasar por otro y posiblemente algunas cosillas más que irán saliendo. Vamos a seguir unos días, a ver qué recogéis. Y dime algo que yo pueda trasladar a la prensa. Se están poniendo muy pesados y algo hay que decirles.

—El comisario eres tú. Algo se te ocurrirá.

Aldeguer siguió mirándola, impertérrito, sin una palabra, hasta que ella acabó por hablar:

—¡Joder, tío! Pues diles que estamos investigando.

—Eso ya lo saben.

—Pues es lo que hay. No hay más. ¡Ya quisiera yo! Diles que tenemos que buscar en su pasado y que, como se trata de Estados Unidos, vamos a tardar un poco en averiguar lo necesario.

—Entonces seguro que, como están ahora las cosas, sale alguien que dice si estamos culpando a la víctima con eso de buscar en su pasado, como si él se hubiera ganado su muerte violenta.

—¿Y si tiramos de secreto de sumario? Eso siempre suena bien.

—Hablaré con el juez. Marcos, ¿no? —Ella asintió—. ¿Tenéis idea de por dónde seguir?

Lola se pasó las dos manos por el pelo antes de contestar.

—Vamos a interrogar otra vez a los que viven allí para hacer un esquema de quién estaba dónde a la hora aproximada de la muerte que, como habrás leído, es bastante vaga porque el cadáver ha estado un par de días en el agua chocándose contra las rocas. También queremos saber si el día de la desaparición hubo alguien externo a la casa, algún cliente, alguna visita.

—¿No lo habíais preguntado?

—Claro, pero al principio, cuando solo estaba desaparecido, nadie quiso hablar y no teníamos forma de presionarlos. Ahora ya es otra cosa. El secreteo en esa casa es de tirarse de los pelos, Ximo, no te haces una idea. El aparcamiento que hay allí tiene unos muros de tres metros, como en los puticlubs de lujo, para que nadie sepa quién está en la casa. Ya sabes que tienen clientes de los que no quieren publicidad, así que los protegen mucho y cierran el pico.

—Sí, con eso hay que llevar cuidado.

—¿Tú también?

—No es por lo que tú crees, Lola. Anda, te invito a un café.

—Pero no de máquina. Bajamos al bar de Chelo.

—Mira, tú me conoces, no soy yo de bailarle el agua ni a la prensa ni a los importantes, pero piensa un poco, ¿qué ganamos tocándoles los cojones por nada?

Por el pasillo, iban saludando con la cabeza y la vista a los compañeros con los que se cruzaban, sin dejar de hablar.

—¿A ti te gustaría que, si has ido a un gurú de esos a consultarle por una cuestión de salud o de problemas psíquicos o algo de tu hija o de tu padre o de lo que sea…, todo el mundo se enterara? Igual el tío sí que era bueno y servía para algo, pero la cosa es tan esotérica que hay muchas personas que no quieren que se las relacione con ello. No ocultan nada delictivo. Es solo que les da vergüenza. Según yo, con razón. A mí me daría.

Lola sonrió.

—Ah, ¿sí?

—Tendría que estar muy desesperado para ir a consultar a un tipo con túnica y pagar una fortuna por su consejo. ¿Tú irías?

Lola sacudió la cabeza.

—Ni muerta.

Llegaron al bar, volvieron a saludar con la cabeza, porque había varios compañeros haciendo una pausa, pidieron dos cafés y se quedaron en la barra.

—Vale, pero imagínate que tienes un problema muy gordo que nadie ha podido solucionarte, o una persona a la que quieres mucho que no consigue que ningún médico le diga lo que le pasa…, ¿probarías?

La sonrisa de Nel apareció en su mente. Si él estuviera muy enfermo y nadie pudiera darle una solución…

—Puede que sí, la verdad —dijo al cabo de un momento—. Si hubiese agotado todas las posibilidades…

—¿Y te gustaría que se supiera que Lola Galindo, la inspectora de hierro, se ha gastado los ahorros en un gurú?

Lola se bebió el café de un trago.

—No, claro. Tienes razón.

—Pues vamos a tratar de llevar la cosa discretamente, ¿te parece?

Ella asintió. Aldeguer tenía sus más y sus menos, pero de vez en cuando era realmente sensato, y lo de añadir ese «¿te parece?» le había gustado porque no era necesario, pero la incluía en la decisión.

Ya en la puerta del bar, volviendo a la comisaría, Lola preguntó:

—Oye, Ximo, ¿qué es eso de «la inspectora de hierro»?

De rodillas uno al lado de la otra, Salva y Ascen iban enterrando los bulbos en la zona que ella había elegido. Llevaban más de una hora y, aunque ya les quedaba poco, empezaban a cansarse de verdad. Por fortuna, había un sol intenso que compensaba el frío de la mañana y hacía brillar las hojas y las palmeras como si estuvieran recubiertas de pan de oro.

—¡Qué alegría que hayas llegado a tiempo para echarme una mano como siempre, Salva! Y este año sí que los verás florecer. Es como un bordado de colores, ya verás.

—Sí, me mandaste una foto. Yo también me alegro de haber vuelto a casa. —Se puso de pie, restregándose los guantes en las perneras de los pantalones, cogió el rastrillo que había dejado apoyado en el tronco de un ficus de hoja pequeña, y empezó a cubrir y alisar la tierra sobre los bulbos recién plantados mientras Ascen enterraba los últimos, a su derecha. El olor del humus recién traído de los viveros era como una bienvenida a su vida normal, en Santa Rita; un perfume que le ensanchaba el alma.

—¡Ya está! —dijo ella, tapando el último bulbo—. Vamos un poco retrasados, los de mi jardincico ya los planté la semana pasada, pero aún llegamos a tiempo, y tampoco está mal si florecen un poco más tarde. Este año he puesto unos narcisos nuevos que me hacen mucha ilusión. Llevaba tiempo detrás de encontrarlos. ¿Sabes? Cuando yo era pequeña, no se llamaban narcisos.

—¿Ah, no?

—Al menos por aquí no. Eran preciosos, y para mí eran la primavera, el que todo se llenara de olores, el poder ponerse de manga corta… Eran más pequeños que los de ahora, blancos con el centro amarillo o naranja y los llamábamos «amor mío».

—¡Qué románticos, vosotros!

—¿En tu zona cómo los llamabais?

—¿En Valencia? Ni idea. Yo era niño de ciudad. Allí no había de eso, o no me fijé nunca.

—Ya. Tendrías otras cosas en que pensar… —Ascen esbozó una sonrisa traviesa.

—No de lo que tú crees. —Salva le devolvió la sonrisa—. A la edad de fijarme en esas cosas, ya estaba en el seminario y allí no había tentaciones de ese tipo.

—¿Y qué había?

—Nada. Curas viejos. Pinos, cielo y mar. El seminario estaba por esta zona de aquí. Ahora creo que está cerrado. Era un edificio muy grande, en mitad de una pinada, con vistas al mar y nada, pero nada de nada, alrededor.

—Jo, pobres, ¡qué aburrimiento!

—En el colmo de la juerga, a veces nos dejaban bajar a la playa y jugar un rato a la pelota. Decían que la mejor manera de mantenerse puro era no tener contacto con nada que pudiera malearnos.

—Supongo que eso ayuda. Aunque… antes o después tienes que salir al mundo real. Y allí hay de todo. Pero claro, si desde el principio te llevan a un sitio donde te van comiendo el tarro, se te pega lo que sea.

—Hablas de tu nieta, ¿verdad?

—Claro. No puedo dejar de pensarlo. —Ascen se levantó, se frotó la zona de los riñones y se estiró un poco—. ¿Cómo se le ocurrió a mi hija meterla en ese colegio? ¿Y cómo no se me ocurrió a mí enterarme de qué clase de sitio era?

—Eso no era asunto tuyo, Ascen. Los abuelos estamos para ayudar, pero no podemos decidir, y muchas veces no nos dejan ni aconsejar.

—Sí. Ellos lo saben todo. Son más modernos… ¡Ja! Como si la mala gente fuera solo una cosa de nuestra época.

—Me acaba de entrar un hambre de lobo —dijo de golpe Salva—. Vamos a la cocina a hacernos unas tostadas o algo.

—Habrá que lavarse antes, hombre. Estamos hechos unos guarros.

Echaron a andar hacia la casa, cansados pero satisfechos con el resultado de su trabajo.

—Salva —Ascen le puso una mano en el brazo para detenerlo antes de entrar en la casa por la puerta de poniente—, está mal alegrarse de la desgracia ajena, ¿verdad?

—¿A qué te refieres? ¿A la muerte de ese tipo?

Ella asintió con la cabeza.

—No. ¿Por qué va a estar mal? Aparte de que eso de «desgracia»… La muerte nos llega a todos, antes o después. En su caso, a los ochenta y pico, tampoco es «culpa de la partera», como decía mi abuela. Ha vivido como un rey y ahora ha muerto. Y, lógicamente, tú te alegras de que, con un poco de suerte, tu nieta pueda librarse ahora de la influencia de esa gente.

—No sé, Salva…

—¿Qué es lo que no sabes? Yo sí sé de qué hablo. Yo conseguí librarme. Estuve muchos años bajo la bota de una organización casi todopoderosa, pero llegó un momento en que me liberé. No fue fácil, lo confieso, pero valió la pena. Por eso comprendo que te alegres, y estoy contigo. Ahora habría que ayudar un poco a Laia para que vea que hay otras cosas en el mundo.

—Sigue allí, en aquella casa. No coge el teléfono, no tenemos forma de llegar a ella.

—Hay que concederle un tiempo, Ascen. Ahora estarán en plena orgía de dolor, llorando por el Maestro y lamentándose, al menos de cara a la galería.

Ascen lo miró, esperando que explicara mejor a qué se refería.

—Ahora es cuando, en la jerarquía, empezarán las luchas por el poder —continuó—. Ahora se trata de quién lo hereda. Te aseguro que la cosa no será limpia, ni dulce, ni pacífica. Hay demasiado dinero y poder en juego. Lo mismo la chiquilla y los otros jóvenes ni se enteran, pero puedes estar segura de que unos cuantos ya están afilando los cuchillos. Metafóricamente, claro. —Salva sonrió.

—¿Tú crees?

—Fui cura muchos años, Ascen. Y de carrera. Sé cómo funcionan ciertas cosas. Anda, vamos a lavarnos y a comer algo antes de que me dé un pasmo a mí también. Además, le prometí a Trini que hoy podía contar conmigo para hacer las patatas al horno.

—Es que te salen de vicio.

—Pues eso. Venga. Diez minutos y nos vemos en la cocina.

Salva subió las escaleras hasta su cuarto, arrastrando un poco los pies. Después de comer dormiría una siesta, media hora de descanso, lo que no había podido permitirse en casa de sus hijos. Pasó la vista por la habitación, mirándola como si, por un momento, no fuera la suya desde hacía varios años: espartana, ordenada, escrupulosamente limpia, con el toque de color de un ciclamen rosa en el escritorio y, junto a la cama, una pequeña alfombra que Marisol y él habían comprado en un viaje a Marruecos y siempre le recordaba a ella. Le hacía gracia pensar que después de más de veinte años de matrimonio, ahora que estaba solo otra vez, había vuelto a la estética monástica que tanto había odiado en su tiempo de seminario y en las varias casas parroquiales en las que había vivido: ese agresivo olor a limpio, las superficies vacías, los tonos apagados —*beige*, tostado, crema—, la colcha sin una sola arruga.

Pensó en Ascen mientras se lavaba las manos a conciencia. Le daba rabia descubrir esa marca que llevaban todas las mujeres, al menos las de su generación: la Culpa, siempre la Culpa. Les habían grabado a fuego que la culpa de todo lo que sucedía en el mundo la tenían ellas, por ser mujeres, por ser inferiores, por ser débiles y pecadoras. Incluso las más valientes, las más duras y rebeldes tenían momentos de sentirse culpables de haber hecho algo, o de no haberlo hecho, de haberlo pensado, o deseado, de haberse alegrado por algo o no haberse alegrado lo suficiente.

Recordó que la Iglesia distinguía pecados de pensamiento, palabra, obra y omisión. No había escapatoria. Daba igual que no hubieras hecho nada malo. Si lo habías pensado, ya era bastante. Si lo habías dicho. Si no habías hecho algo que deberías haber hecho. Era una trampa letal. Una trampa mental, un veneno que a las mujeres se les había inoculado desde la cuna para que siempre se sintieran en falta, para que sirvieran a los demás y, aun así, pensaran que no era bastante.

Se secó las manos, se puso crema con una leve sonrisa, recordando a su mujer, que siempre le reñía por dejar que se le agrietara la piel, y bajó a la cocina siguiendo el delicioso aroma del pan tostado.

Laia estaba acurrucada en la cama, con la vista fija en las lamas de la persiana por las que se colaba un sol tan intenso que parecía cortado a rebanadas de luz antes de estrellarse contra la pared blanca. Le escocían los ojos de llorar y sentía la cabeza hueca por la falta de sueño, pero le habían ordenado retirarse a descansar. «No tiene ningún sentido que sigas aquí, despierta y de pie, con esa cara de fantasma», le había dicho Ola. «El Maestro ha trascendido. Ahora vuela junto a los Mensajeros hacia su hogar entre las estrellas. Es ocasión de gozo, no de pena».

Ni Ola, ni los demás parecían especialmente gozosos. Todos tenían la horrible sensación de haberse quedado huérfanos de un momento a otro y, si ellos al menos habían podido disfrutar de la presencia y las enseñanzas del Maestro durante muchos años, ella no había tenido ni siquiera días. Además, dadas las circunstancias, ni iba a poder ser iniciada, al menos por ahora, ni estaba demasiado claro cuál era su papel actual, qué pintaba ella en la casa, si no había tenido ocasión de pasar las pruebas ni de ser entregada a Ishtar.

Si el Maestro hubiera muerto unos días después, ahora ella sería la más joven de los adeptos, pero miembro de pleno derecho de los Mensajeros de Ishtar, mientras que así se encontraba en un limbo absurdo, y su futuro dependía de la decisión de los Ocho.

Le causaba espanto imaginar que pudieran devolverla a casa de sus padres después de todo lo que les había dicho y de cómo los había abandonado.

También había oído rumores, una palabra aquí y otra allá, de que cabía la posibilidad de que al Maestro lo hubieran asesinado, y eso le daba todavía más miedo. Primero había pensado que era una tontería que alguien se había inventado, pero Lola Galindo y su compañero venían constantemente a interrogar a todo el mundo y eso no se hace cuando alguien ha fallecido de muerte natural. Al principio había supuesto que Lola había acudido allí por ella, para obligarla a regresar. Luego se había dado cuenta de que no se trataba de eso y, desde hacía un tiempo, había empezado a forzar su cerebro para que recordara todo lo posible sobre las últimas veces que había visto al Maestro, por si podía aportar alguna pista al asunto de su desaparición primero y luego de su muerte.

Cuando les comunicaron, durante la comida, que el Maestro había desaparecido, ya hacía dos días que nadie lo había visto por la casa y Ascuas les pidió que colaboraran para hacer un esquema de cuándo y dónde había sido visto por quién. De ese modo, resultó que ella era la última persona, pero en su caso no se trataba de que lo hubiese visto, sino que lo había oído.

No sabía si le habían entregado ese esquema a la policía o si habían preferido que fueran ellos mismos quienes establecieran el suyo, pero a ella todavía no le habían preguntado y ella no había dicho nada.

Sabía que, tras la meditación del amanecer, el Maestro se había retirado con Céfiro y Ola para las abluciones matutinas; después lo había visitado Brisa para inyectarle las medicinas que necesitaba y seguidamente había recibido a un cliente.

Ella, que no sabía que el Maestro iba a estar ocupado, había decidido pasar por sus habitaciones a darle los buenos días y a preguntarle si había algo que tuviera que preparar para su iniciación y, cuando ya estaba en la antecámara, a través de las puertas, lo oyó saludar a alguien a quien debía de conocer y que debía de ser inglés o americano, porque la única palabra que entendió con claridad fue «Heavens!», y a continuación la conversación bajó a tono de murmullo.

Suponiendo que no sería bienvenida, decidió marcharse de momento y volver a intentarlo más tarde.

Ya no hubo ocasión.

La siguiente vez que lo vio estaba extendido sobre unos lienzos blancos y la vida había abandonado su cuerpo antes de haber podido darle a ella la entrada en la comunidad de los Mensajeros.

Se dio la vuelta en la cama, abrazándose fuerte. Ahora todo estaba detenido, a la espera. Tendrían que organizar un funeral, luego habría que decidir quién sería Ishtar y solo mucho más tarde, con suerte, la llamarían para pasar las pruebas definitivas.

Tuvo que ahogar un sollozo de impotencia. Toda la vida, desde los diez años, esperando, deseando, soñando con ser elegida, con ser llamada a la Casa, con que llegara el momento de entregarse a Ishtar y ahora que parecía que solo era cuestión de días, todo se rompía, todo quedaba suelto, pendiente de un hilo de araña. ¿Y si cerraban la Casa? ¿Y si decidían marcharse de vuelta a Estados Unidos? ¿Y si, ahora que el Maestro no estaba, ya no querían que formara parte de la comunidad?

Pero no podían hacer eso. La voluntad del Maestro era la voluntad de Ishtar, era sagrada.

No podían hacerlo. Ella era necesaria para el devenir del mundo. Ishtar la necesitaba para que no se rompiera el equilibrio. A menos que decidieran llevársela a su hogar, a su lejano planeta. Pero eso, que sería un inmenso honor y le permitiría estar junto al Maestro, también le daba miedo. Aún no había pasado bastante tiempo en la Tierra, aún no había probado su valía para mantener el equilibrio y permitir que la vida continuara en el planeta que la había visto nacer. Si no estuviera tan tajantemente prohibido, habría intentado leer la mente de Ola para enterarse de qué futuro le tenían reservado. Debía tener fe. Eso era lo único que necesitaba en los terribles momentos de angustia por los que atravesaban. Fe. Paciencia. Amor. Ishtar la guiaría, la iluminaría. Ishtar era la salvación.

Se pasó las manos por los brazos, por los flancos, con suavidad, igual que lo habría hecho con otra persona que necesitara sosiego. Era más fácil hacerlo con otro, pero poco a poco se fue relajando con la ayuda de su propia energía y con la que recibía de la luz del sol. Necesitaba descansar, dormir, curar su alma. Ella era parte del universo. No había nada que temer. Todo se arreglaría.

Unos minutos después, se había dormido.

—¿Qué tal va el caso? —preguntó Nel, mientras terminaba de doblar la ropa que acababa de recoger del tendedero y luego llenaba una botella de agua para la noche.

Lola ya estaba en la cama y lo miraba, como tantas veces, sin poder creerse que estuvieran juntos, que aún estuvieran juntos, ya tres meses, desde el verano.

—¡Pse! Difícil. Enrique, el forense, no puede pronunciarse definitivamente sobre si ha sido intencional. Puede haber sido un accidente, y entonces nosotros ya ni entramos ni salimos.

Oye, no es por cambiar de tema, pero llevo siglos queriendo preguntarte una cosa. ¿Quién es Salva?

—¿Salva? ¿Nuestro Salva?

—O sea, que sí que lleva aquí un tiempo.

—Claro. Si no lo conoces es porque ha estado echándole una mano a su hijo y a su nuera, que han tenido gemelos.

—Sí, de eso ya me he enterado. Yo lo que quería saber es quién es.

—¡Mira que tienes alma de madero!

—Pues claro. Es lo que soy —contestó Lola, muy seria.

—A ver… Salva fue cura hace siglos. Luego lo dejó, no sé por qué razones, y fue profesor de Filosofía en un instituto toda la vida. Se casó tarde, tuvo un único hijo, el padre de los gemelos, y se quedó viudo hace un par de años. Luego se vino a vivir aquí, un poco antes que yo, me parece. Es un tío estupendo, ya lo irás conociendo. ¿Sospechas de él? —preguntó entrecerrando un ojo y enarcando una ceja.

Ella sonrió.

—Es que me extrañó no conocerlo. Sí, ya sé que solo llevo unos meses aquí, que aún soy «la nueva».

—Venga, cuéntame qué crees tú del caso: ¿accidente o asesinato? Anda, hazme un poco de sitio. —Lola se apartó hacia la pared para que Nel pudiera tumbarse a su lado—. Vamos a tener que tomarnos en serio lo de comprarnos una cama en condiciones donde quepamos los dos.

Ella se puso de costado, él apagó la luz y la abrazó por detrás.

—¿Y si nos dejamos el fin de semana para ir a comprarla? —insistió él.

—¡Ufff, qué pereza! Además, no vale con comprarnos una cama; hay que decidir en qué habitación la ponemos y si conservamos una de las dos que ya tenemos para que se quede en la otra habitación…

—¿Para qué, si siempre dormimos juntos?

—Pues…, no sé…, porque así, en caso de necesidad, cada uno tiene su intimidad, su independencia…, mientras que, si ponemos una cama única, por grande que sea, tenemos que compartirla…

—¿Y qué? ¿No compartimos siempre esta, donde estamos superestrechos? No me digas que aún dudas de que esto vaya en serio.

Lola se mordió los labios, notando cómo el cuerpo de él se envaraba. No quería decirle que seguía teniendo miedo de que aquello fuera una cosa pasajera, de que él, antes o después, se diese cuenta de que se había liado con una mujer mucho mayor que él, conociera a una chica de su edad, y se marchara sin más. Ella siempre había estado sola, tenía costumbre, se había hecho su rutina, su nido. Desde que vivía en Santa Rita todo había mejorado mucho; ahora tenía, además de su independencia, una cantidad impensable hasta muy poco tiempo atrás de personas agradables con las que hacer cosas. Y tenía a Nel, que era lo más importante de su vida. Le daba horror pensar en perderlo y, a la vez, se lo repetía a sí misma todos los días para no acostumbrarse a lo bueno, para que el golpe no fuera tan duro cuando llegara.

Sabía que a él le molestaba mucho esa actitud; por eso se esforzaba tanto ella por no demostrarlo, pero si ahora empezaban a hacer cosas como comprarse una cama de matrimonio —«Matrimonio», pensó, con un escalofrío mental—, unir las dos habitaciones, convertir dos vidas en una sola…, eso significaba un nivel de compromiso que no se veía capaz de aceptar. Y no porque no lo deseara. Era lo que más ilusión le hacía. Pero si ahora entraba en ese juego y después se acababa, no creía poder superarlo. Nel era su amor, el centro de su existencia. Era…

—¿Te has dormido? —preguntó él en ese momento—. Estaba esperando que me dijeras algo, pero si estás tan hecha polvo…

—No.

—¿No qué?

—Que sí que estoy hecha polvo, pero no me he dormido aún. Y lo de la cama… Si nos compramos otra… grande… habrá que remodelar todo esto…

—Claro. Podemos hacer como las demás parejas, unir las dos habitaciones, poner una cocinita un poco mejor que la que tenemos, hacer una zona de estar y una de dormir… Mira, si quieres, este finde vamos a mirar camas y en las vacaciones de Navidad hacemos la reforma. Aviso ya a Robles, a Paco, a Marcial, para que se guarden un par de días y nos ayuden, y para Nochebuena estrenamos el «piso». ¿No te apetece?

Ella tardó un segundo en contestar.

—Claro que me apetece.

—¿Pero?

—Pero nada.

—Venga, ¡que te conozco, Flanagan!

—Que eso ya es muy… definitivo, ¿no?

—No.

—¿No?

—Si quieres dejarlo, puedes irte cuando quieras, Lola. No te voy a obligar a quedarte conmigo solo porque tengamos una cama comprada a medias. Hay quien tiene fincas y yates, y hasta hijos, y se divorcia, ¿no? Eres libre y lo sabes. —Nel la apretó fuerte, le besó el hombro y empezó a mordisquearle la oreja.

—No es eso.

—Entonces ¿qué es? ¿Lo de siempre? ¿Lo de que me he liado con una anciana y pronto descubriré que no es eso lo que quiero y me iré con una chica de mi edad? Eso ya lo tenía con Elisa… y ya ves. Aquí estoy, en una cama donde se me sale el culo, incluso poniéndome de lado, pero contigo. La verdad es que vieja no eres, pero antigua… un montón. Eso es pensamiento antiguo y machista a tope. —Nel sonrió en la oscuridad. Sabía que eso le escocería.

—¡No soy machista!

—Si tú fueras el hombre, estarías encantado de tener a una chavala de mi edad en tu cama, ¿a que sí?

Lola empezó a reírse bajito hasta que contagió a Nel y acabaron riéndose los dos. Él la cogió y se la puso encima.

—Anda, déjame que me estire un poco. Te dejo estar arriba, que es lo que queréis todas las mujeres.

Siguieron riéndose hasta que las risas fueron sustituidas por los jadeos. Al cabo de un rato, Lola le susurró al oído.

—El sábado nos compramos la cama.

Greta cerró el cuaderno, lo dejó sobre la mesa, estiró los brazos por encima de la cabeza y soltó todo el aire de golpe. Su abuela Mercedes, de pequeña, escribía a chorros. Por suerte, de vez en cuando ponía dibujitos que hacían más soportable la verborrea de una cría sin nada que contar. Al organizar los diarios le había llamado la atención que al principio había muchísimos volúmenes y, sin embargo, luego, cuando presumiblemente su vida se iba poniendo interesante, había dejado de escribir. Aunque también cabía la posibilidad de que los hubiera escrito y luego los hubiera destruido.

Si era cierto lo que Sofía le había dado a leer en verano en esa novela que había escrito solo para sí misma sin ningún plan de publicarla y que, cambiando los nombres, contaba lo que Mercedes había hecho, o al menos intentado hacer, con su marido… en ese caso sería absolutamente lógico que se hubiese deshecho de sus diarios de la época, y quizá también de otras épocas en las que habían sucedido cosas que no deseaba que pasaran a la posteridad.

Aunque, bien mirado, ¿qué más daba, tantos años después de la muerte de alguien, que se supiera que había sido un criminal?

¿Le importaba a ella misma realmente que su abuelo Mateo, por lo que parecía, hubiera asesinado al prometido de su abuela para poder casarse con ella? Era asqueroso, sí, despreciable, pero hacía cien años de eso, y había leído en alguna parte que son precisamente cien años los que hacen falta para que lo sucedido sea ya simplemente una narración que no te afecta personalmente. Sin embargo… a ella le seguía afectando saber que en su herencia genética —siempre lo llamaba «herencia genética» porque eso de pensar «por mis venas corre la sangre de un asesino y violador» le parecía muy melodramático— había algo que podía haberle sido transmitido por su abuelo. Ella sabía que no estaba en su naturaleza el deseo de matar ni para conseguir algo que tenía otra persona, ni para hacer daño, ni mucho menos por placer. Lo sabía seguro.

Sin embargo, en primavera, cuando aquel fantoche que había sido amigo o amante de Sofía —Moncho Riquelme— había aparecido por Santa Rita amenazando con destruir todo lo que la comunidad había construido a lo largo de tantos años, ella misma había pensado que su muerte sería una bendición y, cuando tuvo el accidente que le costó la vida, siendo sincera consigo misma, tenía que reconocer que se alegró de que el peligro hubiese desaparecido sin que nadie hubiera tenido arte ni parte en su muerte. Pero ella no habría sido capaz de matarlo; eso lo sabía seguro.

Lo que no estaba tan claro era si no sería capaz de matar en defensa propia o para defender a sus hijas o a una persona querida. Si su abuela Mercedes había llegado a un punto de desesperación en el que envenenar poco a poco a su marido era la única salida que se le había ocurrido para que dejara de maltratarla y humillarla, ¿quién era ella para condenarla? ¿Cómo podía saber si ella misma no habría hecho algo parecido en una situación similar?

Siempre es fácil decirse «yo habría sido más valiente» o «yo me habría negado»…, pero hay cosas que solo se saben cuando pasas por ellas. Como el suicidio.

Llevaba pensando en el suicidio desde que había visto aquella cuerda colgando del gigantesco ficus en el invernadero recién descubierto.

Claro que era posible que fuera otra cosa, pero aquella soga cortada con prisas, deshilachada, dejada allí colgar sin más…; todo apuntaba a un suicidio, a que habían encontrado el cadáver y, quizá pensando que aún estaban a tiempo de salvar a quien fuera la víctima, habían cortado la soga, se habían llevado el cuerpo a la enfermería y ya nunca más habían vuelto allí. ¿Habrían condenado el invernadero por eso? ¿Sería una de las pacientes, una de las mujeres «nerviosas», como las llamaban entonces, que había decidido poner fin a su vida por una pena de amor o por una depresión incurable?

Santa Rita ocultaba muchos secretos, muchas muertes, muchas historias que ya nadie recordaba y que ella, sin saber por qué, se empeñaba en sacar a la luz.

Había veces en que, al mirar a Sofía y verla devolverle la mirada, se daba cuenta de que su tía pensaba que estaba un poco loca y que esa obsesión de indagar en la historia familiar era la ocupación que se le había ocurrido para sobrellevar su divorcio y el desprecio de sus hijas por haber abandonado a Fred. No era eso, pero si a Sofía le servía de algo creerlo, ¿por qué no?

Ni ella misma sabía con seguridad qué era lo que tanto le interesaba en aquellos papeles viejos. Hacía unos años, Heike, su mejor amiga y ahora amante o pareja o lo que fuera de Fred, su marido de tanto tiempo, había tratado de convencerla de irse juntas a la India, a un retiro con ayurveda y meditación y toda clase de maravillas. Cuando ella había preguntado para qué iban a gastarse la fortuna que costaba aquello para dedicarse a ayunar y a estar en silencio cuando podrían irse a un spa en el Caribe, Heike, muy seria, cosa bastante rara, le había dicho: «Para encontrarte a ti misma; para saber quién eres, de dónde vienes, adónde vas».

Lo que en aquella época no le había interesado un pepino de pronto resultaba que era, básicamente, lo que estaba haciendo en Santa Rita: intentar saber quién era, de dónde venía, adónde pensaba ir ahora que, extrañamente, ya no tenía a nadie en su vida que le dijera qué le convenía, qué hacer y qué no, ahora que había conseguido liberarse y, de pronto, era consciente de que siempre había sido la hija de alguien, la mujer de alguien, la madre de alguien, pero casi nunca ella misma, ella sola; Greta, sin más.

Ahora su ambición, o su obsesión, como sin duda lo consideraba Sofía, era ir hacia atrás en el tiempo hasta descubrir el origen de todo. Remontarse hasta el instante de la fundación de Santa Rita, averiguar quiénes habían sido Lamberto y Leonor, y sus hijos Ramiro y Matilde. Saber de dónde venía ella y cerrar el círculo. A partir de ahí, con suerte, decidiría a qué futuro podía aspirar, si se quedaba en Santa Rita o si emprendía ese viaje por el mundo con el que había soñado tantas veces, pero que nunca había encontrado ocasión de hacer realidad.

Ahora, en cualquier caso, lo primero era despertar el invernadero de su largo sueño y averiguar qué había sucedido allí.

Sonrió para sí misma. Empezaba a sentirse como Lola, siempre tratando de saber cosas que otros ocultaban. Tendría que haber estudiado criminología en lugar de traducción, pero ahora ya no era momento de cambiar de carrera. No porque pensara que ya no podía hacerse, sino porque el camino que había emprendido le estaba dando muchas satisfacciones.

Solo le quedaban dos generaciones por investigar. De hecho, una y media. Y un par de cosas en la generación de sus abuelos que aún no estaban claras. Tenía para unos cuantos meses.

Sonrió de nuevo. Faltaba poco para Navidad. Luego entrarían en otro año, florecerían los almendros y, antes de darse bien cuenta, sería el turno de las mimosas y una mañana volvería la primavera.

Quería estar en Santa Rita cuando todo volviera a llenarse de flores.

La gente de Santa Rita (2)

*L*o mejor de las noches de otoño en Santa Rita es el conticinio, el silencio profundo, la paz del jardín que la rodea y donde solo se oye el frote de las palmas en los días de viento o el suave golpeteo de la lluvia contra las hojas de los algarrobos y los ficus de hoja pequeña. Son las dos de la madrugada. La mayor parte de sus habitantes duermen, unos en calma, otros agitados por sueños que olvidarán en la vigilia. Los pasillos, con su ajedrezado en blanco y negro, están desiertos, fríos, iluminados apenas por unas veladoras que solo se encienden cuando alguien se mueve. El fuego de la chimenea del salón se apagó hace horas y no quedan más que cenizas que se barrerán por la mañana. La cocina está limpia, tranquila, recuperándose del tráfago diurno. Los papeles de Greta aguardan sobre el escritorio mientras ella se da la vuelta en la cama y se tapa con la manta la oreja derecha, ignorante de que pronto encontrará algo que va a responder a algunas de sus preguntas.

Sofía sueña, y sus sueños no son agradables: están poblados de huesos y de fantasmas.

Nel y Lola, abrazados como cucharillas en el cajón de los cubiertos de plata, respiran en sincronía.

Miguel y Merche duermen también, tranquilos, al calor de un radiador eléctrico con temporizador que, de vez en cuando, al bajar la temperatura, se enciende de nuevo con un clic y baña de rojo la habitación con su pequeña luz piloto.

Trini ha decidido lo que van a comer los dos próximos días y quiénes la van a ayudar y, ya tranquila, se ha ido adormeciendo, cavilando en una receta nueva que quiere probar.

Salva ha apagado la lámpara de lectura hace apenas quince minutos y, aunque ya empieza a deslizarse por el tobogán del sueño, repasa aún las últimas imágenes de la novela que acaba de cerrar.

Dan las dos en el reloj del abuelo y Nieves abre los ojos en la oscuridad plateada. Sergio se ha bajado de la cuna para acurrucarse junto a ella en la cama grande, como hace casi siempre desde que lo acuesta en su propia camita. Le pasa un brazo por encima y lo aprieta más contra sí mientras, inclinando la cabeza, entierra la cara en el cuello de su hijo para respirar su maravilloso olor a niño. Ya tiene cuatro años y, si los siguientes pasan con la misma velocidad, pronto será un preadolescente y luego un chico y después un adulto que se marchará al mundo a hacer su camino, dejándola sola. Sabe que es así como debe ser, pero le da miedo, o más bien una sensación extraña, entre miedo y pena, al pensar que en un futuro próximo ya no compartirá con ella todos los momentos del día, todos los días de la semana, todas las semanas del año. Se irá y a ella no le quedarán más que recuerdos, si tiene la suerte de poder recordar la suavidad de su piel, el aroma de su pelo, su sonrisa luminosa que la compensa de todo lo que ha perdido: su libertad, sus amigos, sus viajes a la India y a Tailandia, su facilidad para compartir cama y camino con cualquiera que le resulte atractivo…; cosas que echa de menos aunque, por otro lado, tenga el amor incondicional de Sergio, un amor como nunca ha sentido en la vida y para el que no estaba preparada cuando el pequeño nació. Eso no lo cambiaría por nada del mundo, pero de vez en cuando nota que está harta de vivir como una monja, de ser solamente la mamá de Sergio, de no tener a nadie con quien salir, con quien compartir planes y locuras, con quien meterse en la cama y disfrutar del sexo. No es que eche de menos al padre ausente de su hijo. Sabe muy bien quién es, pero el peque nunca estuvo planeado y él nunca ha llegado a enterarse. De haberlo hecho, probablemente con la excusa del bebé se le habría colgado del cuello para siempre y se habría dejado mantener por ella, como había hecho durante los casi dos años que habían pasado más o menos juntos. Y si ella tiene algo realmente claro es que no piensa compartir su vida con un inútil fumado. Pero a los treinta años, y viviendo y trabajando en Santa Rita, cada vez resulta más difícil tener ocasión de conocer hombres que valgan mínimamente la pena; y con un hijo aún resulta más difícil.

Lola ha tenido suerte. Nel es un chico estupendo y si a ellos no les importa la diferencia de edad, las cosas podrían salirles bien. A ella le encantaría encontrar a alguien de ese tipo: decente, trabajador, un poco chapado a la antigua, pero dispuesto a dejar que su mujer haga su vida, al menos en plan profesional, sin meterse con ella para nada. Se levanta con cuidado de no despertar a Sergio, va a orinar y vuelve a la cama frotándose los brazos, feliz de entregarse a la calidez de su niño. La próxima vez se echará la bata por encima; el invierno ya casi se ha apoderado de Santa Rita y todavía falta mucho para la primavera.

Candy se despierta un segundo después de que se hayan apagado los ecos de las campanadas, como le pasa con frecuencia. Mira la esfera luminosa del reloj —un trasto que fue de su padre y aún tiene las agujas pintadas con una pintura fosforescente que seguramente es radiactiva—, ve que le quedan al menos cinco horas de cama y se estira de nuevo tratando de dormir, aunque sabe que le va a resultar difícil. El pronóstico que le han dado es bueno, pero, si algo ha aprendido en los últimos meses, a fuerza de hablar con unos y con otros, es que el cáncer es algo absolutamente impredecible, que igual parece que ya ha pasado todo y solo es cuestión de recuperarse, que, de un día para otro, te dicen que han aparecido nuevas metástasis y tienes que prepararte para lo peor. De momento resulta llevadero y durante el día trata de no pensar en ello, pero por la noche, si el sueño no acude sumiso y rápido, los terrores alzan las cabezas como las de un Cancerbero gigante y no hay manera de cercenarlas.

Le habría gustado poder compartir aquello con Vivian, la única persona a la que habría podido confesarle el miedo que siente, pero que, por desgracia, la ha precedido en su paso al Otro Lado, dejándola sola en este. Con Sofía no quiere hablar de esas cosas. Se llevan veinte años, no quiere asustarla. Siempre ha pensado que, por lógica, Sofía se irá primero. Sin embargo, ahora, desde el diagnóstico, tiene la sensación de que su amiga, ya muy anciana y temblorosa, pero viva, será quien vaya al tanatorio a despedirse de ella, murmurando insultos por su deserción, como si ella, Candy, lo hubiese hecho adrede para ahorrarse el sufrimiento y el duelo de perder a Sofía.

Para todos los habitantes de Santa Rita, ella, la inglesa que nunca ha conseguido pronunciar bien el español y que tanta gracia les hace a todos, es un terremoto, una fuerza de la naturaleza, una mujer incansable, valiente hasta la temeridad, dispuesta a arrostrar cualquier peligro que la vida le ponga en el camino; y hasta cierto punto es verdad, siempre lo ha sido, pero la cercanía de la muerte ha empezado a minarle el valor y, a pesar de que la casa está llena de personas a las que puede llamar amigas sin faltar a la verdad, no se siente con ánimos de hablar claro y decirle a alguien que está asustada, que necesita un abrazo, unos mimos, unas palabras bienintencionadas que le digan que todo saldrá bien, aunque no sea cierto. No puede destruir su imagen, ahora que eso es casi lo único que le queda.

Piensa como tantas veces que, si al menos fuera religiosa, unas oraciones podrían quizá consolarla y hacerle más llevadero el mal trago, pero, bien mirado, jamás ha visto a lo largo de su vida que las personas religiosas acepten la muerte con más entereza que las agnósticas o las ateas.

Como no le apetece tomarse un somnífero, se levanta, se echa por encima la bata de *fleece* azul celeste y, arrastrando las zapatillas gruesas, baja a la cocina a prepararse un vaso de leche tibia. Sin miel. Para no alimentar las células cancerígenas que aún pudieran quedarle en el cuerpo. Las veladoras se van encendiendo a su paso y eso, de algún modo, la reconforta.

Robles oye el frote de unas zapatillas en el corredor y, con la precisión que da la práctica, sabe que se trata de Candy, que seguramente se ha despertado y ya no consigue dormirse de nuevo. Él suele dormir bien, pero su sueño es ligero y cualquier cosa lo alerta, aunque luego vuelve a caer con rapidez. Piensa por un momento asomarse a la cocina y preguntarle si necesita algo, pero acaba por decidirse en contra. Ella sabe muy bien que él está allí, en la tercera puerta después de la salita, y que puede acudir siempre. Si lo precisa, llamará con los dos golpes discretos que son su marca. Ese es uno de los problemas en Santa Rita: que nunca se tiene claro si ofrecerse es inmiscuirse, si la gente no preferirá que la dejen en paz. Él, en todo caso, lo prefiere con mucho. Se da la vuelta y al cabo de un par de minutos ya se ha quedado dormido.

Nines apaga el portátil, deja encendida la vela de sándalo, se pone la chupa y sale a la terracita de delante de su cuarto a fumarse un piti antes de meterse en la cama. Habría preferido fumarse un canuto, pero lleva ya semanas dejándolo y sabe por experiencia que las recaídas siempre son peligrosas. Incluso el tabaco empieza a parecerle mala idea porque, a pesar de que lleva desde septiembre saliendo a correr, tiene claro que fumar no va a favorecer sus progresos. Va mejor, pero aún no ha conseguido correr más de un kilómetro sin tener que parar doblada sobre sí misma, con las manos en las rodillas, tratando de no ahogarse. En el examen tiene que ser capaz de correr un kilómetro en el menor tiempo posible. Por ahora la cosa le parece bastante utópica, igual que el circuito de obstáculos y la suspensión en barra. Lleva demasiado tiempo descuidando su cuerpo, porque nunca ha pensado seriamente que pudiese hacerle falta para nada más allá de seguir viva, y eso de ir al gimnasio siempre le ha parecido propio de pijos gilipollas, algo que no va con ella. Sin embargo, ahora…

Lo de intentar entrar en la policía le sigue pareciendo una locura. No le gusta confesárselo ni siquiera a sí misma. De momento está concentrada en terminar las asignaturas que le quedan del B.A. de traducción y machacarse lo posible en el gimnasio, aunque después decida por fin no presentarse al examen de la policía. Estar en forma tampoco le hace daño a nadie, aunque le da una cierta vergüenza dejar de fumar, ponerse cachas, ser capaz de correr. Es como una claudicación de todas las decisiones que ha tomado antes en su vida, como confesarse a sí misma y a los demás que se ha equivocado y quiere enmendarse.

De Elisa hace meses que no sabe nada y tampoco ha tenido líos con nadie más. Se encuentra como desganada sin saber por qué. A veces, en el colmo de la cursilería, se compara con la típica oruga que antes o después acabará transformándose en lo que sea. ¿Mariposa? ¿Escarabajo? ¿Cisne? En cualquier caso, en algo diferente a lo que ha sido hasta ahora. Hace siglos que no sabe nada de Igor ni del Lanas, ni de la peña de siempre, ni de nadie de los que, menos de un año atrás, eran todo su mundo, los que hasta hace muy poco ha llamado «mi gente» y ahora prefiere no ver. No se explica qué le ha pasado. Antes era Nines. Ahora está empezando a ser Ángela. Le hace mucha gracia imaginarse tres o cuatro años en el futuro, vestida de uniforme, con gorra, y pistola en su funda, con compañeros que la llamarán Ángela y no sabrán lo que significan todos los tatuajes que lleva. Incluso ha pensado tatuarse dos alas en las paletillas, para enfatizar su nuevo nombre. Se encoge de hombros. Todo se andará. Se acaba el piti, lo apaga cuidadosamente en el cenicero del rincón, se llena los pulmones con el frío de la noche y los ojos con el brillo de las estrellas, y entra en su cuarto.

En la habitación de al lado, Ena da vueltas y vueltas en la cama pensando en Ascen, que se ha ido a casa de su hija para ayudarla un poco con el asunto de Laia. Después de la cena ha salido un rato al jardín con Trini, a estirar las piernas antes de irse de dormir, y lo han estado comentando. Tienen que haberle comido mucho el coco a la chiquilla para haber estado dispuesta a encamarse con un carcamal de más de ochenta años en nombre de un dios de pacotilla o lo que sea. Como tantas veces, se le va el pensamiento a sus catorce años, a cuando la eligieron para ser catequista —la más joven de todas— y don David se pasaba todas las tardes por la capilla donde se reunía con su grupito de niñas, a ver cómo le iba, a ver si lo estaba haciendo bien. Recordaba como si fuera ahora su lengua rosada, como la de un gato bebiendo leche, pasando una y otra vez por el labio superior mientras sus ojillos de cerdo destellaban detrás de las gafas redondas de montura metálica. Recordaba con absoluta claridad la repugnancia que sintió delante de la estatua de Santa Rita, en la basílica de Nuestra Señora del Olvido, cuando él, a su lado, mientras le explicaba la vida y milagros de la santa, deslizó su mano izquierda por la curva de su cadera, de su trasero, sin que le temblara la voz, sin apartar la vista de las rosas que coronaban la estatua. Nunca se había sentido tan humillada, tan paralizada. No era capaz de moverse, de respirar siquiera. Luego, a lo largo de los años, se le había ocurrido que quizá él pensó que a ella le parecía bien, precisamente porque no hizo nada para dejarle claro que no quería que la tocara.

Si hay alguien en Santa Rita que sabe con certeza lo asqueroso de ser tocada en contra de tu voluntad es ella. Nunca se lo ha contado a nadie. Desde ese instante hizo todo lo que estuvo en su mano para no quedarse nunca sola con don David, aunque en un par de ocasiones no tuvo más remedio que soportarlo. Incluso una vez, en la sacristía, llegó a intentar besarla después de haberle tocado los pechos. En ese momento sí que salió disparada, sabiendo que él no la perseguiría corriendo por la iglesia con la sotana arremangada. Después tuvo la suerte de que lo ascendieran y lo trasladaran, y ya no lo vio más, pero, aunque don Dimas, su sustituto, era un buen hombre, ella no volvió a dar clases de catecismo y, poco a poco, fue dejando de ir a la iglesia.

En aquella época esas cosas pasaban mucho. Ahora lo sabe. Ahora sabe que ella no era la única, que la mayor parte de sus amigas y compañeras han tenido experiencias de ese tipo con curas, con profesores, con padres de otras niñas, con desconocidos en el autobús, en el tren, en una verbena… Se consideraba normal que los hombres lo intentaran y que las mujeres se resistieran. Por suerte las cosas han cambiado, pero los recuerdos permanecen. En todos sus años de matrona —de partera, de comadrona; el nombre fue cambiando con los tiempos— ha asistido a muchas mujeres casadas y muchas muchachas solteras que no habrían querido estar allí, pariendo el hijo de un desconocido que las había violado, o de un marido que las había violado también, aunque entonces no se llamaba así porque el marido siempre tiene derecho, aunque la mujer no quiera.

Le da asco imaginar lo que debe de suceder en la casa donde vive la gente de la secta esa que ha secuestrado a Laia y piensa que, si tuviera redaños, iría con un par de amigas a sacar a la cría de allí, pero sabe que no puede, que la nieta de Ascen es mayor de edad, que le han lavado el cerebro y es ella quien ha elegido lo que le pase.

Se levanta sin encender la luz, va al baño, saca la caja de las pastillas y se toma una entera. Al menos podrá dormir.

6

La fuente del dragón

Sentadas sobre los talones, siete personas en círculo imperfecto esperaban en completa inmovilidad y silencio la salida del sol sobre el horizonte del mar. Faltaba un puesto para cerrar el círculo: el que habría ocupado el Maestro, de haberse contado aún entre los vivos.

Cuando los primeros rayos del sol inundaron la sala, los que habían tenido cerrados los ojos los abrieron y, sin moverse todavía, pasaron la vista lentamente por los demás, como para asegurarse de su presencia. Empezaron a oírse inspiraciones profundas, preparatorias al instante en el que comenzaría la actividad. Luego hubo algunos carraspeos. Nadie tenía muy claro quién debía comenzar en ausencia del Maestro.

—Hermanas, hermanos —se alzó la voz de Ola—, tomo la palabra porque alguien tiene que hacerlo y yo soy, si no me equivoco, la más vieja de los presentes. O, al menos, la que más tiempo lleva en la Orden.

Los asistentes cabecearon su aprobación.

Ascuas sabía que no era así, que él era quien más tiempo había pasado con el Maestro, pero no era momento de decir lo que habían callado durante tantos años, de manera que siguió en silencio escuchando a Ola.

—Tenemos varios problemas, como bien sabéis, pero en mi opinión, el que necesita una solución con más urgencia es el de la sucesión. Ahora que el Maestro nos ha dejado, es fundamental que, al menos de modo provisional, haya alguien que dirija la casa y se ocupe de los intereses de la Orden. ¿Estáis de acuerdo?

—También hay que solucionar el problema de qué hacemos con esa sospecha de la policía —intervino Ascuas.

—No se me ocurre que podamos hacer nada. Ellos seguirán investigando y nosotros nos ocuparemos de la trascendencia del Maestro y seguiremos haciendo nuestra vida. —Ola parecía no entender la preocupación de su compañero.

—Pero... pero nos consideran sospechosos.

—Evidentemente, hermano. La policía siempre parte de la base de que quien mata a otra persona es porque tiene algo que ganar. Quienes más podemos ganar con la muerte del Maestro, al menos a sus ojos, somos los y las que compartimos su vida y su obra. Ellos no se dan cuenta de lo que hemos perdido con su muerte; piensan que somos seres vulgares, que nos movemos por impulsos como el dinero o el poder. Es lógico que desconfíen de nosotros. Ishtar siempre lo supo y por eso quiso que no nos mezcláramos con la gente de fuera más de lo estrictamente necesario.

—Entonces ¿qué sugieres que hagamos?

—Lo mismo que hemos hecho hasta ahora. Nada. —Pasó la vista despacio por los componentes del grupo—. Ellos preguntan, nosotros contestamos. Con veracidad, pero sin detalles innecesarios.

Todos asintieron con la cabeza. Ola continuó:

—Yo no creo que el Maestro haya sido asesinado, y mucho menos por alguien de esta casa, por alguno de los Veintisiete, pero si me equivoco y su muerte no se ha debido a un accidente, entonces me interesa, y me atrevo a decir que nos interesa a todos, saber quién ha defraudado así su confianza, quien ha estado tan loco como para desafiar a Ishtar matando a su encarnación en este mundo. Si la policía trabaja para averiguarlo, pienso que debemos colaborar con ellos.

—Estoy totalmente de acuerdo, hermana Ola —dijo Brisa.

—Yo también estoy de acuerdo —habló Surco, que, hasta ese momento, se había limitado a escuchar.

—Y yo —concluyó Llama.

—¿Ascuas?

—Sí, claro, yo también. Pero pienso que no debemos dejarlos entrar demasiado en nuestros sagrados misterios, en nuestra forma de vivir.

—Solo lo que resulte necesario para la investigación —dijo Llama.

—¿Tratamos ahora la sucesión?

Todos se miraron, inquietos. Era un tema peligroso.

—¿El Maestro no ha dejado nada escrito? —preguntó Surco.

—Supongo que, en el caso de existir una última voluntad, la tendrá la notaría, que, como quizá sepáis, está en Estados Unidos e ignoramos qué instrucciones ha recibido del Maestro. Por otro lado, no creo que podamos hacer mucho hasta que la policía nos devuelva el cuerpo y nos autorice a incinerarlo, cumpliendo su deseo. Por eso hablaba yo de una solución provisional, hasta que sepamos a qué atenernos. Si no tenéis nada en contra, me ofrezco a ser yo quien lleve los asuntos de la Orden hasta entonces.

Los otros cuatro se miraron entre ellos, en silencio.

—¿Sabes algo que nosotros no sepamos, hermana Ola? —preguntó Brisa con suavidad.

Ola hizo una inspiración profunda, dejó que las comisuras de sus labios se curvaran en una pequeña sonrisa y contestó en voz baja:

—La última vez que hablamos, el Maestro me comunicó su decisión de dejarme a cargo de la Orden cuando él ya no estuviera en posición de ocuparse personalmente.

Brisa alzó los ojos al techo, suspiró y mirando fijamente a Ola, dijo:

—Exactamente lo mismo que me dijo a mí.

—Y a mí —añadió Ascuas.

—No es posible. —Ola estaba perpleja. Era evidente que no se esperaba esa situación—. ¿A alguien más le dijo el Maestro que quería nombrarlo sucesor? Suponiendo que sea cierto...

Llama y Surco negaron con la cabeza mientras Ascuas y Brisa, abandonando la inmovilidad y la compostura, se pusieron repentinamente de pie.

—¿Qué quieres decir con eso de «suponiendo que sea cierto»? —Brisa estaba más pálida de lo normal y casi temblaba—. ¿Dudas de nuestra palabra? —Miraba a Ascuas como pidiéndole que protestara igual que ella.

—Tranquilos, hermanos. Nadie duda de nadie. —La voz de Surco era grave y resultaba sedante en la situación—. Es simplemente un posible malentendido. Todos conocemos al Maestro.

—¿Qué quieres decir con eso? —preguntó Ascuas, beligerante.

—Que sabemos perfectamente que le gusta jugar con nosotros, ver hasta dónde llegamos, de qué somos capaces... Quiere conocernos y ayudarnos a que lleguemos a conocernos a nosotros mismos. Por eso a mí no me dijo que hubiera pensado en mí como sucesor. A mí lo que me dijo es que yo sería el más adecuado para ocupar su puesto...

Se oyó una especie de suspiro general, cuando todos cogieron aire casi a la vez.

—Y a mí me dijo —interrumpió Llama— que estaba convencido de que, después de él, Ishtar debía ser una mujer, y que la más adecuada para los Veintisiete sería una mujer que no luchara por el poder, alguien que no quisiera ser Ishtar. —Enfatizó con claridad el «no». Luego hizo una breve pausa mientras todos estaban pendientes de sus palabras—. Alguien como yo.

Todos soplaron el aire retenido de diferentes formas, expresando angustia, fastidio, impaciencia…; todas las emociones que solían controlar y que ahora estaban a punto de salir al exterior.

—Pero el Maestro me conocía bien. Yo no quiero serlo. Espero que en ese testamento que pronto nos leerán no me haya nombrado sucesora suya. Sería muy propio de su sentido del humor.

—Sería una estupidez —dijo Ascuas.

—¿Ah, sí, hermano? ¿Por qué?

Sabiendo que se había propasado, Ascuas carraspeó, sonrió a Llama y suavizó la voz.

—Porque cada uno de nosotros tiene unos dones y los tuyos no te capacitan precisamente para llevar una organización como nuestra Orden, hermana Llama.

—Pues parece ser que nuestro divino Maestro pensaba de otra forma. ¿No quieres volver a sentarte, hermano Ascuas? Me parece que aún no hemos terminado.

Los dos que estaban de pie volvieron a sentarse sobre los talones, después de haber acomodado los pliegues de sus túnicas.

—Yo voto por Ola —dijo Surco—, para que de momento lleve los asuntos de la Orden hasta que sepamos a quién ha designado el Maestro.

—Yo también —dijo Llama.

Ascuas y Brisa se miraron, inquietos. Ninguno de los dos quería votar a favor, pero tampoco querían expresar claramente un voto negativo.

—Yo voto por mí, evidentemente —dijo Ola en ese momento—. Con eso, estamos en mayoría. Tres de cinco. No es necesario que os pronunciéis, hermanos. Comprendo vuestra vacilación. Si no os importa, me gustaría acudir ahora a las abluciones y después del desayuno podemos volver a reunirnos y despachar los asuntos de menor importancia. Entre otras cosas, hay que decidir si la neófita va a ser iniciada próximamente o no. Y en caso afirmativo, si esperamos a la incineración del Maestro o procedemos cuanto antes para mantener el número de los Veintisiete. Pensadlo mientras tanto.

Ola se levantó, se alisó la túnica y, con esa vaga sonrisa en los labios que sacaba de sus casillas a Ascuas, abandonó la sala.

—Greta —Marta asomó la cabeza al antiguo despacho donde, rodeada de cajas y archivadores, la sobrina de Sofía se destacaba como en una pintura, iluminada por un rayo de sol matutino, entre una ligera nube de polvo—, ¿tienes un ratito para bajar al salón?

—Claro.

—Es que Sofía dice que está harta de estar en su estudio y le gustaría cambiar de aires y tomarse un té contigo. ¿Le digo que puedes?

—Sí, pero dame diez minutos. Ya ves que estoy hecha unos zorros. Al menos lavarme las manos y cambiarme de ropa. ¿Está Candy también?

—No. La ha llevado Robles a Alicante, a un control.

—Esta mujer es una tumba etrusca. Si me lo hubiera dicho, la habría acompañado.

—Ya va Robles, no sufras. Voy a llevar a Sofía y a poner un té. ¿Alguna preferencia?

—Sí —sonrió—. Capuchino.

Marta se marchó riéndose. Greta fue a adecentarse y poco después bajaba las escaleras disfrutando, como siempre, de los colores que el sol pintaba sobre las losas al atravesar los cristales de la vidriera de la puerta. Las grandes plantas estaban sanas, intensamente verdes, y hacían de aquella simple entrada una habitación más, acogedora y un tanto misteriosa, con sus faroles de hierro en los que brillaban las velas por la noche.

Cruzó la salita que en aquel momento estaba desierta. Su tía estaba sentada a una mesa junto a las puerta-ventanas del salón, con una manta encima de las piernas y una chaqueta azul de punto sobre una blusa floreada. Como era habitual, en el sillón de al lado, dos libros y un cuaderno esperaban que Sofía les concediera su atención.

—¿No te cansas de leer, *aunt* Sophie? —le preguntó en inglés.

—¡Mira quién habla! —sonrió la anciana.

—*Touchée*.

Marta dejó el té y el capuchino sobre la mesa.

—Si no te importa, Sofía, me voy al pueblo a hacer unos recados.

—Yo me quedo con ella, Marta. Vuelve cuando quieras.

—No es por nada, niñas, pero no me hace maldita la falta que nadie me haga compañía. Aún no estoy senil. Y esta casa siempre está llena de gente. Si me pasa algo, no tengo más que gritar.

Marta y Greta se sonrieron, cómplices.

—A ver, hija, cuéntame qué has descubierto de ese invernadero del que hablamos la última vez. ¿Existe?

Greta echó una mirada por encima de su hombro para asegurarse de que estaban solas.

—Existe.

—¡No me digas!

—Lo que pasa es que está hecho una ruina, como puedes suponer. Los cristales destrozados, el armazón metálico como dientes de fiera prehistórica aquí y allá, pero hay una fuente, tía…

—La fuente del dragón —completó Sofía. Greta se quedó de piedra—. ¿A que sí?

—Sí. ¿Cómo lo sabes?

—Ya te digo, porque tengo buena memoria y he oído muchas cosas en la vida. Pero creía que era un cuento y ahora resulta que existe. Cuéntame, anda.

—Es muy bonito y muy misterioso. Es como decía tu madre: los colores, las sombras, la luz entrando por las ramas pintando monedas de oro en el suelo… Una preciosidad. Lo malo es que no hay paso. Robles y yo tuvimos que ir por la sierra y después bajar por el otro lado.

—Ah… Robles está en el ajo.

Ahora que, sin darse cuenta, desde la llegada de Marta, habían cambiado al español, de pronto a Greta le sonó rara la expresión de su tía. Hacía mucho que no la había oído.

—Necesitaba compañía para llegar hasta allí y me pareció el más adecuado.

—Lo es. Y, además, como ves, sabe guardar secretos. No me lo ha dicho ni a mí. Eso es algo que valoro mucho en las personas. —Se acabó el té de su taza con un suspiro y, con un gesto, le pidió que la llenara de nuevo—. Dime, hija, ¿qué hacemos ahora?

—¿Con el invernadero?

Sofía asintió.

—Yo creo que habría que encontrar el antiguo paso y liberarlo. Así al menos podríamos entrar a pie llano, bueno, más o menos, y luego ya veremos de restaurarlo. ¡Hay unos ficus! No te los puedes imaginar. Como los de la estación de Alicante por lo menos.

—Me gustaría verlos, la verdad.

—Pues cuando vuelva Robles, lo hablamos y vemos a quién habría que llamar para que nos ayude a abrir ese paso. ¡Ah! También he encontrado unas fotos muy antiguas. A ver si tú puedes decirme quiénes eran.

Mientras Sofía se calaba las gafas de cerca, le tendió las dos fotografías que ya le había enseñado a Robles en el invernadero.

—Este es mi bisabuelo, don Lamberto Montagut, el fundador de Santa Rita —dijo Sofía sin vacilar—, y este, el que está a su lado, debe de ser su primo Leonardo, el que vivía en Madrid y era ingeniero. A lo mejor fue él quien diseñó el invernadero; me suena algo así, pero no podría jurarlo. Las señoras son…, a ver…, la del sombrero grande con velo es la bisabuela Leonor, la valenciana, casada con Lamberto. Esta de aquí —señaló a una de las dos mujeres jóvenes, la que llevaba un sombrero más pequeño y atrevido que el de su madre, blanco con flores— debe de ser mi tía abuela Matilde, la madre de Lidia. Mira qué joven era entonces. ¡Qué bonito el vestido de muselina blanca!, ¡qué moderno!

—¿Cómo sabes que era de muselina? —preguntó Greta, sorprendida.

—No hay más que verlo, muchacha.

—No sabía yo que te interesara tanto la moda.

—He tenido que aprender mucho para mis novelas. La ropa siempre es importante para definir a los personajes y sus épocas.

—¿Y la otra mujer, la que no lleva sombrero?

—Mi abuela. Soledad. La nuera de Leonor, la mujer de su hijo Ramiro. Menos guapa que su cuñada Matilde, pero más estable, y con mucho más sentido del humor. Es increíble verla tan joven. Aquí debía de estar recién casada; yo la recuerdo en Londres, cuando la guerra, como una señora mayor. —Sofía pasó la yema del índice por las caras de sus antepasadas—. Y las sirvientas…, fíjate, esta de la derecha, que es casi una cría, yo juraría que era Olvido, que acababa de entrar a servir en la casa grande. Vivió aquí hasta su muerte. De pequeñas, nos daba chocolate a Eileen y a mí a espaldas de mi padre. —Sonrió, recordando—. A la otra no la conozco.

Greta cogió las fotos y les pegó en la trasera un par de papelitos autoadherentes con los nombres que Sofía le había dado. Luego los pasaría a un archivo en condiciones.

—Bien. Pues una cosa hecha. Ponme otra taza, por favor. Y ahora… dime, Greta, ¿habéis encontrado algo más?

—¿Algo más? No sé a qué te refieres.

—Mientes fatal, niña. Voy a tener que darte un par de clases.

—No miento. —Le sonrió, traviesa—. Simplemente no te he contestado.

Sofía le devolvió la sonrisa.

—De pequeña, mi madre me ocultaba algunas cosas que yo sabía de todas formas, porque aquí siempre hubo mucha gente a la que preguntar. Pero ya hace tiempo que llegué a la mayoría de edad. No hace falta disimularme nada. Ya no. Hay quien piensa que a los viejos hay que tratarlos otra vez como niños, pero es una memez. Ya lo verás cuando te toque a ti. Ahora piensas que a ti no te pasará, pero nos llega a todos, y cuando notes que tratan de engañarte, de suavizarte las cosas, de mentirte si hace falta, serás consciente de la rabia que da que te traten como si fueras imbécil. Por tu bien, claro.

—Jo, tía, ¡qué bruta eres a veces!

—No, a veces no. Siempre. Llevo toda la vida trabajándomelo y la verdad es que estoy orgullosa de haberlo conseguido.

—Vale, como quieras. —Greta desvió la vista hacia el exterior unos segundos para librarse de la letal mirada violentamente azul de su tía—. Si quieres saberlo… De una de las ramas del ficus más grande cuelga una soga de ahorcado, cortada con un cuchillo.

—Ajá. Entonces tenía yo razón.

—¿Me lo explicas?

—La prima Lidia se suicidó. Es lo que siempre había creído yo entender entre los rumores y los susurros, y, si te fijas, en la zona del cementerio donde está la familia, no encontrarás una tumba donde ponga «Lidia». A tu madre y a mí siempre nos dijeron que tenía el corazón débil y que la habían enterrado en el cementerio de Villena, donde ya estaba su padre. Pero la tía Matilde está aquí, y yo siempre supuse que Lidia también, pero sin lápida y no en tierra consagrada, por lo del suicidio.

—Siempre me ha parecido una crueldad innecesaria.

—A mí también. La Iglesia, ya sabes, siempre con ese afán de juzgar en la Tierra, en vez de dejar que sea Dios quien juzgue después. Suponiendo que exista, claro. Pero tú imagínate qué dolor para su madre. Además de perder a una hija adolescente, no poder siquiera visitar su tumba. Saber que estaba enterrada por ahí, como un animal. Supongo que por eso se volvió loca.

—¿Se volvió loca? —Ahora que lo decía Sofía, recordó vagamente que Candy ya había dicho algo de ese estilo; sin embargo, en ese instante le había sorprendido mucho.

—Al menos eso es lo que yo recuerdo de lo que nos contaron: que Matilde empezó a desvariar después de la muerte de su hija y entonces, poco a poco, el balneario de talasoterapia se fue convirtiendo, ya bajo la dirección de su hermano Ramiro, en un sanatorio para mujeres desequilibradas.

—Ay, tía, ¡qué historia tiene Santa Rita!

Sofía se encogió de hombros.

—Yo creo que en todas las familias hay historias así. Lo que pasa es que aquí estoy yo y me acuerdo aún. En otros sitios a nadie le importa el pasado y las cosas se van perdiendo… Además de lo que te decía antes: que ciertos sucesos que no gustan se borran, se tergiversan o se silencian o, casi peor, se cuentan de otra manera, embelleciéndolos, y acaban convertidos en una gran ficción que nunca fue verdad, pero que es lo que recuerdan las siguientes generaciones, si recuerdan algo en absoluto. Todo por su bien y por el bien de la familia. ¡Ja! La cosa del honor, que tanto daño ha hecho en este país.

—Gracias por contármelo, Sophie. ¿Me contarás también lo demás?

—¿Qué demás?

—No te hagas la tonta. Sé que hay muchas cosas que te guardas y que yo quiero saber.

Sofía echó la cabeza atrás, la apoyó en el sillón y se dedicó a mirar las molduras de la sala.

—No sé, Greta. La última vez que te conté cosas de tus abuelos, y eso que tú querías saberlas, tuve miedo de que salieras corriendo de aquí para no volver, e incluso de que cayeras en una depresión o algo peor. No quiero hacerte daño, niña.

—Me haría más daño no saber y llegar al punto de no tener a quién preguntarle. ¿No sería más fácil que me dijeras todo lo que sabes, en lugar de dejarme buscar por los desvanes encontrando piezas sueltas y sin saber dónde ponerlas?

Sofía se echó a reír suavemente.

—Me has pillado, Greta. Soy escritora con toda el alma. Lo he sido durante tantos años que ya ni me acuerdo de cuándo empecé. Una buena historia no puede contarse de golpe, toda seguida, tú lo sabes igual que yo. La persona que la escucha o la lee tiene que ganársela, tiene que querer saber, tiene que quedarse en blanco de vez en cuando. Me temo que yo, también en la vida diaria, hago esas cosas. ¿No crees que, cuando tú misma necesitas saber algo, la respuesta te satisface mucho más que cuando te dan la solución a un acertijo que nunca te habías planteado?

Greta asintió con la cabeza.

—Pues déjame llevar mi ritmo, anda. Eso sí, puedes preguntarme cuando de verdad haya cosas que quieres saber o que no entiendes. No te prometo poder contestarte a todo, pero al menos podré decirte lo que supongo yo, y tú sigues buscando. *Deal?*

A Greta le habría gustado protestar, pedirle respuestas a todas las preguntas que se amontonaban en su mente, pero pensó que Sofía podía tener algo de razón y decidió mostrarse de acuerdo, al menos por de pronto, y, antes de confrontarla de nuevo, hacer una lista de todos los cabos sueltos y las cosas que querría saber. De modo que alzó su taza ya vacía y la chocó con la de ella, diciendo:

—*Deal, aunty!*

Lola llegó temprano al despacho. Nel se había levantado muy pronto y ella había decidido acompañarlo a desayunar y empezar la jornada enseguida con la esperanza de poder retirarse también algo antes. Eso era lo malo de noviembre, que te levantabas a oscuras y cuando salías del trabajo ya era de noche otra vez.

Dejó el termo sobre la mesa, colgó el abrigo y la mochila en el perchero y, al sentarse, se dio cuenta de que le habían dejado junto al ordenador un sobre de color manila.

A/A: Inspectora Lola Galindo

Franqueado, pero sin remite. El sello de Correos estaba muy borroso y no permitía ver bien la fecha.

Se puso los guantes por pura precaución, aunque estaba segura de que hasta llegar a su mesa lo habrían tocado lo menos dos o tres personas. Con un abrecartas, rasgó la solapa, metió el sobre en una bolsa de plástico y sacó la única cuartilla que contenía. Ya al primer golpe de vista advirtió que no estaba firmado. «Un anónimo, vaya», pensó con fastidio. Detestaba la cobardía que representaban los anónimos.

Si quiere saber quién mató al Maestro Ishtar, pregúntele a Rosa qué había en la pluma que usó el día de su muerte.

Eso era todo. Apenas dos líneas impresas en un papel de lo más vulgar. Lo pasaría inmediatamente a la científica, pero estaba segura de que le dirían que tanto el sobre como la cuartilla se podían comprar —baratos, además—, en sitios como Carrefour, GiFi o TEDi.

Leyó el texto dos veces hasta que se lo supo de memoria.

Rosa. No le sonaba de nada. Aquel era un nombre normal, civil, no como los que usaban los Mensajeros y que, al parecer, tenía relación con una de las cuatro materias y era elegido por el Maestro cuando el adepto pasaba las pruebas iniciáticas. Habría que ver cuál de las mensajeras tenía Rosa como nombre de nacimiento, o si se trataba de alguien que no pertenecía a la secta.

Pluma. ¿Qué podía tener que ver una pluma con la muerte de alguien?

Usar. «La pluma que usó». Por ahora no lo asociaba con nada. ¿Tendría algo que ver con hacerlo firmar un testamento, una confesión, un cheque? Y eso de qué había en la pluma..., ¿qué iba a haber?

Sacudió la cabeza.

Se lo pasaría a Marino en cuanto llegara, a ver si a él le decía algo más.

Al menos, lo que sí dejaba claro el texto era que el autor del anónimo creía que alguien había matado al Maestro. Si la tal Rosa había tenido algo que ver o si quien hubiera escrito aquella nota solo estaba tratando de inculparla era algo que todavía no se podía saber. De hecho, tampoco se podía saber si había habido asesinato o no. El autor de la carta podía estar mintiendo, obviamente, pero era un principio, quizá un hilo del que tirar.

Iban a tener una mañana movida y, en cuanto la nota quedara en manos de la científica y la hubiera visto el comisario, hablaría con el forense y volverían a la casa a interrogar a todo el mundo.

Aprovechando que el día había amanecido bueno y luminoso, aunque frío, Greta decidió olvidarse por un rato de los papelotes y salir al exterior en busca de algo que le daba vueltas por la cabeza y todavía no había comentado con nadie.

La conversación con Sofía le había hecho pensar en la tumba de Lidia y, aunque estaba razonablemente segura de que no se hallaba en el pequeño cementerio de Santa Rita, tenía que asegurarse por completo antes de ponerse a buscarla fuera de sus muros. No tenía claro por qué, pero sentía que era importante encontrarla, aunque solo fuera para su propia tranquilidad.

Después de un café con leche, bien arropada con un anorak ligero, bufanda y gorro, se dirigió a la iglesita a buen paso. Olía a una curiosa mezcla de estiércol y hierbas aromáticas. Paco la saludó desde lejos. Con otros dos hombres de la casa que no reconoció, a contraluz como estaban, daba la impresión de que esparcían abono por el huerto de los frutales. Más cerca, tres de las chicas de la lavanda estaban podando las aromáticas para el invierno. Ena se cruzó con ella, cargada con dos cestas llenas de tallos de tomillo, romero, orégano…, todo lo que habían cortado de las plantas y que ahora pondrían a secar. Se saludaron, pero Ena no le preguntó adónde iba, cosa que Greta agradeció. No era secreto, pero tampoco le apetecía ponerse a contarle a todo el mundo que andaba buscando la tumba sin nombre de una jovencita de su familia que probablemente se había suicidado hacía más de un siglo, quizá por penas de amor. Ya habría tiempo para ordenarlo todo, escribirlo y dejar que lo leyeran cuando ella hubiera quedado satisfecha con el resultado.

El cementerio, como esperaba, estaba desierto. Aún era temprano y Ascen, que era quien más se preocupaba de tenerlo aseado, últimamente iba y venía de casa de su hija, en Benalfaro, y no siempre estaba en Santa Rita.

Recorrió sistemáticamente las tumbas, todas bien conocidas, simplemente para cerciorarse de que nada se le hubiera pasado por alto. Se detuvo en la de Matilde Montagut Salvatierra, que, hasta el asunto de Lidia, nunca le había llamado particularmente la atención, a pesar de que tenía una estatua, ya bastante maltratada por el tiempo, que representaba a un ángel apesadumbrado, con la cabeza gacha y cubriéndose el rostro con las dos manos, y una inscripción que solía abreviarse, pero que, en su caso, estaba escrita con todas las letras: REQUIESCAT IN PACE. Siempre había supuesto que era alguna tía segunda, ya que su nombre no había salido jamás en las conversaciones. Ahora sabía que era la hermana de su bisabuelo Ramiro. En la tumba de al lado reposaba este, pero no su esposa Soledad, cuñada de Matilde. Un poco más allá, Matthew O'Rourke, sin Mercedes. Tendría que preguntarle a Sofía dónde estaba enterrada ella. Siempre había supuesto que estaría allí y, sin embargo, en todos sus paseos por el cementerio, no se le había ocurrido buscarla, a pesar de que se trataba de su abuela. Lo que estaba claro era que Lidia no estaba allí, o al menos no tenía lápida ni estaba enterrada en la primera fila, dedicada a la familia fundadora de Santa Rita. Quien sí estaba era alguien que no pertenecía a la familia, pero debía de haber sido importante para ellos si le habían concedido aquel lugar de honor. Sobre la losa, con cierta dificultad porque las letras estaban muy borradas ya, podía leerse:

AQUÍ YACE JACINTO SALCEDO, PRESBÍTERO.
MURIÓ EN SANTA RITA EL 24 DE DICIEMBRE DE 1916
A LOS 54 AÑOS DE EDAD

Debía de tratarse del sacerdote de la casa o del capellán del sanatorio, algo de ese estilo. Greta sonrió para sí, al pensar que nunca se había dado cuenta de que pertenecía a una familia que, al menos hasta primeros del siglo XX, había tenido cura propio, como las grandes estirpes renacentistas.

Entró en la iglesia y echó una mirada al suelo por si había algún enterramiento que se le hubiera pasado por alto. El único, que ya conocía, era el de Lamberto y Leonor, los fundadores de Santa Rita, que estaban enterrados frente al altar, en el pasillo central. MISERERE NOBIS, DOMINE estaba tallado en la piedra. Y, debajo de sus nombres y fechas, KYRIE ELEISON; lo mismo, pero en griego, como si temieran que Dios no entendiera el latín y no estuviera dispuesto a concederles su misericordia por no haber comprendido lo que le pedían.

Volvió a sonreír. ¡Qué mala podía ser a veces! ¡Pobres antepasados! Si creían de verdad, debieron de pensar que mejor pasarse que no llegar, y aunque ser enterrados junto al altar ya representaba una garantía de salvación —al menos al modo de ver que imperaba en la época—, quisieron asegurarse de que el mensaje quedara claro. Esperaba que, al menos, hubiesen fallecido en paz, lo que no era del todo seguro, considerando que su nieta Lidia había muerto por su propia mano y su hija Matilde había enloquecido de dolor.

Perder a un hijo siempre es espantoso, lo peor del mundo, pero perderlo por suicidio debía de ser lo más horrible de todo. Imaginó a una de sus dos hijas suicidándose y se estremeció. No quería ni pensarlo.

Salió de la iglesia, donde se había quedado helada en los pocos minutos que había durado su visita, y permaneció unos instantes mirando al sol, tratando de calentarse en cuerpo y alma antes de decidir por dónde continuar. Detrás de ella, a su derecha, el pequeño osario brillaba a la luz de la mañana, los cráneos y las tibias que adornaban el arco de entrada cada vez más blancos, sus dentaduras melladas fingiendo sonrisas eternas.

¿Dónde podría estar la tumba de Lidia? Trató de ponerse en el lugar de Matilde. ¿Dónde la habría puesto ella, cuando no le permitieron enterrar a su hija en el cementerio, en tierra consagrada? Por lógica, lo más cerca posible de la iglesia, de la salvación, con la esperanza de que Dios perdonara su tremendo pecado.

Caminó hacia el fondo, donde acababa la zona del conjunto que formaban el cementerio, la iglesia y el osario. Recordaba que la primavera pasada, en uno de sus primeros paseos de exploración, había descubierto un inmenso rosal trepador que cubría la verja con cientos de flores blancas y que ahora, en otoño, estaba muy deslucido. Como no lo habían podado, había montones de escaramujos de un intenso color rojo, como granadas diminutas. Tenía que decirles a las chicas de la lavanda que en Centroeuropa con ellos se prepara una infusión muy apreciada como fuente de vitaminas, antidiarreico y varios otros usos, y que también se podían usar para hacer mermelada.

¿Cabía en lo posible que aquel rosal hubiese sido plantado más de un siglo atrás sobre la tumba de Lidia? Sería una elección natural: rosas blancas para una jovencita núbil. Tenía que pedirle a Robles que la acompañara para echar una mirada de cerca y asegurarse. O a Nel, que era joven y fuerte, aunque ahora anduviera loco preparando el MIR. Ni siquiera sabía qué importancia podía tener localizar la tumba de Lidia, pero sin saber por qué, sentía que era necesario.

Lola y Marino, de pie, cada uno a un lado del escritorio de ella, miraban de un modo casi panorámico todos los papeles que habían extendido para tener una mejor visión de conjunto. Lo que más les interesaba por lo pronto era organizar las transcripciones de los interrogatorios y cotejarlas con la lista de los veintisiete adeptos que vivían en la casa. De hecho, veintiséis, porque Laia aún no había sido aceptada oficialmente en el número de los elegidos, aunque ya viviese allí desde su decimoctavo cumpleaños.

—A ver, Marino, saca la lista y mira si hay alguien que se llame Rosa.

Pasó el dedo por los nombres hasta encontrar el que buscaba.

—Aquí está: María Rosa Domínguez Santos. Pero hay otra Rosa: Rosa María Carvajal López.

—Ahora se trata de saber cuál de las mujeres es cada una, cuál es su nombre de iniciada. —Lola cogía y dejaba las distintas transcripciones leyendo una respuesta de aquí y otra de allá.

Empezaba a percatarse de que lo que les habían contado tenía realmente muy poca sustancia.

—No se nos ocurrió preguntarlo en el primer interrogatorio.

—En cualquier caso, debe de tratarse de una persona del grupo más cercano al Maestro, alguien que hace de secretaria o algo similar, si tiene relación con una pluma. Y es seguro que uno de ellos o ellas debía de tener ese papel. Todo parece muy espiritual, pero tienen negocios, empresas, colegios… Y eso no se dirige solo.

—Mira, aquí hay un tal Surco que dice que los Mensajeros de Ishtar no están organizados jerárquicamente —comentó Marino.

—No me lo creo. La primera vez, cuando nos recibieron Ascuas y Brisa parecía, por la forma en que los demás bajaban la vista a su paso, que eran más importantes que los otros, y en la última visita estaba claro que era la tal Ola quien dirigía el cotarro, al menos por el momento.

—También es la mayor —dijo Marino—, o lo parece.

—Dame el interrogatorio de Ola, porfa.

El subinspector se lo tendió. Lola pasó la vista rápidamente por las intervenciones de la mujer.

—Dice que no cree que el Maestro haya sido asesinado, pero que le gustaría que investigáramos hasta que quede claro que ha sido un accidente, que no quiere que haya sospechas que puedan envenenar la comunidad.

Marino se acercó a ella y empezó a leer a la vez por encima de su hombro.

—¿Tú crees que se trata de que alguien de su círculo más íntimo se había dado cuenta de que el Maestro empezaba a chochear y había que asegurarse la sucesión? —preguntó él.

—A mí me parece probable —dijo Lola, masajeándose el labio inferior—, pero es igual de probable que alguien haya querido cargárselo por venganza o por rabia. Quizá a algún cliente le hayan dado un consejo que le ha hecho perder mucho dinero, por ejemplo, o le han aconsejado a su mujer que lo abandone…, yo qué sé. Ni siquiera tenemos claro qué era lo que la gente buscaba cuando iba allí.

—¿Y los famosos «dones» que se supone que tienen? —preguntó Marino, casi para sí mismo.

—Ya lo ves: todos nos contestan haciéndose los humildes, diciendo que solo de vez en cuando Ishtar se digna guiarlos y les concede la gracia de poder ayudar. En lo que todos están de acuerdo es en que el Maestro sí que tenía un poder especial y que era la encarnación de Ishtar en la Tierra.

—Pues si son verdad las dos cosas, a ver qué pasa cuando elijan a un nuevo Maestro y resulte que ese no tiene ningún don.

Lola sonrió, como alegrándose malvadamente de la idea.

—Se quedarían sin unos buenos ingresos si ahora resulta que quien sustituya a Ishtar no tiene ningún superpoder. Pero lo mismo Ishtar le concede toda clase de gracias y bendiciones a quien elija la comunidad —concluyó la inspectora.

—Sí, ya —contestó Marino—. Y los burros volarán si lo piden con fe.

Ambos se echaron a reír.

—Pues suena idiota, pero en la Iglesia católica pasa algo parecido. Cuando eligen papa a un cardenal, que era un hombre normal hasta ese instante, de repente, al ser papa, cuando habla ex cátedra se vuelve infalible.

—No jodas.

—Te lo juro.

—¿Y tú cómo sabes eso?

—Porque estudié en un colegio de monjas. Anda, vamos a repasar la transcripción de Laia. Ella es la más joven y, aunque seguramente es la que menos sabe, también es la que menos experiencia tiene en disimular y mentir.

—A sus órdenes —bromeó Marino, mientras buscaba—. Aquí está.

Lola cogió los papeles, se sentó en la silla giratoria y le hizo un gesto a su compañero para que se acomodara también.

—Mira, parece que Laia fue la última en ver con vida al Maestro. Bueno, verlo no, pero lo oyó hablar al recibir a un cliente a las once de la mañana del día en que desapareció.

—Espera, voy a coger la agenda del Maestro.

—Marino, ¿te das cuenta de que hemos empezado a llamarlo «Maestro» nosotros también? La verdad es que no me parece plan.

—Tienes razón, Lola. Venga, o Ramírez o Avelino; lo que tú digas.

—Ramírez. Es lo que hacemos siempre, ¿no?

—No hay más que hablar.

—¿Qué clientes tuvo ese día?

—Una mujer a las nueve de la mañana, Ana Rosas Segura, y un hombre a las doce menos cuarto, Ricardo Tomás Parra.

—El que Laia oyó hablando con el Ma… Con Ramírez —se corrigió Lola.

—Bueno, de hecho, a él casi no lo oyó. Dice que hablaba muy bajito. Ella oyó al Ma…, ¡joder!…, a Ramírez, diciendo algo en inglés, probablemente «Heavens», lo que le hizo pensar que lo conocía. No se me ocurre por qué.

—Se lo pregunto esta tarde a Candy, que es inglesa.

—Luego ya no oyó más que susurros y decidió marcharse a esperar un mejor momento para que el Maestro la recibiera. A la cita de la tarde, a las cuatro, Ramírez ya no se presentó. Se disculparon con el cliente, Ignacio Ramos Segura, y le cambiaron la cita para una semana más tarde. Dos días después es cuando nos llamaron a nosotros por la «desaparición» —resumió Marino—. Hasta entonces, Ramírez parecía sano y normal, sin ninguna preocupación, que supieran los adeptos. Estaba muy contento de que pronto hubiese una iniciación y, por lo que nos ha contado Brisa, estuvieron comentando posibles nombres para la neófita, según en cuál de las pruebas mostrara mayor valor y resistencia. Me acuerdo de que nos dijo que el Maestro estaba convencido de que lo haría muy bien en la prueba de la tierra y ya casi le había elegido el nombre de Duna —concluyó.

—Sí, yo también me acuerdo porque pensé que no le pegaba nada a la cría —dijo Lola—. Yo le habría elegido un nombre de aire.

—¿Como qué? Brisa y Céfiro ya están dados y la verdad es que no se me ocurre nada más.

—Meltemi —contestó Lola sin pararse a pensarlo—. No me digas que no es bonito.

—Puede que sea bonito, pero ¿qué coño es?

—El nombre griego del viento del norte; nornoroeste para ser precisos.

—¿Y tú eso cómo lo sabes? —Marino la miraba con suspicacia, como si no tuviera claro si le estaba tomando el pelo.

—Porque una amiga mía tiene un barco que se llama así.

—Eres un pozo de sabiduría, inspectora. ¿Nos vamos a comer? Con suerte, cuando volvamos ya nos han contestado de la científica.

—¡Venga! Cruzaremos los dedos porque, por ahora, no tenemos lo que se dice nada.

7

Escaramujos de rosas blancas

Sofía se removió, inquieta, en la cama. El sueño del que acababa de salir la había dejado con una angustia extraña, como si hubiese estado debajo del agua durante mucho tiempo, un agua oscura y limosa que no permitía distinguir arriba y abajo porque la poca luz que entraba era tan turbia y difusa que no había una dirección que pudiera seguirse para encontrar la salida.

Desde el sueño de unos días atrás, en el que había visto las letras del nombre de Lidia en una tumba en aquel cementerio olvidado cubierto por la niebla, no había vuelto a soñar y, sin embargo, ahora la presencia de la prima de su madre había empezado a insinuársele hasta en la vigilia.

Abrió y cerró los ojos un par de veces. Aún era de noche y el aire de la habitación estaba tan frío que la punta de la nariz había comenzado a dolerle, a pesar de que el resto del cuerpo, bajo el edredón, estaba demasiado caliente y notaba un sudor pringoso por el cuello y la zona del pecho. Debía de haberse apagado el radiador. La oscuridad era total, sin la penumbra rojiza de la lucecita del termómetro. Tigre subió de un salto a la cama y se le plantó en el pecho, mirándola fijamente con sus ojos verdes, como si quisiera darle un mensaje que ella no era capaz de comprender.

Sacudió la cabeza, incrédula. Tigre había muerto tiempo atrás. Era imposible que estuviera mirándola, a pesar de que sentía con toda claridad el leve peso y el calor que emanaba de su cuerpo.

Lo entendió de golpe. No había despertado aún. A veces creía estar despierta cuando en realidad seguía dormida —un sueño dentro de otro sueño— y solo gracias a ese tipo de intromisiones imposibles se daba cuenta de lo que sucedía.

Si Tigre estaba muerta, pero seguía instalada en su pecho, mirándola, era más que probable que la jovencita de ojos oscuros y delantal blanco que la miraba también desde el rincón del dormitorio, junto a la ventana, tampoco fuera real.

No la conocía. No se explicaba que aquella niña desconocida hubiese salido del fondo de su mente, junto con su gata favorita, muerta hacía tanto, para visitarla de madrugada. ¿Sería uno de esos sueños premonitorios de los que hablaban los antiguos? ¿Una profecía? ¿Un aviso? ¿De qué? ¿De su muerte? ¡Qué subconsciente más original! ¡Como si ella no supiera que iba a morir! Lo más probable era que se tratase solo de un *Albtraum*, como llaman en alemán a las pesadillas: uno de esos seres malignos con cara de gárgola que se suben a tu pecho y te aplastan los pulmones para impedirte respirar mientras susurran historias que te enloquecen. ¿O sería una *banshee* aquella joven pálida, una de esas mujeres fantasmales que acuden cuando alguien está a punto de morir? Ella tenía sangre irlandesa por el padre de su padre. Quizá eso le granjeaba el derecho a ser avisada de su final.

Bajó la vista hacia su gata, pensando en sacar una mano de las profundidades del edredón y tratar de acariciarla, aunque no fuera real, pero Tigre había desaparecido. A cambio, la jovencita ya no estaba en el rincón, sino muy cerca de su cama, vestida de negro con el delantal blanco que la hacía parecer la pupila de algún orfanato del siglo XIX; tan cerca de pronto que parecía flotar sobre su cara. Estaba muy pálida, tenía ojeras y los labios secos, como papel de arroz. Su mirada era intensa, como había sido la de Tigre, y quería decirle algo. ¿Qué?

El miedo empezó a rondarla. No conseguía moverse. Aquello podía no ser más que un sueño, pero la tenía inmovilizada mientras los ojos de Lidia, más oscuros aún que la oscuridad reinante, taladraban los suyos pidiéndole algo que no comprendía, suplicándole, exigiéndole.

Despertó con una rápida inspiración, movió los ojos a izquierda y derecha buscando a la niña por los rincones del cuarto donde las sombras eran más densas, pero ya no había nadie. Las copas de las palmeras se agitaban en la brisa. Aún no era de día. El reloj luminoso de la mesita de noche marcaba las cuatro y veinte. Demasiado pronto para estar despierta, demasiado tarde para volverse a dormir.

Apartó el edredón, puso los pies sobre la alfombra de piel de oveja y, aunque en el cuarto hacía frío, esperó unos momentos antes de echarse la bata por encima, ponerse las zapatillas, coger la muleta y, paso a paso, guiada solo por la tenue luz de la veladora, dirigirse al baño. Necesitaba orinar y echarse agua a la cara. Sin saber por qué se sentía sucia, vagamente culpable de algo que tenía relación con el pasado y que no podía precisar.

Lidia había muerto cuando su madre era adolescente, mucho antes de que ella misma naciera. Ni siquiera estaba segura de haber visto nunca una foto suya. ¿Por qué ahora, de repente, se le aparecía en sueños? ¿Había venido a buscarla, a acompañarla en el viaje final? Sintió un estremecimiento que podía ser de frío, pero que no lo era. Nunca había creído, nunca había querido creer en lo sobrenatural. Los sueños son el modo en que nuestro cerebro procesa la basura psíquica, el resultado de una especie de compost mental del que —ella lo sabía bien— surgen buenas historias, como plantas silvestres que medran entre la basura y la podredumbre y producen flores que a veces son humildes y discretas y otras veces de una belleza espectacular. Los sueños siempre le habían servido bien. ¿Por qué ahora, de pronto, le daban miedo?

«La edad, Sophie, la edad te hace cobarde», se dijo mirando su reflejo oscurecido en las profundidades de la luna del espejo del baño. Se echó agua fría a la cara, volvió a la cama, encendió la luz y se puso a leer, el mejor remedio contra la angustia vital, contra el terror de estar viva y no comprender, contra el miedo a la muerte y a lo que puede ocultar entre los pliegues de su manto de tinieblas.

Brisa

La habían citado a las diez, pero a las nueve ella y Ascuas, que se había ofrecido a llevarla en la furgoneta de la comunidad, ya habían llegado a Elche, y habían decidido seguir dando vueltas para hacer tiempo. Le habían dicho que iban a empezar una nueva ronda de interrogatorios, pero no le habían explicado por qué les interesaba ella en particular ni por qué ahora tenía que desplazarse, salir de su casa, donde se sentía segura y protegida, para entrar en un lugar que le daba miedo.

Según Ascuas, precisamente por eso, para poder asustarla mejor. Así que tenía que poner de su parte para no dejarse intimidar, hablar con naturalidad, contestar a las preguntas que quisieran hacerle y volver a casa. Pan comido.

Solo que a ella no le parecía tan fácil. Llevaba muchos años relacionándose solamente con los suyos, y el mundo exterior la inquietaba, incluso si no hubiera tenido nada que ocultar. Ascuas, sin embargo, parecía cómodo, fuerte, conducía con seguridad tarareando una melodía que sonaba en la radio y que a ella no le decía nada.

—Parece que estás de buen humor —comentó al cabo de unos minutos, casi molesta.

Él le sonrió, girando un instante la cabeza hacia ella.

—Es que aún no puedo creerme que seamos libres, pero cuando me lo creo, aunque solo sea por un momento, ya me ves…, todo cambia.

—Libres es mucho decir.

Estaban parados en un semáforo y ella miraba a la gente que cruzaba por el paso de cebra como si fueran seres de otra galaxia a la que no deseaba pertenecer, seres sin relación alguna con el mundo en el que ella se encontraba.

—Ya —contestó Ascuas—. Aún tienen que pasar muchas cosas, pero al menos él ya no está. En casa no puedo decirlo, está claro… —Tendió la mano, cogió la de ella y le dio un ligero apretón.

—Sí —contestó ella en voz muy baja, saliendo de golpe del semitrance en el que se hallaba—, él ya no está. Y por un lado me alegro una barbaridad mientras que por otro me siento huérfana, vacía, abandonada, culpable…; no sé cómo decirlo. Llevo en esto toda la vida. Es todo mi mundo.

—Solo que ya no crees en ello, igual que yo.

—No. Ya no. Pero no tenemos otra cosa. No sabemos hacer otra cosa. No podemos enfrentarnos a la Orden, aunque quisiéramos.

—Que no queremos.

—No sé.

—¿No sabes? —Había sorpresa en la voz de Ascuas.

Ella sacudió la cabeza.

—Me refiero a que… —carraspeó— lo he pensado muchas veces…, ¿cómo sería vivir fuera? Sé que no es posible, pero… ¿tú no lo has pensado?

—No. El mundo de fuera no me interesa demasiado. Hay tantos idiotas fuera como dentro de la Orden. —Ella giró la cabeza en su dirección, tratando de juzgar la sinceridad de su respuesta. Estaba segura de que él había pensado muchas veces en marcharse. Incluso se lo había confesado en alguna ocasión, cuando estaba desesperado. Sin embargo, ahora hacía como que nunca se le había ocurrido la posibilidad. ¿Por qué sería?—. De todas formas, hasta que no sepamos qué dice el testamento y a quién nombra sucesor de Ishtar, no podemos plantearnos nada más.

—Pero imagínate que te nombra a ti, que al fin y al cabo eres quien más tiempo ha pasado con el Maestro. Eso significaría que tendrías que moverte en el mundo exterior, conocer gente, aceptar invitaciones, dar charlas a veces… Yo…, yo nunca había pensado en todo eso. —Lo miró de reojo, sin que él lo notara, tratando de juzgar su reacción. Se percató de que estaba apretando los labios, pero no con enfado, sino quizá para conservar la cara de póquer e impedir que se le escapara una sonrisa que pugnaba por aflorar. ¿Le hacía ilusión a Ascuas la posibilidad de sustituir al Maestro y no quería que ella lo supiera? ¿Era eso?

El semáforo cambió a verde, lo que le dio ocasión de retrasar la respuesta unos segundos, y el coche continuó su marcha por la avenida de la Libertad.

—Forma parte de las obligaciones de la encarnación de Ishtar —contestó por fin, tan calmado y modoso como siempre. ¿Estaba mintiendo?—. Si tuviera que hacer todo eso que acabas de decir, lo haría, igual que lo harías tú si fueras la elegida.

—No seré la elegida. Últimamente pasaba mucho tiempo con Ola, y a mí me trataba peor.

—Bah. Sabes que eso no significa nada. Tom era incomprensible. Hacía cosas que no tenían ninguna lógica. Y era cruel. Física y psíquicamente cruel. Parece que, desde que no está, se te ha olvidado.

—No se me ha olvidado, descuida. Las quemaduras de la última vez aún no se me han curado.

Hubo un silencio en el que ella repasó, sin comentarlas, las imágenes del último castigo. Suponía que él estaba haciendo lo mismo.

«La impureza hay que castigarla porque el don solo habita en un espíritu puro». La frase tantas veces repetida apareció en su mente sin pretenderlo.

—Habrá que ir buscando aparcamiento. No podemos llegar tarde —dijo él, cambiando bruscamente de tema.

Caminaron en silencio las dos manzanas que los separaban de la comisaría. La gente con la que se cruzaban, como solía suceder, los miraba con curiosidad porque sus ropajes blancos en pleno mes de noviembre, aunque estuvieran algo mitigados por los anoraks azul celeste, resultaban incongruentes en medio de una ciudad moderna. Pero estaban tan acostumbrados que casi no lo notaban.

—¿Y si me preguntan cuál es mi don? —preguntó de golpe ella, deteniendo a Ascuas por la manga, ya casi en la puerta.

—No hay por qué ocultarlo.

—¿Tú se lo has dicho?

—No me han preguntado.

—Pero ¿lo harías? —insistió ella—. Él nos lo tenía prohibido.

—¿Por qué no? Mi don, por así llamarlo, no es más que una fuerte capacidad de empatía, ya lo sabes. Puedo ponerme en la piel de casi cualquier persona y sentir lo que siente. No es gran cosa, Brisa.

—Entonces... ¿puedes sentir lo que siento ahora? —preguntó, deteniéndose en mitad de la acera.

—¿Lo dices en serio?

Ella asintió con la cabeza.

—Espera.

Lo vio cerrar los ojos para poder concentrarse. Sabía cuál era el don de su compañero, pero nunca lo había usado con ella, al menos no que ella supiera. ¿Lo habría hecho alguna vez sin su permiso? ¿Sabría cómo se había sentido cuando Tom la castigaba o cuando la usaba para su placer? No quería creer que lo hubiese hecho, pero, a la vez, sí lo creía. Tal vez por eso en tantas ocasiones había podido ayudarla, guiarla, buscar soluciones a problemas que ella creía imposibles de resolver. Ella también había ayudado a Ascuas cuando Tom lo humillaba públicamente para disfrutar del poder que le permitía hacerlo. No podía empezar a dudar ahora de su hermano. Abrió su mente y sus sentimientos para que él pudiera saber con claridad qué sentía.

Ascuas cerró los ojos para concentrarse mejor. Respiró profundamente unas cuantas veces y se imaginó en el cuerpo, en la mente de Brisa. De inmediato notó el ligero temblor que la recorría, el peso de los hombros que la tiraba hacia delante curvando su espalda en dirección al suelo, el aliento que apenas le hinchaba los pulmones, el sudor que, a pesar del fresco de la mañana, le humedecía el surco entre los senos y la línea del pelo en la frente. Y el miedo. Un miedo que la llenaba como un líquido y que estaba a punto de romper a hervir y convertirse en un ataque de ansiedad. No podía llegar a sus pensamientos, nunca había podido. Solo podía extrapolar a partir de lo que ella estaba sintiendo en ese momento: el pánico, la necesidad de huir, de desaparecer. Y el deseo de explotar, de contarlo todo, de decirles a aquellos policías todo lo que no sabían ni deberían llegar a saber jamás. No se había dado cuenta de que estaba tan aterrorizada. Si lo hubiera notado antes, la habría obligado a tomarse una infusión tranquilizante. Ahora no había más remedio que adoptar medidas más drásticas.

Abrió los ojos, abrió los brazos y la estrechó con fuerza. Su cuerpo parecía el de un pajarillo mojado en una fuente.

—Hermana, hermana…, ¡cuánto lo siento! No sabía que tu inquietud era tan intensa. Ven, relájate, déjame abrazarte, respira conmigo. No hay nada que temer. Respira. Así. Con calma. Nuestros secretos son nuestros, no vamos a compartirlos con seres mundanos que no nos comprenden. Sigue respirando, hondo, lento. Espera…

Descolgó uno de los tirantes de la mochila que llevaba a la espalda sin dejar de apretarla con el otro brazo. Sacó la botella de agua, buscó por los bolsillos laterales, encontró un pastillero, dejó la mochila en el suelo y, con una sonrisa, le ofreció una píldora blanca en el cuenco de la mano.

—Tómatela, Brisa. Te hará bien. Eres un ser de aire, hermana, nadie puede apresarte. Así, tómatela. Otro trago. El agua también ayuda.

Poco a poco el cuerpo de la mujer se fue relajando contra el de su compañero.

—Llegaremos tarde —susurró ella.

—No importa. Les diremos que llevamos dos días de ayuno y has tenido un mareo. Lo comprenderán.

—Gracias, Ascuas.

—Somos unos para otros, hermana. Siempre. Sabes que cuentas conmigo, que te protegeré de todo mal. ¿Te sientes mejor?

Brisa asintió con la cabeza, despacio, varias veces. Realmente se sentía mejor, aunque no tenía demasiado claro si era por la pastilla que acababa de tomarse o por el apoyo de Ascuas, por la seguridad que emanaba de su cuerpo y por la firmeza de sus palabras.

—Anda, vamos.

La inspectora Galindo la recibió en su despacho, mientras que Ascuas tuvo que quedarse en el pasillo. En otras circunstancias el miedo no la habría dejado respirar, pero la pastilla le había hecho un efecto tan rápido que se sentía fuerte y, como casi siempre, desgajada de la realidad del entorno. No estrechó la mano tendida. Se limitó a meter una mano dentro de la manga de la contraria e inclinar la cabeza respetuosamente hasta que la mujer policía le indicó que podía sentarse.

—¿Tienen prohibido el contacto físico? —preguntó Galindo antes incluso de dar los buenos días.

—No. No tenemos nada prohibido, pero no es bueno para nuestro equilibrio psíquico. Se trata de que la mayor parte de nosotros somos receptores de gran sensibilidad y no nos resulta agradable tocar a personas que no sean pacientes o que busquen nuestra ayuda.

—Comprendo —dijo la policía.

Brisa se mordió el labio inferior por dentro para evitar reírse. Era evidente que no comprendía un pimiento y había dicho «comprendo» por decir algo.

—Y usted… ¿a qué es sensible, si me permite la pregunta? ¿Qué va a captar su sensibilidad si me estrecha la mano?

Brisa levantó la vista y cruzó la mirada con la de la mujer policía. Tenía una expresión inquisitiva, curiosa y levemente escéptica en unos ojos de un gris azulado poco frecuente. Su tono de voz mostraba un ligero desdén. Era evidente que pensaba que todo era puro cuento.

—A veces… —carraspeó—. Comprenda que esto no es automático, no funciona siempre, pero en ocasiones…, en muchas ocasiones… —La adepta notó que la mujer se estaba impacientando. Había cogido un bolígrafo y había empezado a darse golpecitos en los dientes, de modo que decidió abreviar, y ser sincera—. Su pasado. Mi sensibilidad puede captar su pasado.

—¿Mi pasado?

Brisa asintió.

—Unas veces cosas que usted ya sabe, y otras veces cosas que ha olvidado, o reprimido, o que sucedieron cuando era demasiado pequeña para tener un recuerdo consciente.

Galindo se quedó muda unos instantes. Carraspeó. Era evidente que estaba incómoda.

—Centrémonos en lo que importa, señora… Carvajal. Rosa María Carvajal López. ¿Es ese su nombre?

—Sí, pero hace mucho que no lo uso.

—¿Quién sabe que se llama usted así?

—No lo sé. Supongo que Ola, que es la hermana que lleva la mayor parte de la administración de la Orden. O tal vez Surco.

—Pero a usted nadie la llama Rosa.

Brisa negó con la cabeza.

—Hace mucho que no. En la Orden todos tenemos nuestros nombres verdaderos. Los que nos hemos ganado. Los otros fueron un capricho de nuestros padres biológicos y no nos representan.

—¿Puede decirme qué hizo el día en que murió don Avelino Ramírez?

—¿Quién?

—El… Maestro… Ishtar.

—¿Se llamaba Avelino?

La sorpresa de Brisa era genuina, decidió Lola. No tenía ni idea de cómo se llamaba su gurú, pero se repuso enseguida y empezó a contestar.

—A ver… Me levanté a las seis, como todos en la casa. Yoga y meditación, abluciones, desayuno. Luego visité al Maestro, le di las medicinas y tuve una sesión larga con un paciente. Tomé un refrigerio con los demás y dediqué la tarde a rezos y lectura.

—Perdone, tengo una curiosidad. Allí, en esa enorme casa que comparten, ¿quién limpia?

Brisa la miró, perpleja.

—¿Cómo dice?

—Me da la sensación de que ustedes se dedican solo a cosas…, no sé bien…, intelectuales, o espirituales o lo que sea…, pero alguien tendrá que limpiar, guisar, cuidar del jardín; las cosas más prosaicas de la existencia, vamos.

—Hay hermanas y hermanos que se dedican a esos menesteres exclusivamente.

—¡Ah! Mensajeros de segunda, por así decirlo…

La mujer apretó los labios y desvió la vista.

—Personas que no tienen dones especiales ni serían capaces de pasar las pruebas, pero veneran a Ishtar y quieren pertenecer a la Orden.

—Vaya, ¡qué curioso!

—No, en absoluto. Funciona del mismo modo en casi todas las comunidades religiosas del mundo.

—Bien, ya hablaremos de eso más adelante. Estábamos en que después de comer se dedicó a… —Lola hizo como que consultaba sus notas— rezos y lectura. —Brisa asintió en silencio—. ¿Y después?

—Normalmente habríamos tenido una sesión de amor a la caída del sol, pero el Maestro ya era mayor y decidió guardar su esencia hasta la iniciación de la joven adepta, de manera que me retiré temprano.

—¿Qué es eso de «sesión de amor»?

—No está usted autorizada a conocer las prácticas de nuestra Orden.

Lola se quedó mirando a aquella especie de monja blanca que tenía enfrente y que unas veces parecía una mosquita muerta y otras daba la sensación de que estaba tallada en roca.

—De acuerdo. En el momento en que pensemos que es importante, un juez le ordenará que nos comunique todas sus prácticas religiosas, por secretas que sean. Por ahora, yo no tengo dones, pero me puedo imaginar perfectamente de qué se trata. Solo quería darle ocasión de corregirme, por si no hago bien en imaginarme a un viejo verde aprovechándose de las muchachas, y quizá también de los muchachos, de su comunidad.

Brisa apretó los labios, volvió a bajar la vista y siguió en silencio.

—Y ¿cómo se encontraba el Maestro cuando fue usted a darle sus medicinas?

—Como siempre. Bien. Tranquilo, sonriente, de buen humor.

—¿Qué medicinas le daba y por qué usted?

—Le inyectaba su dosis diaria de insulina y lo hacía yo porque soy enfermera diplomada.

—¿Dónde estudió?

—En Barcelona.

—¿Le inyectó usted la dosis habitual?

—Por supuesto.

—Cuando usted lo dejó, ¿seguía bien el Maestro?

—Perfectamente. Tuvo todavía dos sesiones con dos pacientes, por lo que me han dicho. Pregúnteles usted a ellos.

—Una última pregunta, ¿cuál era su relación con el difunto?

La mujer no dudó un instante. Contestó como una ametralladora:

—La relación de un adepto con su Maestro, la de un devoto con su dios.

—¿No puede ser más explícita?

—He sido totalmente explícita, inspectora. No es culpa mía que usted nunca haya tenido un Maestro ni crea en ningún dios.

—¡Qué sabrá usted lo que yo creo o dejo de creer!

—Me he limitado a sacar una conclusión —dijo Brisa suavemente, casi con mansedumbre—. Si no ha entendido mi respuesta, lo único que se me ocurre es que jamás haya tenido esas experiencias.

—Bien, señora Carvajal, de momento hemos terminado. Puede marcharse —cortó la inspectora, poniéndose en pie.

En cuanto la mujer hubo cerrado la puerta, Lola soltó un bufido con todo el aire que había estado reteniendo. Pocas veces había tenido tantas ganas de abofetear a un sospechoso como en ese instante.

Santa Rita
Todos los Santos, 1916

$\mathcal{M}$atilde entró en la salita un poco antes de las diez para cerciorarse de que todo estuviese dispuesto a su gusto. Teresita sabía muy bien cómo le gustaban las cosas y la verdad era que no tenía de qué quejarse. El mantel de lino blanco estaba inmaculado; las servilletas, perfectamente planchadas dentro de los servilleteros de plata con monograma; la vajilla de Dresde, que con sus flores, frutas y coronas devolvía la primavera a aquella mañana otoñal, colocada con esmero para cada uno de los comensales. Cogió una taza y pasó el dedo índice por su filo dorado, con delicadeza. Siempre le había gustado el tacto de la porcelana, tan suave, tan fresco. Era una de las mejores vajillas de la casa. La había comprado ella misma en su viaje de novios y, al enviudar, la había traído consigo a Santa Rita, para uso exclusivo de la familia.

El primer sol entraba por la ventana del frente y hacía relucir los bordes dorados de los platos, enfatizando los bellos contrastes de color con los que habían sido pintados. Las mermeladas —rojo rubí, naranja intenso, amarillo imperial—, en sus cuencos de cristal de Bohemia, parecían joyas mansas sobre la blancura del mantel. La plata recién pulida de los cubiertos, cafeteras y lecheritas brillaba con un fulgor quedo, satisfecho, como a la espera de las manos que pronto los empuñarían. En el centro, un búcaro con dalias en diferentes tonos de rosa y granate parecía un manojo de estrellas otoñales. La mesa estaba puesta para seis: su padre, Lamberto; su hermano Ramiro y su cuñada Soledad; la niña, Merceditas; y su propia hija, Lidia. Era una pena que su madre, Leonor, no estuviera entre ellos, pero había muerto hacía tanto que ya casi no la echaba de menos. A quien sí extrañaba era a Fabián, su marido, aunque hacía casi cinco años que había fallecido y, según su médico, su confesor y todas sus amistades, iba siendo tiempo de que fuera superando su luto. Por eso, debido a su insistencia, había cedido a sus presiones y, por primera vez, se había vestido de gris perla con discretos adornos malva.

Suspiró, se giró hacia el espejo de la chimenea, y se miró unos instantes, aprovechando que aún estaba sola. Tenía que reconocer que el color claro le sentaba mejor que el negro completo, pero se había acostumbrado tanto a ir de luto que ahora, cuando captaba su reflejo al pasar, se sentía casi desnuda y no podía evitar un temblor de vergüenza. Esperaba que el vestido no les pareciera demasiado atrevido para su edad. Cuarenta y un años ya no se avenían con las locuras juveniles que le había propuesto la modista y, al final de un largo tira y afloja, se había decidido por el gris y una hechura clásica, con cuello subido, talle ajustado y falda hasta el suelo, aunque era consciente de que ahora los vestidos habían empezado a llevarse más cortos y mucho más sueltos, sin ningún tipo de corsé. Se había puesto también los pendientes que le había regalado Fabián al nacer Lidia y un dije que había mandado hacer con la alianza de su difunto marido y los brillantes del anillo de pedida. Se pellizcó las mejillas para darles un poco de color y se mordió los labios. Tenía que confesarse a sí misma que, a pesar de su edad —«Ya cuarentona», pensó con un suspiro—, estaba guapa. En ese instante, antes de que le diera tiempo a apartarse del espejo, entró Merceditas con el pelo suelto, recogido en parte con una cinta de terciopelo azul a juego con su vestido.

—Buenos días, tía Matilde.

—Buenos días, hija —saludó azorada. Esperaba que la niña no se hubiese dado cuenta de su momento de vanidad—. ¿Tienes idea de si Lidia piensa bajar?

—No la he visto desde que hemos vuelto de misa, tía. No he pasado a recogerla porque estaba segura de que se me estaba haciendo tarde, pero, si quiere usted, voy.

—Hazme el favor.

En ese momento, el reloj francés que decoraba la repisa de la chimenea empezó a desgranar las diez campanadas con su sonido dorado, alegre.

—Dile a tu prima que no procede que las más jóvenes de la casa lleguen cuando las personas mayores están ya sentadas.

Vio salir a su sobrina y suspiró. Le habría gustado que don Jacinto hubiese aceptado compartir con ellos, después de la misa en Benalfaro, el desayuno de Todos los Santos, pero ya habría tiempo.

Mercedes subió las escaleras de dos en dos, después de asegurarse de que no había nadie que pudiese verla. Detestaba la idea de que se le viera el borde de los pololos al levantarse la falda para no tropezar y estaba deseando que le permitieran vestirse de mujer, como a Lidia.

Tocó con los nudillos y, sin esperar respuesta, entró en tromba en la habitación que compartían cuando su prima estaba en casa, la más alta de la torre.

Lidia, vestida como la ocasión requería, con un vestido de terciopelo granate oscuro con adornos de blonda en el cuello, seguía sentada frente al tocador, contemplando como hacía tantas veces, los recortes de periódico que siempre ponía en el espejo al llegar y después volvía a guardar en una caja hasta su próxima visita: una foto de Harriet Quimby, la primera mujer aviadora que consiguió cruzar el canal de la Mancha y había muerto unos meses después en un accidente de avión, y una foto del Titanic poco antes de su trágico hundimiento. Mercedes no acababa de explicarse qué le parecía a su prima tan atractivo en dos fotos de personas muertas, pero Lidia era así. Cuando le preguntaba, lo único que le decía era: «Yo querría volar, como Harriet». «¿Y el Titanic?». «Me habría gustado estar allí». «Pues te habrías muerto». «Algunos se salvaron y, además, todos tenemos que morir». Ahí solía callar durante un tiempo y, a veces, añadía frases como: «Y siempre es mejor que sea en medio del mar, no en un internado lleno de cucarachas y monjas malvadas».

—Lidia, venga, mujer. Tu madre está muy impaciente.

—Mi madre siempre está muy impaciente. Nunca le parece bien lo que hago, ya lo sabes. Si hubiera bajado antes, me habría dicho que por qué esas prisas, que nunca aprenderé a ser una señora.

—Bueno, eso a mí me lo dicen todo el tiempo. Hay que poner buena cara y no hacer mucho caso. Antes o después nos haremos mayores.

—Sí, y nos casarán con algún imbécil para que sea él quien nos mande.

—Pues a mí me hace ilusión casarme —dijo Mercedes bajando la voz por si acaso.

—Porque aún eres una cría y no sabes lo que significa. Anda, vamos bajando. Cuanto antes bajemos, antes nos regañan, y una cosa hecha. Y después, al cementerio, a visitar las tumbas. Una perspectiva ciertamente apetecible, ¿no te parece, querida prima? —dijo Lidia con retintín, imitando a una auténtica señora.

Mercedes se rio hasta cruzar la biblioteca. Una vez en la puerta de la salita, ambas se miraron, se cercioraron de que no había nada ni en su atuendo ni en su expresión que pudiera ser reprochable y entraron modosamente, para toparse con el ceño fruncido de Matilde, quien, con un movimiento de ojos, les indicó que el abuelo Lamberto ya había ocupado su lugar en la mesa del desayuno y ambas eran culpables de haberlo hecho esperar. Por fortuna, en ese mismo momento entraron Ramiro y Soledad, que se dirigieron de inmediato al patriarca para darle los buenos días y disculparse por el retraso, y las dos niñas pudieron colocarse detrás de ellos y salvarse de la regañina.

Comieron con apetito, servidos por Teresita y la chica nueva, Olvido, que aún tenía mucho que aprender, pero al menos tenía buen aspecto: era guapa sin exagerar y, con el uniforme negro, delantal blanco, cofia y botines de cuero, se la podía presentar en cualquier sitio o mandarla al pueblo a hacer un recado o entregar una invitación. Las doncellas de Santa Rita no llevaban alpargatas. De eso estaban particularmente orgullosas tanto Matilde como Soledad. Eran esos detalles los que hacían una casa grande de verdad.

A punto de dar por terminado el desayuno y, cuando las dos sirvientas hubieron retirado los platos, Matilde, con un rápido «Con su permiso, papá» dirigido a don Lamberto, tomó la palabra.

—Querida hija —comenzó—, tengo una noticia que darte.

A Lidia se le desorbitaron los ojos. Por un momento, Mercedes la vio como un gatito de dos meses que se ve frente a un perro y mira a izquierda y derecha, aterrorizado, buscando la mejor salida para ponerse a salvo.

—Tu abuelo, tu tío y yo…, y también tu tía, por supuesto —continuó Matilde. Soledad asintió con la cabeza, sonriente—, hemos llegado a la conclusión de que, por lo que nos has contado del colegio donde estudias, y sabiendo que no eres feliz allí, vamos a permitirte volver a Santa Rita.

Lidia se quedó perpleja durante unos segundos. No se lo esperaba. Cuando en septiembre, después de todo el verano de insistir y llorar, había tenido que volver al internado, se había hecho a la idea de que aquello era para siempre, de que aún le quedaban dos cursos que soportar en aquel infierno. Por eso ahora, de repente, la liberación la había dejado sin habla.

—¿No dices nada? —insistió su madre—. ¿No te alegras, Lidia?

La muchacha se sacudió como conectada a un cable eléctrico.

—¡Claro, claro que me alegro, mamá! ¡Muchísimo! ¡No sabe usted cuánto! ¡Gracias! ¡Gracias a todos! —Se puso en pie de un salto y trató de abrazar a su madre, que, con un movimiento de hombros y la mirada fija en don Lamberto, le dejó claro que acababa de cometer un desliz.

De inmediato, la muchacha se giró hacia él.

—¡Gracias de todo corazón, abuelo! ¡Gracias, tíos! Mamá... —Separándose un poco de la mesa, hizo una breve genuflexión, doblando las rodillas.

Matilde sonrió, ufana. Por fin iba aprendiendo la niña.

—Pues ya está. Si os parece, pedí que trajeran el coche a las once y cuarto y debe de estar listo para llevarnos al pueblo a visitar las tumbas.

—Voy a coger el velo y el bolso —dijo Soledad—. Enseguida vuelvo.

Ya se habían puesto en pie y Lidia había aprovechado para dedicarle a su prima Mercedes una sonrisa pícara que significaba que estaba deseando abrazarla y ponerse a dar vueltas y gritos con ella, cuando Matilde añadió:

—Casi se me olvida. Como, lógicamente, ni Lidia puede interrumpir su educación, ni Mercedes puede continuar la vida medio salvaje que lleva aquí, tendréis un preceptor primero y, más tarde, en cuanto consigamos a una persona adecuada, una institutriz. Y como don Justo pasó a mejor vida este verano, téngalo Dios en su Gloria, hemos pensado que don Jacinto Salcedo, que conoce bien a Lidia por ser el presbítero del internado, podría ser nuestro nuevo capellán y, hasta que llegue la institutriz, vuestro preceptor. Él ha aceptado y se instalará aquí mañana mismo. Ya habéis visto que ha concelebrado la misa de difuntos en Nuestra Señora del Olvido, el más joven de los tres sacerdotes.

Un ruido como una especie de rugido animal dejó de piedra a todos los presentes que se giraron en todas direcciones tratando de averiguar su origen. Lidia, como una gárgola de piedra verde, estaba vomitando el desayuno sobre el mantel blanco y las delicadas tazas de porcelana de Dresde. Una arcada tras otra, sin poder controlarlas, su estómago iba rechazando la comida a medio masticar, el café con leche, la fruta escarchada, que caía a presión, salpicando todo lo que encontraba a su paso, quedándose pegada en trozos insalivados, de diferentes colores, a los vasos de cristal de Bohemia, a los pétalos de las dalias, a las cafeteras de plata; llenando la salita de un olor ácido y repugnante que invitaba a la náusea y hacía que todos los presentes se apartaran de la muchacha que, con las manos apretando el estómago, el rostro desencajado y la piel de cera, vomitaba y vomitaba entre gruñidos de angustia. Las salpicaduras habían alcanzado las ropas de domingo de casi todos los presentes cuando Matilde reaccionó por fin.

—¡Lidia! ¿Cómo se te ocurre? Perdonad. No sé qué le pasa a esta niña. —Empezó a agitar con furia la campanilla de plata hasta que Teresita y Olvido entraron, asustadas.

—Vamos, Lidia, vamos, ¡a tu cuarto! Vosotras, limpiad todo esto antes de que se seque. No sé cómo ha podido pasar. ¿Le habéis dado tres hervores a la leche, como os tengo dicho?

Ramiro abrió las ventanas para que el aire fresco de la mañana de noviembre arrastrara en parte aquel nauseabundo olor.

—Vamos, hija —dijo Soledad—, sube a lavarte un poco. ¿Estás ya mejor?

Lidia la miró con unos ojos que parecían de cristal, llenos de lágrimas, desenfocados.

—Acompáñala, Mercedes.

—Sí, mamá. Ven, Lidia, dame la mano.

Al cogerla, Mercedes se dio cuenta de que estaba helada y temblaba. Antes de salir, se acercó a su madre y, bajando la voz, le preguntó.

—¿Puedo quedarme con ella a hacerle compañía? Está muy mala, mamá.

Soledad cruzó una mirada con su esposo.

—Sí, cariño mío. Quédate con ella. Que se quite la ropa y se eche agua fría en la cara.

—Que se lave bien las manos —ordenó don Ramiro, que, como médico moderno que era, consideraba que la higiene era fundamental para prevenir enfermedades—. Y más vale que nos demos un poco de prisa o no llegamos. Sería de muy mal gusto llegar tarde precisamente hoy.

Matilde se acercó a su hija con una servilleta, se la pasó por los labios y volvió a dejarla caer sobre la mesa manchada de vómito.

—Échate en la cama y descansa hasta que volvamos. Mercedes te hará compañía. Teresa, súbele una taza de manzanilla a la señorita Lidia cuando terminéis aquí. Nosotros nos vamos al pueblo.

Mercedes pasó el brazo por la cintura de su prima para que tuviera la sensación de que la sostendría si se mareaba y, paso a paso, la ayudó a salir de la salita. Le daba un poco de lástima no poder lucir más el precioso abrigo de invierno que acababa de estrenar para la misa —siempre se estrenaba el abrigo el día de Todos los Santos—, pero perderse las larguísimas conversaciones con unos y otros en el cementerio del pueblo y todos los recuerdos de todos los difuntos del año también tenía sus ventajas.

Una vez en la habitación, ya en enaguas y después de haberse lavado manos y cara, y de haberse enjuagado la boca, Lidia cogió el libro que la acompañaba desde hacía meses, se tumbó en la cama con la cara hacia la pared, lo apretó fuerte contra su pecho y cerró los ojos sin decir palabra.

Mercedes nunca lo había leído ni sabía de qué trataba. Era de un autor extranjero —Goethe— y tenía también un nombre raro: *Las penas del joven Werther*.

Ella se quedó un instante de pie, junto a la cama, mirándola, pero la conocía lo bastante como para saber que no pensaba hablar de momento, así que se acomodó en su sillón de lectura junto a la ventana y volvió al libro que había empezado: *Rimas y leyendas*, de Gustavo Adolfo Bécquer.

El cielo había empezado a nublarse, se había levantado un viento frío y la luz de la mañana se estaba volviendo gris. Se estaba mejor en casa, en el sillón, con la manta por las piernas y las últimas páginas de «El rayo de luna» creando fantasías en su mente. Se imaginaba muy bien aquel jardín en mitad de la noche, al galán persiguiendo como loco a la mujer soñada, vestida de blanco. Tenía que dibujarlo un día. Nunca había pintado una escena nocturna, en negros, grises y azules y, en medio de todo, el destello blanco del vestido de la dama perdiéndose por las alamedas iluminadas por la luna.

Se soltó el lazo del pelo y agitó la cabeza para liberar los rizos de su larga melena, que, antes o después, acabaría anudada en un moño, como era el caso de todas las mujeres de la casa. Las más modernas habían empezado a cortárselo, pero no creía que a su madre y a su tía les pareciera bien ese estilo tan masculino y atrevido.

Miró a su prima, que desde el sillón no era más que un bulto debajo de las mantas. Seguía muda y quieta, abrazando el libro.

Lo sentía por Lidia, pero al menos se había librado de la visita al camposanto, y los cientos de pellizcos en las mejillas que le esperaban al saludar a señoras y caballeros, amigos de la familia, junto a la cantinela de «Ya está hecha toda una pollita». En su opinión, los pollos servían para la sopa y la comida del domingo, poco más.

Al final de «El rayo de luna», en cuanto la respiración de su prima le dio a entender que se había dormido, fue de puntillas hasta su escribanía, sacó el cuaderno de dibujo y un carboncillo y, sigilosamente, acercó la silla a la cama de Lidia y empezó a esbozar su retrato.

8

Cartas del pasado

*M*arino tocó con los nudillos en el marco de la puerta y entró sin esperar. Lola estaba de pie, mirando fijamente unas listas que había clavado en el corcho que ocupaba toda la pared libre.

—Tengo una mala noticia, colega —fue lo primero que dijo el subinspector.

—¿Tú también? —comentó ella, volviéndose—. Venga, tú primero.

—El tipo ese que tuvo una cita con Ramírez, el último cliente, ¿te acuerdas? —Ella asintió sin hablar—. Pues... no existe. Era un nombre falso.

—¿Y eso es una mala noticia?

—Hombre..., eso nos lleva en una dirección mucho más difícil. Hasta hace nada, pensábamos que tenía que haber sido un asunto interno y ahora resulta que el último que estuvo con él antes de que desapareciera es alguien que no es de la casa y que no sabemos quién es, porque se registró con un nombre falso y debía de estar bien informado de las costumbres, porque eligió justo la hora antes de cuando el gurú se solía retirar a descansar, mientras los demás comían en el refectorio, y además debía de saber dónde estaban las cámaras, porque llegó con abrigo grueso, gafas de sol y sombrero calado sobre los ojos, lo que equivale a decir que en el metraje que tenemos solo se ve una especie de muñeco de Michelin sin ningún detalle.

—¿Y a la salida?

—Lo mismo. —Marino se sentó en la única silla libre—. ¿Y tu mala noticia?

—Que el informe forense definitivo —cogió una carpeta delgada, le dio un par de golpes contra el borde de la mesa y se la tendió a su compañero— deja claro que el pavo murió ahogado y no se ha encontrado nada más que pueda indicar otro tipo de intervención. O sea, que se fue a dar un paseo después del último cliente, a lo mejor se acercó a la rotonda del viento, quizá a ver si habían reparado los tirantes rotos, se cayó al mar, trató de salir sin conseguirlo, y acabó ahogándose.

Marino agitó un dedo índice en una clara seña negativa.

—Te recuerdo que ya en el informe previo se decía que sus contusiones no procedían de una caída desde tan alto.

—Es verdad, tienes razón, pero en cualquier caso puede tratarse de un vulgar accidente en el que tú y yo no pintamos nada.

—No me lo creo. Los… adeptos… están acojonados, sobre todo esos… Ascuas y Brisa. Sé seguro que ocultan algo.

—Ya. Yo también lo creo, pero no veo por dónde podemos tirar.

—Podemos buscar al cliente que lo visitó.

—Podemos, claro, pero si Ramírez seguía vivo cuando este se marchó, no veo cómo pudo tener algo que ver en el asunto de que se ahogara en la playa.

—¿Sabemos seguro que seguía vivo?

—¿No has oído lo que dice el forense? Si se ahogó en la playa, si tenía los pulmones llenos de agua de mar es que estaba vivo aún cuando el cliente misterioso se había ido ya, a la hora en que las cámaras lo grabaron marchándose en taxi. ¿Le habéis preguntado al taxista?

—Claro. Lo recogió en una parada de taxis de Alicante. Al subirse al coche, le enseñó al conductor una nota escrita a máquina y plastificada en la que decía que era mudo. Luego le enseñó otra en la que ponía la dirección a la que quería ir. Se acomodó justo detrás del conductor y no se quitó ni el abrigo ni las gafas ni el sombrero. Ah, y llevaba guantes de cuero, lo que al fin y al cabo en noviembre tampoco es tan raro.

—¿Y para volver?

—Al llegar le enseñó de nuevo una nota, diciendo que regresase para recogerlo dos horas más tarde al mismo sitio. El taxista lo hizo así y lo trajo otra vez a Alicante, a la misma parada. Pagó la carrera en metálico y ahí lo perdemos.

—Me suena muchísimo a disfraz, a cuento chino.

—Ya. Suena a que no quería que lo reconociesen y, por lo que fuera, pensaba que tenía que tomar medidas.

—Sin embargo, por lo que nos dijo Laia, ella oyó a Ramírez diciendo «Heavens!» al verlo, y eso suena a que el gurú lo reconoció. Así que…, si no tenía miedo a que lo reconociera Ramírez, ¿de quién se ocultaba?

—*Heavens* significa «cielos», ¿no?

—Sí. Se lo pregunté ayer a Candy, que es inglesa, para asegurarme. También se usa como expresión de sorpresa.

—Entonces… el desconocido, ¿era un antiguo amigo? ¿Alguien a quien hacía tiempo que no veía? ¿O lo que le sorprendió fue lo disfrazado que iba?

Lola se encogió de hombros.

—¿Qué más sabe el taxista?

—Nada. Lo describe como…, espera. —Sacó un cuaderno del bolsillo trasero del pantalón y pasó unas páginas—. No muy alto, más bien rechoncho, un plumas largo, oscuro, bufanda a cuadros cree que verdes… Ya está. Como llevaba sombrero no pudo verle el pelo, ni los ojos por las gafas de sol. Vamos, nada, ya te digo.

—¡Joder!

—Oye, ¿y si Ascuas… o Brisa acompañaron al Maestro a dar ese paseo, lo llevaron a cualquier sitio en la playa, a las rocas, por ejemplo, y le pegaron un buen empujón? Era viejo y no debía de pesar demasiado. Luego el que fuera de ellos dos volvió a entrar en la casa y en paz.

—¿Sin asegurarse de que de verdad estaba muerto? Cualquiera podría haber estado en la playa, haberlo visto caer al agua y rescatarlo. Si de verdad querían matarlo, no podían arriesgarse a dejar la faena a medias. Una vez recuperado, el Maestro se lo habría hecho pagar, lógicamente. Además, si están tan locos como para haberlo hecho así…, de cualquier manera, y les ha salido bien por pura suerte, no los trincaremos jamás. No habrá forma humana de probarlo.

—¿Entonces?

—Seguimos tratando de encontrar al misterioso cliente. Hay que preguntar a la cliente anterior si lo vio llegar. —Marino asintió con la cabeza—. Y seguir insistiendo con los adeptos. Si los llevamos a un cierto punto, igual confiesan ellos solos… Brisa me ha dado la sensación de estar un poco desequilibrada.

—Todos están desequilibrados, Lola. Para estar ahí, hay que estar muy pero muy p'allá.

—Ella está muerta de miedo, Marino. Se huele. Yo seguiré apretándole las tuercas. Tú podrías hacer lo mismo con Ascuas. Y vamos a probar también con los demás de los ocho magníficos.

Marino la interrogó con la mirada.

—Ola, Surco…, ya ni me acuerdo de cómo se llaman todos, pero son ocho los del Círculo Interior, como las puntas que tiene la estrella de Ishtar, el símbolo que usan. Si alguien de dentro, y eso es evidente, nos hizo llegar el anónimo, está claro que alguien quiere hablar, tanto si de verdad sabe algo como si solo quiere malmeter. Hay que encontrarlo.

—¡Venga! ¡A ello! Aunque… si el forense dice que se ha ahogado sin intervención externa…, no sé yo si Aldeguer estará por la labor de que sigamos investigando. Si ha sido un accidente, no hay más que hablar.

—Veremos. De momento, tenemos cosas que hacer.

Después del desayuno, Greta volvió a su cuarto y, como si aún tuviera diecisiete años y estuviera estudiando para los exámenes finales, empezó a sacar todos los papeles, cartas y fotos que había encontrado al fondo de la alacena en uno de los despachos, en una caja de hojalata que en algún tiempo había contenido un kilo de dulce de membrillo. «Cuánto tiempo sin probarlo», pensó, mientras su memoria se llenaba de destellos amarillos, recordando cómo el dulce se iba espesando en la olla, estallando en diminutos volcanes de color ámbar. Estaba casi segura de que a finales de septiembre habían recogido algunos de los cuatro árboles que tenían en la parte del huerto. «Tengo que decirle a Trini si podría hacer un poco este otoño, para probarlo».

Sacó una foto que ya la tarde anterior le había llamado la atención: una pareja bien vestida, ella sentada en un banco, él de pie, con la bata de médico sobre camisa y corbata ancha con dibujo de paisley, a su lado y mirándola, ambos sonrientes, con la mole de Santa Rita de fondo. La mujer era Sofía, pero tan joven que casi producía ternura en el contemplador. Él, un hombre apuesto, también joven, debía de ser Alberto, su prometido, o quizá la foto ya hubiese sido tomada después de la boda y entonces era su marido. En cualquier caso, era evidente que el chico estaba enamorado de Sofía. La miraba como si no acabara de creerse que aquella muchacha de pelo rizado y salvaje, con la mirada chispeante y la sonrisa franca fuera realmente para él. Ella, vestida con una falda amplia, que podía también haber sido un pantalón holgado —no se podía asegurar porque estaba sentada—, y una blusa de manga corta, miraba a la cámara con confianza y naturalidad. Era una instantánea, no un retrato para el que hubiesen posado, como el que Greta conocía del día de la boda, y los dos parecían mucho más jóvenes y más guapos, quizá porque no era una ocasión histórica o porque el padre de Sofía, que también era el jefe de Alberto, no estaba por allí cohibiéndolos. Por la parte de atrás había una fecha, septiembre 1945. La Guerra Civil había terminado seis años atrás; la mundial, hacía apenas unos meses. Greta suponía que la sensación general en la población debía de ser de alivio, de alegría, de que empezaba una fase de reconstrucción y esperanza que los llevaría a todos a una vida mejor.

No podían saber que un año más tarde ya no estarían juntos, que Alberto habría desaparecido para siempre. O quizá él sí lo supiera. Quizá ya lo tuviese todo preparado…

Greta cogió la lupa y recorrió el rostro del hombre, su mirada tan llena de amor, de admiración por su mujer. No podía creer que él hubiera previsto abandonarla. Y sin embargo… era un hecho, un hecho histórico. Se marchó a Inglaterra a un congreso de psiquiatras y no volvió jamás. Tres años después de la foto, en 1948, el doctor Mateo Rus, su suegro y jefe, murió en Santa Rita de un golpe en la sien, asestado por una de sus pacientes. Mercedes y Sofía aguantaron unos años más en Santa Rita, aunque el sanatorio se cerró definitivamente, y después Mercedes se marchó a vivir a Alicante, mientras que Sofía empezaba a recorrer el mundo y, entre viaje y viaje, volvía a su antiguo hogar, que se iba deshaciendo a su alrededor sin que a ella pareciera importarle demasiado.

Debajo de la foto había varias cartas en sobres de correo aéreo. Llevaban matasellos de Estados Unidos y las fechas iban desde 1946 a 1963. Le costó descifrar la letra. «Letra de médico», pensó con una sonrisa. Pero pronto se fue haciéndo a los trazos picudos y consiguió leer algunas frases completas de la carta más antigua.

Se quedó pasmada y tuvo que releerlas todas varias veces para asegurarse de que había entendido bien.

Necesito que vengas pronto a reunirte conmigo, mi amor. Me siento muy solo en este país que no me gusta. No entiendo por qué no puedes salir de Santa Rita con un pretexto, como hice yo, y desaparecer como habíamos acordado. Comprendo —¿cómo no voy a comprenderlo, si he vivido allí?— que es difícil separarse de aquel lugar, pero también sé lo que es vivir bajo la bota de tu padre y es algo que no le desearía a mi peor enemigo, cuánto menos a mi mujer...

Luego las palabras se volvían tan íntimas que Greta dejó de leer. Aquello ya no era información que pudiera servirle para trazar un mapa de lo sucedido más de setenta años atrás, sino una comunicación entre enamorados que no le concernía.

Aquellas frases dejaban bien claro que Sofía siempre había sabido dónde estaba su marido, el que supuestamente la había abandonado y que ahora, a tenor de esas cartas, daba una imagen muy diferente.

En uno de esos impulsos tan propios de ella, recogió las cartas y las fotos, volvió a meterlas en la caja y, con ella bajo el brazo, se dirigió al estudio de su tía a pedirle que le explicara aquello. Había quedado claro que Sofía se alegraba de que su sobrina hubiese decidido compilar la historia de la familia y, aunque entendía, como le había explicado, que ciertas cosas tenían que ir siendo reveladas poco a poco, ya empezaba a cansarse de tanto misterio. Necesitaba saber por qué su tía había decidido ocultarle a todo el mundo, ella incluida, que siempre supo dónde estaba Alberto y que su marcha no había sido un abandono que le hubiera caído por sorpresa, sino que había formado parte de un plan.

Tocó con los nudillos y abrió suavemente, por si se había quedado dormida, pero la encontró despierta, sentada en el sillón, con una manta por las rodillas y, por lo que parecía, corrigiendo un manuscrito.

—¿No te piensas jubilar nunca? —preguntó con una sonrisa, antes incluso de darle los buenos días.

—No. ¿Para qué? Una solo se jubila cuando no puede con su alma o cuando el trabajo que hacía le parece odioso. No es mi caso. Pero no sufras, no es nada importante. Cosillas sueltas que he escrito en alguna ocasión y que quiero dejar pulidas.

—¿Pulidas?

—Escribir material nuevo es como entrar con un *bulldozer* en un terreno lleno de zarzas. Es puro músculo, vigor, sudores… —cloqueó—. Perdona estas comparaciones tan… masculinas. Luego, después de dejar dormir un texto, viene la parte de pulido, de artesanía, de detalle… Ya sabes, quitar de aquí y de allá… un adjetivo, una frase…, poner un adverbio, sustituir una palabra por otra que, de pronto, aunque diga lo mismo, explota en la mente del lector en lugar de pasarle por encima de puntillas. No me hagas caso. Son cosas mías. Hay quien piensa que quienes escribimos novela de misterio, o romántica o de un género concreto no nos preocupamos de todo esto, que si hay trama no puede haber estilo. En fin. Memeces de gente que solo domina la literatura intransitiva, la que se agota en sí misma, gente que no sabe construir tramas. —Acabó con una risa—. Supongo que querías algo de mí.

Greta le enseñó la caja sin decir palabra, sujetándola con las dos manos, ofrecida. Sofía cambió de expresión.

—¿Dónde estaba? —preguntó al cabo de unos segundos.

—En la alacena del despacho del fondo.

—Siempre fui muy mala guardando cosas. Estaba segura de que había desaparecido. La busqué durante muchos años, hace tiempo ya, hasta que me convencí de que alguien debía de haberla tirado a la basura, quizá mi madre en su peor época. —Hubo un silencio que Greta no rompió—. Sí, ya sé que nunca te he hablado de eso. Todo llegará. Dámela, por favor.

Greta le puso la caja sobre el regazo y se sentó en el otro sillón. Sofía la abrió, cogió la foto y se quedó mirándola.

—¡Qué jóvenes éramos!, ¿verdad? ¡Qué guapos! ¡Cuántos planes teníamos y qué equivocados estábamos! ¿Has leído las cartas?

—Solo unas frases de la primera. No tengo derecho, tía.

—No. No tienes derecho. Yo aún estoy viva.

Guardaron silencio durante unos tensos segundos.

—Entonces ¿sabes que Alberto…? —empezó Sofía antes de desviar la vista hacia la ventana, donde el pino se agitaba con el viento de la mañana.

—¿Que no te abandonó? ¿Que teníais un plan? Sí. Pero no lo entiendo.

La anciana suspiró profundamente y volvió a pasar la vista por la foto. Luego acarició con el índice el rostro del que, tanto tiempo atrás, fue su marido, el único que había tenido en su vida.

—Ya sabes lo suficiente como para entender que aquí era muy difícil vivir con mi padre en aquella época. Los nacionales habían ganado la guerra —se le escapó una sonrisa sutil—, los que supuestamente eran «los nuestros», porque el doctor Mateo Rus era un franquista convencido, y le habían dado manga ancha para lo que él quisiera hacer en este hospital que, mientras tanto, se había convertido en un manicomio femenino de la peor ralea. Fue entonces cuando empezaron a llamarnos «la Casa las Locas». Pero el que de verdad estaba loco era mi padre. No sé si loco en el sentido médico, pero en todos los otros sentidos no se le podía llamar de otra forma. Era salvaje, iracundo, agresivo…, un maltratador que no faltaba a misa un solo domingo y que a veces incluso iba a la última de la tarde y tomaba la comunión sin que viniera a cuento.

Luego me figuré que quizá esos días había hecho algo particularmente asqueroso y necesitaba el perdón de la Iglesia. Ese perdón que conceden con tanta facilidad, siempre que la compensación económica esté a la altura.

»En fin, el caso es que Alberto, cuando vino a ocupar la plaza, no sabía realmente dónde se estaba metiendo. Nos conocimos, nos enamoramos, y yo, con la estupidez propia de la juventud, me pasé un par de años convenciéndolo de que, cuando mi padre se retirase, él podría cambiarlo todo en Santa Rita con mi ayuda, convertirlo de nuevo en el sanatorio que fue, o incluso en el elegante balneario que habían fundado los bisabuelos. Dame un vaso de agua, por favor.

Greta se levantó a ponérselo y volvió a ocupar su sillón.

—Las cosas iban de mal en peor. Alberto no podía más, tenía pesadillas, quería salir de aquí. Yo lo veía sufrir y tampoco quería que siguiera adelante, de modo que decidimos marcharnos. Pero mi padre nunca lo hubiera consentido y en aquella época salir de España en contra de quienes mandaban no era nada fácil. Mi padre hubiera podido calumniar a Alberto, decir que era comunista, por ejemplo, y lo hubieran metido en la cárcel para toda la vida. No había escapatoria. Mi madre estaba muerta de miedo. Siempre ¿entiendes? Siempre. Yo la recordaba de cuando estábamos en Inglaterra y allí era otra mujer: alegre, decidida, artista… Incluso cuando murió su madre, mi abuela Soledad, que nos había acompañado «al extranjero», como ella lo llamaba, aguantó con firmeza y fue la mejor madre del mundo para Eileen y para mí, pero desde que habíamos vuelto a España las cosas eran cada día más horribles. Mi hermana, tu madre, aún no se había casado, pero estaba estudiando fuera y se había marchado de Santa Rita. Los abuelos habían muerto. A mi pobre madre no le quedaba más que yo y el animal de su marido. Empezó a pensar en el suicidio, como la prima Lidia. Recuerdo que muchas veces, paseando juntas por el cementerio de Santa Rita, me decía que le daba envidia lo tranquilos que estaban los muertos, que ya no tenían miedo de nada.

Sofía hizo una pausa y volvió a inspirar hondo.

—No me gusta tener que repasar de nuevo estas cosas, Greta.

—Si quieres que sigamos más tarde...

—No. Prefiero acabar. ¿Te acuerdas de aquel fragmento de novela que leíste este verano, el que te dije que explicaba la situación con los nombres cambiados?

—Claro. Ciertas cosas no se olvidan, tía.

—Pues así puedes comprender mejor cómo estaba el patio. Mi madre no podía más. Alberto no podía más. Yo había empezado a refugiarme en mis novelas de crímenes y había conseguido que una editorial británica se interesara por ellas. Si me marchaba de Santa Rita, al menos sabía que tenía una posibilidad de valerme por mí misma, aparte de que Alberto era un buen psiquiatra y estábamos seguros de que encontraría trabajo en cualquier sitio. Después de la guerra faltaban muchos hombres y había trabajo para todos. Así que empezamos a hacer planes en secreto. Alberto se inscribiría en el primer congreso de especialidad que hubiera, en cualquier país, y mi padre lo aprobaría. Solo serían unos pocos días, aparentemente. Yo me iría con él y así podríamos tener el viaje de novios que no había sido posible al casarnos, por lo mal que estaban las comunicaciones en la España de la primera posguerra. Y una vez fuera, no volveríamos, al menos no mientras viviera mi padre. Lo teníamos todo planeado. Se lo conté a mi madre. —Sofía calló.

—¿Y entonces? —se animó a preguntar Greta.

Sofía alzó la vista de la foto y las cartas que reposaban en su regazo y cruzó su mirada intensamente azul con la de su sobrina.

—Entonces mi madre se metió en la bañera de su habitación y se cortó las venas.

Greta se llevó las manos a la boca, horrorizada.

—La salvamos, claro. Tú has conocido a tu abuela.

—Nunca se me habría ocurrido que la abuela que yo conocí hubiese intentado suicidarse.

—La desesperación tiene esas cosas. ¡Pobre mamá! Pero ahora puedes comprender por qué yo no tuve el valor de marcharme con Alberto y dejarla aquí. Él se fue y nos escribíamos. No sé si te habrás dado cuenta ya, pero las cartas no llegaban a Santa Rita, para que mi padre no pudiera localizar a Alberto. Llegaban a casa de la mejor amiga de mamá, Solita Rocamora, la de los Rojos, la que tendría que haber sido su cuñada. Nos escribimos mucho tiempo Alberto y yo. Yo siempre dándole largas, esperando el momento de poder llevarme a mi madre y sacarla de aquí.

—Entonces es cuando tu madre empezó a…

—Sí. Sin decirme nada. Por pura desesperación.

—Y ¿cuando la enferma aquella mató a tu padre? ¿Por qué no os fuisteis entonces? Solo habían pasado dos años desde que Alberto se había ido.

—No podíamos.

—¿Por qué?

—Porque mi madre empezó a volverse loca.

—¿Quééé? Nunca me habías dicho nada de eso.

—¡Ay, hija! Como decía Rudyard Kipling: «Esa es otra historia». Y, como precisó Michael Ende, «esa es otra historia y debe ser contada en otra ocasión». En el pueblo nos llaman «la Casa las Locas» por otras razones, pero, como habrás notado ya, la locura ha rondado siempre a nuestra familia. Necesito una pausa, querida mía. Han sido demasiadas cosas por hoy. —Sofía apoyó la cabeza en el respaldo del sillón y cerró los ojos.

—Claro, tía. ¿Quieres que guarde la caja?

—No, déjamela aquí. —Puso las manos sobre los viejos papeles y, sin abrir los ojos, sonrió apenas y susurró: «Gracias, Greta».

9

Fuego sobre el mar

*B*ueno, pues eso es lo que quería enseñarte. —Robles se apartó a la derecha para dejar libre la vista a la gruesa rama del ficus y a la soga cortada que pendía de ella.

Lola soltó un silbido.

—Santa Rita es una caja de sorpresas.

—Ajá. Pero son sorpresas antiguas. Me extrañaría que esa soga tenga menos de cien años. Fíjate en lo alta que está. El árbol ha seguido creciendo y se ha ido llevando hacia arriba la cuerda que alguien anudó ahí.

La mujer se acercó y dedicó unos minutos a mirarla detalladamente, aunque estaba muy alta, y a inspeccionar el suelo, en el que no había ningún tipo de huellas.

—No os acercasteis más, por lo que veo.

—No, claro. No era necesario y quería dejarlo todo como estaba por si pensabais hacer una investigación.

Ella negó con la cabeza.

—No me parece necesario, la verdad. Como bien dices, esto es muy antiguo, no tenemos constancia de que fuera realmente un suicidio, aunque lo parezca. —Se dio cuenta de la expresión escéptica de Robles y continuó—: Quiero decir, que también podría haber sido un intento de linchamiento, o puede que, siendo suicidio, lo pillaran a tiempo y por eso cortaron la soga y revivieron al suicida…

—A la suicida —interrumpió él.

—¡Ah! ¿Sabéis de quién se trata?

—Sí. La prima hermana de la madre de Sofía, allá por el año 1916 o 17.

—Vaya.

—Una chica joven que, al parecer, se mató por penas de amor.

—Pobre. Y en un lugar tan romántico… Porque mira que esto debía de ser una maravilla en su época. Incluso ahora es precioso… Tengo que traer a Nel.

Robles sonrió mientras Lola perdía la vista en las frondas intensamente verdes que formaban un dosel sobre sus cabezas. Algunos rayos de sol se colaban entre las ramas, se estrellaban en el agua del estanque y proyectaban sobre las hojas de encima de la fuente reflejos que temblaban y corrían sobre ellas.

—¿Entonces? —insistió.

—No hay nada que podamos hacer, Robles. Quitaremos la soga antes de dejar que los demás vengan a ver esta preciosidad —hizo un gesto circular a la jungla que los rodeaba— y nos callaremos. Total, ¿para qué? No es como lo del esqueleto del bebé. Ahí, al menos, pudimos determinar que era de la familia y enterrarlo dignamente.

—De acuerdo.

—A todo esto…, ¿tú sabes por qué hay un osario en Santa Rita? Yo pensaba que los osarios solo existían en conventos o monasterios donde periódicamente se vaciaban las tumbas más antiguas para enterrar a los difuntos recientes.

—Pues no. Ni lo sé, ni se me ha ocurrido nunca preguntarlo. Se lo comentaré a Sofía o a Greta. ¿Volvemos?

—Sí, no hay otra. Me encantaría estar más rato, pero me esperan unos cuantos interrogatorios.

—¿De los chalados?

—Esos.

Lola le resumió por encima lo poco que habían avanzado en el caso.

—Creo que ese es el mejor sistema. Acojonarlos. Lo que no debería ser tan difícil —resumió el excomisario—. Con gente acostumbrada a entrar y salir de comisarías y calabozos no siempre funciona, pero me da que esta gente tiene costumbre de que la traten con guantes de seda y en cuanto les pegues dos gritos bien dados, se van a hundir y van a cantar *La Traviata*.

—Yo también creo que una pizca de brutalidad, verbal, se entiende, puede hacer milagros. Pero es que no hay un puñetero hilo del que tirar… En fin, ya te diré. ¿Sabes si Sofía tiene pensado llamar a una empresa para que despejen la entrada a esta zona?

—No lo sé. Greta está totalmente por la labor y ahora, con lo de los cuadros, pronto tendremos un dinero con el que no contábamos. Conociendo a Sofía, no me extrañaría que convocara una reunión extraordinaria para que votemos qué queremos hacer, pero primero habrá que saber cuánto cuesta. Esto es un movimiento de tierras importante. Además —continuó, guiñándole un ojo—, ya sabes que por muchas reuniones que se convoquen, tú ya has estado en varias de las normales, las de ponernos de acuerdo en lo cotidiano, aquí la dueña es Sofía y se hace lo que decida ella. Y cuando ella falte, supongo que se hará lo que Greta quiera, porque, al fin y al cabo, es su única heredera. Anda, vamos volviendo.

—Un café y salgo para Elche.

Llegaron a la parte del jardín en poco más de diez minutos y se encaminaron hacia la cocina donde, antes de salir hacia el invernadero, habían dejado a Trini dándole órdenes a los tres voluntarios que estaban preparando unas *rostideras* de pollo para la comida de mediodía.

Sin embargo, al llegar, no olía a *rostidera* cociéndose en el horno y la cocina estaba vacía. Se sirvieron un café en la salita y entraron al salón a ver si alguien andaba por allí y sabía algo del asunto.

Encontraron a Lina y Quini jugando a las damas en una mesa junto al radiador.

—¿Sabéis qué ha pasado?

—Una desgracia —dijo Lina, muy seria.

—¿Quééé?

—Trini se ha resbalado en la cocina, ha caído mal y estamos seguras de que se ha roto la pierna. Ena y Salva la han llevado a urgencias y aún no nos han dicho nada.

—¡Joder, qué mala pata!

—Si es una broma, no tiene gracia, Robles.

El hombre se quedó mirando a Lina sin saber de qué le estaba hablando hasta que Quini intervino:

—Lo de la pata, hombre de dios.

—¡Ah! Ni se me había ocurrido hacer un chiste. ¡Qué putada, pobre Trini! Y ahora, ¿quién va a hacer de comer?

—¡Mira que preocuparte de eso en lugar de preguntar cómo está la pobre! —Quini había apretado los labios después de hablar, pero volvió a abrirlos para añadir—. ¡Qué egoístas sois los hombres!

—Está claro que hoy no doy una. ¡Hale, me voy al hospital, a ver si puedo hacer algo! Y vosotras podéis ir pensando qué hacemos con lo de la comida.

—Te acerco yo y luego puedes volverte con Ena y Salva, si te parece —dijo Lola—. Allí siempre es difícil aparcar.

Dejaron las tazas de café en el fregadero, pero lo pensaron mejor y las enjuagaron antes de irse. Ya en el coche, Robles volvió al tema que había sido tan mal recibido por las dos chicas de la lavanda.

—Teníamos ya tanta costumbre de que se encargara Trini de la cocina que no sé cómo nos las vamos a arreglar —masculló.

—No sufras, hombre. Alguien se hará cargo, ya verás. Te dejo aquí mismo.

Robles se encaminó a urgencias mientras Lola seguía el viaje, dándole vueltas a cómo plantear los interrogatorios que le iban a ocupar toda la tarde.

—Lola, Alfonso Maldonado pregunta si tienes un momento para recibirlo. —Ana le tendió una tarjeta de visita donde solo ponía el mismo nombre que le acababa de dar y debajo su profesión: abogado.

—¿Sabes quién es?

—Ni idea, pero me ha dicho que puedes tener interés en lo que quiere contarte a propósito de la muerte del gurú.

—Dile que pase. ¿Está Marino?

—Creo que ha salido.

—Dile que venga en cuanto vuelva, haz el favor.

Maldonado era un hombre grande, trajeado, con gafas sin montura y un aspecto general de no estar dispuesto a aceptar muchas tonterías de nadie. Por un instante, Lola pensó que podría ser el defensor de uno de los adeptos cuando, si había suerte, consiguieran acusar a uno de ellos de asesinato. Pensó también que, si ese era el caso, no lo iban a tener fácil.

Se estrecharon la mano y el hombre se sentó en la incómoda silla frente al sillón de la inspectora.

—Antes de que empiece a preguntarse qué hago yo aquí, permítame que me presente: soy el padre de Laia, el yerno de Ascen. Tengo entendido que vive usted en Santa Rita, como mi suegra.

Lola dejó que sus labios se curvaran en una sonrisa de alivio.

—Sí, desde hace unos meses. Dígame en qué puedo ayudarlo.

—Me temo que no va a poder, pero quizá yo sí pueda aportar algo a lo que ustedes están haciendo. Le he dado muchas vueltas a si debía hacerlo o no, al fin y al cabo, soy abogado, pero he decidido que, aunque no puedan usarlo oficialmente, al menos sabrán un poco más sobre esa gente que se ha apropiado de la voluntad de mi hija.

—Usted dirá.

El hombre sacó un USB del bolsillo y se lo tendió a la inspectora.

—Ahí encontrará veinte minutos de charla del Maestro de los Mensajeros de Ishtar que hablan por sí mismos. Le explico. Hace unos meses, en junio, cuando nuestra hija acabó el bachillerato y la selectividad, nos convocaron a ocho parejas cuyos hijos habían obtenido los mejores resultados en el colegio. Desde siempre sabíamos que, si sucedía eso, habría una reunión con el Maestro en persona en la que nos explicaría a qué futuro podían aspirar nuestros hijos e hijas. Puede imaginarse lo felices que estábamos todos al ver que nuestros esfuerzos y nuestra nada despreciable inversión económica, de años, habían dado buenos resultados.

Lola asintió con la cabeza, haciéndole entender que estaba todo claro hasta ese punto.

—La reunión no se celebró en la Casa, como la llaman ellos, así con mayúscula. Ninguno de nosotros habíamos estado nunca allí y nos habría parecido un gran honor que nos citaran en su lugar más importante, pero no fue así. Nos convocaron en uno de los restaurantes más caros de la zona: La Gruta Dorada. ¿La conoce?

—De oídas. Puede imaginarse que el sueldo de una policía no da para esos dispendios, pero he visto fotos por internet.

—Entonces sabe de qué le hablo. Todo muy elegante, de lo mejor; un comedor reservado únicamente para nosotros, con maravillosas vistas al mar. Nos pidieron que entregáramos nuestros teléfonos móviles en la entrada y nos insistieron mucho en el hecho de que todo lo que íbamos a oír era secreto. Tuvimos que firmar un documento de confidencialidad.

—Pero usted grabó parte de lo que se dijo.

Maldonado asintió.

—Con mi otro móvil.

No dio más excusas ni más explicaciones.

—¿Estaban también presentes los jóvenes?

—No. Solo los padres o los tutores legales. Luego nos hicimos una foto de grupo. Esta. —Se la mostró, ampliándola. Ocho parejas sonreían felices con el Maestro en el centro de la imagen.

—¿Podemos oír la grabación?

—Por supuesto, pero no tengo mucho tiempo y yo ya la he oído varias veces. Si me lo permite, le hago un resumen y ya ustedes más tarde pueden escucharla con tranquilidad.

—Adelante.

—Muy resumido, se trata de que el Maestro nos contó cuáles son las creencias en las que se basan los Mensajeros de Ishtar y después nos dijo que de entre los ocho chicos y chicas que habían sido elegidos, a uno o una se le ofrecería formar parte del grupo de los veintisiete adeptos, del Círculo Interior. El resto de ellos podría elegir cualquier carrera en cualquier universidad estadounidense, de las mejores, se entiende, sin que hubiera problema para ser aceptado. La Orden pagaría todos sus gastos hasta su graduación. Más adelante, cuando nuestros hijos hubieran terminado sus carreras, harían una devolución parcial de ese préstamo, sin intereses, ya con sus sueldos y honorarios propios, porque todos ellos tendrían trabajos prestigiosos y bien remunerados gracias a los contactos de los Mensajeros de Ishtar.

—Pero todo eso ustedes ya lo sabían, ¿no?

—Aproximadamente, sí. Esa fue una de las razones para elegir ese colegio para Laia. Sabíamos que nuestra hija era muy inteligente y pensamos que allí podría desarrollarse bien, y luego tener un gran futuro por delante.

—¿Y cuál fue el problema?

El hombre estiró una de las piernas, se acomodó la raya del pantalón y volvió a cruzarla sobre la otra.

—Ponga el minuto ocho cuarenta, haga el favor, inspectora.

Lola hizo lo que le pedía Maldonado. En ese instante se abrió la puerta del despacho y entró Marino, haciendo gestos de no querer interrumpir. Se sentó junto a la puerta y esperó a que sonara la grabación.

La voz del Maestro era grave, pausada, vibrante, llena de pasión apenas contenida.

«… lo que aún no sabéis, porque es algo que no divulgamos, que solo pertenece a los nuestros, y por eso ahora estáis a punto de saberlo, porque a partir de ahora sois realmente de los nuestros, es de dónde vienen los dones de vuestros hijos e hijas. —Hubo una pausa larga, teatral—. Quizá lo hayáis imaginado ya. Esos dones vienen de las estrellas, de una civilización mucho más antigua y más sabia que la nuestra que hace cinco mil años se estableció entre nosotros para mejorar nuestra vida. Durante un tiempo estuvieron en este planeta y fundaron la religión de Ishtar; después, al darse cuenta de que era demasiado pronto, siguieron su viaje buscando otros mundos habitados y no han regresado… hasta hace treinta años. Yo fui el primer elegido. A mí me concedieron el don que me hace diferente y me ayudaron a crear la Orden que, como sabéis, tiene como único fin el mejorar a las personas que lo merecen y, con ello, mejorar nuestra sociedad y, a la larga, nuestro planeta, hasta hacernos dignos de conocer a nuestros mecenas estelares y poder ocupar un lugar a su lado en el concierto galáctico de civilizaciones al que, hasta ahora, no hemos podido pertenecer.

»Como sabéis, nos ocupamos sobre todo de educar, de sanar, de ayudar a quien lo necesita, a quien sufre en cuerpo o en alma, pero esa es solo la cara pública de nuestra fe, la que habéis conocido hasta la fecha. Igual que nuestro nombre y la base de nuestro pensamiento es Ishtar. Pero, como decía, esa es solo una de las caras, la que cualquiera puede conocer.

»La otra cara, sin embargo, es la trascendental. Es el hilo que nos une al universo. Somos hijos e hijas de las estrellas y estamos destinados, como ellas, a brillar en la más negra de las noches del espacio».

Maldonado hizo una seña y Lola detuvo la grabación.

—De momento, inspectora, con eso puede hacerse una idea del asunto. El resto es más o menos igual, pero cada vez más fogoso hasta que se puede oír cómo los asistentes empiezan a aplaudir y vitorear al Maestro y a esos... «mecenas estelares» cuyo nombre aún no somos dignos de conocer.

Lola miró a Marino, que, como estaba detrás de Maldonado, se estaba permitiendo hacer muecas y alzar los ojos al techo.

—¿Y...? Perdone la pregunta, ¿ustedes se creyeron todo... eso?

El hombre dio un empujoncito a sus gafas que se habían resbalado unos milímetros por su nariz.

—Comprendo que piense que me merezco lo que nos pase si he sido capaz de creerme todas esas estupideces. No. No me las creo y tampoco me las creí cuando nos las contó. Por eso empecé a grabar.

Notó que Lola hacía un gesto y se apresuró a matizar.

—Eso que ha oído y que está en el minuto ocho cuarenta ya nos lo había dicho quince minutos antes. Es muy propio de demagogos el decir las cosas tres o cuatro veces, cada vez con más intensidad, con más convicción, hasta que la gente empieza a hervir. El tío era realmente bueno, tengo que concederlo. Hasta yo, por unos segundos, me sentí llamado a volar entre las estrellas y a hermanarme con esos... seres de luz. —Sonrió; una sonrisa traviesa que cambió por completo su rostro más bien adusto.

—¿Qué pasó después?

—Cenamos maravillosamente, nos felicitamos unos a otros, nos dieron unos folletos preciosos sobre el futuro universitario de nuestros hijos, y mi mujer y yo nos fuimos a casa. Yo, bastante mosqueado, dándole vueltas a lo que acababa de oír. Ella, encantada de que Laia fuera una de los elegidos, aunque un poco fastidiada de que fuera necesario esperar todavía hasta que nos dieran luz verde para elegir carrera y universidad…

—¿Y eso? —interrumpió Marino.

—Porque uno de ellos sería elegido para pertenecer a los Veintisiete y eso lleva tiempo. Ahora, naturalmente, sé, o creo saber, que a Laia ya le habían comunicado que sería ella la nueva adepta y solo estaban esperando a que fuera mayor de edad, ya que, si hubieran hecho algo así con una menor, los habríamos demandado de inmediato. A varios de los otros chicos y chicas les permitieron marcharse ya en agosto a Estados Unidos. A tres, no.

—Pero entonces ustedes no debieron de sorprenderse cuando Laia se marchó de un día para otro, ¿no? —preguntó Lola, recordando el rostro descompuesto de Ascen y su perplejidad.

—Nadie nos dijo que iba a ser así. Nadie nos explicó que, si la elegían, ya no iría a estudiar a la universidad, que tendría que quedarse en esa Casa para recreo del Maestro y para usar su don en lo que él considerase apropiado.

»Tampoco nos dijeron que nuestros hijos ya llevaban años siendo indoctrinados en toda esa basura de los extraterrestres; que sabían que, si eran elegidos como miembros de los Veintisiete, serían esterilizados; que tenían claro que, para pertenecer a ese Círculo Interior, tendrían que pasar unas terribles pruebas de iniciación. No hay ningún sitio donde se detallen, pero me imagino que deben de ser una auténtica tortura. Como no he vuelto a ver a Laia desde que se marchó, ni he podido hablar con ella ni he podido tampoco preguntarle. Y, obviamente, tampoco nos comunicaron que las relaciones sexuales múltiples y obligatorias formaban parte de la vida diaria de la comunidad. Por eso esperaron con infinita paciencia a que la niña fuera mayor de edad.

—Perdone —preguntó Marino—, ¿usted cómo sabe ahora todo esto?

Lola y Marino lo vieron cerrar los puños durante unos segundos para seguidamente volver a relajarlos.

—Porque, nada más marcharse Laia, empecé a llamar y visitar a todos sus amigos y amigas que habían estudiado en el mismo colegio y no habían sido elegidos. El que más cosas me contó fue Luis, un chaval que pensábamos que era más o menos el novio de Laia, o algo así como un amigo muy especial. Al principio no quería «traicionar» a los Mensajeros, esa es la palabra que usó, pero al cabo de un rato empezó a coger confianza y a contarme cosas. Estaba hecho polvo por haber perdido a Laia y saber, además, lo que le esperaba a mi hija en aquella casa. —Hizo una pausa, inspiró hondo y continuó—: Les juro que he tenido que controlarme para no presentarme allí a matar a ese tipo. Y también —sonrió brevemente— sé que, diciendo esto, me hago sospechoso a sus ojos, pero supongo que convendrán conmigo en que es difícil para un padre saber que su hija va a estar expuesta a todo esto, que lo ha elegido voluntariamente y que, siendo como es mayor de edad, no puedo hacer absolutamente nada para sacarla de allí.

»La han secuestrado y ni yo ni su madre ni su abuela podemos hacer nada. Es para volverse loco. Mi suegra está destrozada y nos culpa a nosotros por no haber investigado mejor las bases de ese colegio. Tiene razón, claro. Eso es efectivamente culpa nuestra. Nos dejamos cegar por las posibilidades que se le abrirían a Laia para el futuro.

»En fin. Yo lo que quería era compartir esto con ustedes porque mi suegra nos ha dicho que tampoco, incluso con los medios a su alcance, han podido obtener mucha información sobre la maldita secta. Y, ya que estamos, decirles que no tengo ninguna coartada precisa para los días en los que desapareció ese canalla y el momento en que encontraron su cadáver. Estuve trabajando en mi despacho, como siempre, y viviendo en mi casa, como siempre, con mi mujer y mi suegra, que se vino con nosotros unos días. Ellas pueden confirmarlo.

—No le hemos acusado de nada, señor Maldonado —dijo Lola con suavidad—. Nos hacemos cargo de su situación.

—Precisamente por eso. A veces pienso que un padre como dios manda habría ido a esa casa, habría matado a puñetazos a ese cabrón y habría salvado a su hija de esa gentuza, pero sé muy bien que no es posible y que, si somos civilizados, es porque tenemos leyes y las cumplimos.

El hombre se puso de pie para marcharse.

—Un segundo, aún tengo una pregunta —dijo Lola, levantándose también para acompañarlo a la salida—. Esa gente dice que todos los elegidos tienen un don. ¿Qué don es el que tiene su hija, señor Maldonado? —preguntó Lola, suponiendo que, igual que había hecho Ascen, le contestaría que no había más que tener los ojos abiertos y mirar a la chica para saber cuál era su don.

El padre respiró hondo.

—Aparte de calmar el miedo y el dolor con el contacto de sus manos —Lola y Marino se inclinaron hacia el hombre, esperando que acabara de hablar—, que no es poco…, mi hija tiene otro, que es el que de verdad le interesaba a ese tipo; un don que con los años ha ido disimulando y ocultando, suponemos que por orden del… Maestro: Laia, en ocasiones, es capaz de leer el pensamiento.

En la Casa de Ishtar todos los adeptos se estaban preparando para la ceremonia de la Trascendencia del Maestro. Había sido un asunto difícil y algo apresurado porque, después de consultar todos los documentos que existían en los archivos de la Orden, había quedado claro que no había ningún protocolo previsto para la eventualidad de la muerte de la encarnación de Ishtar en la tierra. El fallecimiento de los adeptos, por el contrario, sí había sido considerado en los estatutos y todos ellos, al firmar su ingreso, habían marcado la casilla de si, después de su muerte, preferían consagrarse a la tierra, al fuego o al agua. El sepelio por exposición al aire no era contemplado por las leyes de ninguno de los países donde la Orden tenía establecimientos y, en principio, no resultaba posible. La inhumación y la cremación eran los más frecuentes, aunque el funeral náutico podía arreglarse si alguien elegía alcanzar la eternidad desde el mar.

Al final, después de muchas discusiones entre los Ocho, en las que cada persona había compartido con el resto la información que tenía sobre los posibles deseos del Maestro, habían decidido solicitar un funeral con exposición al aire y a los elementos durante un día completo y, ante la eventualidad de que las alimañas aparecieran para devorar sus restos mortales, concluir con un final de fuego.

El permiso llegó desde la más alta instancia de la comunidad autónoma, y todo había sido preparado con esmero, bajo exclusión absoluta de prensa y público.

Lo que no habían podido evitar era la presencia de una unidad de bomberos y los dos policías que, a pesar de que no había ninguna evidencia de que la muerte del Maestro se debiera a injerencia externa, acudirían a la ceremonia.

También se había fijado la iniciación de la más joven de las adeptas para ocho días después y la elevación de otro elegido para formar parte del Círculo Interior en el mismo instante en el que uno de ellos tomara el lugar de Ishtar como cabeza de la Orden, cosa en la que no habían progresado mucho todavía. Primero era garantizar la trascendencia del Maestro; después, ocuparse de asuntos más mundanos.

Ola, que iba a dirigir la ceremonia, había terminado de arreglarse los pliegues de la radiante túnica de lana blanca que vestiría para la ocasión. Habría lucido más en primavera, con todos los adeptos vestidos de algodón brillando contra el azul del mar bajo el sol de mayo, pero la muerte no se elige y, si Ishtar había considerado adecuado llevarse a su encarnación en un día de noviembre, nadie podía hablar en contra.

Sonaron unos golpes tímidos en la puerta, dio permiso y se encontró con el rostro infantil de Laia.

—¿Sí?

—Me manda la policía a decirte que, después de la ceremonia, necesitan hablar contigo.

—¿Solo conmigo?

—No. Parece que quieren hablar con todos los miembros del Círculo, con los que más cerca estaban del Maestro.

—¡Estoy deseando que acaben de una vez! No me explico que aún no se hayan convencido de que ha sido un accidente.

—¿Cómo crees tú que pasó? —preguntó Laia tímidamente.

—Supongo que bajó a pasear por la playa después de la cita con su último cliente, se mareó, se cayó, dio con la cabeza contra una roca, se desmayó y el mar lo fue arrastrando hacia fuera, hasta que se ahogó antes de poder pedir ayuda.

—Yo pensaba que el Maestro nunca estaba solo, precisamente para que no pudieran pasar esas cosas. —Aunque había tratado de controlarlo, había reproche en la voz de la muchacha.

—Normalmente no habría estado solo, pero él mismo pidió a Llama y Tierra que no bajaran con él a la playa. Les dijo que quería estar solo un rato y meditar.

—¿Se lo has dicho a la policía?

—Por supuesto que no. Y tú tampoco lo harás. Ellos no tienen por qué inmiscuirse en nuestra vida, hermana. Cuanto menos sepan, tanto mejor. Te prohíbo que des cualquier tipo de información a la policía. ¿Está claro? Tu iniciación depende de que sepas obedecer, hermanita.

Laia bajó la vista, metió las manos en las mangas contrarias y asintió con la cabeza. No había pasado años esperando aquello para perderlo ahora por desobediencia.

—Estoy lista. Vamos.

Laia la dejó pasar primero y pensó fugazmente lo raro que resultaba que Ola se hubiese maquillado para la ceremonia cuando, desde siempre, les habían enseñado que las mujeres no tienen por qué intentar estar más guapas de lo que son, a menos que sea en interés de Ishtar para conseguir, mediante el sexo, algo necesario para la Orden. En esos casos todo estaba permitido. Pero ahora se trataba de un funeral.

Al salir a reunirse con los demás, se dio cuenta de que Ola era la única que lo había hecho. Quizá quería dar honor al Maestro de esta forma que se le había ocurrido. No era asunto suyo. Ella no era más que una joven adepta que ni siquiera había sido iniciada.

Ascuas vio venir a Ola arreglada como si fuera a aparecer en un programa de televisión y apretó los labios en una mueca de desagrado. Era evidente que estaba tratando de dejar claro a toda la congregación que pronto sería ella la encarnación de Ishtar.

Los dos policías se habían colocado discretamente apartados de los demás entre la unidad de bomberos, aparcada en la explanada de delante de la casa, y el grupo de adeptos que estaba formándose en doble fila con las ofrendas en las manos: canastillas de flores, piedras lavadas, pedazos de madera pulida, trozos de cristal de colores… Se preguntaba qué pensaban aquellos dos que iban a descubrir al presenciar la ceremonia. Eran unos inútiles. Eso había quedado claro. Ni siquiera habían conseguido poner a Brisa realmente nerviosa, a pesar de lo fácil que resultaba.

Ocupó su lugar al frente de la procesión. Brisa estaba a su derecha, en la otra fila, con los ojos entrecerrados y los labios moviéndose en una plegaria. En la rotonda del viento, al Maestro lo habían tendido en unas angarillas que pronto subirían a la plataforma de madera que habían construido y que ardería junto con su cuerpo.

Esperaron en silencio mientras caía el sol a sus espaldas proyectando sus sombras hacia el precipicio, hacia el mar, que se oscurecía por momentos. A una señal de Ola, se prendieron las antorchas y empezaron a sonar los timbales y los crótalos. En el mismo instante en que Venus —el símbolo de Ishtar— se hizo visible a poniente, la procesión se puso en marcha hacia el lugar donde el Maestro yacía vestido de blanco, peinado y perfumado por los Ocho, cubierto de collares de flores y con la estrella de ocho puntas pintada entre los ojos.

Ascuas inspiró profundamente y luego fue soltando el aire poco a poco, sintiendo cómo el alivio y la felicidad llenaban su cuerpo. Tom ya no estaba. Y, lo mejor era que, después de tanto pensar y planear, al final no había sido necesario usar el accidente de los tensores de la prueba del viento. Había sido una muerte suave, natural, en estrecho contacto con la naturaleza, aunque él, que era de elemento aire, hubiese perecido en el agua. En cualquier caso, lo importante era que ya no estaba. Nunca más volvería a humillarlo, a golpearlo, a reírse de él. Cruzó una mirada fugaz con Brisa, deseando compartir su sensación de triunfo, pero ella estaba temblando, apretando entre los dedos las rosas blancas que eran su ofrenda hasta destrozarlas. ¿No se alegraba de su nueva libertad?

No. Parecía que sus hermanos y hermanas no se habían percatado de que ahora podrían liberarse si quisieran, si tuvieran el valor necesario. Él ya había tomado su decisión y, aunque aún le faltaban unos detalles, lo más importante estaba hecho.

Lola se quitó las gafas de sol porque ya había caído la noche y ella misma se sentía un poco idiota llevándolas. Miró a Marino, que se chupaba los dientes laboriosamente, como siempre que estaba nervioso. Él le devolvió la mirada y, sin palabras, preguntó lo que había preguntado ya varias veces en el coche: «¿De verdad tenemos que estar ahí y ver cómo le pegan fuego a un cadáver?». Ella asintió solo con los ojos y desvió la vista hacia los adeptos vestidos de blanco, que iban formando un círculo alrededor de la plataforma donde yacía el que en vida había sido Avelino Ramírez o Thomas Richard Greenleaf.

Todos ellos, hombres y mujeres, fueron acercándose, depositando las ofrendas junto a su cuerpo, murmurando plegarias o despedidas o palabras de amor, de respeto o de gratitud. Cuando todos hubieron ocupado de nuevo sus posiciones, Ola, la que de momento dirigía la Orden, se aproximó al cadáver con una antorcha encendida y la tiró sobre su pecho. La tea prendió de inmediato. Lola supuso que habían humedecido las ropas con un acelerador de fuego. Unos segundos después, el Círculo de los Ocho había echado también sus antorchas sobre el Maestro, que ya empezaba a ser una forma difusa envuelta en llamas y humo gris que el viento se llevaba hacia el mar oscuro.

De improviso, Brisa cayó de rodillas y empezó a aullar como un animal. Apenas se entendía lo que estaba diciendo, pero ambos policías oyeron con claridad un «perdóname, Maestro» y «yo no quería», antes de que sus hermanos y hermanas la rodearan y la sacaran de allí entre sollozos.

Marino le indicó a Lola con un gesto que iba a seguirlos. Ella asintió. El olor a carne quemada y a humo negro era repugnante y varios de los presentes habían empezado a sentir náuseas. Debía de ser la primera vez que hacían algo así, a juzgar por las expresiones de espanto en todos los rostros.

Laia, a la que habían colocado a la izquierda, un paso más atrás que los otros, se tapaba la boca con las manos en un claro intento de no vomitar delante de la congregación. Lola se acercó por detrás, la cogió por la cintura sin más aviso y la apartó de la humareda, llevándola al reparo de unos pinos.

—Déjame, déjame, Lola. No tienes derecho a hacerme esto.

—¿A qué? ¿A salvarte? ¿A ayudarte a no hacer el ridículo delante de tus hermanos?

Ese argumento pareció tranquilizarla más que el primero.

—No tienes que salvarme de nada.

—Ya. Ya veo que estás encantada. Pero es asunto tuyo. ¿No te da asco este circo?

La chica sacudió la cabeza, molesta, tratando de recomponerse para poder volver con los demás, pero el estómago aún no se le había tranquilizado.

—Dime la verdad, Laia. —Lola le habló al oído—. Dime quién lo ha matado.

Ella seguía negando sin palabras.

—No querrás que el asesino se salga con la suya, ¿verdad? Ha matado a tu Maestro. Dime quién es. —Lola había comenzado a zarandearla—. ¡Dime lo que sepas, mema! Aquí hay alguien que mata. ¿Quién te dice que la próxima no vayas a ser tú?

—Déjame, déjame en paz, Lola. No es verdad. Aquí nadie mata a nadie. Solo hay amor y paz.

—Mentira. Ishtar también mata. —La inspectora bajó la voz y declamó—: Está en la batalla, vuelve al hermano contra el hermano y al amigo contra el amigo.

Laia la miró con los ojos espantados. La oscuridad era cada vez más profunda y casi no se veían bajo los pinos.

—¿Cómo sabes eso? —La muchacha parecía escandalizada.

—Ishtar es paz y es guerra, es amor y odio, es hombre y mujer. Con nombre de Inanna ha bajado al inframundo y ha sido asesinada y torturada. Como el Maestro.

La muchacha había empezado a temblar. Lola no podía decir si de miedo o de frío, pero las frases que había encontrado en internet y se había aprendido de memoria parecían haber surtido efecto. Estaba claro que Ramírez tampoco se había esforzado mucho al crear su secta.

—¡Dime quién lo ha matado!

—¡Nadie! ¡No lo sé!

—Dime algo que me sirva para encontrarlo, Laia. ¿Quieres ser cómplice de asesinato? Son muchos años en la cárcel, ¿sabes? No podrás iniciarte, no serás adepta de Ishtar, nunca serás como ellos si ahora no me dices lo que quiero oír, porque puedo detenerte por complicidad y obstrucción a la justicia, y lo haré si no hay más remedio, ¿me oyes?

Laia se echó a llorar.

—No puedo decirte nada. ¡Me lo han prohibido!

Lola se echó las manos a la espalda y sacó las esposas con calma, para que la chica las viera.

—No me dejas otra opción, hija.

—¡No! ¡No, Lola, por favor! Mi iniciación es dentro de ocho días. ¡No me hagas esto!

—Pues dime lo que quiero saber. Sé que tú puedes enterarte de lo que piensan otros.

Los sollozos de Laia eran cada vez más fuertes. Lola temía que de un momento a otro apareciera alguien en el pinar. La chica estaba tan encerrada en sí misma que ni siquiera se había dado cuenta de lo que le acababa de decir, de que sabía cuál era su don, así que se limitó a zarandearla e insistir:

—¡Habla, joder!

Entre hipidos, por fin, Laia le contó que el último día que lo vieron, el Maestro iba hacia la playa y había ordenado a Llama y a Tierra que no lo siguieran, que lo dejaran solo para meditar.

—No le digas a Ola que te lo he dicho. Por favor... Me castigarán.

Lola le pasó la mano por el pelo, tranquilizándola.

—No sufras. Nadie lo sabrá. Al menos hasta que te necesitemos como testigo.

—¡Nooo! —volvió a gritar.

—Ve con ellos. Me has dado un hilo del que tirar. Te protegeré, no te preocupes. Gracias, Laia.

Cuando la muchacha se perdió entre los árboles en dirección a la casa, la inspectora miró su reloj. No habían pasado ni tres minutos. Nadie habría advertido nada.

Volviendo la espalda a la pira funeraria y a los adeptos que seguían allí, murmurando salmodias incomprensibles, echó a andar a buen paso hacia la casa, a reunirse con Marino y ver qué estaba pasando.

10

Melocotón en almíbar

El llanto desesperado de Sergio despertó a Nieves en plena madrugada. Por un momento no supo qué pasaba ni qué tenía que hacer. Hacía tiempo que el pequeño no se despertaba por la noche y no solía tener pesadillas. Sin embargo, ahora estaba inconsolable, con los ojos abiertos como platos y la expresión desencajada, sollozando de un modo que le rompía el corazón y que lo volvía indiferente a sus abrazos y caricias de consuelo. Se envaraba, pataleaba cuando ella trataba de calmarlo y por un instante tuvo la sensación de que había estado a punto de morderla para que lo dejara en paz.

—Tranquilo, amor mío, tranquilo. Bichito de mamá, no pasa nada, cielo, no pasa nada, despierta, estamos juntos, estamos bien. Ya ha pasado todo, ya está, ya está.

Al cabo de varios minutos, el niño empezó a relajar un poco los músculos, sus sollozos se hicieron más rítmicos y se fueron transformando lentamente en hipidos quedos hasta que pareció darse cuenta de que era cierto lo que oía: que estaban juntos, que no pasaba nada, que su mamá estaba con él y lo abrazaba.

—¿Qué ha sido, mi amor? ¿Has tenido un mal sueño?

Sergio asintió con la cabeza. Tenía el pelo sudado, aplastado contra la frente y las sienes. El pijama de la Patrulla Canina, empapado, se le pegaba al cuerpecillo.

—Cuéntamelo, anda. Dime qué pasaba.

El niño sacudió la cabeza, con fuerza.

—¿No te acuerdas?

—Sí —dijo con un hilo de voz.

—¿Entonces?

Volvió a agitar la cabeza en una negativa. Nieves recordaba con claridad la sensación de impotencia que te llena como un agua sucia cuando sabes muy bien lo que te pasa, ves pasar las imágenes por delante de tus ojos, pero te dan tanto miedo que no eres capaz de ponerlas en palabras y sacarlas de tu interior. Sabía que tenía que ayudar a su hijo a decir qué era lo que le daba ese espanto, pero no tenía la menor idea de por dónde empezar.

—¿Había algún bicho feo, cariño?, ¿algún monstruo de la tele?

Sergio volvió a negar, sin apartar la mirada de su madre. En la penumbra de la habitación, solo iluminada por la lamparilla de la mesita de noche, sus ojos brillaban, afiebrados, pero felices de que ella lo estuviera ayudando a poner en palabras lo que tenía dentro y solo así podría salir.

—¿Alguien que conocemos? ¿Tu seño? ¿Gente de aquí, de Santa Rita?

Negó con vehemencia las dos primeras veces. En la tercera, inclinó la cabeza, dubitativo.

—¿Alguien de aquí?

Él asintió apenas.

—¿Hombre?

Negativa.

—¿Una mujer?

El pequeño movió la cabeza afirmativamente, dos o tres veces, muy serio.

—¿Sabes cómo se llama?

Los ojos de Sergio se desviaron hacia los rincones oscuros de la habitación, como si estuviera buscando a alguien que, desde allí, estuviera escuchándolos. Nieves deseó con toda su alma que el niño supiera escribir y pudiera trazar las líneas del nombre que buscaban, pero no tenía más que cuatro años. Solo sabía escribir las letras del suyo.

—No te preocupes, cariño. Ya lo averiguaremos. ¿Era una mujer mala? ¿Quería hacerte daño?

Sergio negó vigorosamente con la cabeza.

—¿Estaba enfadada?

—No. Triste —dijo por fin en un susurro.

—¿Por qué, cielo?

—Porque tiene frío y está sola. Quiere ir con su mamá.

—¿Es una niña?

Negación.

—A ver… No es una niña, pero está sola y quiere ir con su mamá. ¿Y por qué no va?

—No la dejan —contestó con una voz apenada, ronca—. Se ha perdido. Quiere que la ayude. ¿Puedo ayudarla, mamá?

—Claro, tesoro. La ayudaremos. Buscaremos a su mamá. La llevaremos con su mamá, ya verás. Ahora, ven, vamos a cambiarte de pijama y ¡a dormir!

Al cabo de un cuarto de hora, lavado, seco y ya tranquilo, Sergio se durmió pegado al cuerpo de Nieves. A ella, sin embargo, le costó mucho más conciliar el sueño.

Caminando hacia el comedor por el largo pasillo iluminado por los primeros rayos del sol, Ascuas se colocó junto a Río y, con toda naturalidad, le preguntó si podría pedirle un favor. Como esperaba, la respuesta fue afirmativa.

—Es que es un poco delicado… —comenzó.

—No te preocupes, hermano. Tu secreto es mi secreto.

Ascuas sonrió para sí por la formulación que todos habían aprendido.

—Solo necesitaría que me ayudaras con tu don.

—¿Has perdido algo?

Ascuas se detuvo antes de entrar en el comedor para obligar a Río a detenerse también mientras los demás adeptos pasaban junto a ellos para acceder a la sala del desayuno.

—Verás… El Maestro, Ishtar lo tenga a su lado, hace un tiempo me retiró un objeto muy amado; lo único que conservo de mis padres, de mi familia biológica. Me prometió devolvérmelo pasadas unas semanas, pero ahora que ya no está entre nosotros, él no me lo puede devolver y yo no tengo idea de dónde ha podido guardarlo. Si tú, con tu poder, pudieras decirme dónde está, yo podría recuperarlo.

Río lo escuchó con buena voluntad, pero seguía habiendo algo en él que se resistía. Podía notarlo en la tensión de su cuerpo, en la forma en que movía los dedos, pensando que él no se daba cuenta. Decidió indagar un poco más en su mente. La figura de Ola pasó por el pensamiento de Río y se apagó. Iba vestida de negro. Río la detestaba tanto como él.

—¿Sabes? —insistió Ascuas—. Podría pedírselo a Ola, pero…

Notó que Río se inclinaba física y mentalmente hacia él.

—… pero no acabo de fiarme de ella, Ishtar me perdone. Creo que no me quiere bien y no me gustaría poner en peligro ese medallón, que es todo lo que conservo de mi infancia. Preferiría no tener que hablar con ella, no sé si me entiendes…

Río asintió, bajando la cabeza.

—Si pudieras traerme un plano, un mapa de donde crees que puede haber sido escondido…, eso ayuda —dijo por fin.

—Aquí, Río. Está aquí, en casa. Al menos eso creo.

—Dime qué es, cómo es.

Ascuas le cogió el antebrazo y se lo apretó fuerte.

—Gracias, Río. —Cerró los ojos para concentrarse mejor, aunque sabía exactamente cómo era lo que buscaba—. Es una medalla de oro que muestra una imagen de la Virgen de Guadalupe, una mujer joven y bella, de medio lado, con las manos juntas en oración y un manto tachonado de estrellas. Cuelga de una cadena fina que me llega más o menos entre las dos tetillas. Detrás pone mi nombre de niño y mi fecha de nacimiento.

—¿Tu familia era mexicana?

—Chicanos, de Texas. Al Maestro no le parecía bien que llevase una imagen de otra diosa que no fuera Ishtar. Y no la quiero llevar, pero tampoco quiero que se pierda. No me gustaría que Ola, o quien sea, la encuentre y, sin saber la importancia que tiene para mí, la venda o la regale, o la siga teniendo encerrada en algún cajón.

—Te comprendo, hermano. Buscaré con los ojos de la mente. Dame las manos.

Ascuas le tendió las manos, se las estrecharon y Río cerró los ojos durante tanto tiempo que ya empezó a resultar molesto, además de conspicuo. Por fortuna, el último había cerrado las puertas del comedor y estaban solos en el pasillo.

—Está aquí, en la casa, pero aún no puedo precisar dónde. Dame tu anillo.

Ascuas se quitó el fino aro de plata que llevaban todos los adeptos con su nombre grabado por dentro y que los identificaba como Mensajeros de Ishtar.

—Entremos a desayunar. Seguiré buscando y, en cuanto lo tenga, te lo diré. Pero puedes estar tranquilo, lo encontraremos. Está aquí. Solo que está…, no sé…, oculto, bien protegido…, tapado por algo que impide llegar allí. —Sonrió—. Me has planteado un buen desafío, hermano. Gracias. Hacía tiempo que no me surgía nada interesante. ¿Te gustaría que nos reuniéramos esta tarde para un tiempo de amor?

—Por supuesto, hermano —se apresuró a contestar.

Río no le había gustado nunca y casi siempre se las había arreglado para no coincidir, pero ahora no tenía más remedio que mostrarse amable y abierto. Cosas peores había hecho en la Casa de Ishtar. Si todo salía bien, quizá esa misma noche sabría dónde estaba el lugar donde Tom escondía sus tesoros más preciados.

En la cocina de Santa Rita, Ascen y Salva miraban sistemáticamente la despensa, haciendo inventario de lo que aún había y de lo que podían necesitar para la semana siguiente. Ella iba diciendo y él apuntaba en un cuaderno.

Olía fuerte a especias, patatas del huerto aún sin lavar, canela, romero puesto a secar, matas de tomillo que colgaban cabeza abajo de una de las vigas, bandejas de tomates secos. Un olor picante, primitivo, que de un modo casi subliminal conectaba con la infancia y las cosas más básicas de la existencia.

—De botes de tomate vamos bien, pero en la próxima compra podríamos traernos diez o doce más y así no tenemos que preocuparnos. Aceite, por suerte, hay de sobra. Del nuestro. Pues creo que ya lo tenemos casi.

—Es raro esto de tener que preocuparse de repente de lo que siempre ha hecho Trini, ¿verdad?

—Sí. Yo llevo años ayudando, pero siempre ha sido ella la jefa. Ahora no nos queda otra que arrimar el hombro, Salva. Pero, con suerte, para Navidad ya volvemos a lo de siempre.

—Ha sido una fractura muy mala. Según los médicos, necesitará lo menos ocho semanas para recuperarse.

—Pues nos vamos a hinchar a guisar, compañero.

—Oye, Ascen, ¿qué tal lo de tu nieta?

Ella resopló.

—Uf. Igual. Sin contacto. Metida en aquella casa, llorando por el Maestro perdido, supongo. ¡Y yo que pensaba que, si el tío desaparecía, a lo mejor Laia volvía con nosotros! Pero no hay nada que hacer, cuando enganchan a alguien, no lo sueltan. Entre otras cosas, porque sabe demasiado de las interioridades de la Orden y no les gusta la idea de que vaya pregonándolas por ahí.

—Bueno, mujer, gracias a que ha muerto ese tipo, al menos no ha pasado lo que tú temías.

—¿Lo de que el viejo verde se la pasara por la piedra?

Salva asintió, un poco molesto por lo directo de la formulación de Ascen.

—No, eso no, pero estoy segura de que hay otras cosas y de esas no sabemos mucho… El otro día Celeste me contó que, al parecer, no les dejan tener hijos.

—¿No? —Salva parecía escandalizado.

—Bueno…, en el fondo es lo mismo que hace la Iglesia con sus curas, sus frailes y sus monjas. Dedicación exclusiva.

—Algo de eso hay, sí; pero… ¿cómo lo impiden?

—Tráeme la escalerilla, anda. Te vas a quedar de pasta. Parece que los castran.

Salva se giró, perplejo.

—¿Quééé?

—Ligadura de trompas las mujeres, vasectomía los hombres. Todo muy equitativo.

—¿De verdad?

Ella se encogió de hombros.

—Eso es lo que ha averiguado mi hija. Anda, sujétame la escalerilla, que quiero ver qué hay en la última balda. Es una animalada, imagínate. Permitir que te hagan eso a los dieciocho años. Algo irreversible. A mayor gloria de quien sea. Esta escalerilla está coja, Salva. Agárrala fuerte o yo también me voy a romper una pata.

—¿Qué hay por ahí arriba?

—Aparte de polvo, de momento veo unos frascos con melocotones en almíbar. No sé si les habrán puesto la fecha. Habrá que ir sacándolos de postre para que no se hagan viejos ahí. Te los voy dando, ¿vale? Tienen polvo de generaciones… Espero que sigan en buen estado. ¡Venga! Te los paso.

Poco a poco, uno tras otro, Salva fue cogiendo los grandes frascos de cristal en cuyo interior se mecían enormes mitades de melocotones en un líquido dorado y espeso.

—Deben de llevar alcohol. Coñac seguramente. ¡Qué ganas de probarlos! Toma, este es el último. ¡Ay, que me caigo!

Salva tuvo apenas tiempo de atrapar el frasco, dejarlo en la balda más baja de la despensa y frenar a Ascen, que, trastabillando, aún consiguió recuperar el equilibrio gracias a los brazos de su amigo que la tenía fuertemente apretada.

—Tranquila, te tengo. ¡Joder, qué susto, Ascen! Menudo tropezón.

—¡Suéltame, suéltame! Estoy bien, no pasa nada. ¡Déjame! —Ella empezó a sacudirse para que el hombre la liberase.

—Bueno, mujer. Ya te dejo.

A Salva le pareció que la reacción había sido desmedida, pero se limitó a apartarse y esperar a que se le pasara. Ascen apoyó la espalda contra la estantería donde estaban las botellas de tinto, cerró los ojos y respiró hondo.

—Te has asustado, ¿eh?

Ella asintió con la cabeza, sin abrir los ojos. Se había puesto pálida.

—Venga, que no es para tanto. Ya ha pasado todo. —Salva le puso las manos sobre los hombros para sacarla del trance en el que parecía haber caído.

—¡No me toques!

—Perdona. —Salva estaba perplejo. Nunca había visto a Ascen así—. ¿Qué te pasa?

—Nada. Nada. Cosas mías. Perdóname tú. Es que no me gusta que me toquen cuando estoy así.

—No lo sabía. Lo siento.

Hubo un silencio mientras la respiración de Ascen se iba regularizando. Se le habían llenado los ojos de lágrimas y una muy gorda recorría su mejilla junto a la nariz hasta que le cayó en la pechera.

—Oye…, cuando estás… ¿cómo? ¿Cuando te asustas? ¿Cuando te caes? —terminó con tono de broma para sacarla de la extraña situación en la que se encontraba.

—Cuando me dan esta especie de mareos que ni yo misma sé que me van a dar. No me gusta hablar de ello.

—¿Has ido al médico?

—No.

—Pues deberías. Los vértigos pueden ser síntoma de muchas cosas.

—Ya lo pensaré. Anda, hazle una foto a la lista y se la pasas a Tony para que él o Nel traigan las cosas al volver de Alicante. Eloy recogerá la carne, y el pescado prefiero verlo yo misma en el puerto.

—¿Puedo ir? Siempre me ha gustado ir a los puestos del puerto.

—Claro. No se me había ocurrido que podría gustarte. ¿Tienes el coche?

—Sí.

—Pues a las seis salimos. Y ahora vamos a ver qué nos inventamos para la comida de hoy.

—¿Lentejas viudas?

—Bien. Eso se hace solo. ¿Y de segundo?

—¿Pollo a la cerveza?

—Perfecto. De postre sacamos los melocotones en almíbar y arreglado.

Salieron de la despensa. Él detrás de ella.

—Ascen…

Ella no se volvió.

—Tienes que ir al médico.

—Tú también. A nuestra edad…

—Yo voy una vez al año a un control general.

—Para lo que sirve…

—Venga, mujer, claro que sirve.

—Ya lo hablaremos. Ve buscando los calabacines, anda.

Cuando Salva se giró hacia la enorme nevera para ir sacando las verduras que iban a necesitar para las lentejas, Ascen se limpió las lágrimas con el dorso de las dos manos y reprimió un sollozo. Hacía mucho que no le pasaba.

Ascuas

Desde el interrogatorio que la inspectora le había hecho a
Brisa en la comisaría, las cosas se habían vuelto aún más frá-
giles. Ola se había revelado como lo que realmente era: un
auténtico monstruo sediento de poder a la que, obviamente,
las enseñanzas de Ishtar no le parecían más que una buena
excusa para medrar, enriquecerse y ocupar la primera fila. Estaba claro que pensaba que todos eran imbéciles y que se dejarían conducir como mansas ovejas igual que lo habían hecho
cuando era Tom el Maestro.

Él había pensado al principio que podía ser bueno, tanto
para él mismo como para la Orden, que fuera él quien se encargara de la dirección de los Mensajeros, pero ahora que Tom
ya no existía, el pensamiento de liberarse de todo aquello iba
ganando terreno y, desde que había ideado una forma de salir
de allí para siempre, el pensamiento no lo dejaba en paz. Llevaba noches y noches dándole vueltas a lo que ganaba y lo que
perdía, comparándolas, equilibrándolas.

Si se quedaba, podría seguir viviendo como lo había hecho
siempre, sin ningún tipo de responsabilidades ni problemas
que resolver y con la ventaja de que ya no habría más castigos
ni más humillaciones. Ola no se atrevería a imitar al Maestro

—nadie podría imitar al Maestro en su crueldad— y, con ella como encarnación de Ishtar, él podría negarse a lo que le diera la gana porque Ola no tenía instrumentos disuasorios en la mano. Su vida podía ser sencilla, lisa, tranquila. Totalmente previsible.

Ese era uno de los problemas. Que de vez en cuando aún le apetecía salir al mundo, viajar, comer lo que le pareciera, beber alcohol... incluso, estúpidamente, en ocasiones aún se le ablandaba el corazón al ver a algún niño pequeño en brazos de su padre, pero eso era algo a lo que había renunciado mucho tiempo atrás, y era una renuncia irreversible. Se sentía estúpido pensando que lo que él resumía en la palabra «libertad» era tan pobre: moverse por ahí a su antojo, sentarse en un bar a tomar una cerveza, no tener que repetir mantras absurdos durante varias horas cada día.

Si conseguía escapar de allí, lo había estado pensando, podría establecerse como terapeuta en algún sitio, preferiblemente en Estados Unidos que en algún tiempo fue su país y, con sus habilidades, podría vivir bastante bien. Se trataba de ir consiguiendo pacientes a los que escuchar y sondear y, con su don especial de empatía, adivinar con precisión qué necesitaban oír para sentirse mejor. Era básicamente lo que llevaba toda la vida haciendo y, para su sorpresa, la gente estaba siempre dispuesta a pagar por ello. Solo que ahora el dinero que pagaran caería en su bolsillo y no en el de Tom.

No obstante, para lograrlo, si se decidía, había que sortear dos obstáculos: tenía que recuperar su pasaporte y un capital mínimo de base, y eliminar a Brisa, que era la única que sabía lo que nadie más debía saber.

Tom tenía un escondrijo secreto donde guardaba los pasaportes de todos los adeptos junto a información sensible de muchos de sus pacientes —Tom siempre se había negado a llamarlos clientes—, y dinero en efectivo procedente de transacciones especiales. El pequeño problema era que el escondrijo secreto era exactamente eso: secreto. Estaba seguro de que nadie más sabía de su existencia e incluso él no tenía la menor idea de dónde podría estar. Pero se le había ocurrido algo para localizarlo; algo que podría salirle bien siempre que Tom, como él suponía, hubiera guardado en ese mismo lugar la medalla de la Virgen de Guadalupe —que era todo lo que él, cuando aún se llamaba Rolando y era un bebé expósito, llevaba al cuello; la medalla que lo había acompañado a lo largo de su vida hasta que Tom se la quitó para castigarlo por falta de compromiso con Ishtar y que le dolió más que si lo hubiera castigado con agua o con fuego.

El segundo obstáculo era que Brisa era cada vez más lábil y acabaría por hablar de cosas que no les convenían a ninguno de los dos. Pero, con la policía entrando y saliendo de sus vidas, no podía permitirse forzar un accidente, ni mucho menos matarla, cuando todos los ojos estaban puestos en ellos. Él quería ser libre, no terminar en la cárcel. Hasta ahora siempre había tenido suerte, y había aprendido de Tom, cuando aún era un hombre relativamente estable que le había enseñado mucho de lo que sabía, entre otras cosas a librarse del cadáver de alguien a quien había sido necesario matar por haberse acercado demasiado a cosas que no le concernían y que los hubiesen puesto en peligro. Pero también sabía que a la suerte no se la puede convocar ni forzar. Hay que esperar a que llegue el momento adecuado y actuar sin vacilaciones.

Recordó, con la cualidad brillantemente cinematográfica que solían tener sus recuerdos, un día de excursión con uno de los varios padres adoptivos que tuvo a lo largo de su vida. Ese fue el principio: él tenía catorce años y vivían en Colorado. Habían salido de madrugada para poder escalar el Old Man Ridge y disfrutar del amanecer estando ya arriba. Solo llevaba dos años viviendo en su casa y ya estaba harto de cumplir las normas, de crear la ilusión de que era un buen chico, obediente y trabajador. Se acordaba con claridad de lo cansado que estaba, de que, al llegar por fin a la cima, con los brazos y las piernas vibrando por el esfuerzo, su «padre», con una sonrisa, le abrió la mochila que él había subido, sacó un bote de cerveza de medio litro y se sentó en una piedra a ver el amanecer.

—Si quieres uno, hay dos más —le dijo.

—¿En mi mochila? ¡Por eso pesaba tanto!

El hombre se echó a reír.

—Así te haces fuerte.

—No me gusta la cerveza.

—Pues haberte traído agua. Me extrañó que no hubieras metido una botella, pero es asunto tuyo.

—¿Y en tu mochila no hay agua?

El hombre movió la cabeza negativamente, sin apear la sonrisa despectiva.

—¿Para qué? Mi cerveza la llevabas tú.

Se sentó a un par de metros mientras el sol remontaba el horizonte y el hombre terminaba de beber y arrugaba el bote en la manaza.

—Venga, nos vamos.

—¿Ya? Pero si apenas hemos llegado…

—He dicho que nos vamos. Aquí mando yo y tú te callas, ¿estamos?

Veía la imagen con nitidez, pero nunca había conseguido comprender la lógica de la situación. Ya los dos de pie, a punto de emprender el descenso por aquel paisaje de rocas, bañadas de rojo por el sol naciente, sin tener conciencia clara de haberlo pensado, agachó un poco la cabeza y los hombros, como cuando jugaba al fútbol, le plantó las dos manos en el pecho a su padre adoptivo y le dio un empujón feroz que lo mandó volando por el precipicio hasta el fondo del valle donde se estrelló contra unas rocas y se quedó quieto, como un espantapájaros retorcido. El silencio era total. Solo el zumbido del ligero viento en los oídos y después los gritos de algunos buitres.

En aquella época no había móviles. Tuvo que bajar en solitario, cuatro horas, ir al puesto de policía del pueblo donde habían aparcado el coche y, entre lágrimas y temblores, contar que su padre había tenido un accidente en la montaña. Lo llevaron a casa y, apenas un mes después, la viuda decidió que no podía hacerse cargo de él y volvieron a llevarlo al orfanato.

Fue entonces cuando llamó a Tom, al que había conocido a los ocho años y que le había dicho «cuando seas mayor, si me necesitas, puedes llamarme a este número». Ya era mayor. Lo llamó.

Santa Rita
1916

*E*n la salita que les habían habilitado como aula, Lidia y Mercedes, con sus cuadernos, plumas y tinteros, esperaban a que llegara don Jacinto para la primera clase.

Mercedes estaba nerviosa, pero feliz, al pensar que iba a poder tener a su prima como condiscípula y que iba a aprender muchas cosas que en la escuela del pueblo no eran posibles, ya que la mayoría de las chicas, después de haber aprendido a leer, escribir y hacer cuentas, dejaban los estudios para trabajar o para ayudar a sus madres hasta alcanzar la edad de casarse.

Lidia también estaba nerviosa, pero por otras razones que su prima era demasiado niña para comprender.

—¿Cómo es don Jacinto? —preguntó Mercedes en voz baja, por si el maestro estuviera ya en el pasillo y pudiera oírlas.

—Un viejo asqueroso —contestó Lidia, con rabia.

—Pues tu madre y la mía dicen que es un hombre joven y apuesto. Las he oído hablar y reírse cuando creían que estaban solas.

—Están locas.

Mercedes se removió en la silla. Su prima parecía estar de muy mal humor.

—No lo mires a los ojos. Trata de que no te vea. Hazte la tonta. Las tontas no le gustan. Hazme caso, Merceditas, sé lo que me digo.

—¡Qué cosas tienes!

En ese momento se oyeron voces en el pasillo y las dos chicas guardaron silencio.

Matilde, entre risita y risita como de colegiala, lo que hizo que las dos alzaran la vista al techo, le estaba explicando a don Jacinto algo que no entendieron bien, mientras iban acercándose por el pasillo.

Se abrió la puerta y la alta figura de un hombre recio, vestido con sotana negra, entró en el aula detrás de Matilde, que, por primera vez, se había puesto un vestido de diario, con blusa blanca y falda de cuadritos blancos y negros, sin corsé, a la última moda, para iniciar el alivio de luto. De repente parecía mucho más joven, con las mejillas sonrosadas y una sonrisa en los labios.

—Pues bien, don Jacinto, aquí tiene usted a sus pupilas. No se preocupe, que antes de las fiestas de Navidad llegará su institutriz y podrá usted volver a sus quehaceres cotidianos. Niñas, saludad a don Jacinto.

Las dos chicas, que ya se habían puesto de pie al entrar los mayores, hicieron una breve reverencia.

—No, doña Matilde, le aseguro que no es ninguna molestia y que aprecio en lo que vale la oportunidad que se me brinda de enseñar a las señoritas de la casa.

Mercedes miró al sacerdote desde los ojos bajos, como le habían enseñado su madre y su abuela. Ni lo encontraba tan viejo y tan asqueroso como decía Lidia, ni tan joven y apuesto como decían su madre y su tía. Aunque iba bien afeitado, tenía una barba cerrada que le azuleaba las mejillas y unas cejas espesas y negras sobre unos ojos demasiado juntos, brillantes como aceitunas negras en salmuera. Unos ojos que no descansaban un instante, que saltaban constantemente de un objeto a otro, de una persona a otra. Empezaba a entender que Lidia le hubiera dicho que no lo mirase de frente.

—Cuando terminen las clases, comerá usted con nosotros en la mesa del director del sanatorio, don Jacinto…

—No, señora, no quisiera molestar.

Ella soltó una breve carcajada.

—¿Cómo va usted a molestarnos, querido don Jacinto? Es usted ahora nuestro capellán, y el sacerdote de nuestra familia, nuestro confesor… —añadió bajando la voz como si acabara de decir una de esas cosas que no se dicen delante de los niños.

—En ese caso, doña Matilde, será un honor. Y un placer.

El cura se inclinó y besó la mano que la tía Matilde le tendía. Luego se volvió hacia ellas dos, ya sin rastro de la sonrisa que había acompañado el besamanos. Tenía una salivilla seca, blanquecina, en la comisura de los labios que Mercedes no podía dejar de mirar.

—Si no le importa, don Jacinto, me quedaré un rato a disfrutar de su clase —dijo Matilde, melosa.

—Si no confía en mis habilidades didácticas…

—No, por Dios, ¿cómo se le ocurre? Es que hace mucho que no he tenido ocasión de aprender. El gobierno de la fábrica de mi difunto marido, que Dios tenga en su Santa Gloria, ya me ocupa todo el tiempo y en este pueblo no hay nada de nivel para una mujer con inquietudes culturales.

—Me hago cargo, señora, pero creo que sería mejor que nos reuniéramos en otro momento, por ejemplo antes de la cena, si le parece, para una tertulia sobre temas de actualidad. Ahora voy a dedicarme sobre todo a ver cómo están las niñas de cultura general.

—Bien, muy bien. Yo prometo no molestar ni intervenir para nada. Me sentaré aquí detrás en esta butaca y ni notará que estoy presente.

El cura tuvo que aceptar la decisión de doña Matilde, pero a Mercedes no se le escapó que lo hacía de muy mala gana y que, si hubiera podido, le habría retorcido el pescuezo como hacía Olvido con los pollos para el cocido de los días de fiesta. Se mordió las mejillas por dentro para evitar que se le viera la sonrisa y volvió a bajar la vista a la superficie del pupitre deseando ya que comenzara a hacerle preguntas, a ver cuánto sabía. Estaba convencida de que no lo haría tan mal.

11

El baile de los árboles

$\mathcal{M}$arino y Lola estaban recogiendo en el despacho para pasar a la sala de interrogatorios donde habían citado a Brisa, ya que, después del testimonio de Llama y Tierra y habiendo decidido presionar un poco más a la mujer, se habían puesto de acuerdo en que sería mejor interrogarla en un ambiente menos distendido que un simple despacho de la comisaría.

—A ver si me ha quedado todo claro. Según las últimas declaraciones, el Maestro pidió a estos dos que lo dejaran solo, que quería pasear tranquilo por la playa y reflexionar sobre unas cuestiones que no les explicó —estaba resumiendo Marino, repasando el informe a toda velocidad.

—Eso.

—Luego ellos, desde arriba, lo vieron caminar por la playa con una persona vestida de blanco como todos ellos, que podría haber sido una mujer, pero tampoco están seguros. No la reconocieron, pero era evidente que se trataba de uno de los suyos y el Maestro debía de tener confianza con esa persona porque se apoyaba en ella, o bien iban cogidos del brazo.

—Ajá.

—Pero, después de haber preguntado a todo el mundo, nadie confiesa haber estado paseando con el Maestro por la playa. Brisa no puede haber sido porque tiene más de cinco testigos que la ubican en la casa justo en ese tiempo, así que no tengo yo muy claro cómo pensamos presionarla, con qué argumentos.

—Olvídate de los argumentos, Marino. Lo que queremos es ponerla insegura, asustarla, hacer que nos cuente todo lo que no nos ha contado todavía.

—Sigues pensando que tiene algo que contar, por lo que veo.

—¿Tú no?

Marino se encogió de hombros.

—Yo creo que está muerta de miedo así, en general, por nada en concreto. Vete tú a saber…, por el futuro que les espera, o porque es la primera vez en siglos que ha salido al mundo real, o porque sabe algo de alguien y no quiere que nos enteremos…

—Pues a mí eso me interesaría mucho, ¿ves? Con eso ya me conformo.

—Venga, pues vamos para allá.

—Tú haces de bueno. Creo que a ella le servirá de algo la sensación de que el hombre la protege y la mala soy yo.

—De acuerdo. Además, es verdad…, la mala eres tú.

Lola le dio un empujón cariñoso y los dos se rieron.

Justo frente a la puerta, de pie al lado del banco, esperaba Ascuas, que, al parecer, había acompañado a la comisaría a su «hermana en Ishtar», como les había dicho que se llamaban entre sí. Se levantó al verlos llegar, saludó con la cabeza, hizo una discreta seña a Marino, esperó que Lola hubiese entrado y le susurró:

—Señor subinspector, me gustaría hablar con ustedes. Tengo algunas cosas que decirles que podrían serles de utilidad para esclarecer el caso.

Marino lo miró, extrañado. Ascuas continuó, con la vista fija en sus pies calzados con sandalias de cuero sobre unos calcetines azul celeste:

—Cuando terminen con Brisa tengo que llevarla de vuelta a casa, pero si me citan esta tarde o mañana, puedo venir. Eso sí, no quiero que ella se entere. Ni ella ni nadie, ¿de acuerdo? Si no me lo pueden asegurar, no diré nada.

—De acuerdo. Lo llamaré más tarde. Gracias.

Ya a punto de entrar, Marino se giró de nuevo hacia el banco, respondiendo a un chistido de Ascuas.

—Brisa está decidida a no hablar —añadió el hombre, en voz baja y urgente—. Piensa que hace bien, pero yo la conozco y está deseando contar lo que sabe porque se siente culpable. Puede costar un par de conversaciones, pero al final les dirá lo que oculta. Ah, y no se crean lo que les diga de mí cuando por fin hable. Es que necesita echarle la culpa a alguien, pobre chica.

—¿Pobre chica?

Ascuas carraspeó.

—Está muy herida. El Maestro… —volvió a carraspear—, el Maestro podía ser muy cruel. Pregúntenle por los castigos. «La Perfección es la rosa. El camino para alcanzarla es una escala de espinas».

Antes de que Marino pudiera reaccionar a la frase o cita o lo que fuera aquello que Ascuas había dicho, un policía de uniforme salió de la sala y se le acercó.

—La inspectora Galindo lo espera, señor.

—¡Voy!

—No se olvide, subinspector —susurró de nuevo el adepto, con voz perentoria.

—Descuide. Ya nos pondremos en contacto.

Al entrar no le dio tiempo a comentarle a Lola lo que Ascuas acababa de decirle. Garabateó un papelito con una sola frase: «Pregúntale sobre los castigos». Se lo pasó, se sentó junto a su compañera, enfrente de la adepta, extendió los papeles frente a él y le hizo una seña con la cabeza para que pusiera en marcha la grabadora. Una vez grabados la fecha, la hora y el nombre de la interrogada, Lola entró con fuerza.

—Mira, Rosa, sabemos que nos ocultas muchas cosas y nos las vas a decir.

—Ya no me llamo así —contestó, picada, alzando la vista de la superficie de la mesa.

—Aquí sí. No estás en la Casa de Ishtar. Y te conviene contarnos lo que ocultas para que podamos descartar tu intervención en el asesinato de Avelino Ramírez, a quien llamáis el Maestro.

—Su muerte fue un accidente —dijo con un filo de histeria en la voz.

—No. Fue un asesinato. Y tú lo sabes.

—Yo no sé nada.

—¿Quién era la mujer que estuvo con él en la playa poco antes de su muerte?

La expresión de sorpresa en el rostro de Brisa era genuina. Los dos policías lo notaron.

—¿Qué mujer?

—La que Tierra y Llama vieron con él paseando por la orilla. Desde arriba y desde lejos, esto sí, pero claramente una mujer de la Orden. ¿Eras tú?

Ella negó con la cabeza mientras los ojos se le disparaban en todas direcciones, como buscando una salida física de aquel agujero. ¿Por qué nadie le había dicho nada? ¿Por qué Ascuas no le había comentado que había en la casa una mujer desconocida?

—Hay varias hermanas y hermanos que me vieron en la casa por la mañana, desde que salí del despacho del Maestro hasta la hora de comer, cuando él ya no se presentó.

—¿Te castigó el Maestro ese día, Rosa? —Lola la miraba fijamente, como para no perderse su reacción frente al abrupto cambio de tema.

La mujer empezó a retorcerse los dedos sobre el regazo.

—No —dijo por fin en voz muy baja.

—Entonces ¿cuándo?

—No sé. No me acuerdo.

—¿Le tenías miedo?

Hubo un largo silencio.

—A él no —dijo por fin—. Era dulce y cariñoso.

—¿A quién entonces?

Otro silencio.

—A Ishtar —dijo en voz baja al cabo de un momento—. Es una deidad cruel, que da y quita, que castiga y premia, que no tiene compasión. —Bajó la cabeza y las lágrimas comenzaron a deslizarse por sus mejillas hasta que, al llegar al mentón, se estrellaban contra la superficie de la mesa.

—¿Por qué no te fuiste? ¿Por qué no te has marchado de allí?

Brisa levantó la cabeza de nuevo, como una cobra, y sus ojos se prendieron de los ojos de Lola.

—Porque la entrega es para siempre, ¿me entiende? ¡Para siempre! —explotó—. Ustedes viven en un mundo donde todo es reversible, donde uno puede cambiar de trabajo, divorciarse, abandonar a sus hijos, a sus ancianos, a sus perros... Un mundo sin amor, sin compromisos vitales, sin consecuencias de las elecciones; un mundo de niños. Nosotros tomamos una decisión y la mantenemos el resto de nuestra vida. Nos entregamos a Ishtar y somos suyos para la eternidad. Los humanos pasan, Ishtar permanece.

—¿Por eso decidiste matarlo? ¿Porque no podías más, pero tampoco podías marcharte?

—¡Yo no he matado a nadie! ¡Dejadme en paz! —Se cubrió el rostro con las manos, desesperada.

—Tranquila, Brisa —dijo Marino con la voz más suave de su repertorio—. ¿Quieres un vaso de agua? ¿Te apetece un café?

—Aaa... guaaa —balbució ella sin retirarse las manos de la cara.

El subinspector le sirvió un vaso de la jarra que tenían preparada. Ella lo cogió con manos temblorosas y se lo bebió sin respirar, con los ojos cerrados.

Necesitaba salir de allí. Allí no había aire, no había suficiente oxígeno, ni siquiera había ventanas por las que pudiera verse el mundo exterior. Antes o después lo descubrirían todo. ¿Por qué no contarlo ya y descansar?

Hizo un rápido sondeo superficial por la mente de la mujer policía, tan difícil de leer. Estaba casi feliz, como un perro de caza que huele el rastro del animal que persigue. Solo que, esta vez, el animal era ella, y le daba terror la idea de que acabaran por cazarla. Tenía que hablar con Ascuas, que siempre conseguía tranquilizarla, hacerle ver las cosas desde otro punto de vista. O quizá contarle a Ola lo que estaba sucediendo, pedirle consejo…, aunque eso le daba miedo. Ahora, aunque solo fuera de momento, era Ola la que fungía de encarnación de Ishtar y, por tanto, tenía el poder de castigar. ¿Cómo sería el castigo de Ola?

—Rosa —oyó la voz de la policía como si le llegara desde otro planeta—, seguimos esperando… Sabemos que lo mataste tú. Dinos cómo lo hiciste. Dinos por qué lo mataste. Te maltrataba, ¿verdad?

Brisa sacudió la cabeza, parpadeó varias veces y volvió a mirarla a los ojos. No tenía más remedio que intentarlo. Entró en su mente, con cuidado pero con decisión.

Encontró una escena del pasado lejano de la inspectora. Estaba en un aula, sentada a un pupitre, rodeada de chicos y chicas vestidos de uniforme. Sus manos, jugueteando con el bolígrafo, eran lisas, manos apenas salidas de la adolescencia. Un hombre rudo, de voz sonora, les estaba explicando que todo el mundo miente, que debían contar con que en todos los interrogatorios tratarían de colocarles toda clase de mentiras y que, precisamente por eso, ellos también podían marcarse algunos faroles. No estaban obligados a decir la verdad y toda la verdad. «Es importante acojonar al sospechoso. Algunos, la mayor parte, solo reaccionan así».

La inspectora recordaba aquel momento con total claridad. De hecho, lo estaba recordando en ese instante, por eso había sido tan fácil encontrarlo. Estaba poniendo en práctica el consejo que le había dado su profesor tanto tiempo atrás. «Miente. Márcate un farol. Acojona al sospechoso».

Lola Galindo no sabía nada. Por su mente pasaban imágenes inventadas de situaciones en las que el Maestro moría de maneras diferentes, pero ninguna era cierta. No sabía nada. No podía hacerle daño.

—No voy a decir nada porque no hay nada que decir. Mi relación con el Maestro es asunto mío. Somos veintisiete personas en la casa. Pregúntenles a los demás. Pregúntele a esa mujer que dicen haber visto en la playa. No era yo y ustedes lo saben.

Lola miró a Marino un par de segundos. Los dos tenían claro que la habían perdido, que ya no diría más.

—Quiero irme a casa. Por favor —añadió al cabo de un par de segundos.

Lola se puso en pie. Marino apagó la grabadora y la imitó.

—Estaremos en contacto.

El policía de uniforme le abrió la puerta y la adepta salió al pasillo a reunirse con Ascuas, que le echó un brazo por los hombros y, después de despedirse con un rápido golpe de cabeza, la guio por el pasillo hasta la salida.

—¿Qué hemos hecho mal? —preguntó Lola—. Juraría que estaba a punto de quebrarse cuando, de repente, se ha rehecho.

—Vamos a tu despacho. Quiero oír otra vez la grabación. Yo también creo que ha habido un momento en el que todo ha cambiado, pero no me acuerdo de qué has dicho, o qué ha pasado. Hay que volver a oírlo.

—Estaba a punto de ceder…; lo habría jurado, lo he notado con toda claridad —murmuró Lola mientras recorrían el pasillo—. No me explico qué ha pasado, qué le he dicho para que se haya cerrado otra vez. No lleva audífonos, ¿verdad? Ni auriculares, ni nada, ¿no?

—No. ¿Por qué lo preguntas?

—Por si el tipo ese que la acompaña pudiera haberle dado un mensaje a través de los auriculares.

—¿Ascuas? Antes me ha dicho que tiene algo que contarnos, pero que nadie debe saberlo, sobre todo Brisa. No creo que, aunque hubiese podido, le hubiera dicho que cerrase el pico.

—¡Joder, qué gente más rara! ¿Cuándo has quedado con él?

—Lo llamaré dentro de un rato y lo citaré para esta tarde, ¿te parece?

—Perfecto. Necesito un café.

—Tómate un descafeinado o acabarás explotando, Lola.

—Venga, lo que tú digas, doctor. Vamos al bar de Chelo. Los de aquí son una mierda. Como todo este asunto.

Trini lanzó un suspiro de alivio cuando pudo estirarse en su propia cama, de vuelta en Santa Rita después de la operación en la que le habían puesto tres clavos para sujetarle el hueso y luego una escayola que lo mantenía todo en su lugar. De momento seguía doliéndole y apenas podía caminar, aunque en el hospital una fisioterapeuta le había enseñado a moverse con la muleta que tendría que llevar durante seis semanas.

Estaba claro que no podría hacer mucho en la cocina. Ascen la había visitado para explicarle que ella y Salva se encargarían hasta que pudiera volver, pero que no querían que ella estuviera diciéndoles lo que tenían que hacer. Necesitaban hacer las cosas a su manera.

¡Qué bruta era Ascen y con qué claridad decía cosas que otras personas jamás se habrían atrevido a expresar!

No había tenido más remedio que aceptar sus condiciones y darles carta blanca. Lo único que podía hacer por el momento era intentar descansar, curarse y volver a la cocina antes de Navidad, antes de que dejaran de echarla de menos y se acostumbraran al nuevo régimen.

Reme le estaba deshaciendo la maleta, metiendo en el armario las cosas que no había usado y apartando las que tenían que ir a la lavadora. Nel le acababa de tomar la tensión y la temperatura. Todo bien.

—Bueno, Trini, pues ahora reposo y a curarte —terminó antes de salir del cuarto.

—¡Qué bien se habla cuando no tienes que quedarte tirado en una cama!

—También puedes sentarte en un sillón algún rato, si quieres. Cuando pongan una peli en el salón, por ejemplo. Piensa que tus huesos ya no son lo que eran. La osteoporosis es una realidad a partir de la menopausia y tú hace ya unos años que pasaste por ahí —dijo aún asomando la cabeza desde el pasillo.

—¿Me estás llamando vieja?

—¡Dios me libre! ¿Cómo voy a llamarte vieja a los setenta y siete años, pimpollo de canela? —Nel le sopló un beso desde la puerta y se marchó definitivamente.

Sin poder evitarlo, Trini se echó a reír, seguida por Reme. Las dos mujeres se miraron, sonrientes. El muchacho era un sol de mayo que siempre conseguía poner a la gente de buen humor.

Él sonreía también por el pasillo. Lo de Trini había sido un percance idiota y doloroso, pero nada que pusiera en peligro su vida. Al principio, a todos les había parecido una catástrofe que no pudiera ocuparse de la cocina como había hecho siempre, pero desde que Ascen y Salva habían recogido el testigo, habían demostrado que las cosas iban bien y que, con un poco de ayuda de todos, se podía salvar la situación perfectamente.

«Nadie es insustituible —pensó—. Lo que por un lado es bueno, aunque por otro sea bastante deprimente».

Instalada en el mejor lugar del salón, junto a la ventana, con todo el jardín del sudeste extendiéndose frente a ella, Sofía disfrutaba de la vista, del calorcillo del sol de noviembre que atravesando las puerta-ventanas la bañaba entera, del olor del fuego que, a sus espaldas, Marta había encendido para caldear un poco más la estancia.

El aire era esa mañana tan transparente que todo parecía pintado a plumilla sobre el cielo azul y después coloreado con acuarelas. La brisa movía las ramas de los árboles y arbustos y, desde el sillón donde ella estaba, la sensación era la de asistir a un espectáculo de danza en primera fila. Había leído en alguna parte que el ojo humano es capaz de distinguir más de tres mil matices de verde y, en aquellos momentos, Sofía pensaba que debía de ser verdad. No había tantas especies en Santa Rita, pero cada tono de verde era distinto, desde el verde plateado de los olivos al verde casi negro de los cipreses. Y todos bailaban en la brisa, cada uno a su modo, cada uno con su ritmo. Los plátanos con un movimiento que parecía humano, los enormes eucaliptos agitándose en un vaivén como el de las olas del mar, las palmeras como bailarinas orientales, cimbreándose al viento que, en su copa, a más de diez metros sobre los demás, era mucho más fuerte, los pinos moviéndose a la par, como un ejército disciplinado, más vivo en las ramas superiores y apenas un estremecimiento en las de abajo. Todos los seres vegetales bailando en la brisa bajo el sol matutino frente a sus ojos que tantos días habían disfrutado del mismo ballet, pero que siempre lo recibían con el mismo asombro maravillado de la primera vez.

«Todos bailan —pensaba—, y no hay ninguno que baile mal. Cada uno de ellos baila a su manera, según su forma y su peso, recibiendo la ofrenda del viento para poder agitarse al sol, sin conciencia de estar bailando para alguien. Cada uno es perfecto en su movimiento y todos juntos son un milagro. ¡Qué pena que la gente joven no tenga tiempo para darse cuenta y aprender de ellos! Aunque… quizá, con los años, cuando lleguen a mi edad y no puedan hacer más que sentarse y observar el mundo, lo descubran también».

—¿Filosofando? —preguntó una voz masculina detrás de su sillón. Miguel.

—Menos, menos… Disfrutando del baile de los árboles del jardín. Ven, hazme compañía.

Miguel se sentó en el otro sillón, colocándose de forma que el sol le diera también en la cara.

—El verano es bonito, pero no hay nada como el sol de noviembre —comentó con un suspiro.

—Siento que no puedas ver el jardín.

—Bueno…, yo huelo la resina de alguna de las piñas que se queman en la chimenea, y disfruto del crepitar del fuego, de sentir el sol en la cara, del terciopelo del reposabrazos del sillón…, de muchas cosas que para ti son secundarias.

Estuvieron en silencio un par de minutos; un silencio cómodo que no era necesario llenar de palabras.

—¿Has pensado ya si estás a favor de poner aquí ese cerramiento de cristales del que hemos hablado? —preguntó Miguel al cabo de un rato.

—No. Ni me acordaba.

—Es que así habría más gente que podría disfrutar de esto. Si se hiciera el cerramiento, podríamos poner lo menos siete u ocho mesas que tendrían esta vista que tanto te gusta a ti.

—Lo pensaré. Si no se me olvida otra vez… —La breve risa acabó en un cloqueo—. Me suena que hay más cosas que decidir, pero no me acuerdo en este instante.

—Supongo que te refieres al invernadero.

—¿Ya te has enterado?

—¿Era secreto?

Sofía volvió a reír.

—No. Secreto no, pero tampoco hemos ido contándolo por ahí. La verdad es que me gustaría verlo. Lo que pasa es que para llegar a él habría que hacer un movimiento de tierra de consideración. Se trataría de agujerear la colina donde está uno de los almacenes y hacer un túnel, o bien mover casi toda la colina, aplanarla, y hacer una alameda como la que había antes. Me da mucha pereza, Miguel.

—Mujer, tampoco vas a hacerlo tú con una pala... Y ahora que somos ricos...

—¿Somos ricos?

—¿Ya te has olvidado de los cuadros?

—No, de eso no me he olvidado. De momento los tiene el Museo Thyssen en préstamo para una exposición. Hemos recibido unas cuantas ofertas, es cierto, pero aún no sé qué quiero hacer con ellos. Tengo que decidirlo, y últimamente no tengo ganas de decidir nada. Me vale todo como está. Cuando yo me muera, ya haréis obras. No quiero pasarme meses tragando polvo.

—Pasado mañana, en la reunión mensual, podemos hablar de ello, si te parece.

—Bueno. Hablar no mueve polvo.

—Bajarás, ¿no?

—Bajaré. Y ahora deja de darme palique. Quiero disfrutar de la vista pensando en mis cosas. Si te quedas, te callas.

Miguel cloqueó.

—Siempre me ha gustado lo directa que eres. ¿Te traigo algo de beber?

—No, gracias. Me basta con la danza de los árboles. Hay veces que, si me concentro un poco, es como si bailara yo con ellos. Y para eso me sobra todo, más que nada la conversación.

—Venga, pues te dejo en paz.

Oyó los pasos de Miguel alejándose hacia el pasillo que llevaba a la cocina. No había traído el bastón. Se sentía cómodo en casa y sabía exactamente dónde estaba todo. Cerró los ojos con placer y se retiró un poco la manta que le cubría las piernas. La temperatura había subido gracias al fuego y al sol que entraba por la ventana.

Greta le había dejado caer que le interesaba saber algo respecto al osario de Santa Rita y eso era algo que la tenía intranquila desde entonces. Era algo tan abstruso que no quería tener que ponerlo en palabras mirando a Greta a los ojos. Quizá fuera mejor escribirlo y entregarle las páginas, pero le daba mucha pereza hacerlo. ¡Hacía tanto tiempo de todo aquello! ¡Qué más daba!

¿Sería mejor inventarse una explicación plausible o decir la verdad, por increíble que sonara? Podía decir que el Huerto de Santa Rita había sido edificado sobre los restos de un cenobio anterior a la llegada de los moros en el siglo VIII y que, siglo tras siglo, el cementerio había ido siendo vaciado de los restos antiguos, que habían ido pasando al osario actual y que algún monje se había tomado el trabajo de hacer con aquellos huesos antiguos un trabajo estético de arcos y frisos formados por calaveras, tibias, húmeros y fémures. Conociendo a Greta, lo primero que haría sería llevar un par de aquellos testimonios óseos a un laboratorio para que determinaran su antigüedad y, después, buscar un equipo de arqueólogos en la universidad para que estudiaran su procedencia. Y eso no le interesaba a nadie. A ella misma mucho menos. Porque era mentira y se descubriría con mucha rapidez. Aquellos huesos no tenían más de ochenta años a lo sumo.

También podía contarle una verdad a medias: decirle que su padre, el doctor Mateo Rus, o Matthew O'Rourke, como constaba en su partida de nacimiento, había ido creando aquella fantasía macabra con los huesos de las personas que él y los suyos habían ido asesinando durante la Guerra Civil y los meses anteriores al estallido del conflicto bélico. Que aquellas hermosas calaveras y los delicados huesos de las falanges de las manos, los tarsos y metatarsos de los pies, que hacían bellos encajes en la entrada del osario de Santa Rita, eran lo único que quedaba de hombres, y de algunas mujeres, que no habían hecho otro mal que defender la legalidad, el gobierno republicano elegido en las urnas, y que a los franquistas como él les había parecido digno de ser destruido para siempre, y no solo destruido en carne y hueso, sino borrado de la memoria colectiva por los siglos de los siglos, como decía la Santa Madre Iglesia, que había amparado aquellos asesinatos colectivos prometiendo la salvación eterna de los «héroes» que los habían cometido, a mayor gloria de Dios.

O, naturalmente, podía decirle a su sobrina la verdad, que era una mezcla de la segunda opción y de la historia que, después de tanto tiempo, aún se le atravesaba en la garganta al tratar de ponerla en palabras.

Se veía a sí misma a los treinta años, quizá aún veintinueve, empezando a disfrutar del primer, modesto éxito de sus novelas, ya sola, sin Alberto, en ese estúpido limbo en el que no era soltera, porque se habían casado y habían sido matrimonio durante un par de años, ni viuda, porque él seguía vivo aunque nadie supiera dónde estaba, salvo ella misma, que tenía que disimular para que él pudiera empezar una nueva vida sin perder la esperanza de que ella llegaría a acompañarlo en algún momento, una vez muerto su padre.

Su mente dio un salto hacia delante.

El doctor Rus ya había fallecido en 1948, de un martillazo en el cráneo, asestado por una paciente de la que, a todas luces, él había estado abusando durante meses. Sofía, en ese entonces, había pensado que ahora, por fin, había llegado la hora de liberarse y correr al encuentro de su marido, que, mientras tanto, se había establecido en Estados Unidos y trabajaba como psiquiatra en una clínica importante en Boston. Su ilusión era dejar a su madre, Mercedes, cómodamente instalada en el piso de Alicante que acababa de comprarse, en plena Explanada, con vista al puerto recreativo y al mar, y olvidarse para siempre de Santa Rita, que, en los últimos años, no le había traído más que penas y disgustos. Pero su madre no estaba bien. Parecía haber superado las secuelas de su intento de suicidio y, sin embargo, había algo más, algo que la estaba consumiendo. A pesar de que se veían con regularidad, hasta hacía pocos meses no había conseguido que le dijera qué le pasaba. Se la veía cansada, ojerosa, había perdido mucho peso y, aunque se arreglaba con esmero cada vez que se encontraban y le quitaba importancia a sus problemas, estaba claro que había algo que no estaba bien. Si la presionaba un poco, de lo único que se quejaba era de que apenas dormía y su médico no sabía ya qué hacer, porque los somníferos que le había recetado la inutilizaban para la vida cotidiana y había decidido no tomarlos.

Durante meses la había llevado a varios especialistas con la esperanza de que alguno acertara con su diagnóstico. Mercedes, comprensiblemente, sentía una fuerte aversión hacia los psiquiatras y le había dejado claro que prefería morirse a entrar en una consulta psiquiátrica o, muchísimo peor, en un sanatorio para enfermedades nerviosas.

Al final, una tarde que habían salido a pasear por la playa del Postiguet, su madre, sin mirarla, con la vista clavada en el horizonte, le confesó que su problema era que los remordimientos no la dejaban vivir. Las dos sabían perfectamente de qué estaban hablando y las dos tenían claro que el origen del problema de Mercedes no era algo que pudieran contarle a ningún psiquiatra del mundo.

La Sofía nonagenaria, sin dejar de ser consciente del cómodo sillón en el que se encontraba, en el salón de Santa Rita, con el sol de otoño entrando a raudales por las puerta-ventanas, inspiró hondo al recordar la escena de tantos años atrás: la playa desierta, el cuerpo tembloroso de Mercedes, piel y huesos, las lágrimas deslizándose por sus mejillas hundidas; su propio alivio al enterarse por fin de lo que estaba volviendo loca a su madre, su renovada preocupación por cómo solucionar el problema, los sollozos cuando la abrazó y le susurró al oído que todo se arreglaría, que había hecho bien, que gracias a su valor se habían salvado ellas dos y muchas otras vidas de las pobres pacientes que habrían quedado en manos del salvaje doctor Rus si hubiera seguido vivo.

Recordaba también la sonrisa luminosa en el rostro de Mercedes. Su voz trémula:

—¿Me perdonas, cariño?

—Pues claro, mamá. Ya te lo dije el mismo día en que murió papá: fue un accidente. Y lo otro… también te lo dije, fue pura defensa propia. Siempre será nuestro secreto. De las dos. No tienes por qué llevarlo sola. Si no lo hubieras hecho tú, lo habría hecho yo. Papá se había vuelto loco. No había otro remedio. ¿No te acuerdas de lo del osario?

Mercedes asintió, apretando los labios.

Antes de morir, su padre había decidido sacar a la luz su lado más perverso, el más travieso y lúdico, como lo llamaba él, y había empezado a crear el osario con los restos de sus enemigos políticos y las víctimas de su enajenación fascista.

Sofía le pasó el brazo por los hombros y, despacio, echaron a andar de vuelta hacia el puerto. Los establecimientos de baños, cerrados para el invierno, a su derecha; el mar, de un azul pálido, casi gris, a su izquierda.

—¿Crees que te ayudaría confesarte con un sacerdote? —Se le ocurrió a Sofía de pronto.

Mercedes se echó a reír. Primero muy bajito, con timidez, tapándose la boca con la mano, luego, poco a poco, aprovechando que estaban solas en la playa invernal, cada vez más fuerte, hasta que le dio un golpe de tos y tuvo que parar.

—No, hija, no. Sé que a mucha gente le ayuda, que de verdad creen que es Dios mismo quien los perdona a través del cura, pero yo he conocido demasiados para creérmelo. ¿Te he contado alguna vez por qué tu padre y yo fuimos a Roma al año de nacer tú en lugar de ir de viaje de novios?

Sofía negó con la cabeza, sin acabar de comprender qué tenía aquello que ver con el tema del que habían estado hablando.

—Porque él sí creía que los pecados se perdonan, y en 1925 el papa Pío XI proclamó el jubileo con la bula *Infinita Dei Misericordia*.

—No sé bien qué quieres decir, mamá.

—Que los católicos de todo el mundo que acudieran a Roma durante ese año quedarían libres de pecado, de cualquier pecado. La Misericordia Infinita de Dios. ¿Me entiendes ahora? —Su boca se torció en una mueca de desprecio, de repugnancia—. Lo que había hecho tu padre un año antes, lo de… —bajó la voz, aunque no había nadie en toda la playa—, Joaquín…, Joaquín Rocamora… —la miró fijamente hasta que Sofía asintió— dejó de tener importancia. Perdonado. Olvidado. Borrón y cuenta nueva. *Tabula rasa*. ¡Menuda suerte poder creerse algo así! ¡Para eso fuimos a Roma, para que él pudiera quedar limpio! Yo me enteré mucho después.

Sofía recordaba cómo la furia había ido invadiendo la voz de su madre hasta que le dio la espalda y se alejó hacia la orilla.

Volvió a arreglarse la mantita sobre las piernas y se exploró la boca seca con la lengua. Le habría gustado tomarse un té, o un simple vaso de agua, pero no quería molestar a nadie. Estaba en buena racha, pensando en el pasado, recuperando para ella misma imágenes y diálogos de un tiempo perdido, sopesando si debía o no compartirlos con su sobrina. Podía levantarse, ir a la cocina y servirse ella misma, pero, a la hora que era, lo más probable era que hubiese dos o tres personas allí preparando la comida de mediodía. La recibirían alborozados, le preguntarían mil cosas y acabarían por apartarla de la racha de pensamiento en la que había entrado su mente, de modo que cuando volviera a estar sola no sería capaz de retomarla.

Los árboles seguían bailando, ajenos a sus preocupaciones y sus recuerdos.

Se veía a sí misma tiempo después, en otro momento de los que no se olvidan, con un vestido precioso de lunares pequeños, blancos sobre fondo azul oscuro, cintura estrecha y falda de vuelo, yendo a Alicante a comer con su madre, igual que en las películas americanas, dos mujeres saliendo a almorzar para contarse sus cosas, sin hombres que las controlaran y monopolizaran la conversación. Ella había publicado en Inglaterra una novela llamada *La voz de los huesos* que había tenido un éxito sin precedentes, solo similar al de los mejores títulos de Agatha Christie, y que le había permitido concebir la ilusión de creer que podría vivir de su pluma si continuaba escribiendo ese tipo de historias. Y ahí había vuelto a dar comienzo su calvario.

Debía de ser el año 51. Había cobrado el cheque de su adelanto y se sentía adulta, madura, libre y feliz.

La llevó a Alicante Félix, el que durante años había sido chófer del sanatorio de Santa Rita y que ahora, después del cierre del establecimiento, se había hecho taxista, el único que había en Benalfaro y que la conocía desde su nacimiento.

Recogieron a Mercedes en su piso y Félix las llevó a la Albufereta, a un restaurante recién abierto especializado en marisco, que era el favorito de la nueva clase pudiente y que a su madre le apetecía probar después de haber oído hablar de él a todas sus amigas.

A Sofía le extrañaba el giro que había dado su madre en pocos meses. Parecía que después de haberse sincerado con ella, de haber escupido lo que llevaba dentro como un veneno que la estuviera consumiendo, había conseguido perdonarse y olvidar. Ahora se relacionaba con señoras de la alta burguesía alicantina, mujeres de empresarios, fabricantes y políticos

270

locales, iba a misa con regularidad («Para cubrir el expediente —decía— y porque algo hay que hacer»), y la ponía un poco nerviosa la orientación de su hija, cada vez más moderna, sofisticada y artista.

Además de reunirse para celebrar el éxito de su novela, Sofía quería sondear las posibilidades de marcharse a Estados Unidos para intentar recuperar la relación con Alberto, aunque incluso a ella misma le parecía difícil. Llevaban más de tres años sin verse, comunicándose solo a través de cartas que cada vez eran menos frecuentes y más vacías de contenido. En ocasiones le costaba incluso recordar que era su marido. Ya casi había olvidado cómo sonaba su voz.

De todas formas, estaba decidida a decirle a su madre que había empezado a planear un viaje a Boston y aún no tenía claro cuánto duraría su estancia.

Recordaba el luminoso día de noviembre —sabía que era noviembre porque después, en el curso de la conversación, su madre le había preguntado si ella creía que para la Navidad habría acabado todo—, el discreto maquillaje de Mercedes, que la rejuvenecía, el sombrerito que había estrenado, y la decoración del restaurante, en un horrible estilo castellano de muebles macizos de madera oscura que no casaban en absoluto con la alegría y luminosidad del Mediterráneo, aunque estaban muy de moda en el resto de España.

—Ya me he leído tu novela —dijo Mercedes en cuanto el camarero se alejó de su mesa con la comanda de dos vermuts rojos y un plato de quisquilla hervida.

—¿Te ha gustado?

Mercedes bajó la vista al mantel de cuadros verdes y blancos.

—Me he enterado de algo que no sabía.

—Ah, ¿sí? ¿De qué?

—De que el arsénico puede rastrearse en los huesos de la víctima, no importa cuánto tiempo haya pasado después de la muerte.

—Sí, me he informado. Cada vez me interesa más la ciencia forense y leo mucho. —Para Sofía el tema no era más que una curiosidad científico-literaria y se alegraba de haber podido aprender algo tan importante para sus novelas criminales.

—No lo sabía.

—Ya. Yo tampoco. Pero gracias a que lo leí, he podido montar esa historia y mi asesino llega a ser descubierto por la policía muchos años después. Es bastante original, creo yo. Cuando ya se cree a salvo y se ha montado una vida nueva con el dinero de su víctima, al final los huesos del muerto lo delatan. *La voz de los huesos.* De ahí el título.

Mercedes miraba a su hija fijamente, sin decir palabra. El camarero, con su impoluta chaqueta blanca y su pajarita negra, depositó los dos vermuts en copas cónicas, tan modernas que le arrancaron una sonrisa a Sofía, y un plato de quisquillas sonrosadas entre las dos mujeres.

—¿Eso es verdad? —insistió Mercedes.

—¿El qué? ¿Lo de los huesos?

Su madre asintió con la cabeza, perfectamente seria.

—Sí, claro. El arsénico se va depositando en la materia ósea a lo largo del tiempo si el envenenamiento se hace de manera lenta. También puede apreciarse en el cabello y las uñas. Pero no siempre es posible. —Sofía levantó la copa, la chocó contra la de su madre, que tardó unos segundos en darse cuenta de lo que pretendía al alzar la copa, bebió con satisfacción, y atacó las quisquillas con auténtica hambre, mientras que su madre volvió a dejar su copa sobre el mantel sin haber probado la bebida.

—Entonces eso quiere decir —Mercedes bajó la voz hasta un punto que a Sofía comenzó a resultarle difícil seguir lo que decía— que los huesos de tu difunto padre... —Se le cortó la voz.

—¿Qué?

—Que si alguien tuviese interés en analizarlos…

Sofía la miró y, con la mano, le hizo señas de que siguiera adelante.

—Darían como resultado que estuvo consumiendo una sustancia… tóxica. Una sustancia que podría haberle causado la muerte.

Sofía tardó en responder.

—Bueno…, es posible, claro. Pero ¿quién iba a tener interés en hacerle un análisis *post mortem* a los restos de una persona que fue asesinada de un martillazo delante de varios testigos?

—Es poco probable, lo concedo, pero desde que acabé de leer tu novela llevo noches sin dormir, dándole vueltas a la cosa. ¿Y si alguien me denuncia?

—¡Qué tontería, mamá! ¿Quién iba a denunciarte?

Mercedes se encogió de hombros.

—Como están las cosas… cualquiera podría tratar de inculparme de un asesinato para poder quedarse con Santa Rita.

—Estoy yo, que soy tu heredera.

—Podrían tratar de probar que fuimos cómplices.

—¡Venga, mamá, no seas tonta! No hay nada que probar.

Mercedes se inclinó hacia Sofía por encima de la mesa, por encima del plato de quisquillas rosadas.

—Hay gente muy mala. El mundo se ha vuelto peligroso, sobre todo para las mujeres solas, para las que no estamos… de su lado. Y si buscaran… encontrarían. Tú sabes qué.

Sofía tomó un largo trago de vermut, muy frío, dulce, aromático, pensando cómo sacar a su madre del estúpido camino que había emprendido. Lo que le faltaba era que su madre se obsesionara de nuevo y acabara por volverse loca, esta vez de verdad.

—¿Y qué sugieres?

Mercedes sonrió, feliz de haber conseguido llevar a su hija al punto en el que podía imaginarse hacer algo para solucionar la espantosa situación en la que su desesperación de un par de años atrás la había metido.

—Habría que sacar los huesos de tu padre.

—¿Quééé?

—Lleva tres años enterrado. No quedarán más que huesos. Habría que sacarlos, volver a dejarlo todo como estaba…

—¿Y qué supones que podríamos hacer con los huesos?

Cada vez hablaban más bajo, echando miradas a su alrededor, como conspiradoras. Sofía sintiéndose ridícula y Mercedes cada vez más angustiada.

—Se me ha ocurrido algo… Como tú ahora, que tienes éxito con lo de las novelas, viajas mucho…

Sofía asintió con la cabeza sin hablar. No podía creerse lo que estaba oyendo.

—Podrías ir dejando los huesos por ahí. En el Atlántico cuando te inviten al Reino Unido, en un lago, en cualquier bosque que te enseñen en uno de tus viajes… Ir dejándolos aquí y allá.

—¿Te has vuelto loca, mamá?

Mercedes contestó muy seria.

—No, hija, aún no. Pero no lo descarto si esto sigue así. Escúchame, no te costaría mucho. Nadie tendría por qué enterarse. No importa cuánto tardes, pero antes o después no habrá nada que analizar.

—¿Tú sabes cuántos huesos hay en un cuerpo humano, mamá?

—No, cariño, ni idea. ¿Muchos?

—Doscientos seis.

—Pues en tres o cuatro años… hemos terminado.

—Hemos…

—Yo casi no viajo ya, preciosa, pero cuando vaya a algún sitio, me llevaría dos o tres pequeños. Mi amiga Elena lleva siglos queriendo ir al balneario de La Toja.

—¿Y el cráneo? No pretenderás que lo machaque con un martillo.

Mercedes hizo una mueca de asco.

—No, hija, claro que no.

—¿Y los fémures? ¿Tú sabes lo grande que es un fémur?

—Sí. Tu padre me los enseñó cuando empezó a hacer el osario.

—El osario...

—Es una posibilidad, ¿no crees? Justicia poética, casi. Quedarían bonitos junto a los otros.

Mercedes estaba sonriendo de un modo que a Sofía le pareció que estaba perdiendo la razón, como antes que a ella le había sucedido a su tía Matilde. La locura era algo que no llamaba la atención en las mujeres de la familia.

—Por favor, Sofía. Te lo pido por favor. ¿Qué te cuesta? Soy tu madre. Y tengo mucho miedo. —Los ojos se le habían llenado de lágrimas y la miraba con la fuerza del terror y la desesperación—. Eres una chica muy valiente. Nadie tiene por qué enterarse... y yo quedaré a salvo. Podré volver a dormir, a vivir...

—Lo pensaré, mamá. Tengo que pensarlo. Comprende que no es fácil.

—Sí, cariño, lo entiendo, pero piénsalo. ¿Qué te apetece comer? ¿Arroz? ¿Pescado?

No hizo falta hablar más.

Desde aquel almuerzo en la Albufereta, que al volver a Santa Rita vomitó entero, Sofía se había dedicado a solucionar el problema de su madre.

Desde el día, un par de semanas después, en que había reunido el valor suficiente para desenterrar los restos mortales de su padre en una Santa Rita desierta y abandonada, todo su esfuerzo se había concentrado en hacer desaparecer lo que hubiese podido comprometer a Mercedes.

Huesos.

Secretos.

Huesos.

Violencia.

Terror.

Todo lo que quedaba de un padre salvaje, violento, con arrebatos de amor paterno hacia sus dos hijas, más hacia Eileen que hacia ella, pero amor, al fin y al cabo. Un padre cuya muerte había significado la liberación, la paz, la posibilidad de volver a estar alegre, de disfrutar de la vida, y que ahora no era más que un recuerdo candente y unos huesos comprometedores.

Mucho más tarde había leído que los huesos no siempre guardan la marca del arsénico, que podrían haber seguido plácidamente en su tumba sin que hubiese sido necesaria la horrible odisea que le habían deparado.

Casi no recordaba todos los lugares donde había dejado un hueso pelado, el terror de llevarlo en la maleta con los nervios a flor de piel temiendo que la registraran, que alguien preguntara qué era aquello, adónde lo llevaba, por qué.

Años después se dio cuenta de que todo aquel pánico le había enseñado mucho como novelista, pero en la época no podía imaginar que alguna vez pudiera estar agradecida por la experiencia. Todo había sido simplemente por amor a su madre, por poner de su parte para no tener que sentirse culpable por su locura.

Cuando el último de los grandes huesos hubo ocupado su lugar en el osario, Sofía destapó una botella de champán francés en el salón del primer piso, el de las dos chimeneas, donde en vida de su padre aún se hacían las grandes celebraciones, con sus espejos enfrentados y sus chimeneas con embocadura de mármol blanco, con sus arañas de caireles de cristal de roca que destellaban fingiendo arcoíris cuando las rozaban los rayos del sol. Ahora todo se había perdido, todo estaba desierto, silencioso, sin clientes, ni pacientes, ni médicos, ni sirvientas.

Se miró al espejo y brindó consigo misma por el final de un periplo monstruoso. La idea de viajar a Boston se había ido desvaneciendo a lo largo del tiempo. Alberto, su marido, hacía mucho que no le escribía. Eileen, su hermana, no sabía nada del asunto. Mercedes, su madre, se encontraba mejor desde que sabía que ella, poco a poco, como una urraca invertida, iba deshaciéndose de las piezas del rompecabezas macabro que hubiesen podido ser su perdición. Estaba sola. Como había estado siempre. Como estaría el resto de su vida.

Sobre la embocadura de la chimenea, la calavera, con el agujero que había producido el golpe del martillo en la sien, la contemplaba con un rictus travieso, como riéndose del trato que había hecho. Había decidido que a partir de ese momento la tendría en su escritorio, sin que su madre llegara a saberlo nunca. Para ella, todo lo que había quedado del doctor Rus estaba en el osario o repartido por el mundo.

No sería la primera escritora, o escritor, en tener un cráneo sobre su mesa de trabajo. *Sic transit gloria mundi. Vanitas vanitatum.* «En esto te convertirás». *Carpe diem.* «Aprovecha tu tiempo». *Collige, virgo, rosas.* «Recuerda que eres mortal, que la vida es breve». Para algo había servido, al fin y al cabo, su padre.

Le habían hecho muchas preguntas sobre la calavera. Siempre había dado respuesta. Ya, a veces, ni siquiera sabía cuál era la verdad.

Lo que sí sabía era que mucho tiempo atrás, una noche de juerga con Moncho cuando los dos disfrutaban aún del sexo enloquecido, estimulado por la cocaína o el LSD, en una Santa Rita desierta tomada por el perfume del jazmín en pleno verano, bajo una luna resplandeciente, había cometido el error de contárselo y él, que para otras cosas era corto de memoria, no lo había olvidado jamás.

La gente de Santa Rita (3)

Santa Rita empieza a animarse a partir de las siete o las ocho de la tarde. Hasta esa hora, los que estudian están en la universidad y los que aún trabajan están a lo suyo en alguno de los pueblos de alrededor. Muchos de los residentes, aunque estén jubilados, tienen actividades fuera de la casa, o quedan con amigos de Elche, o Benalfaro, Alicante, Santa Pola, Elda... Las chicas de la lavanda suelen quedarse y trabajar dos o tres horas charlando y riendo. Los amantes del jardín se dedican a arreglar todo lo que se ha estropeado a lo largo del verano y a prepararlo para el invierno. Algunos aprovechan el rato de tranquilidad entre la comida y la cena para preparar alguna receta especial, normalmente dulces, tartas y postres que luego compartirán con los demás.

Greta ha escrito un par de e-mails a sus hijas y a dos amigos y ha decidido concederse la tarde libre porque en el desván y en los antiguos despachos hace demasiado frío cuando fuera ya está oscuro, y de todas formas tiene muchos diarios y cartas que leer. Todo cosas que puede hacer en su propio cuarto o en uno de los sofás del salón con una manta por las piernas, aunque ahí corre el riesgo de tener que dar explicaciones sobre lo que está leyendo.

Cada vez se encuentra más a gusto en Santa Rita. La nebulosa idea con la que llegó antes de la Pascua de marcharse a recorrer países, de emprender un viaje sin fecha de vuelta, se va alejando de su mente porque primero quiere terminar de desenterrar la historia de su familia, comprender qué sucedió en el pasado, saber qué papel le ha tocado en aquella genealogía de mujeres que, poco a poco, va sacando a la luz.

Se pregunta si será normal, si en todas las familias hay secretos como en la suya. Supone que debe de haberlos, sobre todo secretos de los considerados «femeninos», de los que tienen que ver con embarazos no deseados, abortos clandestinos, hijos que no son del esposo oficial, mujeres muertas de resultas de una paliza del marido, violaciones en la cama conyugal, abusos infantiles por parte de un padre, un tío, un abuelo… Y luego están los suicidios por desesperación, o por «amor» cuando a una niña la obligaban a casarse con un hombre al que temía. Sin contar con todos los otros secretos familiares más bien «masculinos»: el abuelo jugador que dilapida la fortuna familiar en una noche de cartas o en la ruleta de un casino, que llega a jugarse a la hija o a la esposa, además de las tierras o las cabezas de ganado; el marido putero volviendo a casa con una enfermedad venérea que luego contagiará a su mujer en la primera noche de casados, la sífilis que, si consigue sobrevivir, la dejará estéril para siempre; los hermanos enfrentados por el control de la empresa o de las fincas, las luchas a navajazos, las delaciones en tiempos de guerra para apropiarse de lo que era de dos y ahora solo será de uno, los desfalcos y las estafas, los robos descarados de la caja familiar común, los suicidios por bancarrota que dejan viuda a una mujer con sus hijos sin posibilidad de sobrevivir y con la honra arruinada… Secretos de familia. Cosas de las que no se habla. Cosas que empiezan a ser silencio desde el mismo momento de suceder. Cosas que, pronto, no son más que miradas cruzadas entre quienes saben, gestos discretos en las tertulias familiares, un dedo junto a los labios, una mano en el regazo moviéndose con un ligero vaivén, un leve negar con la cabeza cuando alguien inicia una conversación o hace una pregunta. Luego, con el tiempo, todo se tergiversa, se narra de otra forma, adquiere una lógica que nunca tuvo o, mucho mejor, se olvida. Nadie sabe ya si el bisabuelo se ahorcó o se tiró al tren, y a nadie le importa demasiado. Las fotografías que tan orgullosamente se mandaron tomar los antepasados hace menos de un siglo ya no significan nada, porque nadie recuerda ni siquiera los nombres de los que miran al contemplador desde la superficie desvaída del retrato.

Greta teme estar cometiendo ese error de cuya existencia es consciente: dar sentido a lo que encuentra, justificar los hechos que va descubriendo, pensar que las vidas son coherentes y que todo lo que sucedió tenía una meta, un destino, y sucedió por algo, para algo.

¿Para qué la muerte de Lidia, aún en la adolescencia?

Sabe que, a consecuencia de esa muerte, su madre, Matilde, enloqueció, y supone que es posible que Santa Rita empezara su lento descenso en esa época, cuando Ramiro decidió convertir el elegante balneario en un hospital para enfermas mentales como su hermana. Es una buena suposición, pero jamás podrá estar segura de que fuera así.

De todas formas, el deseo de saber no le deja reposo. No le falta ya mucho y tiene una lista de preguntas que hacerle a su tía antes de que sea tarde.

Robles y Miguel han decidido ir a Santa Pola a dar un paseo por la playa, aprovechando que hace un tiempo estupendo y el sol es necesario para que el cuerpo reciba su dosis de vitamina D. Las salinas brillan como espejos a su derecha reflejando el cielo intensamente azul. No hay tantos flamencos rosados como en primavera, pero con las buenas temperaturas del otoño muchos no se han marchado y probablemente se queden hasta el momento de procrear. ¿Hay flamencos?, pregunta Miguel. Robles se fija mejor. Unos cuantos, dice, pero no como en abril, y no están tan de color de rosa todavía. Será que no han comido bastante gambusín. Callan unos momentos hasta que Miguel vuelve a hablar. Mira, eso podríamos hacer luego, antes de volver. Una caña y un plato de gambusín frito. ¿Qué pasa? ¿No te fías de la cena que nos hagan Salva y Ascen? Miguel ríe. Tienen puesta una lista de reproducción con canciones italianas de los setenta y ochenta que les gustan a ambos. Ahora suena *I maschi* y los dos disfrutan de la voz desgarrada de Gianna Nannini.

Es una de esas tardes doradas del otoño mediterráneo. Las *poinsettias* empiezan a mostrar las hojas rojas al final de sus ramas, las palmeras parecen pintadas sobre el cielo azul, los limoneros revientan de frutos amarillos. Robles piensa fugazmente en la cantidad de días y meses y años que ha pasado en la vida sin darse cuenta de lo que lo rodeaba, la cantidad de minutos que han pasado por su existencia sin que le haya dado tiempo a sentirlos, o quizá fuera que tampoco se le ocurrió hacerlo o tuvo interés. Ahora sí. Ahora todo es importante, porque el tiempo se acaba y cada segundo es valioso. Buena idea lo del gambusín, contesta, mientras gira hacia el pueblo con la satisfacción de que en noviembre va a ser fácil encontrar aparcamiento junto a la playa. Miguel baja la ventanilla y aspira el aire salobre, marengo, disfrutando del sol en la cara y de la canción que ha empezado a sonar, *Dentro gli occhi*, una de sus canciones favoritas, aunque sea triste, pero le gusta Vecchioni desde siempre y, de algún modo, le hace sentirse agradecido, aunque no sepa bien por qué.

En Santa Rita, las chicas de la lavanda han terminado de decidir a qué mercadillos van a ir en la temporada previa a la Navidad. El año anterior les fue muy bien y han pensado repetir en todos los que fueron un éxito, aunque Ena opina que también deberían ir a los que no funcionaron, porque el año anterior se dieron a conocer y ahora es importante insistir y que la gente se dé cuenta de que ellas están ahí y tienen muchos detalles bonitos para regalo. Este año han hecho también unos jabones, para probar si vale la pena y, sobre todo, porque les hace ilusión crear artículos nuevos, aprender a hacer algo que nunca han hecho. Toda la vida les han dicho que ya es tarde para cualquier cosa. Siempre había que hacerlo todo rápido y en el momento adecuado: tener novio antes de los veinte años, casarse entre los veinte y los veinticinco, tener hijos antes de los treinta o treinta y tres como mucho, siempre que no fuera el primero...; para eso tenías que ser joven. No había tiempo para apuntarse a cursillos, para aprender otras cosas, además de las que ya sabían: llevar la casa, cuidar a los hijos y a los ancianos, guisar, coser, bordar, hacer punto y ganchillo; bolillos las más voluntariosas. Ahora, poco a poco, desde que viven en Santa Rita y se sienten más libres y se relacionan con mujeres más jóvenes, se han dado cuenta de que nunca es tarde. Casi todas ellas acuden regularmente a un club de lectura, unas al de la biblioteca municipal, otras al de las aulas de la tercera edad y algunas más a uno particular que organiza en Benalfaro una maestra jubilada. Ahora hay cursos de teatro, de yoga, coros con distintas especialidades, cursillos de sevillanas...; todas las actividades que tiempo atrás les hicieron ilusión y a las que no pudieron apuntarse. Alguna de ellas ha empezado a aprender francés o inglés, y les gusta organizar viajes y tener ocasión de practicar esos conocimientos recién adquiridos.

Las mujeres que tuvieron un trabajo remunerado, además de la casa y la familia, están ahora jubiladas y lo disfrutan. Han aprendido también a cuidarse a sí mismas, a no estar siempre dispuestas a recoger a los nietos del colegio o darles de cenar día tras día mientras las madres jóvenes van al gimnasio o al bar con las amigas. Algunas hijas dicen que sus madres se han vuelto egoístas. Ellas están aprendiendo a sentirse independientes sin sentirse culpables. Nos ha llegado algo tarde, dicen algunas. Mejor tarde que nunca.

Unas echan de menos a sus maridos, a veces con una intensidad candente y dolorosa, un hueco en su mundo imposible de llenar; otras han encontrado en la viudedad su liberación y, por fin han aprendido a saber qué quieren, qué les apetece y qué no, después de muchas décadas haciendo lo que a él le gustaba. La mayor parte de las divorciadas se encuentran bien como están, sobre todo si hace poco de la separación.

Unas mujeres, independientemente de su edad, piensan que sería bonito volver a tener relaciones con un hombre, con alguien a quien querer y que las quiera, volver a sentirse miradas, deseadas, volver a sentir el contacto de la piel de otra persona, volver a besar. Otras no quieren ni imaginarse una mano de hombre tocando su cuerpo. Otras más piensan que el sexo es solo para jóvenes; se sienten ridículas pensando en desnudarse frente a un desconocido con sus cuerpos flácidos, su piel ajada cubierta de manchas, sus pechos blandos. En una sociedad donde solo cuentan la juventud y la belleza, ser vieja es casi un pecado.

Es una pena que el carácter y el espíritu sean invisibles, piensa a veces Trini que, desde que se ha roto la pierna y pasa tanto tiempo recostada en la cama o en un sofá, ha empezado a leer más —sobre todo periódicos y revistas que le traen los amigos y amigas— y a darle vueltas a cosas que antes no le preocupaban. Está convencida de que, si hicieran propaganda hablando de la belleza de la experiencia, del humor, de la solidaridad o del cariño, habría mucha más gente considerada bella y todo el mundo sería más feliz.

Dentro de la mala pata que ha tenido al romperse el hueso de una forma tan tonta, piensa que ha tenido mucha suerte porque, estando en Santa Rita, nunca está sola y todo el mundo se preocupa de ella, de visitarla, ayudarla, preguntarle qué necesita. Reme, que antes era una compañera más, se está convirtiendo en su mejor amiga. Es la que más tiempo pasa con ella y con la que más habla. Poco a poco se han ido contando sus vidas, lo bueno y lo malo de lo que les ha tocado a lo largo de los años. Por eso sabe lo asustada que está, al pensar que es muy posible que el salvaje de su yerno salga pronto de la cárcel, justo ahora que Rebeca, su hija, comienza a estar tranquila, que está preparando unas oposiciones de celadora de hospital, y ha empezado a salir con un muchacho que es auxiliar de clínica y parece buen chaval. Los críos están también más centrados, van mejor en el colegio y se están relajando al no tener que pensar que el padre puede llegar a casa en cualquier momento y, si viene torcido, todo van a ser gritos y puñetazos. Tiene una orden de alejamiento, pero también la tenían los maridos y exmaridos de muchas mujeres que han sido asesinadas.

Hace mucho tiempo de cuando Trini ha sentido la violencia y, aunque si se esfuerza, se acuerda de cómo era vivir en una casa con un padre tiránico, aún se escandaliza con lo que le cuenta Reme. Han pasado muchos años desde que los hombres eran unos animales, dice. Ahora las cosas deberían haber mejorado. ¡Qué va!, contesta Reme. Yo creo que cada vez es peor, que los hombres no aguantan que las mujeres tengamos nuestra vida y nuestras opiniones, que ya no nos dejemos pisar como siempre.

Se han instalado en el porche, al reparo de la ligera brisa que solo sopla arriba haciendo que las copas de los árboles se balanceen, al solecito de las tres, y están en silencio, con los ojos cerrados, sintiendo la caricia cálida y anaranjada, oliendo los perfumes cambiantes que les llegan desde el huerto que, aunque ya no está florido, sigue estando verde, salvo los árboles que pierden las hojas para el invierno.

En su habitación, Eloy también ha sacado la mesa al sol porque, aunque tiene que estudiar con gafas oscuras para que la luminosidad no lo ciegue, necesita un poco de aire libre. No puede pasarse la vida en la biblioteca como muchos de sus compañeros, que no ven la luz del día más que algún domingo suelto. Estudiar es fundamental. El puñetero MIR es fundamental, pero de vez en cuando es necesario sentirse vivo. Un médico de verdad no es solo una máquina de recordar síntomas y tratamientos farmacológicos. Al menos, en su opinión. No puedes defender la vida con pasión si no la aprecias.

Se levanta y va a la cocinita a prepararse otra cafetera, aunque sabe que no debería porque, si toma mucho más, acabará con nervios y palpitaciones y luego dormirá fatal, pero el sol de la tarde hace que le entre sueño y eso es algo que no se puede permitir; sobre todo si, como tiene pensado, va a salir un rato por la noche. Otra cosa que no debería hacer. Lo sabe. Sin embargo, hace unos días que ha conocido a Nacho y, por cursi que suene, tiene la sensación de que esta vez es otra cosa, que no se trata solo de pasarlo bien un rato juntos y luego adiós. No puede evitar pensar en él. Todo se lo recuerda. Todo. Cada enfermedad que repasa, cada estadística, cada cuadro…, en todos hay algo que le hace pensar en él, y eso no es normal. O al menos no es normal en él. Siempre ha sido un estudiante disciplinado, cumplidor, rápido. Se ha propuesto no salir, a menos que haya terminado con los temas que ha decidido que tocan para hoy. Va bien, pero no puede entretenerse. Y, si lo consigue, le escribirá un mensaje diciendo que podrían verse en el Paseo a las siete. De ahí, ya verán. Pero ahora toca taza de café y codos.

El que está ahora en la Alameda de la Reina Triste, a la que todos llaman el Paseo, es Salva. Después de haberse pasado la mañana en la cocina, no le apetecía quedarse en Santa Rita toda la tarde y ha cogido el coche para acercarse a Benalfaro a que le pongan un capuchino en su bar favorito. Ha estado a punto de buscar compañía, pero Robles y Miguel no estaban y tenía claro que si le decía algo a Paco o a Marcial acabarían pidiéndole que les echara una mano en el jardín o en cualquier cosa pendiente de arreglo, y la verdad era que no tenía ninguna gana de trabajar después de haber hecho la comida y, con ayuda, eso sí, recogido la mesa y la cocina. Tiene que confesarse a sí mismo que lo que más le apetece es estar solo un rato sin hacer nada. Las palmeras del Paseo brillan como pintadas de pan de oro, el café huele a gloria y el periódico reposa sin molestar junto a la taza. Ni siquiera lo ha abierto, y lo ha puesto del revés, por la contraportada, para que los titulares no le griten a la cara. En el mundo pasan toda clase de cosas constantemente, pero no es necesario saberlas siempre, en especial porque no hay nada en absoluto que uno pueda hacer.

Le echa al café el sobre del azúcar y lo remueve con parsimonia, disfrutando de la sensación de la espuma bajo la cuchara. Esa es una de las cosas que aprendió al principio de su vida como sacerdote: ya que había ciertos placeres que nunca podría disfrutar, al menos gozaría minuciosamente de los pequeños detalles, como el de disolver el azúcar en la taza o la primera cucharada de un pastel de limón, con su merengue tostado por encima.

Lleva días dándole vueltas a la reacción de Ascen cuando, en la despensa, él la abrazó para evitar que se rompiera la crisma cayéndose de la escalera. No consigue comprenderlo. Son buenos amigos, se han reído juntos muchas veces; ella le ha confesado que lo había echado mucho de menos durante el tiempo que se había marchado a atender a su hija y sus nietos. Incluso le pareció que, si él se atrevía un poco más, podrían evolucionar en una dirección que acabaría convirtiéndolos en pareja. Ella es viuda desde hace mucho. Él también. Los dos han tenido buenos matrimonios y los dos siguen sintiéndose fuertes y lo bastante sanos como para empezar una relación. Si él aún no ha dado un paso adelante es porque, con el asunto de su nieta, había pensado que ella tenía la cabeza en otras cosas y no era el momento adecuado. Por eso la reacción de Ascen en la despensa lo ha descolocado tanto. Había sido agresiva, lo había rechazado violentamente. Su simple contacto físico la había llevado a apartarse de un modo casi ofensivo.

Aún recordaba las lágrimas recorriendo sus mejillas hasta explotarle en la pechera. ¿Qué había sido tan horrible como para hacerla llorar?

No sabe qué pensar y, por ahora, ni siquiera le apetece hacerlo. Ya habrá tiempo. Se ven cada día, van a la compra con frecuencia, discuten el menú, pelan, pican, fríen, asan..., comentan cosas, se ríen. Ascen, a veces, le habla de su rabia, de su frustración..., él le ha contado lo que tardó en separarse de la Iglesia, lo que le costó comprender que lo habían engañado, lo difícil que le resultó darse cuenta de que se podía ser buena persona, de que se podía incluso ser cristiano sin pertenecer a la Iglesia.

Una institución milenaria que basa su existencia en la contrición, la confesión y el perdón de los pecados y que, sin embargo, cuando son los suyos quienes cometen las faltas no tienen el valor y la elegancia de confesar lo que han hecho mal y pedir perdón por sus crímenes. Una institución que protege a sus delincuentes sin preocuparse de las víctimas inocentes, que traslada a un sacerdote pedófilo a otro pueblo u otra diócesis en lugar de excomulgarlo y pedir públicamente perdón en su nombre.

Y ahora que la Iglesia está empezando a perder ese poder absoluto del que había gozado durante dos mil años, surgen sectas y más sectas cuyo único fin es controlar a las personas más ingenuas, ejercer sobre ellas su poder y enriquecerse a su costa. «¡Qué triste!», piensa.

Brisa

*E*staba tumbada en su cama blanca, en su pequeña habitación de paredes blancas, vestida con una túnica limpia, blanca con una orla azul. Hacía frío y la blancura del cuarto provocaba una sensación de frío todavía más intenso. Aunque, en
cualquier caso, mejor que cuando el Maestro la condenaba a
pasar unas horas enterrada, en contacto directo con la tierra
húmeda y helada, sin poder respirar más que a cortos golpes
que le iban produciendo unos ataques de pánico que no era
capaz de controlar.

Al menos eso se había acabado…, salvo que Ola decidiera
implementar de nuevo ese tipo de castigos que, oficialmente,
consistían en hacer entrar al adepto en contacto con la materia
que más se oponía a la propia. Ella era de elemento aire y lo
peor que podía sucederle era estar bajo tierra. En eso habían
acertado. Le daba terror, y se sentía capaz de cualquier cosa
para evitar que le hicieran algo así.

El interrogatorio al que acababan de someterla en la comisaría había sido espantoso, entre otras cosas porque ella siempre
había sido una persona decente, obediente de la ley, siempre in-
clinada a decir la verdad y a comportarse honestamente. No
le gustaba mentir, pero no podía inculpar a Ascuas, que tanto

la había ayudado desde que estaban en la Orden, y tampoco podía inculparse a sí misma, porque su intervención en la muerte del Maestro había sido una simple necesidad, para ayudar a Ascuas y porque habían llegado al punto en el que no podían soportarlo más.

No lo entenderían. Le dirían, como ya había dicho la inspectora, que si seguía allí era por su propia voluntad, que podría haberse marchado cuando hubiera querido. Y no era cierto. No era cierto, pero no sabía cómo hacerles ver que no era posible salir de la Orden cuando uno lo deseaba.

Sonaron unos golpes discretos en la puerta y entró Ascuas con un platito de fruta recién cortada y una sonrisa que iluminaba el cuarto.

—¿Estás mejor? —Se sentó en la única silla, junto a la cama.

—Sí. En casa siempre estoy mejor.

—Me alegro. ¿Sabes, Brisa? —continuó, después de dejar la fruta en la mesilla—. He estado pensando y creo que lo mejor sería que confesaras.

Ella se incorporó en la cama, confusa.

—¿Cómo dices?

—Prácticamente fue en defensa propia. Lo comprenderán. Yo puedo ayudarte a preparar ese argumento.

Sacudió la cabeza sin saber bien si estaba diciendo que no o solo trataba de apartar las telarañas que sentía por dentro.

—Fue una decisión que tomamos los dos, Ascuas.

—Hermana querida, fue idea tuya y yo, viendo lo desgraciada que eras, te apoyé.

—No es cierto. Fue al revés.

Ascuas la miró con lástima. Cualquiera que no lo conociese como ella habría pensado que la expresión era genuina.

—No recuerdas las cosas como sucedieron, Brisa. Estás enferma. Hace mucho que lo estás. Tiene nombre, ¿sabes? Se llama «pérdida de realidad». Si confiesas y les explicas cómo te encuentras, no te pasará nada. Te llevarán a una clínica y te curarán. No eres responsable de tus actos.

—¡Claro que soy responsable de mis actos! ¡Igual que tú!

Ascuas movió la cabeza suavemente, con una conmiseración que podría haberse tomado por real y que a ella no la convencía.

—Tú también firmaste el acuerdo, hermano. Tenemos un papel que prueba que estamos juntos en esto. ¿O ahora el que no se acuerda eres tú?

—¿Qué papel, Brisa? ¿Tú crees en serio que yo firmaría un papel responsabilizándome de un asesinato, del asesinato del Maestro? ¿Por quién me tomas? Ese papel solo existe en tu cerebro.

Ella se levantó de un salto, fue al armario, hurgó en la parte de arriba hasta sacar un maletín pasado de moda, que era el que la había acompañado a la universidad durante la carrera, lo tiró al suelo, lo abrió a tirones con manos nerviosas, sacó los pocos papeles que había dentro y los extendió en el suelo, cada vez más angustiada. Ninguno de ellos era el que buscaba.

La sonrisa de Ascuas se amplió.

—¿Lo ves, hermana? ¿Te has convencido?

—No está. —Desde el suelo, sentada sobre los talones, Brisa era la imagen de la desolación.

—Nunca ha estado, Brisa. Solo ha estado en tu mente.

Ella recordaba con toda claridad el momento de redactar a mano las pocas líneas que le había exigido a Ascuas como compromiso para llevar adelante el plan de librarse del Maestro. Era de noche, estaban en la habitación de ella después de la velada de amor que habían compartido con los Ocho. Había sido tan desagradable, tan dolorosa, que antes incluso de pasar por la ducha habían decidido escribir por fin lo que iban a hacer y firmarlo los dos. A pluma. Porque ella había leído que, si hay alguna duda sobre la autenticidad de una letra, los expertos trabajan mejor si tienen algo escrito con tinta y estilográfica, no a bolígrafo. Aquello había sido real. Recordaba que en la esquina de abajo a la derecha había caído una pequeña mancha de sangre que había escurrido de los labios mordidos de Ascuas.

—¿No te acuerdas de la velada de amor del día que firmamos? —preguntó Brisa, desesperada.

—Me acuerdo de la velada en que lo hablamos. Fue de las peores. Estuve a punto de suicidarme después.

—Por eso decidimos hacerlo, Ascuas.

—No. Yo no. Fuiste tú quien lo pensó y quien lo hizo. Cuanto antes lo aceptes, antes podrás salir de esto. Quizá lo pusiste por escrito y lo firmaste, eso podría ser, pero yo no escribí nada, no firmé nada, Brisa, créeme. Tienes que contárselo a la policía.

Ella volvió a negar con la cabeza. Los pensamientos, las imágenes daban vueltas en su mente. Ascuas, herido, cruzado de marcas de látigo, con los labios sangrantes y los ojos oscuros de terror, diciéndole que tenían que poner fin a aquella locura, que ella, la encargada de suministrar al Maestro la insulina que necesitaba diariamente, era la única que podía sacarlos de esa situación, del dolor y de las humillaciones. Se acordaba de la sangre que había quedado en sus nudillos al besarlos Ascuas, pidiendo ayuda para todos. ¿Sería verdad que sus recuerdos eran falsos, meras invenciones que nunca habían tenido lugar?

Pasó su pensamiento por los de él, con suavidad, para que no lo notara, buscando en su pasado. Detrás de los ojos del hombre solo se veía un yoyó subiendo y bajando, haciendo brillar unas luces de colores intensos contra un fondo oscuro. ¿Un recuerdo de infancia? ¿O se estaba concentrando en el yoyó a propósito para cerrarle el paso y que no pudiera acceder a lo que había en el interior de su mente; para que no pudiera saber si le estaba mintiendo? Exploró apenas, asustada al pensar que él pudiera darse cuenta. Detrás del yoyó, cuando el fondo oscuro se aclaraba, se atisbaba un paisaje de rocas amarillas brillando al sol, una figura a contraluz, masculina, una larguísima caída de la figura hasta quedar rota, como un espantapájaros, contra las rocas del fondo del barranco, pero el yoyó se estaba haciendo cada vez más grande y ocupaba casi toda la imagen con sus destellos de colores. No pudo ver la cara de la figura rota.

La voz de Ascuas, insistente, volvió a traerla a la habitación blanca.

—Tienes que confesar, Brisa. Te juro que no te pasará nada. Estás enferma. Te curarán.

—No. No estoy enferma. No estoy loca. No quiero ir a un manicomio. Prefiero morirme.

Él la tomó delicadamente por los hombros, la levantó y la rodeó con sus brazos, apretándola contra sí.

—Hermana, mi pequeña hermana. La muerte también es una opción, lo sé. Es alcanzar la paz. Lo comprendo muy bien. Cuando la muerte te llama, su voz es muy dulce; casi no puedes negarte. Lo sé.

Durante un par de minutos no hablaron. Sus respiraciones se fueron acompasando hasta que él la soltó y, de la mano, volvió a acompañarla a la cama.

—Ven, túmbate otra vez. Ahora te traigo unas hierbas. Piénsalo. Piensa qué quieres hacer, hermana. Yo te ayudaré. Siempre estoy aquí para ayudarte. Sea cual sea la decisión que tomes, la policía o la muerte, cuentas conmigo. Descansa.

Lo vio salir con pasos suaves, medidos, sin alterarse por lo que había pasado. Quizá era cierto que le tenía lástima y que ella era la que estaba enferma y no distinguía la realidad de las invenciones. ¡Había sufrido tanto! Quizá había fabulado que Ascuas quería hacer desaparecer al Maestro para poder ocupar su sitio y que todos vivieran felices sin temor al castigo. Ella había querido ayudarlo porque era justo, porque el Maestro se había apartado del camino de Ishtar y se había convertido en un ser egocéntrico y cruel. Si la muerte se había consumado, eso significaba que la diosa estaba de acuerdo, que había apoyado la decisión de los dos adeptos.

Lo habían decidido. Él había firmado junto a la gota de sangre. ¿Dónde estaba ahora ese papel? ¿Por qué no estaba donde ella lo había puesto? ¿Quién más sabía lo que habían hecho? ¿Ola? ¿Surco?

Nada tenía sentido. Se encontraba mal, muy mal. Le gustaría poder tomarse unas pastillas y desaparecer, al menos durante un tiempo, hasta que se sintiera mejor al despertar. O tal vez no despertar ya más. Al fin y al cabo, ¿para qué? ¿Para seguir sufriendo? ¿Para que la policía siguiera acosándola hasta que confesara algo que ya ni siquiera sabía si había hecho?

Ahora Ascuas le traería una tisana. Se tomaría un somnífero. Aún tenía la llave del botiquín. Era enfermera. Se tomaría un somnífero y luego ya se vería. Quizá al despertar tuviera la mente más clara.

12

Cenas tardías

*N*el llegó a su habitación y, como siempre desde que habían puesto la cama grande, sonrió de nuevo a pesar de que el cuarto, aún sin reformar y sin tirar el tabique divisorio, apenas si permitía albergar un trasto tan enorme, de uno ochenta. Ahora ya no tenía que dormir con medio trasero fuera de la cama. Lola volvería tarde. Le había mandado un mensaje de aviso para que no la esperase a cenar. Se preguntó, como tantas veces, cómo se iban a arreglar entre sus guardias y las de ella, con tantas ocasiones no programadas en las que había que reaccionar rápido y cambiar de planes. Todo se solucionaría. Como decían los ingleses, «ya cruzaremos el puente cuando lleguemos a él».

Se puso una ropa cómoda y cálida, y se encaminó a la cocina a avisar de que le guardaran la cena a Lola. Encontró a Ascen trajinando por allí, aunque aún era temprano.

—¿Tienes un rato? —le preguntó, después de que Nel le hubiese dado el aviso—. Había pensado poner unos boniatos al horno, pero tengo que arreglar los boquerones. ¿Los pones tú?

—Claro, mujer, eso es de mi nivel. Si no recuerdo mal, se trata de coger los boniatos, meterlos en el horno y asegurarse de que esté encendido, ¿no?

Ella sonrió durante un par de segundos. Luego volvió a la expresión preocupada que ya le había llamado la atención al entrar.

—Oye, Nel, ¿tienes idea de si Salva está bien de salud?

—Que yo sepa, sí. No me ha preguntado nada concreto, pero últimamente ha empezado a salir a correr con Nines por las mañanas y al volver está como una rosa.

—¿A correr? ¿A su edad? No tenía ni idea.

—Tampoco es tan viejo y parece estar en buena forma. Empezó a salir a andar con Robles y al cabo de un tiempo, vio a Nines, esto… a Ángela; siempre me olvido de que ha cambiado de nombre. Ella le comentó que le está costando un esfuerzo enorme eso de salir a correr por las mañanas y…, en fin…, ya sabes tú cómo es Salva de solidario…, decidió acompañarla para que le resulte más fácil.

—Pues yo creo que debería hacerse un control.

—¿Lo dices por algo? ¿Has notado algún síntoma?

—No. Nada. Cosas mías.

—Vale. Sacaré la conversación en la cena. Os lo diré a todos, así que no te ofendas.

—¿Por qué me iba a ofender?

—Porque eres superpicajosa, no me digas que no.

—Es que yo estoy como una rosa —contestó, picada, con las manos llenas de tripas de boquerón a punto de apoyarse en las caderas—. Sana como una manzana.

—Me alegro. Venga, hasta ahora, me voy a estudiar a mi cuarto.

Ascen se quedó mirándolo hasta que desapareció por el pasillo. No podía decir más. No debía decir más. Esperaba que con eso hubiera sido bastante.

Lola regresó a casa ya entrada la noche, cuando casi todo el mundo se había retirado a descansar. Miró la fachada para ver si Nel aún estaba despierto, pero la luz del dormitorio que compartían estaba apagada, así que decidió ir directamente a la cocina, cenar en soledad lo que le hubieran guardado y retirarse después. Era curioso eso de llegar a casa y que hubiese algo esperándola en la nevera, algo que muchas veces no sabía qué era y que ya estaba hecho, como cuando era pequeña y volvía a casa del colegio. No tenía que comer lo que fuera en un bar pringoso a las tantas de la madrugada, ni ponerse a hurgar por la nevera de su piso a ver si quedaba algo comestible, ni mucho menos guisar. Solo por eso ya merecía la pena vivir en Santa Rita.

Al pasar por delante de la puerta de la salita, donde aún brillaba una luz tenue, oyó un chistido y entró a investigar.

Robles estaba en la mesa del rincón con unos papeles llenos de notas extendidos delante de él y una taza de café con leche vacía.

—¿Trabajando a estas horas?

Robles le sonrió.

—La ventaja de la jubilación, y de ser viudo, es que tu tiempo es solo tuyo y te lo administras como te parece. ¿Has cenado?

Ella negó con la cabeza. Robles se puso en pie.

—Espera aquí, ponte cómoda. Voy a ver qué hay y te lo traigo. ¿Qué quieres beber?

—Lo que tú me pongas. Estoy hecha polvo.

—Pues ve relajándote. Has llegado a puerto.

Robles se marchó, llevándose su taza vacía y Lola hizo exactamente lo que le había sugerido. Se quitó el plumas, se quitó los zapatos —siempre le había gustado ir en calcetines por la casa y no solía tener frío en los pies— y se estiró en la otomana de rayas que normalmente hacía de adorno, pero que resultaba bastante cómoda. Era un placer haber llegado a casa.

Ya estaba a punto de dormirse allí mismo cuando volvió Robles con una bandeja en la que había medio boniato al horno que aún humeaba, y un guiso de conejo con verduras y patatas que olía a gloria bendita, sobre todo en una noche fría con un viento que venía del mar. Una noche en la que acababan de recoger el cadáver apuñalado de una mujer joven, asesinada por su exmarido.

—Ven, siéntate aquí. El boniato lo he calentado en el micro, así que tienes que comértelo enseguida, antes de que se enfríe. De beber, he pensado que lo que mejor le va al guiso es una copa de tinto. Como ya has salido de servicio y te vas a ir a la cama…

—Gracias, Robles, eres un encanto.

—Dímelo otra vez, anda. Hace años que nadie me dice una cosa tan bonita —terminó riéndose—. Me he permitido traerme otro vino para que no tengas que beber sola.

—¿Después del café? ¿No te sentará mal al estómago, ahora, de noche?

—¡Qué sabe el estómago si es de día o de noche! Ahí siempre está oscuro…

Lola se rio y atacó con ganas el boniato, dulce y cremoso, que le recordaba a su niñez, a las tardes de invierno con su madre y su abuela alrededor de la mesa camilla, con el brasero eléctrico que había sustituido al de carbón.

—¿Qué tal el día? —preguntó Robles.

—Una mierda.

—¡Vaya!

—Acaban de dar aviso del asesinato de una muchacha de treinta y ocho años, madre de dos criaturas que aún no van al colegio, un exmarido con orden de alejamiento al que se le han cruzado los cables al enterarse de que ella había empezado a salir con otro. De manual, vamos.

—¿La ha apuñalado?

—Claro. Es mucho más fácil conseguir un cuchillo que un arma de fuego y, por lo que dicen los psicólogos, da mucho más gusto si se trata de un crimen pasional. Es como…, como más íntimo. —Torció la boca en una mueca a medio camino entre una sonrisa amarga y un rictus de repugnancia—. La ha matado delante de los críos, Robles.

Él le puso una mano en el hombro.

—Y luego se ha suicidado, ¿no?

—¡Qué va! Es un gallina. Decía que había intentado tirarse por el balcón. Dos pisos, figúrate. Y que no lo había hecho por los niños, para no dejarlos huérfanos. El gilipollas aún se cree que se va a quedar la custodia. En fin. Hablemos de otra cosa —terminó, empuñando la cuchara para probar el guiso—. ¿Has traído pan?

—Claro. Debajo de la servilleta.

—Y, además —continuó Lola como si no hubiera dicho nada de cambiar de tema—, en el otro asunto vamos de culo también.

—¿El de la secta?

—Ese. Estamos casi cien por cien seguros de que lo ha matado una de las adeptas, del grupo de los Ocho, los top de la Orden, pero tiene coartada y no podemos probarle nada. Ya te dije que la íbamos a presionar un poco, ¿te acuerdas? —Robles asintió con la cabeza—. Pues nada. Estaba ya casi a punto de caramelo y de repente se ha cerrado en banda y no ha habido nada que hacer. Otro de los adeptos ha ido a hablar esta tarde con Marino mientras yo iba a lo del cadáver, pero todavía no sé qué le ha contado y, la verdad, a estas horas me la pela. Solo quiero cenar, tomarme este vino contigo y dormir. No sé cómo lo hacen los policías de las películas, que siempre están en marcha. Yo, a estas horas, estoy que me caigo.

—Es que tú eres real, Lola. Seguramente esa es la diferencia.

Chocaron las copas y bebieron con placer. El vino era de Pinoso, fuerte, con cuerpo, rojo oscuro.

—¡Qué maravilla estar en casa! ¡Y qué suerte que aún estuvieras aquí, Robles! Necesitaba hablar un poco.

—Soltar vapor… —añadió él—. Lo conozco. ¡Ah! ¿Sabes? He estado hablando con taxistas de Alicante, por lo del tipo aquel, el último cliente del gurú…

Lola asintió con la cabeza.

—Como me dijiste que vais fatal de gente y que ya no había más que rascar por ahí, y yo tengo tiempo... —Ella volvió a asentir, con un agradecimiento mudo en los ojos—. No he sacado mucho más, claro, pero he estado pensando...

—Dime.

—Entre todos los taxistas con los que he hablado, solo uno había tenido anteriormente la experiencia de que subiera a su taxi un mudo que viajara solo. Casi todos han tenido sordomudos que se comunicaban entre ellos con lenguaje de signos, pero siempre había alguien que podía hablar con el chófer. Solo en una ocasión subió un pasajero que llevaba un papelito con la dirección, pero no plastificado. Se lo dio en mano y el taxista lo tiró luego.

—Y con eso... ¿adónde vamos?

—Suponte que el pasajero no era mudo. ¿Para qué haría todo el paripé?

—No sé... Para que nadie pudiera reconocerlo, ¿no?

—Sí, pero ¿por qué iba a reconocerlo nadie? ¿Tan famoso era? ¿Tanto que cualquier taxista podía saber que era..., no sé..., un cantante superfamoso o uno de los que salen en televisión en tertulias o en programas de cocina?

—Hummm...

—Es que nadie reconoce al verlo a un empresario importante o a un político local, a menos que sea muy de primera fila o muy mediático, y mucho menos a pintores, escritores, artistas en general... Y, aparte de ir disfrazado para que no se reconociera su aspecto, también hacía de mudo, lo que puede significar que no quería que se reconociera su voz.

—¿Su voz? ¿Qué me estás diciendo? ¿Alguien de la radio? ¿Un cantante tan famoso que se le podría reconocer por su voz al hablar? No me lo trago.

—Es que no es eso lo que digo.

—Pues desembucha, que me tienes en ascuas.

—Una mujer.

—¿Una mujer? —Lola estaba realmente sorprendida. No se le había pasado por la cabeza ni un segundo.

—Imagínate que se trata de una mujer. En cuanto abre la boca es lo primero que se le queda al taxista, igual cómo vaya vestida. Mientras que así, con todo lo que llevaba encima, prendas masculinas y sin abrir el pico, puede perfectamente tratarse de una mujer disfrazada.

—Joder, Robles. ¡Qué buena idea! No es que sirva de mucho, pero qué bien piensas. Ni se nos había pasado por la imaginación.

—Cuando me dijiste que habían visto al gurú paseando por la playa con una mujer, sumé dos y dos y pensé que podría ser eso, que no quería ser reconocida precisamente por ser mujer.

—Mujer... y conocida del Maestro, a juzgar por esa expresión de sorpresa en inglés que oyó Laia. Ese «Heavens!»... —Lola se había enderezado en la silla y ya no parecía tan cansada—. No sé si nos llevará a alguna parte, pero es otro hilo del que tirar. Mil gracias, Robles. No sé qué haría yo sin ti.

—Echarme de menos.

Sonrieron y se acabaron el vino.

—Te he traído unas natillas.

—¡Qué bien!

—Tengo otra pregunta, pero no hace falta que me la contestes si no quieres. ¿Esa gente... de verdad tiene algún tipo de poder especial?

—Yo no he notado nada, la verdad.

—Pero algo tendría que haber, si hay tantos individuos dispuestos a gastarse fortunas en ellos. He estado leyendo en internet y parece que algunos de los Mensajeros pueden leer el pensamiento, o empatizar a fondo con el consultante para conocer sus temores más ocultos, o tener un vislumbre del futuro de la otra persona...

—Boberías. No me lo creo. —Pensó por un momento contarle lo que les había dicho el padre de Laia o lo que le había dicho Brisa de que era capaz de tener vislumbres del pasado, y acabó por decidir que eso los llevaría a una conversación muy larga. Estaba demasiado cansada. En otra ocasión.

—Ya. A mí también me cuesta, pero…

—Pero ¿qué?

—Cuando estabas interrogando a la sospechosa…

—Hummm…

—Me has dicho que, de pronto, se ha cerrado cuando estaba a punto de confesar. Eso pasa a veces sin explicación, no te lo niego, pero… ¿y si puede ver dentro de ti? ¿Y si se ha dado cuenta de que no sabes nada y vas de farol?

—Venga ya, Robles. No puedes creerte eso. —Lola estaba rebañando lo último que quedaba en el cuenco de las natillas, chupeteando la cuchara con fruición, con muchas ganas de cerrar la charla y de irse a dormir.

—Hace muchos años yo no creía nada que sonara a sobrenatural, pero tuve una experiencia que cambió mi vida y, desde entonces, estoy más dispuesto a aceptar ciertas cosas. Ya te la contaré un día. Ahora ya es tarde y necesitas descansar.

—¿Tú no?

—Yo también. Anda, vamos. ¿Qué tal la supercama? —preguntó, ya en el pasillo, con un giro travieso en la voz.

—Ya te lo contaré otro día —terminó la inspectora con una breve risa justo en la puerta del excomisario. Se dieron dos besos y Lola se marchó, casi feliz, pensando en la cama caliente y el cuerpo elástico de Nel, dormido bajo el edredón nuevo.

Santa Rita
1916

Después de haber pasado toda la noche casi sin dormir, sudando y tiritando alternativamente, mordiéndose el interior de las mejillas para no sollozar y, con eso, despertar a su prima Mercedes, Lidia se levantó con la primera luz grisácea del nuevo día, sin ganas de que volviera a empezar una jornada en la que tendría que seguir fingiendo, controlando el asco que le producía don Jacinto y evitando encontrarse a solas con él, lo que, a pesar de lo enorme que era Santa Rita, no resultaba nada fácil. El hombre era zorro viejo y parecía tener mucha experiencia en buscar momentos y lugares de los que una niña sola no tenía manera de escapar. Si se hubiera tratado de un jardinero o un leñador, no habría habido nada más fácil que ponerse a gritar y decir delante de todo el mundo que aquel gañán había intentado propasarse con ella. Pero tratándose de un sacerdote, un hombre de la Iglesia, con su latín y sus estudios, nadie creería que le hubiese tocado un pelo de la ropa. Él pondría esa cara de resignación ofendida que seguramente les enseñaban ya en el seminario para esos casos, alzaría los ojos al cielo en imitación de Cristo cuando los soldados lo ultrajan y él anima a poner la otra mejilla, y todo el mundo pensaría que era ella la malvada, la calumniadora.

A Margarita, dos años atrás, la habían expulsado del colegio por haber dicho que don Jacinto la había tocado en el confesionario. Ella misma había oído cómo la madre superiora la llamaba Jezabel, la mujer perversa, la libertina, la peor de las que salen en la Biblia y que siempre les enseñaban como ejemplo de maldad femenina. Recordaba la mirada que le había dirigido entonces don Jacinto. Sus ojos bajos, entornados, chispeando de satisfacción apenas contenida, mirándola como si dijeran: «¿Ves lo que les pasa a las niñas que se rebelan? ¿Ves como te conviene callar y plegarte?». Y así lo había hecho ella durante casi dos años en los que había sido su juguete, su «muñeca», como él la llamaba, mientras la acariciaba con esas manos blancas, grandes y peludas que le daban escalofríos con solo mirarlas.

Ahora, en Santa Rita, no había sucedido tantas veces, quizá porque, al no conocer bien el lugar y el ambiente, no se sentía tan libre ni tan fuerte para hacer lo que le viniera en gana. Quizá porque, después de dos años, se había cansado de jugar con su muñeca y buscaba otras diversiones; pero le daba espanto que se fijara en Merceditas, la única niña de Santa Rita, y que su pobre prima tuviera que pasar por lo que ella había pasado y por lo que aún sucedía. Aunque el cura ahora estaba concentrado en engatusar a su madre para que lo dejara quedarse de capellán y vivir como un marqués a costa del tío Ramiro y del abuelo Lamberto, sin más obligaciones que decir misa los domingos y confesar dos días por semana a quien lo necesitara, más alguna extremaunción si fuera menester. Don Jacinto quería hacer carrera. Hasta ella lo había notado, y muchas noches, en sus oraciones, cuando rezaba para que la dejara en paz, rezaba también para que el señor obispo lo trasladara a un puesto mejor y se marchara de una vez de su lado.

Entró en el cuarto de baño sin encender la luz para no molestar a Mercedes, orinó y se quedó mirando sus bragas, limpias, blancas, sin una sola mancha de la sangre que esperaba.

Tal vez era demasiado pronto. Desde que había salido del internado ya no tenía reglas tan regulares como cuando estaba con sus condiscípulas, pero el terror se había incrustado en su alma y no se calmaría hasta que viera aquella sangre tan roja y abundante manchando su ropa interior. Se llevó las manos al vientre y apretó con fuerza tratando de obligar a su cuerpo a deshacerse de aquella sangre que sería la muestra evidente y tranquilizadora de que estaba a salvo un mes más.

¿Qué podía hacer si no ocurría? ¿Cómo decirle a su madre que estaba embarazada de don Jacinto? No la creería jamás, y, aunque la creyera, la echaría de su lado, la pondría en la calle por fresca, por descastada, por Jezabel. ¿Qué podía hacer ella? ¿Sería verdad que era una mala mujer y por eso don Jacinto la había elegido entre tantas otras niñas, porque algo en ella provocaba a los hombres y los hacía pecar? ¿Era culpa suya aquello que le estaba pasando?

Se mordió los labios, volvió al dormitorio y empezó a vestirse con la ropa de siempre, la más oscura, ancha y poco favorecedora que había conseguido que su madre le permitiera ponerse. No quería estar guapa. No podía estarlo. Era demasiado peligroso. Aunque quizá ya fuera tarde para todo y, si lo era, tendría que decidir qué hacer. No quería ni pensarlo. Le daba demasiado miedo.

De puntillas, sin hacer el menor ruido, se deslizó como un fantasma por las escaleras hacia el jardín. Necesitaba ocultarse en el invernadero, ver salir el sol allí, entre sus amados ficus que la acogían como viejos conocidos, que no la criticaban, que le permitían tumbarse a sus pies, con la vista jugando entre sus grandes hojas satinadas, el olfato llenándose de aquel maravilloso perfume de tierra húmeda, de paz y de vida, los oídos registrando el murmullo del agua en la fuente del dragón, los trinos de los pájaros que despertaban al nuevo día, un día frío pero transparente, lleno de luz; las manos acariciando su chal de Cachemira, el único lujo que se concedía y que llevaba en una bolsita de tela para que nadie se diera cuenta de su existencia. Había sido un regalo de Reyes de su tía Soledad al cumplir los catorce: «Ya eres una pollita y es conveniente que vayas teniendo cosas bonitas, Lidia, y que aprendas a disfrutarlas». Era su posesión más preciada, junto a unos pendientes de oro y perlas que habían sido de su abuela Leonor y le habían regalado por su primera comunión, a los siete años.

Con cada paso que daba en el jardín, su alma se iba calmando. Muchos árboles habían perdido las hojas —los granados, las higueras, los almendros—, pero muchos las conservaban y, aunque menos frondosos que en primavera y verano, seguían alegrándole la vista con sus hojas. Las palmeras susurraban a su paso, como saludándola. Los arbustos estaban todavía adornados de rocío; los primeros rayos del sol destellaban en las gotas convirtiéndolas en piedras preciosas.

Llegó al invernadero en perfecta soledad y, como siempre, se sintió acogida, protegida, amada. Los grandes ficus seguirían allí cuando ella ya no estuviera. La idea le daba tranquilidad.

Decidió que, si llegaba a un punto en el que no hubiera otra solución, quería despedirse del mundo allí, entre esos poderosos guardianes que tantas veces la habían visto reír y llorar.

Pero aún no había llegado el momento. Aún no.

13

Rosas y espinas

$\mathcal{A}$ las diez de la mañana ya estaban Ascen y Salva en la cocina porque habían decidido preparar empanadillas de dos clases para tener listo un plato que se conservaba perfectamente durante una semana y podía usarse tanto como primero en un menú o como merienda o tentempié para los más hambrientos. Él estaba preparando el relleno mientras ella hacía la masa.

—Me ha dicho Reme que le pusiste claro a Trini que no quieres verla por la cocina —comentó Salva mientras iba cortando los pimientos.

—No me quedaba otra. Trini es muy capaz de venirse aquí, sentarse en un sillón y ponerse a dirigirlo todo como un general en la batalla. Y eso sí que no. Si nos encargamos nosotros, nos encargamos nosotros.

—Mujer…, es que la cocina es su reino.

—Pues ahora se va a tomar unas vacaciones. O me voy yo y tú te quedas de pinche de Trini y dejas que te mangonee como quiera.

—Eres un poco bruta, ¿no?

—Soy sincera, y eso es algo que casi todo el mundo lleva fatal.

—Existe una cosa llamada «tacto», ¿te suena?

—Para nada. —Sonrió de oreja a oreja. Guardó silencio durante unos minutos mientras amasaba, y volvió a hablar—. No he tenido una vida fácil, ¿sabes?

Él no contestó. Asintió con la cabeza y siguió con los pimientos.

—Me fui muy joven del pueblo, a ver mundo. No quería pasarme la vida en un pueblucho como Benalfaro, casarme con un pescador como mi padre y llenarme de hijos. Era la época de los hippies y yo quería eso: música, libertad, viajes por ahí... a sitios que ni sabía dónde estaban en el mapa.

—Ah, ¿sí? Yo pensaba que te habías ido a Suiza a trabajar.

—Eso fue más tarde. Aquí donde me ves, he visto mucho en esta vida, antes de Suiza, antes de Santa Rita.

—Entonces ¿adónde fuiste?

—A Londres, de *au pair*. En los años sesenta. Figúrate, me dejé el pelo hasta la cintura, me puse minifalda, me quité el sujetador... —Soltó una breve risotada—. Luego conocí a un tipo muy carismático y me hice hippy como él. Nos fuimos a Estados Unidos, lo recorrimos entero en autostop hasta que nos instalamos en California, en una comuna. Después decidimos montar otra comuna a nuestro estilo y acabamos por fundar una secta.

—¿Quééé? —Salva la miraba, perplejo, con el cuchillo en la mano planeando sobre las verduras.

—Como lo oyes.

—Venga ya, Ascen, te lo estás inventando todo.

—Para nada. Espera.

Ascen se lavó las manos enharinadas, cogió un paño de cocina para secárselas y se marchó sin más explicaciones. Al cabo de un momento regresó con una foto enmarcada.

—Mira, descreído.

En la foto, en el tipo de color que se asocia con los años setenta, intenso, muy saturado, se veía a una pareja vestida de blanco, con un cierto estilo hindú, con diademas de flores en el pelo, en un estrado frente a una multitud de gente con cintas en las largas melenas rizadas, chalecos sobre el torso desnudo, sandalias de cuero, abalorios de cuentas de colores, gafas de sol azules, lilas, rosadas… La pareja del estrado sonreía y hacía el signo de la paz.

—¿Esta eras tú? —Salva no salía de su asombro.

—La misma. Eso sí, con mucho más pelo y veinte kilos menos. Ahí debía de pesar cuarenta y pico como mucho. Esos eran —señaló a la gente— los que poco a poco se fueron convirtiendo al culto que nos habíamos inventado, nuestros «adeptos», los «ángeles».

—Joder, Ascen, me has dejado sin habla. Cuenta más, anda. ¿Qué pasó después?

—Visto desde ahora…, lo que tenía que pasar. Él se lo fue creyendo cada vez más; yo cada vez menos, nos fuimos haciendo ricos, él empezó a pensar que se lo merecía y se fue volviendo cada vez más tiránico. No le convenía ya tenerme a su lado. Yo era su conciencia, ¿sabes? Y a nadie le gusta tener un Pepito Grillo siempre jodiendo, cuando uno se cree primo de dios. Me quedé embarazada y ese fue el final porque el buen hombre había decidido que no tendríamos hijos, que ninguno de los nuestros podía tenerlos, que esa era la prueba final de la entrega de un adepto. O adepta, claro.

—¿Y te fuiste?

—No. Me echó él. Por haber traicionado los principios fundadores y bla-bla-bla… Sin un duro, además.

—Tú querías al niño.

—No particularmente, la verdad. Pero ya estaba muy avanzada cuando me di cuenta y no había nada que hacer. Podría haberme muerto tratando de abortar, de modo que me fui, volví al pueblo, me trataron como a una mierda pegada al zapato, traté de sobrevivir aquí y al final me harté, me puse el mundo por montera y me largué a Suiza. Primero a Zúrich, pero con la lengua que hablan allí me estaba volviendo loca, y cambié a la zona francesa. Allí encontré trabajo limpiando en buenas casas; me pagaban bien, podía darle a mi Celeste todo lo que necesitaba. Me eché novio… —cloqueó—, bueno…, varios novios, uno detrás de otro, hasta que me casé con Hervé, que era viudo sin hijos y estaba bien situado. Se portó siempre muy bien con nosotras. De hecho, es el padre de Celeste. La adoptó.

—¿Y el otro, el biológico?

—No volví a saber de él. Ni él de la nena.

—No sé qué decir, Ascen.

—No hace falta que digas nada. Lo que sí me gustaría pedirte es que no vayas por ahí contando todo esto. No lo sabe nadie. Ni siquiera sé por qué te lo he contado a ti.

—No sufras. Soy una tumba.

—Lo digo en serio, Salva. Aquí nunca he dicho lo de antes de Suiza y no quiero que nadie lo sepa. Supongo que te lo he contado porque eres cura y tienes costumbre de guardar secretos.

—Ya no soy cura, pero sí, tengo costumbre y si no quieres que se sepa, no se sabrá, descuida. Pero no hay nada malo en ello. Todos tenemos pasado.

—Yo más. Créeme, te lo digo en serio. Ya te iré contando, si me animo. Incluso lo mismo acabo pidiéndote consejo, pero necesito más tiempo.

—¿Consejo?

—Ya hablaremos. Ahora vamos a cortar los redondeles para las empanadillas y ya los tenemos listos cuando esté el relleno.

En el gabinete, mirando por la ventana el paisaje encendido por el sol del ocaso, Greta observaba la calavera que siempre había estado en el escritorio de su tía fijándose en los detalles que, en otras ocasiones, se le habían pasado por alto: la sien rota por el golpe de una interna, la mandíbula poderosa, con buenos dientes, solo a falta de una pieza en la parte de abajo, los pómulos, que debieron de ser altos. Ahora que Sophie, después de que ella le hubiera hecho mil preguntas y le hubiera insistido mucho, le había contado aquella truculenta historia de los huesos del abuelo Mateo, ya no sabía qué pensar. Ni siquiera se sentía con ánimos de tocar ese cráneo que hasta hacía muy poco nunca le había parecido nada en particular. Sin embargo, ahora, desde la última conversación, le daba grima. Mucha grima.

«¿A quién no le daría —pensó—, tratándose de la calavera de su propio abuelo?».

La cuestión era, no obstante, que no acababa de creérselo. Sabía por experiencia, y mucho más desde que vivía en Santa Rita, que su familia no era normal en el sentido de que las cosas malas que le habían sucedido a sus componentes eran muchas y particularmente llamativas, pero esa ya era demasiado.

En la mayor parte de las genealogías, en cuanto uno se alejaba tres o cuatro generaciones del presente había niños muertos en su primera infancia, abortos, malos partos, accidentes especialmente estúpidos o desgraciados, suicidios, adulterios, mujeres maltratadas; la panoplia completa de la desgracia y la violencia doméstica, pero lo que le acababa de contar su tía, cuando ella había insistido con el tema del osario, pasaba ya de castaño oscuro. Que su abuela Mercedes, aquella mujer artista, alegre, tolerante, hubiera sido, además de una asesina en ciernes, una instigadora de otro crimen —el de deshacerse hueso a hueso del cadáver de su marido— era algo que no conseguía aceptar por mucho que su tía le hubiese confesado que, para probar que no mentía, allí estaba la famosa calavera, aquel cráneo pelado que era todo lo que había quedado del cadáver del doctor Rus, descontando los fémures, que habían ocupado su lugar en el osario, bien a la vista, pero, precisamente por eso, totalmente ocultos.

Por eso estaba ella allí, en el gabinete, mirando la famosa calavera a los ojos, más bien a las cuencas vacías, preguntándole si de verdad era su abuelo o si Sophie se había inventado aquella tremebunda historia en algún momento de su pasado por una lógica que ahora ya no recordaba.

Llevaba unas horas debatiendo consigo misma si valía la pena salir de dudas solicitando un análisis de ADN. Se había informado en internet y no sería necesario pedirle un favor a Lola para que usara sus contactos con la policía científica. Había varios laboratorios con los que se podía contratar un test de restos óseos antiguos para que los comparasen con la persona viva que creía ser hija del difunto. La muestra de su tía, por lo que había leído, podía ser un cabello con su raíz, o uñas o cualquier resto de saliva, en una colilla, por ejemplo. No resultaría difícil.

Por suerte, la calavera tenía todos los dientes y muelas, salvo una, y parecían estar en buen estado, al menos así, a ojo de buen cubero. Eso significaba que sería sencillo tomar una muestra sacando un diente completo o incluso enviando la calavera entera al laboratorio. De todas formas, hacía un tiempo que Sophie la había relegado al gabinete y parecía que se hubiese olvidado de ella.

Podría haber hecho el test con una muestra propia para averiguar si se trataba de su abuelo, pero por lo que había leído, era más exacto cuanto más cerca estuvieran las dos personas. Por tanto, las posibilidades eran mejores tratándose de padre-hija que de abuelo-nieta y el resultado la dejaría más tranquila.

La cosa costaría unos quinientos euros más o menos. Más, si tenían que enviar a un técnico a hacer la extracción; menos, si ella misma mandaba las muestras por correo. Era factible y le permitiría dormir por la noche, sobre todo cuando, como ella esperaba, los resultados le dieran la razón y aquel cráneo no tuviese nada que ver con su familia, que fuera de verdad lo que su tía siempre había dicho: el recuerdo de un antiguo novio estudiante de Medicina que pasó una temporada en Santa Rita y no se lo llevó al marcharse. Esa tranquilidad ya valía quinientos euros.

Sobre su escritorio, en comisaría, reposaba la grabadora entre los dos. Lola estaba oyendo la grabación de la entrevista que Marino había mantenido con Ascuas en su ausencia
«Brisa es una persona lábil, subinspector, fácil de manipular —había dicho—. Ola la ha ido convenciendo poco a poco de que el Maestro había traicionado nuestros principios rectores, que había traicionado a Ishtar, que estaba senil y lo mejor era hacerlo desaparecer con suavidad para que no nos arrastrase a todos en su caída».
«¿Y cómo puso en práctica Brisa esos consejos?», se oía en ese momento la voz de Marino Vidal, aún suspicaz.
«Era fácil. Brisa se encargaba de inyectarle la insulina que necesitaba diariamente. No hubo más que inyectarle una dosis muy superior a la habitual para provocarle una hipoglucemia grave».
«Perdone, pero ¿cómo sabe usted todo eso?».
«Porque Brisa me lo ha contado».
«¿Por alguna razón especial?».
«Remordimientos, claro. Ahora que ha visto lo que ha pasado es cuando se ha dado cuenta cabal de lo que ha significado esa inyección letal».
«Es enfermera. Tenía que saberlo. No puede haberse dado cuenta después».
«Sí, subinspector, es enfermera, pero no está bien, ya le digo… Y cuando alguien está día y noche comiéndole la oreja…, aparte de que ellas dos, Brisa y Ola… son… muy amigas, íntimas amigas, si sabe a qué me refiero…».
«Yo pensaba que ustedes se relacionaban sexualmente sin ninguna traba, todos con todos y todas».

«Así es cuando se trata de sexo y de amor colectivo. Pero también tenemos relaciones "normales", como usted las llamaría. Todos somos hermanos, pero hay personas con las que nos llevamos especialmente bien».

«¿Como usted y Brisa?», insistió Vidal.

—Aquí Ascuas movió la cabeza diciendo que no, entristecido —explicó Marino a Lola sin detener la grabadora. Ella asintió y le hizo un gesto para que la dejara escuchar la cinta.

—Ya. Luego ponemos la grabación de la cámara —añadió—. Ahora quiero oírlo hablar otra vez.

—Vale.

Ascuas siguió hablando, con una voz cargada de nostalgia, de pena.

«Hace años fuimos muy amigos, estábamos muy cerca el uno del otro… Luego, Brisa se fue alejando y ahora yo le tengo cariño, y lástima, y la ayudo en lo que puedo, pero ya no es lo que fue».

«¡Vaya! Pensábamos que estaban ustedes por encima de estas miserias de la gente normal…».

«Pues ya ve. No somos más que humanos buscando nuestro camino hacia el Más Allá».

Se oyó el carraspeo del policía, un arrastrar de silla, un rumor de papel.

«Mire, Ascuas, aquí tiene un mensaje anónimo que recibió la inspectora Galindo al poco de la muerte del Maestro. ¿Sabe algo de esto?».

Pasaron unos segundos. Se oía bisbisear a Ascuas mientras leía las dos líneas del mensaje: «Si quiere saber quién mató al Maestro Ishtar, pregúntele a Rosa qué había en la pluma que usó con él el día de su muerte».

«No. Saber, no sé nada. Pero suena mucho a Ola».

«¿Por qué?».

«Porque al leerlo, oigo su voz. Ya sé que eso a ustedes no les dice nada y no es ningún tipo de prueba, pero no me extraña nada que la haya traicionado así. Seguramente, después de instigarla al asesinato, quiso protegerse. Cuanto antes encuentren y acusen ustedes a Brisa, más segura estará ella».

«Brisa tiene una excelente coartada. Cinco personas la vieron o estuvieron con ella cuando el señor Ramírez murió».

«¿Quién?».

«Su Maestro. Era su apellido civil».

«¡Ah, vaya! ¡Qué raro suena!».

«Hablábamos de la coartada de Brisa».

«Si le inyectó una dosis para causarle una hipoglucemia, lo que parece confirmar ese anónimo…».

«¿Cómo?».

«Porque habla de "pluma". Una pluma desechable es lo que se usa para las inyecciones de insulina. No estamos hablando de un instrumento de escritura. Supongo que eso lo saben, ¿no?».

Vidal volvió a carraspear y no contestó.

—No tenía ni puta idea, te lo juro —le dijo Marino a Lola, parando un momento la grabación.

—No, ni yo. ¡Menudos policías estamos hechos! Anda, sigue.

—Ya casi estamos.

Volvió a darle al Play.

«Íbamos por "si le inyectó…"».

«Pues eso, que, según Brisa, el efecto no es fulminante. No es como si le hubiese dado cianuro a beber. Yo no sé cuáles son los síntomas, pero supongo que el Maestro debió de sentirse mal, decidió dar un paseo por la playa y murió allí sin que nadie se diera cuenta. Ahora lo que ustedes tienen que decidir es si la asesina es Brisa, por hacerlo con sus manos, o bien Ola, por planearlo y convencerla. Yo eso ya no lo sé, ni me meto».

«Una última pregunta, Ascuas. ¿Por qué nos cuenta usted todo esto?».

Lola miró a Marino apreciativamente y le hizo un gesto de pulgar arriba.

Se oyó un carraspeo seguido de un tragar de saliva, un ruido de agua cayendo en un vaso y unos segundos en los que Lola supuso que Ascuas estaba bebiendo.

«Porque Brisa está sufriendo muchísimo. Me ha dicho que pensaba en confesar, pero que tenía mucho miedo. Si ustedes ya saben todo esto, pueden hacérselo más fácil en la siguiente conversación. Además…, mi conciencia no me permitía callar más tiempo. Soy mensajero de Ishtar. La luz de la verdad debe resplandecer».

Marino apagó la grabadora.

—¿Ya está todo? —preguntó Lola.

—Ajá. Básicamente, sí. Ahora ya fue cuando nos despedimos y en paz.

—¡Qué tipo más asqueroso! —explotó Lola—. Traiciona a su hermana hablando con la pasma y trata de convencernos de que lo hace por su bien.

—En el pasillo me dijo que estaría dispuesto a testificar, aunque preferiría no hacerlo. Que va a intentar convencerla de que se entregue.

—¡Qué hijo de puta!

—Y que deberíamos hablar con Ola, quien, según él, es la verdadera asesina, aunque un juez quizá no lo vea así.

—Ese tío solo quiere quitarse de encima a sus competidoras para quedarse como jefe de la secta. Me juego el sueldo de diciembre.

Marino se encogió de hombros.

—Puede ser, claro. A todo esto, he llamado a Enrique y me ha dicho que la insulina en el cuerpo se degrada muy rápido y que, si le inyectaron una sobredosis, para cuando lo encontramos ya no había manera de probar su existencia. No tenemos nada, colega.

—¿Y los síntomas?

—Sudoración, mareo, temblores, taquicardia, ansiedad…, cosas que no podemos probar y, como nadie lo vio después de la inyección, no tenemos testigos.

—Tenemos a Llama y a Tierra.

—Ellos lo vieron casi inmediatamente después de la inyección. Aún estaría normal.

—Pues entonces el último cliente. —Lola le hizo un resumen de lo que había averiguado Robles—. Que podía ser también una cliente, la que vieron paseando con el Maestro desde arriba, ¿te acuerdas?

—Y que nadie sabe quién es.

—Exacto. Creo que tenemos que hablar otra vez con Ola, y con Llama y Tierra —concluyó la inspectora—. ¿Te encargas?

—Sin problemas.

—Cuanto antes, por favor. Tengo que hacer un par de cosas en el otro caso.

—¿El del cerdo ese que ha apuñalado a su ex?

Lola asintió.

—¡Ojalá lo encierren para toda la vida!

—Sigue soñando, colega. Necesito un café. ¡Hasta ahora! Llama ya a los ángeles, o mensajeros o como coño se llamen. Estoy deseando acabar con eso.

—Hecho.

Ya estaba la inspectora en la puerta cuando Marino le hizo aún otra pregunta.

—Oye, Lola, si las cosas son como dice Ascuas, ¿quién crees tú que es la asesina, la que lo ha hecho, pero es medio mema y la han liado hasta que ha llegado a cargárselo, o la lista que la ha empujado a hacerlo para no tener que mancharse las manos?

Ella se detuvo, pensando.

—¡Yo qué sé, Marino, yo qué sé! —dijo por fin, hastiada—. Las dos, supongo, aunque luego el castigo solo se lo lleve una, o al menos la pena más larga… Y el simpático de Ascuas, que tanto ha ayudado a la policía porque «tiene conciencia», se irá de rositas. ¡Qué asco de vida!

Salió sin despedirse, con la mente puesta en el café de Chelo.

Después de la reunión convocada por Ola en la que habían tenido que ponerse de acuerdo en varios temas concernientes al manejo diario de los asuntos de la Orden y en la que los Ocho habían decidido que la iniciación de Laia se haría al cabo de una semana y que, de momento, Ola seguiría encargándose de los temas pendientes mientras no se diera lectura al testamento del Maestro, Ascuas se acercó a ella y, en voz baja y suave, le pidió unos minutos de su tiempo.

—¿Ya mismo, quieres decir?

Él asintió, bajando la cabeza; la viva imagen de la docilidad.

—Pues si te parece, podemos salir un rato al jardín a despejarnos y que nos dé un poco el aire antes de que anochezca.

—Me parece muy oportuno, hermana. —Ascuas no añadió que así no podría escucharlos nadie, suponiendo que esa había sido también la intención de Ola.

—Tú dirás —lo animó ella en cuanto se encontraron fuera del edificio.

—Espera, hace fresco. Voy a traer las chaquetas.

Ola se quedó en los escalones de la entrada, disfrutando del último sol, pensando qué se le habría ocurrido a Ascuas que fuera tan urgente. Brisa, que siempre iba con él, estaba muy desmejorada y se había marchado a descansar a su cuarto. ¿Sería eso lo que pensaba decirle? ¿Alguna enfermedad que requiriese atención inmediata? Pasaría luego por su habitación a explorarla y cerciorarse. Esperaba que no fuese nada contagioso.

—Toma. —Ascuas le tendía su plumas azul celeste, como el de los demás. Todos llevaban el nombre de su propietario en la trabilla del cuello. Era prácticamente lo único que les pertenecía en exclusiva. Eso y los zapatos.

Caminaron en silencio hacia el promontorio sobre el mar, hasta la zona de iniciación.

—¿Qué querías? —preguntó Ola, viendo que Ascuas no se decidía a romper el silencio.

—Quería... ofrecerte un trato, querida hermana.

—Curioso. A ver...

—Había pensado que es más que posible que el Maestro no haya nominado como sucesor a ninguno de los Ocho.

—Sería estúpido.

—Eso no lo hace imposible, ni siquiera poco propio de él. Tú sabes que, sobre todo en los últimos tiempos, hacía muchas cosas que podrían calificarse de estúpidas.

—No te lo niego. Sigue.

—No voy a preguntarte si sigues creyendo en Ishtar y en sus principios. Eso es algo íntimo, que solo compete a cada cual. —Ella cabeceó su aprobación, sin interrumpirlo—. Pero es importante saber si sigues pensando que Ishtar es una deidad doble, que aúna lo masculino y lo femenino, lo positivo y lo negativo, la luz y la oscuridad, como los divinos visitantes de las estrellas que nos han elegido al nacer y a quienes debemos nuestros dones.

—Sí, por supuesto. La dualidad es un principio básico de nuestra fe. —Ola lo miraba, confusa. No tenía ni idea de adónde iba, de por qué, de pronto, le parecían tan importantes esas precisiones teológicas.

—Me alegro de que ambos lo veamos así. Mi don es el de la empatía, lo sabes. Si me lo propongo, puedo conectar con los sentimientos y las emociones de la otra persona; saber qué siente, por decirlo de modo simple. Tu don es más parecido al que tenía el Maestro: el de adivinar qué enfermedad, lesión o problema de salud puede tener o ir a desarrollar el consultante. Digamos que yo podría ocuparme de las dolencias psíquicas de nuestros clientes y tú de las físicas.

—Eso es lo que hemos hecho hasta ahora, Ascuas, ¿no te parece?

—Sí y no, hermana. Hasta ahora los dos éramos instrumentos en manos del Maestro. Desde ahora, si tú quieres, juntos podríamos ser Ishtar. Para todo —añadió con intención, enfatizando el «todo».

—¿Quieres decir que ambos podríamos ser el Maestro? —El énfasis en la respuesta de Ola estaba puesto en «ambos».

—Siempre he apreciado tu inteligencia.

Ola se quedó mirando el mar, que había empezado a volverse de un color violeta profundo, salpicado de costurones blancos donde lo cruzaban las espumas de las olas que el viento del este levantaba para lanzarlas contra las rocas y la playa, muy abajo.

—Una propuesta curiosa. Interesante.

—Piénsalo.

—¿Brisa estaría de acuerdo?

—Brisa no tiene por qué estar de acuerdo con nada. La policía sospecha de ella por el asesinato del Maestro y pronto dejará de estar con nosotros.

—Eso es una estupidez. Brisa tiene una coartada perfectamente sólida.

—Me consta que está a punto de confesar.

—No me lo puedo creer.

—Pues no tienes más que esperar a que suceda. Cuando la detengan, quizá estés más dispuesta a considerar mi plan. Además…

—¿Qué?

—Nada, hermana. Ya hablaremos más adelante si no quieres aceptar ahora. Quizá haya más cosas que te convenzan de que es el mejor camino para mantener unidos a los Mensajeros de Ishtar. —Se dio la vuelta sin despedirse y echó a andar hacia la casa.

—¡Espera un segundo! ¿Qué hay de los otros? ¿Has hablado con los Ocho?

—Los otros no cuentan. Lo sabes muy bien. Y tengo ciertos métodos que puedo usar para convencerlos. Créeme, si tú estás de acuerdo, no habrá problema. Depende de ti.

—Déjame que lo piense hasta mañana.

—Tómate tu tiempo, Ola. No hay prisa. Llevamos muchos años esperando. Sobre todo tú, ¿verdad?

—Y tú. —La respuesta salió como un disparo, sin ningún tipo de reflexión.

—Cierto —concedió Ascuas, satisfecho de haberla hecho saltar con su comentario, que dejaba bien claro todo lo que sabía sobre ella—. Yo también he esperado mucho tiempo. Aunque sabía mucho sobre el Maestro, de la época en que aún no lo era e incluso de después, nunca llegué a usarlo porque algo en mí siempre pensó que no sería necesario. También sé algunas cosas sobre ti y creo que en estas circunstancias concretas no me resultaría tan difícil usarlas en tu contra.

—¿Me estás amenazando?

—Sí, Ola, evidentemente; no se me ocurre otra manera de convencerte. Pero aún tienes un tiempo de reflexión. Mañana al atardecer podrías anunciar que has pensado que lo mejor es que Ishtar vuelva a su naturaleza dual, que tú y yo, hombre y mujer, la encarnemos por el bien de todos.

—¿O si no…?

—Sé que eres una persona creativa, hermana. Tú sabes quién eres y qué has hecho a lo largo de tu vida, y yo también lo sé. Estoy seguro de que puedes imaginar qué pasará si no.

—Siempre podría marcharme. Desaparecer.

—¿Y dejarme ganar a mí? No es tu estilo. Además…, no tenemos pasaporte. Estamos condenados a seguir aquí, juntos.

Al menos de momento. —Su rostro se abrió en una sonrisa falsa, dulzona, rezumante de afecto fingido.

—Eres odioso, Ascuas.

El hombre se encogió de hombros, como sin darle importancia al comentario, como si la mujer le hubiera dicho que de joven era más rubio o que estaba perdiendo pelo.

—Hasta mañana, hermana Ola. Veinticuatro horas. Hasta la siguiente puesta de sol.

A sus espaldas, el último filo rojo se perdió tras el horizonte de sierras malvas y grises entre nubes incendiadas. Había caído la noche.

—¡Sofía! ¡Sofía, Sofía, Sofía! ¿Te has dormido? —Sergio zarandeaba por el brazo a la dueña de la casa que, arrellanada en el sofá con una mantita, junto a la chimenea del salón, parpadeaba locamente sin saber del todo qué estaba pasando.

Cuando consiguió despejarse lo suficiente, enfocó la vista en el pequeño que, desde abajo, dada su altura de los cuatro años, la miraba con intensidad sin dejar de darle tirones.

—Deja, precioso, me vas a estropear la rebeca. No me des más tirones, ya estoy despierta. ¿Querías algo?

—Sí. Tengo que darte un recado.

—A ver. ¿De tu mamá?

Sergio negó solemnemente con la cabeza.

—¿De quién?

—De la señorita Lidia.

Sofía se enderezó en el sofá, alarmada. Sin haber podido controlarlo, un estremecimiento se extendió por todo su cuerpo. Una cosa era que ella tuviese sueños raros en los que la prima Lidia aparecía en su cuarto y la miraba en silencio y otra muy diferente que el más pequeño de la casa hablara de aquella muchacha, desaparecida hacía más de un siglo, y que ella le enviara mensajes a través de él.

—¿Quién es la señorita Lidia? —preguntó, tratando de no mostrar su preocupación.

—Una amiga mía.

—¡Ah! ¿Cómo es?

—Una chica muy guapa que va vestida de Halloween y habla raro. Vive aquí. Dice que tú la conoces.

—Sí, cariño, sé quién es. Dime, ¿qué quiere que me digas?

Sergio cerró los ojos para concentrarse mejor. Las sombras del salón, ahora que ya había caído la noche parecieron espesarse en los rincones, al acecho. Sofía movió la cabeza en un intento de espantar la opresiva sensación que, de pronto, emanaba de los muebles, las alfombras y los objetos que la rodeaban.

—Me lo he aprendido. Dice que, si tú eres ahora la señora de la casa, tienes que buscarla y dejar que esté con su mamá. Dice que está muy oscuro, que tiene frío… y que tiene miedo. ¡Sofía, tienes que ayudarla!

—¿Dónde está ahora?

Sergio se encogió de hombros, un gesto muy adulto que la hizo sonreír.

—¿A ti no te da miedo?

—¿La señorita Lidia? ¿Por qué? Es muy simpática.

—¿Qué haces con ella?

—Jugar.

—¿A qué?

—Sobre todo, al escondite, pero también me enseña juegos de palabras y dibujamos cosas. ¡Mira!

Cogió un cuaderno que había dejado sobre la mesa de café junto con un estuche de lápices de colores y le enseñó varios dibujos. Uno era evidentemente el invernadero, como salía en las fotografías antiguas. Frente a la puerta había dos figuras cogidas de la mano, una femenina, vestida de negro con un vestido largo, y otra un niño con camiseta roja y pantalones azules.

—Este soy yo —dijo, orgulloso.

—Y esta es Lidia, supongo.

—Claro.

—Dibujas muy bien, Sergio. ¿Lo has hecho tú solo?

—Ella me ayuda. Me lleva la mano —sonrió—. Mira este.

Le enseñó otro dibujo, lleno de huesos: calaveras, tibias cruzadas, esqueletos enteros… y al fondo algo que podría ser la pequeña iglesia de Santa Rita.

—Parece que te gustan los esqueletos… —comentó Sofía, como si no tuviera ninguna importancia.

—Sí, mucho. A ti también, ¿verdad? Lidia dice que a ti también te gustan. Dice que tú sabes mucho de huesos. Si lo quieres, es para ti —terminó el niño, tendiéndoselo.

Sofía sintió una contracción en el estómago. Lidia decía que ella sabía mucho de huesos. Eso no podía habérselo inventado el niño.

—¿Qué quiere Lidia que yo haga?

—Ya te lo he dicho, que la busques y la lleves con su mamá.

—De acuerdo, Sergio, voy a intentarlo. Dile a Lidia que te deje en paz y que venga a hablar conmigo.

El niño desvió la vista hacia el rincón que quedaba detrás de Sofía. Miraba con tanta concentración que la anciana hizo un gran esfuerzo para girarse de medio lado tratando de ver qué era lo que le interesaba tanto al pequeño. Naturalmente, no había nada. Un simple rincón en sombras porque había caído la noche y nadie se había molestado en encender las luces, de manera que la única iluminación procedía del fuego de la chimenea y del apagado fulgor color perla de su lector electrónico.

—Lidia dice que ya ha ido a visitarte, pero que no la oyes, que solo la oigo yo.

—Dile que vuelva esta noche, que haré todo lo posible por oírla. Y que hablaré con más gente que puede ayudarme a encontrarla, pero que te deje en paz.

—No tiene que dejarme en paz. ¡Somos amigos! Me enseña cosas.

—Ya, pero ahora que vas a la guarde, ya no hace falta que juegues con ella.

—Por las tardes…

Sofía decidió no insistir. De todas formas, tenía la sensación de que no iba a conseguir mucho, y tampoco quería asustar al niño. Prefirió dejarlo correr.

—Anda, vete a la cocina a que te den algo de merendar. Pídele una magdalena a Ascen. Dile que vas de mi parte si protesta.

Sergio salió corriendo, encantado. Las magdalenas de Ascen eran algo que a uno no le daban así como así, y había que aprovechar.

Cuando hubo salido el niño, Sofía consiguió incorporarse, volver el cuerpo y escudriñar todos los rincones de la gran sala, todos los muebles que, según el ángulo desde el que se mirase, fingían sombras de personas o de animales. Simple pareidolia; el empeño de los humanos de ver sentido en lo que no lo tiene. A la prima Lidia la habían enterrado fuera del cementerio, fuera de la tierra consagrada, por el pecado mortal de haberse quitado la vida, que es prerrogativa exclusivamente divina. Solo Dios da y quita la vida, según los creyentes, y si te atreves a tomar la tuya en tus manos y disponer de ella, te espera un terrible castigo para toda la eternidad. ¿Cómo se puede ser tan cruel? Especialmente cuando los católicos presumen de que la suya es la religión del amor.

Ahora, al parecer, un resto de lo que Lidia había sido en vida, un resto de su energía o de su alma o lo que sea que anima a los seres humanos, había conseguido comunicarse con los vivos para pedir ayuda. Sonaba absurdo, sonaba a superstición. Solo un niño muy pequeño y una anciana habían recibido aquel mensaje. Podía tratarse simplemente de un problema cerebral, de algo que afectaba a una persona que estaba aún en pleno crecimiento y a otra que estaba perdiendo sus facultades mentales. Pero ¿cómo iba a saber Sergio lo de los huesos? Y ¿cómo iba a saber que Lidia estaba sola y echaba de menos a su madre, que había sido enterrada en la parte del cementerio reservada a la familia, no en algún lugar perdido y solitario como su pobre hija adolescente?

Sofía cerró los ojos unos instantes y luego se los frotó a conciencia. Ella sola no podría hacer nada. Tendría que contárselo a alguien y recabar su ayuda sin que pensaran que se había vuelto loca, o mucho peor, que estaba totalmente senil. Pasó revista a los primeros nombres que le acudieron a la mente. Greta había tenido bastante con lo de los huesos y la calavera de su abuelo. Candy aún no estaba recuperada por completo, pero tendría que decírselo para que no pensara que la estaba apartando de todo lo importante, y esto era importante... ¿o no? ¿Salva? Había sido cura y quizá no le extrañase tanto lo que le iba a pedir, pero ahora se estaba haciendo cargo de la cocina junto con Ascen. No podía pedirle, además, que usara todo su tiempo libre para salir por ahí a explorar. ¿Alguno de los jóvenes? No, tampoco. La mirarían con conmiseración, le dirían que sí para tenerla contenta y al cabo de un par de días dirían que no había habido suerte, que no habían encontrado nada. Sobre todo, porque no habrían buscado siquiera. Tenían cosas más importantes que hacer que buscar la tumba centenaria de una suicida de su familia.

Las chicas de la lavanda no eran demasiado deportistas ni lo bastante fuertes como para salir de exploración, además de que tampoco le parecía oportuno que ellas se enteraran del asunto. Era algo que había que llevar con discreción y ellas se pasaban la vida contándose todo lo que sucedía, comentándolo y riéndose, aparte de que ahora estaban en plena faena de preparar los saquitos y las cajas que venderían en los mercadillos de Navidad. No tenían tiempo que perder en asuntos sobrenaturales.

Esa palabra la ayudó a avanzar. Sobrenatural. ¿Quién había tenido alguna vez contacto con lo sobrenatural?

Robles. Robles era la mejor opción. Con su experiencia pasada, no tendría que explicárselo todo. Incluso si no acababa de creérselo, sabía que era remotamente posible y la ayudaría. ¿Quién más? Aquello era demasiado para un hombre solo. ¿Nines? Ángela, como se llamaba ahora. Los dos se llevaban bien, y aunque tenía que estudiar, también necesitaba ejercicio y aire libre… Lo malo era que se reiría hasta las lágrimas si le decía que un fantasma le había pedido que descubriera su tumba.

Eso significaba que había que mentirle.

Habría que decirle que… que era necesario para las investigaciones de Greta hallar la tumba de una familiar a la que habían enterrado fuera de sagrado, con la esperanza de que en el ataúd de la prima Lidia se encontraran cartas o un diario o algo que diera una pista de lo que sucedió. Lo malo era que eso implicaba contarle a Greta lo que estaba pasando y la pobre ya estaba muy tocada por todos los desastres de la familia. ¿Habría que servirle a su sobrina la misma mentira? No se lo podría creer. A menos que ella misma, Sofía, le dijera que sabía a ciencia cierta que aquella muchacha fue enterrada con su diario. Ese era un aliciente que Greta no podría rechazar. Greta, casi más que ella, necesitaba saber —cada vez con mayor urgencia— qué había realmente en el pasado de su familia, y si ahora le decía que con ese diario podrían entender por fin cuál fue ese desdichado amor que se convirtió en causa de su suicidio, colaboraría con entusiasmo.

¡Pobre Lidia! ¿A quién habría querido tanto como para, a los dieciséis años, no desear seguir viviendo sin él?

Se quedó quieta, pensando. En el jardín, el viento aumentó de fuerza y empezó a ulular al pasar entre los árboles y los edificios. Desde algún lugar llegaba el grito repetitivo de un mochuelo, o tal vez fuera un búho. Recordó que, en algunos países del norte, ese canto se asocia con la llamada de las *banshees*, las mujeres feéricas que anuncian con sus gritos y llantos lastimeros la muerte de algún familiar. Rechazó la idea. En Santa Rita no se iba a morir nadie, cantaran lo que cantaran los mochuelos. Ya había habido bastante con Lidia.

Trató de imaginar la desesperación de alguien que lleva más de cien años muerta sin alcanzar el reposo. ¿Pasaría el tiempo igual para los vivos que para los fantasmas? Alguien que no consigue comunicarse con este mundo para pedir la liberación y la paz. Alguien que quizá se suicidó por un impulso, por una pérdida amorosa, por un desengaño, por algo que entonces parecía muy importante, aunque de hecho fuera trivial, y de resultas de esa decisión lleva un siglo vagando en la oscuridad, en soledad completa. ¿Cómo era posible que en su época la pobre prima Lidia estuviera tan desesperada como para recurrir a esa salida definitiva y que nadie la hubiese ayudado a pasar la mala racha y volver a ser feliz? Esperaba que Greta, en sus investigaciones, llegara a descubrir qué había sucedido realmente. A ella misma solo le habían llegado retazos de historias antiguas que no casaban unos con otros. Solía comentarse que había sido por «penas de amor», pero nunca se mencionaba un nombre. Había llegado a pensar incluso que cabía en lo posible que la prima Lidia se hubiese enamorado de una mujer. Eso, en la época, era impensable y podría haberla llevado al suicidio, pero no había ninguna evidencia, ni siquiera una insinuación. El pasado era un libro cerrado, un libro con siete sellos, como le habían comentado que se dice en alemán. Nunca sabrían qué sucedió. Pero para ayudar a aquella muchacha doliente no era necesario saber, ni comprender, ni preguntar. Tampoco era evidente que, si encontraban su sepultura y trasladaban sus restos a la de su madre, la tía Matilde, Lidia quedara en paz y dejara de venir a suplicar a los vivos. No había ninguna garantía, pero al menos podían intentarlo.

Agitó con fuerza la campanilla de plata que había dejado junto a ella en el sofá. Apareció Ena al cabo de un minuto, secándose las manos en el delantal.

—Estaba echando una mano en la cocina y riéndome con las ocurrencias de Sergio. ¿Necesitas algo?

—Sí, Ena, haz el favor de traerme a Robles.

—Enseguida. De paso miraré también si Trini necesita algo. ¿Quieres algo de beber? Ese té debe de estar ya frío. —Señaló la tetera que había sobre la mesa y que Sofía había olvidado por completo.

—Mira, buena idea. De paso, si la ves, dile a Candy que venga cuando pueda. A ver si vamos solucionándolo todo.

—¿Qué hay que solucionar?

—Nada, hija, cosas mías. Tú ve a lo tuyo, y no te olvides de lo de Robles.

Ena se marchó, pensando qué se le habría ocurrido ahora a Sofía con tantas prisas. Cualquier locura, algo muy propio de ella. Otra novela, a lo mejor. Una de fantasmas sería estupendo. Por desgracia Sofía nunca había escrito novela de terror ni de fantasmas, con lo que a ella le gustaban… Las películas de miedo no le hacían ninguna gracia, pero leer o que le contaran cuentos le encantaba.

Pensó en proponer reunirse una noche después de cenar a contarse historias de miedo, de fantasmas, de aparecidos, leyendas de otras tierras… Nunca lo habían hecho y estaba segura de que habría muchos que se apuntarían. Lo diría en la próxima junta y a lo mejor antes de Navidad hacían una sesión. Un buen fuego en la chimenea, castañas asadas, una copa de tinto… y escalofríos a montones. Un plan perfecto.

Villena
1916

*S*entados en el tren, uno enfrente del otro, Matilde miraba aparentemente el paisaje ocre que se iba desplegando a su paso; un paisaje que se sabía de memoria y que nunca le había gustado, mucho menos en noviembre: árido, polvoriento; muñones de viñas después de la poda, rocas peladas, restos de castillos medievales en Elda y en Sax. El sol brillaba en un cielo azul impoluto, sin que ni una nubecilla le disputara el poder. Por el rabillo del ojo, sin embargo, no se perdía detalle de la expresión y los movimientos del hombre que la acompañaba, don Jacinto Salcedo, su director espiritual, el nuevo capellán de Santa Rita, alto, recio, bien plantado, mucho más joven de lo que sería su difunto esposo, si viviera.

Aquel hombre irradiaba una fuerza contenida que le aceleraba el corazón. A veces, cuando lo miraba sin que él se diera cuenta, le parecía que la sotana que lo cubría desde el cuello hasta las punteras de los zapatos era un cascarón que se limitaba a ocultar lo que latía debajo de tanto paño negro, un cascarón que en cualquier momento podría resquebrajarse, estallar, y dejar libre esa fuerza, ese poder conquistador de voluntades y deseos.

Había resultado bastante difícil persuadir a su cuñada Soledad de quedarse tranquila en Santa Rita con las niñas mientras ella iba a Villena y volvía por la noche. Normalmente siempre iban juntas, a veces incluso con Merceditas, y era casi una excursión, muy bienvenida porque significaba un cambio en la rutina, aunque el aliciente no fuese más que el viaje en tren y la comida en la fonda. Pero el hecho de ser tres, y solo mujeres, ya valía la pena. Sin embargo, esta vez había planeado las cosas de otra forma: había logrado convencer al nuevo capellán de Santa Rita para que la acompañara a Villena, a dar una vuelta por la fábrica, que ahora se llamaba Vda. de Balmaseda. Aunque de hecho la llevaba su hermano Ramiro, siempre era conveniente que ella se pasara por allí de vez en cuando para que los operarios, a los que conocía bien, sintieran que la señora seguía cuidando de ellos. Además, era una excusa maravillosa —apenas si se atrevía a confesárselo a sí misma— para estar sola con Jacinto durante unas horas.

Siempre sentía una trepidación especial cuando, solo para su propio oído interior, lo llamaba Jacinto, no don Jacinto, como hacía delante de todo el mundo, ni padre, como cuando se confesaba. Ni era su padre ni lo sería nunca. No era así como una hija debía mirar a su padre. Llevaba un rígido control de sus ojos, de sus manos, de cualquier parte de su ser que pudiera delatar sus sentimientos. Ella era viuda y él, sacerdote. Todo era imposible entre ellos, salvo la relación que se estaba esforzando por construir: una relación de amistad cercana, de sonrisas y chistes compartidos, de insinuaciones que solo ellos comprendían, de conversaciones sobre temas más divinos que humanos. No obstante, para no engañarse, tenía que reconocer que había pequeñeces que escapaban al control que se había impuesto y que le costaba prohibirse a sí misma: el apoyar brevemente su mano en el brazo de él para no tropezar en unas escaleras, el mirar sus ojos negros durante unos segundos más de lo necesario, el retirar con la punta de su pañuelo de encaje una motita de polvo o una pestaña del rostro de Jacinto, con sus mejillas sonrosadas y gordezuelas como las de un ángel músico… pequeños detalles que, según se mirase, podían, o no, demostrar un cierto tipo de sentimiento.

Unas veces esperaba que él no se hubiese dado cuenta y otras, sin embargo, deseaba que sí lo hubiese notado y, aunque impedido por sus votos, sintiera el deseo naciéndole en el corazón, la lástima de haber comprometido su vida para siempre, negándose la satisfacción de la carne y la exaltación del amor humano. Para ella era triste y casi doloroso pensar que el hombre era un santo, destinado a la gloria y no a los placeres del mundo.

Al menos estaba consiguiendo su amistad. Se contaban cosas personales, se reían juntos, él le había abierto su alma con respecto a sus ilusiones de medrar en la carrera eclesiástica… y ella ya había empezado a escribir cartas, a mover sus contactos para tratar de que Su Ilustrísima se diera cuenta de la joya que tenía en Jacinto Salcedo. Eso, por otra parte, si llegaba a dar fruto, significaría que no se verían demasiado, ya que a él lo trasladarían a otro sitio, pero le quedaría eternamente agradecido. Matilde Montagut sería, por así decirlo, su madrina, el hada que lo había alzado al lugar que se merecía. Siempre sentía un escalofrío de placer al imaginarlo en un futuro más o menos lejano recibiendo la dignidad episcopal; su primera misa como obispo, y ella arrodillada en su reclinatorio de seda morada, con los ojos bajos, mirando entre las pestañas húmedas de lágrimas de emoción su espalda poderosa cubierta por la casulla bordada en oro que los Montagut le habrían regalado, cubierta de rosas, la flor de Santa Rita, y de letras M que todo el mundo interpretaría como una exaltación de María, la Virgen, y que solo ella sabría que gritaban «Matilde» desde el altar a una feligresía incapaz de ver lo evidente.

Faltaban apenas quince minutos para llegar según su delicado reloj de pulsera, oro puro con rubíes, regalo de su esposo por su décimo aniversario de matrimonio. Le hacía ilusión bajar del tren tan bien acompañada, que Jacinto le tendiera la mano para ayudarla a apearse, presentárselo a Octavio, el encargado de la fábrica, que habría venido a recogerlos con el calesín. Esperaba que ni a él ni a los operarios, y mucho más a las operarias, les pareciera excesivo o prematuro el alivio de luto por su parte. De todas formas, había elegido un vestido sencillo, gris perla, con sombrero pequeño, gris antracita como el abrigo y con una sola pluma de faisán. Correcto, adecuado para una viuda acompañada de un sacerdote.

Al llegar a la estación, cuando el tren se detuvo en el andén, Jacinto se apresuró a apearse, después de haberse calado bien la teja y, como esperaba, le tendió la mano abierta para ayudarla. Ella puso la suya encima, con delicadeza y, sin poderlo evitar, sus dedos se cerraron sobre los del hombre. Esperaba que Jacinto no se tomara a mal que ella, aunque se había calzado el guante de la izquierda, hubiese dejado desnuda, salvo por su anillo de brillantes, la mano que iba a tocar la de él.

14

Hacia la luna llena

En su pequeña habitación, prácticamente el único espacio de la casa donde podía estar un rato solo, Ascuas puso la silla contra la puerta, aunque no creía que nadie quisiera entrar a hablar con él cuando todo el mundo se había retirado ya a descansar, y sacó el grueso sobre de burbujas que había ocultado dentro de la almohada, de manera que cualquiera que hubiese buscado algo en su cuarto no se hubiese apercibido del escondite. Todo el mundo se empeñaba en mirar en el armario, los cajones y debajo de la cama, con una falta casi absoluta de imaginación.

Volcó su contenido sobre la colcha blanca, separó el papel firmado por Brisa y por él, en el que se comprometían a eliminar al Maestro y del que él se había apropiado hacía algún tiempo, y en cuclillas contempló lo que había encontrado en el escondrijo de Tom, gracias al consejo de Río y a su don, el que le servía para encontrar objetos y personas que se hubiesen perdido o que hubiesen sido sustraídos o secuestrados.

Lo más importante, su medalla de la Virgen de Guadalupe, brillaba en el centro de todo, con su cadena de oro. Alrededor, los pasaportes de todos los integrantes de la Orden, un par de sobres blancos y azules que contenían confesiones manuscritas de varios adeptos, firmadas de puño y letra, en las que se inculpaban de diferentes delitos; un mazo de fotos que podrían denominarse pornográficas sin faltar a la verdad, que mostraban a muchos de los Mensajeros de Ishtar en situaciones muy comprometidas y que a nadie le gustaría ver expuestas a la curiosidad pública. También había unos papeles que no había tenido tiempo, ni conocimientos suficientes para estudiar, pero que podían ser documentos bancarios con muchas cifras. De eso se ocuparía más tarde, cuando estuviera en algún lugar lejano donde no pudieran localizarlo. No podía ahora ponerse a averiguar qué contenían los dos USB y un CD sin funda que estaba en ese instante lanzando alegres destellos por el techo de la habitación reflejando la luz de la lámpara de lectura de su mesilla de noche. Por de pronto tendría que conformarse con el dinero en metálico que el Maestro había ocultado también allí. Lo contó con rapidez: cincuenta mil euros en billetes de quinientos, y diez mil en dólares. Quizá hubiese también alguna tarjeta de crédito, pero eso era algo que miraría después. Ahora había algo más importante de lo que cerciorarse.

Pasó los pasaportes con rapidez hasta encontrar el suyo. Casi daba risa verse a sí mismo tan joven, con ese aspecto de querer comerse el mundo, de estar seguro de su camino. Risa y pena. Cuando le tomaron esa foto no podía saber todo lo que tendría que pasar en la vida hasta llegar al momento presente. Lo apartó y siguió mirando hasta toparse con uno que no se había atrevido a esperar, pero que estaba allí, como él había soñado: un pasaporte canadiense a nombre de Tom Ripley, con una fotografía que mostraba al Maestro cuando tenía aproximadamente la misma edad que él ahora, aunque con una expresión más neutra, más blanda, la que usaba cuando no quería que nadie se fijara en él ni pudiera recordar su rostro. El nombre lo hizo sonreír. Le hacía ilusión ser ese Tom por unos días, hasta que consiguiera desaparecer.

Al Maestro siempre le había gustado convertirse en otra persona. Incluso una vez se hizo pasar por mujer durante más de un mes. En aquella ocasión Tom era Patricia y él, que debía de tener unos quince o dieciséis años, hacía de hijo suyo cuando era necesario aparecer juntos. Fue entonces cuando Tom empezó a pensar seriamente en crear la Orden. Muchos años antes, por lo que le había contado, apropiándose de la personalidad de un chico rico americano que se había marchado de casa para evitar que lo mandaran a Vietnam y había fundado una secta en la India, se instaló en California con el nombre del muchacho, y sus fieles lo aceptaron sin rechistar. Las drogas psicodélicas que estaban de moda en la época contribuyeron mucho a que ninguno de los adeptos se diera cuenta de que su líder, el «gurú», como lo llamaban antes, no era el mismo a su vuelta de la India, una vez acabada la guerra.

Con los Ángeles de Rama sobrevivió unos años. Luego se cansó de ello, organizó un suicidio colectivo de su gente que tuvo bastante éxito —casi el noventa por ciento de los trescientos que eran entonces, según le confesó un día que estaba de buen humor— y volvió a desaparecer por unos años en los que se dedicó a la buena vida, a refinarse, vivir en una casa bonita frente al mar, aprender a tocar el piano, a hablar francés y a apreciar la buena cocina.

Después del episodio de Patricia —él nunca supo para qué servía ni de quién estaba huyendo—, se marchó a Europa y no volvió a verlo hasta unos años más tarde, cuando regresó a Estados Unidos, ya convertido en Thomas Richard Greenleaf, Tom para los más íntimos, y acompañado de una mujer de la que no se separaba y que parecía incluso más lista que él, pero que no duró demasiado en su compañía. Entonces empezó el proceso de creación de los Mensajeros de Ishtar y el reclutamiento de chicos y chicas solitarios, con ciertas dificultades de inserción social, pero especialmente dotados para tareas poco habituales. Él, que aún no se llamaba Ascuas, con su don los sondeaba, se daba cuenta de si eran apropiados, si serían fáciles de convencer y manipular, y los acercaba a Tom.

Para entonces la mujer había desaparecido; Tom nunca le dijo qué había sido de ella y él nunca la echó de menos porque, gracias a que ya no estaba, su propio papel en los Mensajeros cambió. Entonces fue cuando Tom lo «adoptó» y lo inició no solo en los misterios de Ishtar, sino en muchas otras habilidades. Con él aprendió todo lo que sabía en muchos campos que no se estudian en las escuelas y las universidades: cómo usar el sexo para conseguir ciertos resultados, cómo producir el máximo placer, cómo causar dolor, cómo manipular los sentimientos y pensamientos de otra persona, cómo transformarse en otro, o en otra, cómo decir algo y pensar lo contrario, cómo creer a la vez dos cosas contradictorias y autoexcluyentes, cómo anularse a sí mismo ante la voluntad del Maestro, cómo matar en caso de necesidad.

Le estaba realmente agradecido, aunque, al final, las relaciones entre ellos dos ya no hubieran sido tan sólidas y profundas como al principio. Resulta difícil, por mucho que uno haya aprendido, vivir con un loco que detenta el poder, un poder absoluto.

Ahora todo se extendía frente a él, todas las posibilidades. Ola cedería, estaba seguro. Durante unos días podría disfrutar de la sensación inigualable de ser un dios. En las veladas de amor sería su voluntad la que se impusiera; iniciaría a la pequeña estúpida por el camino de la humillación y el dolor, haciéndola sentirse ridícula, además de culpable por no ser capaz de soportarlo. Tendría la satisfacción de mandar sobre todos ellos, incluso sobre Ola, que lo aprobaría todo para no verse desenmascarada ante la policía por un crimen antiguo que constaba allí, en el sobre azul pálido, firmado por ella. Paradójicamente, lo más probable era que unos días más tarde la policía la detuviera por instigación al crimen, al asesinato del Maestro. Ahora solo tenía que insistir un poco con Brisa, que ya no sabía lo que pensaba ni lo que había sido realidad y lo que no, y llevarla en la dirección correcta: Ola era quien le había sugerido el crimen, quien le había dado la idea, quien la había estado animando… ¿De verdad no lo recordaba? Había sido Ola…

No sería difícil.

Le encantaba hacer planes, pensar en voz alta, aunque solo fuera en susurros, tener un futuro que ya casi había dado por perdido hasta que la muerte del Maestro, de Tom, le había vuelto a abrir la carretera. *On the road again.*

Luego, en cuanto Ola y Brisa estuvieran bajo custodia, se marcharía sin dejar rastro. Con esa borrachera de poder que disfrutaría en las ceremonias de iniciación acabaría su fugaz mandato. Los dejaría solos, a merced de la sede de California, para que los Mensajeros de Ishtar continuaran como pudieran. La verdad era que no le importaba un ardite.

La elección de la palabra «ardite» lo hizo reír. El abuelo de una de las primeras familias que lo acogieron, unos mexicanos arraigados en Texas, gente violenta, de caballo y mezcal, le recitaba incesantemente *El estudiante de Salamanca*, de José de Espronceda, que se sabía de memoria. Esa era una de sus frases favoritas, de las que no había olvidado: «Perdida tengo yo el alma y no me importa un ardite». No recordaba nada más. No sabía qué era un ardite y tampoco se había molestado nunca en averiguarlo. El abuelo había muerto en una pelea de borrachos y a él lo habían devuelto al orfanato poco después.

Mucho más tarde había llegado Tom, lo había convencido de que tenía alma y podía hacer algo con ella y con ese extraño don que tantas veces parecía una condena, y lo había puesto a girar como una peonza en su propio beneficio.

Ahora Tom estaba muerto. Por fin.

Él lo había querido.

Lo había odiado.

Habría matado por él.

Habría muerto por él.

Había decidido que tenía que morir.

Lo había matado.

Pero no con sus manos.

Había aprendido mucho y ahora era, por fin, el momento de cosechar lo sembrado.

Al volver de Benalfaro, después de haber enviado por correo, bien empaquetada y sellada, la caja que contenía la calavera, a Greta le vino de repente la idea de que hacía tiempo que quería hablar con Robles por lo del asunto de la tumba de Lidia, para preguntarle si tendría tiempo de ayudarla a buscar. Quería haberlo hecho mucho antes, pero las cosas que habían ido surgiendo la habían apartado de su idea primitiva.

Esa misma noche iba a ser la reunión mensual que, por fortuna, no tenía demasiados puntos en el orden del día. Uno de ellos, aunque formulado de un modo bastante críptico por Candy, se refería a las posibles obras para despejar el camino hasta el invernadero —suponía que antes informarían sobre su descubrimiento— y, en el marco de la discusión sobre ese punto, ella tenía pensado incluir la búsqueda de la tumba de Lidia. Si colaboraban todos, estaba segura de que terminarían muy pronto. Los terrenos de Santa Rita eran grandes, pero no tanto como para que treinta o cuarenta personas, buscando con interés, no lograran encontrarla.

Aunque… si no estaba marcada con una lápida, o una cruz de piedra o algo que hubiese podido resistir cien años, sí que podía ser difícil.

Nada más aparcar el coche en la entrada, le pareció ver un destello naranja brillante por la parte del camino que llevaba al mirador. Dio unos pasos en esa dirección y enseguida se percató de que se trataba de Ángela, con un chubasquero chillón anaranjado y negro que la hacía parecer una abeja, y Robles, con su cazadora de cuero y un gorro verde oscuro. Caminó hacia ellos, llamándolos hasta que se volvieron y se pararon a esperarla.

—¡Buenos días! ¿Hoy no habéis salido a correr?

—Yo sí —dijo Ángela, muy satisfecha—. Aquí el jubileta no corre. No hace más que andar.

—Solo corren los cobardes —contestó él con toda tranquilidad—. Y no es por nada…, pero yo me hago veinte kilómetros al día sin despeinarme.

Ángela se echó a reír.

—¿Despeinarte? ¿Tú? ¡Si eres un cabeza de bola!

Greta los oía pelearse, sonriendo. Eran como dos críos y se lo pasaban de maravilla metiéndose el uno con la otra y viceversa.

—¿Qué hacéis por aquí? Si estuvierais por mi zona, en los bosques de Baviera, diría que estabais buscando setas, pero aquí…

Los dos se miraron, como conspiradores.

—Es una sorpresa —dijo Ángela antes de que Robles pudiera abrir la boca.

—¿Para quién? —preguntó Greta, extrañada.

—Pues ¿para quién va a ser, tía? ¿No te digo que es una sorpresa? ¡Para ti!

Robles se había puesto la cara de comisario y guardaba silencio.

—O sea, que mejor que me marche, ¿no?

—Chachi piruli. Nos vemos en la comida.

Greta, no muy convencida, se alejó cuesta abajo.

—Pero ¡qué bruta eres, Nines!

—Pues ya me contarás qué iba a hacer… Sofía nos ha pedido que busquemos la puta tumba porque dentro hay algo que le va a hacer cantidad de ilu a Greta. Que también es raro que haya gente que lo flipe con un diario antiguo y escrito a mano..., pero en fin... No le iba a decir lo que nos ha encargao, ¿no?

—Vale. Para ti el pato.

Nines se rio, orgullosa de haberle ganado a Robles.

—Ya le diré yo algo a Greta esta noche en la reunión. Supongo que tú no estarás.

—¿Por qué no iba a estar?

—Porque el año pasado, de las pocas veces que coincidimos en la misma mesa, eran elecciones generales y nos pusiste la cabeza como un bombo con eso de que tú no votas, que la gente de tu generación no vota, porque todos los partidos son iguales y todos los políticos nos roban y los demás somos unos pringaos y unos gilipollas por creernos lo de la democracia... y cosas igual de estúpidas. Me figuro que, si no crees en la democracia y no vas a votar en las generales, mucho menos vendrás a una reunión. Porque ahí también se vota y se argumenta y demás, ¿sabes?

—¿Tú estás p'allá, Robles? De las reuniones de Santa Rita no me pierdo una. ¡Faltaría más! Yo vivo aquí y me importa mucho lo que se decida. Porque me afecta, ¿lo pillas?

—¡Hombre, mira tú por dónde! Aquí sí y en España no. ¿O es que no te afectan las leyes que se decidan en el Parlamento? ¿No vives en este país?

—Pues claro.

—Entonces me parece muy raro que no quieras que tu voluntad cuente para elegir quién tiene que gobernar. Si no vas a votar, al final gana el que menos querías que ganara.

—A mí me dan todos igual.

—¿En serio?

Nines inclinó varias veces la cabeza, muy segura de sí misma.

—A ver, por ejemplo, tú eres lesbiana, ¿no?

—A mucha honra. ¿Qué tiene eso que ver?

—¿Y si gana un partido que prohíbe la homosexualidad y pueden meterte en la cárcel por eso?

—¡Qué gilipollez! Eso no puede pasar.

—Pues claro que puede pasar. Hasta no hace mucho era delito.

—Sí, hombre, en la Edad Media.

—No, cuando yo era joven, por ejemplo.

—Ya te digo, en la Edad Media.

Robles no se rio ni entró al trapo. Lo que estaba diciendo le parecía muy importante y se le habían quitado las ganas de jugar.

—Y el aborto también estaba prohibido —continuó—. Hasta los anticonceptivos eran ilegales, si no estabas casada y te los recetaba un médico.

—¡Joder! Pero eso no puede volver.

—He sido muchos años comisario, Nines. Cuando cambia una ley, por mucho que uno no esté de acuerdo, hay que cumplirla y hacerla cumplir. Tenemos que procurar que las leyes no cambien para peor. Vale. Ya te he dado mucho la vara. Vamos a seguir con esto, a ver si hay suerte y para la hora de comer hemos terminado.

Guardaron silencio durante más de diez minutos. Habían decidido parcelar el plano de Santa Rita, ir explorando pedazo a pedazo y tachar lo que ya habían cubierto. Ahora estaban acabando la subida al mirador, fijándose en los laterales del camino empinado que, en curvas suaves, llevaba hasta lo más alto. Era el que había elegido ella porque quería tacharlo cuanto antes.

—Aquí no hay nada —dijo Ángela, parándose a respirar.

—No parece, no.

—A ver, yayo, si tú tuvieras que enterrar a alguien, ¿dónde lo harías?

Robles siguió andando despacio, pero sin detenerse.

—Ven, vamos hasta el mirador y allí nos sentamos un poco. Dependería de a quién estoy enterrando y por qué. Si lo acabo de matar y no quiero que lo encuentren, buscaría la zona más inaccesible o menos frecuentada; pero si fuera como lo que buscamos…, a una chica que, por lo que sea, no han podido enterrarla en sagrado…, entonces la cosa cambia. Mira, vamos a hacer un ejercicio…

—Estoy hecha polvo ya.

—No, un ejercicio mental. Imagínate que es tu hermana, o tu hija o tu madre…

—Ya, ya lo pillo. Alguien de la familia. ¿Qué?

—¿Dónde la pondrías tú?

—En algún sitio que no esté en cuesta —dijo Nines, resoplando.

—Buena respuesta.

—¿Sí?

—A mí también me parece un criterio. Si los que la sobrevivieron eran todos mayores, buscarían un lugar plano, de fácil acceso…

—A lo mejor cerca de la iglesia. No la podían poner allí porque se lo habían prohibido, pero querrían que no estuviera lejos.

—Eso es. Que el día del Juicio Final, cuando los muertos resucitaran, no estuviera lejos de la familia.

—Oye, Robles, no es que me lo crea, ¿eh? Pero… si todos esos muertos resucitan de verdad, pongamos por caso… cuando todos resuciten…, ¿qué pinta tendrán? ¿Zombis, como los del vídeo de Michael Jackson? ¿Gente normal cuando era joven o con la pinta que tenían cuando la palmaron?

—Ni idea, Nines. Yo nunca he sido mucho de iglesia.

—¿Y cómo van a caber en el mundo, si casi no cabemos los que estamos ya?

—Mira, todo eso puedes preguntárselo a Salva, que, como fue cura, seguro que lo sabe.

—Es que nunca me lo había planteado, ¿sabes? Pero son preguntas interesantes, ¿no crees?

—Sí, Ángela, son buenas preguntas. ¿Has descansado ya? ¿Seguimos?

Ella se quedó mirándolo con la cabeza ladeada hasta que dijo:

—Robles, ¿te doy mucho por saco con mis preguntas?

—No, Nines, las preguntas son muestra de inteligencia y cuando, además, tienes la suerte de hacérselas a alguien que las sabe contestar, son ya la hostia. ¡Qué pena que te hayas buscado a un ignorante como yo para plantearlas!

Se echaron a reír y, después de dos palmadas, cada uno en sus respectivos muslos, tomaron el camino de vuelta, cuesta abajo.

Aún no había amanecido. Laia se había despertado más temprano de lo habitual porque, ahora que la habían avisado formalmente de que su iniciación se llevaría a cabo la siguiente noche de luna llena, a tan solo cinco días, casi no conseguía descansar.

La emoción no la dejaba dormir, pero junto con esa exaltación que le producía la idea de que en poco tiempo sería una adepta de pleno derecho, hija de Ishtar para la eternidad, también existía un ligero miedo, que en general lograba controlar, y que la llevaba en dos direcciones: uno de los miedos era el de no ser lo bastante pura, lo bastante buena, lo bastante valiente para superar la iniciación, decepcionar a todos los que habían creído en ella y tener que marcharse de la Casa a ocuparse de tareas menores por no haber colmado las expectativas que se habían puesto en ella. El otro miedo era el de tener que renunciar definitivamente a la posibilidad de tener hijos. Siempre había pensado que esa exigencia era justa y correcta, un mal menor que no se podía comparar con la felicidad de ser mensajera de Ishtar y con la posibilidad, lejana pero existente, de llegar a entrar en contacto con los hermanos extraterrestres que los habían elegido entre todos los mundos de la galaxia. Se había dicho miles de veces que ese voto era como el que hacían los sacerdotes, las monjas y los frailes, aunque ellos solo prometen castidad y tienen que defenderla como pueden a lo largo de toda su vida, mientras que ella, en Ishtar, no tenía voto de castidad, sino que de hecho podía y debía usar su sexo constantemente para estar completa. Si hasta ahora aún no lo había usado, era porque todavía no había sido iniciada, pero después de la ceremonia eso sería lo primero que tendría que aprender. Lo del asunto de la ligadura de trompas que le practicarían una semana después era casi un trámite y una buena forma de impedir errores y deslices. El tener descendencia o no ya no dependería de su fuerza de voluntad ni de sus promesas; sería, simplemente, imposible.

De todos modos, lo que más intranquila la tenía era la conversación que había mantenido la noche antes con Brisa. Después de haber sido convocada por los Ocho para anunciarle la fecha de su iniciación, la hermana le había pedido con un gesto discreto que se quedara atrás y ella le había indicado con los ojos que la esperaría en el jardín.

Por un momento había tenido miedo de que Brisa se hubiera enterado de que ella había hablado con Lola la noche de la incineración del Maestro y ahora fuera a reprochárselo, pero luego se había acordado de que precisamente esa noche, justo cuando las llamas habían empezado a consumir el cuerpo, la hermana había tenido una crisis de nervios que había obligado a llevarla a la casa y darle un sedante, de manera que era imposible que la hubiese visto hablando con la policía. Tenía que tratarse de otra cosa.

Al cabo de unos minutos, Brisa, con el anorak puesto y un gorro azul cubriéndole los cabellos rubios, se reunió con ella en el jardín y echaron a andar hacia la parte de la casa que daba al mar y quedaba en sombras. Allí se sentaron en un banquito de piedra, con la espalda apoyada en el muro del edificio.

Brisa metió la mano en el bolsillo, sacó un sobre de los que usaban para las comunicaciones oficiales con los consultantes, y se lo pasó discretamente, ocultándolo con un pliegue de su túnica.

—Laia, haz el favor de guardarme esto. No le digas a nadie que lo tienes. Si llega a pasarme algo, entonces sí que quiero que se lo des a la mujer policía. Sé que tú la conoces porque vive en la misma casa que tu abuela.

—¿Qué quieres decir con eso de «si llega a pasarme algo»? ¿Y por qué tengo que dárselo a Lola?

—No quiero que sepas más. Es mejor así. Por tu bien. Por favor, hermana… Prométemelo.

Era la primera vez que un miembro del Círculo de los Ocho la llamaba «hermana» y la palabra hizo que algo se licuara dentro de ella, como si se hubiese sumergido en un líquido tibio y untuoso.

Laia cogió el sobre y se lo guardó en el bolsillo.

—Te lo prometo, hermana. —La palabra se deshizo en su boca.

—Ahora —continuó Brisa—, en prenda de agradecimiento, déjame que te diga algo; más bien, que te dé un consejo.

Laia se quedó mirándola, curiosa, asintiendo con la cabeza. Hasta ese instante ninguno de los hermanos le había dado ningún tipo de consejo. Ni siquiera parecían haberse dado cuenta de que ella estaba allí y pronto sería una de los suyos.

—Vete de aquí, ahora que aún puedes.

—¿Quééé?

—Hazme caso. Te destruirán. Se aprovecharán de ti, de tu don, de tu cuerpo, de todo lo que eres y tienes. Te sorberán la vida y luego escupirán la cáscara, como me ha pasado a mí. No permitas que te operen y te quiten la posibilidad de tener hijos en un futuro, cuando tú lo decidas. No dejes que te entierren viva, que te ahoguen, que te quemen, que te violen y te flagelen fingiendo que es voluntad de Ishtar. Ishtar no existe. Esos extraterrestres bondadosos y casi omnipotentes no existen. Todo esto es mentira, Laia. No somos nobles, ni buenos. Somos depredadores y los más fuertes se comen a los más débiles. Tú no eres fuerte, hermanita. Yo tampoco. Te comerán.

A Laia se le habían desorbitado los ojos oyendo a Brisa. Aquello no era verdad. No podía serlo.

Los Mensajeros de Ishtar eran una Orden muy prestigiosa, se relacionaban con las más altas personalidades, ganaban muchísimo dinero; eran seres especiales, por eso tenían que separarse de los mortales comunes.

—No quieres creerlo, ya lo sé. Yo tampoco habría querido hace veinte años, pero me habría gustado que alguien me lo dijera, al menos. Huye de aquí. Tienes familia, la policía te ayudará. Sé que llevas toda tu vida deseando que llegue el momento de tu iniciación, pero te han engañado, como nos han engañado a todos. ¿Te acuerdas de cuando te explicaron que tienes que hacer el amor con cualquiera que te lo pida?

Ella asintió.

—Pero nadie me lo ha pedido.

—Claro. Porque hasta hace nada eras menor y el Maestro no quería líos de ese tipo. Por eso inventaron todo el cuento de la iniciación. A partir de ahí eres presa de todos. ¿Recuerdas eso de «Tú eres el agua que el otro necesita? ¿Le vas a negar el agua a quien muere de sed? ¿Vas a dejar morir de sed a tu hermano?».

Laia volvió a asentir.

—A partir de tu iniciación tendrás que pasar por todo lo que quieran hacerte, hasta que ya no seas capaz de distinguir lo que quieres o no. Te han quitado a tu familia, a tus amigos…, te han ido dejando sola. Acabarán por quitarte la autoestima, la dignidad… Llegarás a no saber quién eres o qué quieres. —Hizo una breve pausa—. A no querer nada, a no ser nada ni para ti misma. ¿Sabes lo que es «luz de gas»?

La muchacha, asustada, dijo que sí con la cabeza y con los ojos.

—Aquí lo hacen mucho, hasta que sinceramente no sabes qué pasó, cómo fueron las cosas realmente. Te perderás a ti misma. Te convertirán en cualquier cosa…, en una asesina incluso.

—¿Por qué dices eso, hermana?

—Porque no puedo más. —Cerró los ojos, como quien baja una persiana metálica. Se puso en pie, se estiró el anorak con delicadeza—. Ya te he dicho lo que quería decirte, hija. No te olvides del favor que te he pedido. Lo demás es asunto tuyo. Voy yo delante. No conviene que nos vean juntas.

Desde entonces casi no había podido dormir. Los pensamientos le daban vueltas y vueltas en la cabeza. ¿Tendría razón Brisa o era simplemente que se estaba volviendo loca?

Ella llevaba años, toda su infancia y adolescencia queriendo ser mensajera de Ishtar. El día más feliz de su vida había sido cuando le comunicaron que el Maestro pensaba que tenía posibilidades de ser elegida. Ahora había decidido. Se había marchado de casa. Había renunciado a todo, incluso a Luis, que no había pasado las últimas pruebas y nunca formaría parte de los Veintisiete. Se habían besado una vez, pero luego ella había cortado las relaciones por miedo a que alguien se enterase y eso hundiera sus posibilidades de entrar en la Orden. Ahora tendría que besar a Ascuas, a Brisa, a Llama, a Ola…, a todos aquellos viejos.

No eran viejos, se corrigió a sí misma. Eran Mensajeros Mayores. Como lo habría sido el Maestro, que ya tenía más de ochenta años. Aprendería a amarlos, a disfrutar con ellos de todos los placeres para poder ser feliz y proyectar su felicidad sobre los consultantes que la necesitaban.

Había decidido y nada de lo que pudiera decirle Brisa iba a cambiarlo. Brisa, por lo que fuera, se había vuelto amarga, había perdido la dulzura y la sonrisa que caracterizaban a los

Mensajeros. Lo que le había dicho era lo que le había pasado a ella: se había perdido de sí misma. No podía hacerle caso. Sería como tirar a la basura todos los años de su formación.

De cualquier manera, había escondido la carta que le había dado y pensaba cumplir su promesa. Seguía sin saber qué había querido decir con ese «Si llega a pasarme algo». ¿Qué le iba a pasar estando allí, en la Casa, con sus hermanos y hermanas? Pero haría lo que le había pedido si llegaba el caso. A nadie se le ocurriría imaginar que Brisa le había confiado a ella, a la nueva, la carta para Lola Galindo.

A pesar de que había tomado su decisión definitiva, se sentía inquieta, estaba harta de dar vueltas en la cama en la oscuridad, no quería volver a repasar todos aquellos pensamientos y, cuando sentía algo así, lo mejor era moverse, hacer algo, de modo que, antes de que la gente empezara a levantarse, se le ocurrió subir sigilosamente al desván, donde cada uno de los adeptos, ella incluida, tenía un casillero como en los gimnasios del mundo exterior donde podía conservar, si lo deseaba, pequeños recuerdos de su vida anterior o alguna tontería como una piedra recogida en la playa o una caracola particularmente bonita. Aunque a lo largo de su adolescencia se había esforzado por ir aprendiendo austeridad, desprendimiento, ascetismo, había momentos en los que necesitaba recordar que había cosas bellas, cosas que le pertenecían y la transportaban a momentos importantes de su vida.

Ahora, de pronto, quizá por la influencia de las palabras de Brisa, había sentido la imperiosa necesidad de tener entre las manos un colgante que le había regalado su yaya a los quince años y que solo había podido ponerse en familia, ya que al volver al colegio tenía que ocultarlo de la vista de los demás, a pesar de que era una piedra pequeña y azul, como el color favorito de los Mensajeros. Su yaya le había dicho que era un topacio azul traído de Brasil y que quería que lo llevase siempre o al menos hasta su matrimonio. La yaya no sabía entonces que ella ya había hecho las primeras promesas a Ishtar y nunca se casaría.

Salió de la habitación cuando la primera luz había comenzado a pintar de amarillo el filo del horizonte del este y, sin cruzarse con nadie, llegó hasta la escalera que llevaba al desván. Miró atrás por precaución, pero el pasillo estaba desierto. Bien. Sus pies enfundados en los calcetines celestes no hacían el menor ruido. Sus manos ya casi podían sentir la fina cadena de oro, la piedra azul que destellaría bajo la luz del sol en cuanto la acercara a una de las pequeñas ventanas semicirculares del desván, debajo de las vigas blancas.

Podía ser superstición, pero tenía el pálpito de que aquella piedra azul, transparente como una gota de agua de piscina, podría guiarla en su angustia.

Abrió la puerta mordiéndose los labios con miedo a que chirriara, pero se abrió sin un suspiro, bien engrasada.

Una corriente fría que no esperaba la sobresaltó. Las ventanas debían de haberse quedado abiertas. El sol ya inundaba de luz la habitación. Sus rayos entraban sesgados por los cuatro ventanucos frente a la puerta y, por un momento, quedó cegada por la pureza del rojo que llenaba la estancia. Sin embargo, un instante después, algo se interpuso entre la luz y sus ojos.

Una sombra.

Luego otra vez la luz.

Y la sombra.

Y la luz.

Algo se balanceaba frente a ella, una especie de saco blanco que pasaba delante de sus ojos como el péndulo de un reloj, como un metrónomo sobre un piano. Algo que tardó unos segundos en interpretar.

Frente a ella, colgado de una viga por una soga blanca, un cuerpo se mecía con la brisa del mar.

Por reflejo, se tapó la boca con las manos para no ponerse a gritar antes de saber qué era aquello. Un segundo después, el rostro de una hermana, deformado y con la lengua hinchada, violácea, saliéndosele de la boca, se columpiaba delante de ella.

Brisa.

Entonces sí que empezó a gritar.

Santa Rita
1916

*F*altaba ya poco para las fiestas de Navidad. Todo el sanatorio, y la casa y la iglesia, estaban en plena fiebre de preparativos para que resultaran lucidas, porque el tío Ramiro decía que ese era el momento en el que casi todos los clientes y pacientes recibían visitas y no había mejor carta de presentación para futuros interesados que el deslumbramiento que Santa Rita podía ofrecerles cuando se vestía con sus mejores galas. De modo que los jardineros trabajaban de sol a sol dentro y fuera de la casa arreglando los jardines y colgando guirnaldas en los salones. Incluso su tía y su madre habían decidido este año, después de insistir bastante, sobre todo al abuelo Lamberto, que era más tradicional, seguir una de las innovaciones más sofisticadas de la capital y poner un abeto decorado en el comedor.

La tía Soledad —que amaba Santa Rita, pero viajaba todo lo que podía— había estado el año anterior en Madrid y le habían explicado que veinte años antes, una princesa rusa —Sofía Troubeztkoy—, casada en segundas nupcias con un aristócrata español, había traído esa costumbre desde su lejano país, y la tía se había quedado enamorada de la belleza de ese árbol alto, oscuro y lleno de velas y frutas que con su sola presencia era capaz de llenar un salón y convertirlo en un paisaje de ensueño. Este año ellos iban a tener también el suyo.

En otras circunstancias, ella y Mercedes habrían disfrutado enormemente de todas aquellas novedades, pero este año todo era como si algún mago perverso hubiese colgado un velo negro entre sus ojos y la realidad. Se miraba al espejo por la mañana y veía a Lidia, la Lidia de siempre, el mismo rostro, aunque cada vez más pálido y más anguloso, los mismos ojos, cada vez más hundidos en las cuencas, sobre unas ojeras cada vez más violáceas. Lidia, pero, a la vez, la calavera de Lidia, consumida por un fuego helado que le estaba arrebatando la alegría y las ganas de vivir.

Se preguntaba por qué nadie parecía darse cuenta, por qué todo el mundo seguía con su vida, se reía, hacía planes para las fiestas… y nadie notaba que ella iba menguando, convirtiéndose en el fantasma que llegaría a ser si no se hacía algo, y pronto.

Su madre, que siempre había estado más pendiente de sí misma que de los demás, incluida su hija, ahora parecía todavía más lejana, más encerrada en otro mundo. Con frecuencia la veía sonreír al infinito, como si tuviera un dulce secreto de los que no se pueden compartir, pero que iluminan tu existencia. Esto lo sabía por sus novelas, esas novelas que tantas veces le habían salvado la vida llevándola lejos de la miseria cotidiana, y siempre había querido tener un secreto así.

Sin embargo, el único que tenía era un secreto negro, palpitante, con un centro de sangre que amenazaba con explotar y destruir su vida y su futuro.

No había habido novedad en sus ciclos femeninos y estaba empezando a volverse loca de miedo. Después de darle muchas vueltas, había decidido hablar con su madre, o, si no hablar, al menos sondearla un poco para saber qué podía esperar cuando por fin tuviera que decírselo.

Su madre era el centro de su vida. ¿Qué haría si ella la repudiaba? Pero era necesario que supiera lo que estaba pasando.

Después de buscarla por toda la casa la encontró en el jardín de atrás, volviendo de la iglesita con una sonrisa en los labios y las mejillas sonrosadas por el frío.

—¡Hija, qué pálida te veo! Te convendría hacer un poco de ejercicio y dar paseos al aire libre. Tanto estudio y tanta lectura van a acabar contigo. Tengo que decirle a don Jacinto que os deje más tiempo para el cuidado de vuestro cuerpo. Las mujeres no somos solo alma y cerebro. ¡Anda, ven, vamos a dar una vuelta por el jardín y después nos pasamos por la cocina, a pedir que nos suban un chocolate con picatostes a la salita!

—Mamá... —empezó Lidia con suavidad. Parecía estar de tan buen humor que no quería estropearlo—. ¿Se va a quedar don Jacinto para las fiestas?

—Pues claro, mujer. Hay muchas misas que decir. Es la época más bonita del año. Luego, quizá a mediados de enero, vaya unos días a visitar a su familia, pero ahora no podemos prescindir de él.

—¿Se va a quedar siempre aquí?

Matilde suspiró.

—No creo, hija. Me da el corazón que este hombre va a hacer carrera y yo no quisiera cruzarme en sus planes. Más bien pienso ayudarlo en lo que pueda.

—Sí, estaría bien que ascendiera.

Matilde cogió del brazo a su hija.

—Me alegro de que tú también lo veas así. A veces he pensado que te cae mal.

—Es que... —Lidia sabía que no iba a encontrar mejor momento, pero le daba miedo estropearle el humor a su madre, ahora que parecía tan contenta—. No es que me caiga mal, mamá. Es que le tengo un poco de...

—¿De qué? —preguntó cortante.

—Un poco de miedo —consiguió decir, después de una pausa.

—¿Por qué? ¿Te ha puesto algún castigo que yo no sepa?

—No —dijo casi sin voz—, pero... —no sabía cómo decirlo, así que trató de rebajar lo que quería decir— me mira raro.

—¿Raro? Explícate.

—Como... no sé. Raro. Mal.

Su madre apretó los labios, lo que nunca presagiaba nada bueno. A pesar de ello, decidió seguir hablando.

—Ha intentado tocarme. —Lo que don Jacinto había hecho era mucho más que eso, le daba hasta una especie de risa negra decirlo, pero lo importante era que había empezado a hablar.

—¿Cómo que «tocarte»? ¿Dónde? ¿Cuándo? ¿Cómo? Ya sabes que no consiento que me mientas.

—No miento, mamá. Usted sabe que nunca miento.

—Pues habla claro.

En las mejillas de Lidia habían aparecido dos manchas rojas y en su frente unas gotas de sudor.

—Como..., como si estuviera enamorado de mí. —No sabía cómo formular lo que don Jacinto le había hecho y le seguía haciendo. No tenía el vocabulario. No tenía más que lo que había leído en las novelas y ahí siempre se hablaba de amor o de enamoramiento cuando un hombre le hacía ese tipo de cosas a una mujer. Ella sabía que aquello no era amor, que no podía serlo, que no era algo bueno, deseado por Dios, a pesar de que don Jacinto era sacerdote. Él le decía que, si Dios no estuviera de acuerdo, ya lo habría impedido; que Dios, que todo lo ve, es todopoderoso, y si, al verlo, no le hubiese parecido bien, no habría permitido que sucediera.

—¿Enamorado? ¿Tú estás loca, Lidia? ¡Es cura, por el amor de Dios! ¿Cómo se te ocurren esas maldades?

Ella empezó a llorar, sin querer. Las lágrimas se le salían de los ojos y se deslizaban por sus mejillas hasta caer en la bufanda azul, en la pechera del abrigo de lana.

—Te voy a prohibir la lectura hasta después de las fiestas. Eso es lo que pasa cuando una niña de tu edad se pone a leer locuras. Tendría que haberte controlado más, hija mía. Ya ves lo que le pasó a don Quijote.

—Mamá… —comenzó entre hipos—, hágame caso, por favor, no tiene nada que ver con las novelas. Esto es verdad. Se lo juro. Él… él me ha hecho cosas…

—¿Qué cosas? ¡A ver!

—No puedo, mamá… Me da mucha vergüenza.

—¡Ya está bien! ¡No pienso oír más tonterías! Vete a tu cuarto y quédate allí hasta que yo vaya. No consiento que calumnies a un hombre de Dios por cualquiera sabe qué tontería que se te ha metido entre ceja y ceja. Hablaré con él.

—¡No, mamá! ¡No hable con él! ¡No le diga nada de esto!

Matilde la miró, notando su terror, pero sin captar a qué se refería. Se ablandó un poco.

—¿Ves, tontina? No son más que imaginaciones tuyas. Por eso te da miedo que hable con él. Pásate por la cocina, pide un chocolate y que te lo suban a tu cuarto. Haz los deberes hasta que yo llegue y seguiremos hablando.

—Gracias, mamá.

Dobló las rodillas un segundo y, reprimiendo el deseo de arrancar a correr, se alejó de su madre a paso mesurado, sintiendo un deseo avasallador de estallar en gritos hasta hundir el mundo.

Matilde la siguió con la vista hasta que desapareció al doblar la esquina, detrás de las buganvillas, saludó con la cabeza a un matrimonio que había decidido dar un paseo por el jardín antes del desayuno y se quedó mirando el sol que, apenas salido del mar, empezaba a coger fuerza y a calentar la cara.

Se estaba bien en Santa Rita, casi como en su infancia, cuando ella y Ramiro jugaban en el invernadero recién estrenado; y ahora que había aparecido Jacinto, aún era mejor, porque su simple presencia ponía un toque de interés especial a su vida que, de otro modo, siendo viuda, no admitía demasiadas distracciones.

Hoy habían hablado mucho en el refugio del confesionario y estaba empezando a tener la sensación de que él sentía algo muy parecido a lo que ella notaba aletear en su pecho. De todas maneras, si en algún momento decidía poner fin a su luto y se planteaba cambiar de estado, no era un sacerdote en quien tenía que poner las miras, sino en otro lugar. Quizá en uno de los varios viudos con posibles que venían a Santa Rita a tomar baños de agua de mar y a reponerse de la vida en la capital. Lidia estaba ya muy cerca de ser una muchacha casadera y, en cuanto ese asunto estuviese bien encarrilado, tendría la posibilidad de pensar en su propio futuro, ya que la idea de seguir viuda para el resto de su existencia no la seducía. La vida social que a ella le gustaba pasaba por tener marido y, cuanto antes empezara —discretamente, por supuesto— a buscarlo, mejores cartas tendría. Después de los cuarenta, una mujer tiene ya pocas posibilidades, pero a los cincuenta, ninguna. Así que todo tendría que decidirse en los próximos tres o cuatro años si quería que las cosas llegasen a buen puerto.

De todas formas, no pensaba privarse del sutil devaneo que había comenzado con Jacinto y que la mantendría en marcha para otras relaciones de amistad. Al mirarse en el espejo se había descubierto esa pizca de travesura, esa chispa de picardía que su difunto marido tanto había alabado en ella y que, por experiencia, sabía que gustaba a los varones. Esa precisa mezcla entre ingenuidad bien dosificada y un pellizquito de sicalipsis.

Encontró a Soledad, como suponía, en la salita que compartía con su marido, junto a su dormitorio, tomando un café con leche y una ensaimada. Se dieron dos besos y Matilde se sentó enfrente de su cuñada con otro café, aunque sin coger ninguno de los bollos de la bandeja. La esbeltez estaba de moda y estando delgada, siempre daba una la sensación de ser más joven.

Nada más remover un poco de azúcar en la taza, Matilde le contó a Soledad lo que Lidia le había dicho.

—¡Figúrate, qué desfachatez la de mi hija! ¡Hay veces que me encocora! —terminó.

—Me extraña, la verdad. Lidia es una chica seria. Casi demasiado seria para su edad. —Soledad volvió a servirse una taza de la cafetera de plata—. De hecho, quería decirte que para las fiestas deberíamos hacerle un vestido de algún color un poco más subido que los que suele llevar. Entre lo pálida que está y esos trapos negros y morados que lleva…

—¡Es el luto de su padre!

—Sí, Matilde, ya lo sé, pero si tú ya vas de alivio de luto, no veo por qué la chiquilla tenga que ir aún vestida de espantapájaros. Piensa que ya casi está en edad de buscar novio y así como va… ¡cualquiera se anima!

—¿En qué color habías pensado?

—Algún tipo de rojo…

—¿Rojo? ¿Estás loca?

—No, mujer, pensaba en un granate, por ejemplo, que le dé color a las mejillas y que no resulte muy llamativo.

Las dos callaron unos momentos, repasando, cada una por su lado, los figurines que había sobre la mesa y que les mandaban puntualmente de Madrid.

—¿A ti se te ocurre cómo se le ha pasado por la cabeza inventarse eso que te he contado? Le he prohibido las novelas, por lo pronto —continuó Matilde.

Soledad meneó la cabeza en una negativa.

—No son las novelas. Es… que tiene dieciséis años y está en la edad. Y como por aquí no hay muchachos…

—¿Qué quieres decir?

—Mira, Ramiro me ha contado que un psiquiatra austriaco muy importante ha estado dando unas lecciones en Viena en las que se explican cosas así. Imagínate que imparte estas clases en sábado y abiertas al público. Bueno… a pacientes, colegas extranjeros, antiguos alumnos… Se las manda, traducidas, un colega que está estudiando con el profesor austriaco y la verdad es que son muy interesantes.

—Cuenta…

—Dice que el impulso sexual es lo más importante en la vida de los seres humanos, pero nuestra sociedad lo reprime por la influencia de la Iglesia y la educación social. Entonces, cuando una mujer, pongamos por caso, tiene un deseo… —Soledad miró a su cuñada sobre el borde de la taza tratando de poner en sus ojos lo que no acababa de atreverse a poner en palabras—, en vez de confesarlo, ya que sabe que no está bien sentir lo que siente…, pues… lo pone en la otra persona, en el hombre. Porque sabe que los hombres tienen ese tipo de deseos y, cuando ellos los sienten, no está tan mal como cuando los sentimos nosotras.

—Entonces ¿lo que me estás diciendo es que Lidia es la que se ha enamorado de don Jacinto y, para contármelo a mí, le echa a él la culpa?

—Sí, resumido, eso es. Solo que yo no sé si es enamoramiento… o más bien…, ya sabes…

Matilde sacudió la cabeza en una negativa. Soledad carraspeó, miró por encima de su hombro, aunque sabía que estaban solas, bajó la voz y dijo:

—Apetito carnal.

Matilde se echó la mano al pecho.

—¡Sole! Pero ¡si no es más que una cría!

—Socialmente, sí, pero desde el punto de vista de un médico…, bueno…, ya es una mujer, ¿no?

Las dos sabían perfectamente que Lidia sangraba desde los doce años.

—¡Si la pobre no sabe nada de nada!

—¿No le has explicado…?

—¡No! Ya habrá tiempo…

—Yo estoy pensando en ir hablando con Mercedes. Debe de estar a punto de ser mujer y creo que es mejor que lo sepa y que no le venga por sorpresa, como me pasó a mí.

—¿No te da… reparo hablar de esas cosas?

—Sí, claro. Todas tenemos nuestro pudor; pero hay que hacerlo. Por el bien de nuestras hijas.

—Lo pensaré. O te la mando a ti —terminó con una sonrisa pícara—. Ella te respeta mucho.

—Mándamela, si quieres, aunque me figuro que le dará vergüenza. Y ahora, basta ya de hablar de estas cosas. Vamos a lo importante: ¡me ha dicho Marcelino que el jueves llega nuestro abeto de los Pirineos!

15

Los años de las flores

$\mathcal{A}$scen estaba trajinando por la cocina, a pesar de que aún no eran las siete de la mañana. Cuando se encargaba Trini, siempre le tomaba el pelo por lo pronto que se levantaba, considerando que el desayuno era una comida que cada uno se organizaba por su cuenta. Sin embargo, desde que era su responsabilidad, no conseguía quedarse en la cama más allá de las seis. Muchas veces se encontraba por el pasillo con Robles, o Salva, o Ángela, vestidos de deporte y marchándose por ahí a hacer kilómetros, se saludaban brevemente y cada uno se iba a sus cosas.

Además, desde lo de Laia, no conseguía dormir tranquila, echándose la culpa por no haberse dado cuenta antes. ¿Cómo era posible que en los ocho años que la niña había pasado en ese colegio no se le hubiese ocurrido informarse un poco de qué clase de sitio era aquel? Se había limitado a compartir la alegría de su hija y su yerno por haber conseguido matricularla allí y, que ella supiera, jamás se había nombrado a los Mensajeros de Ishtar en ninguna comida familiar; eso era seguro porque, de haber sido el caso, ella, con su experiencia, se habría sentido alertada de inmediato y se habría puesto a investigar.

Al parecer, Tom se había ido haciendo más cauto con los años y solo se lo conocía en ciertos círculos a los que ella no tenía acceso.

Se había quedado de piedra cuando, la misma noche de la fiesta de Halloween, cuando llegó a casa de Alfonso y Celeste para enterarse bien de qué había pasado, su yerno le enseñó una foto de grupo que se habían hecho en la última reunión de padres y madres en la que les habían comunicado que sus hijos e hijas habían sido escogidos para ser becados. Allí, entre todos ellos, en el centro mismo de la imagen, sonriendo beatíficamente, estaba Tom.

Habían pasado muchos años, pero a pesar de que ahora era calvo, llevaba gafitas redondas y afectaba modestia, era el mismo que ella había conocido: una serpiente venenosa. Inteligente, rápido, cruel; orgulloso de dejar su marca en cualquiera que se cruzara en su camino.

Aunque no le picaba y ya no sentía nada allí, se rascó el brazo izquierdo, cerca del hombro, donde mucho tiempo atrás se había hecho quemar hasta hacerla desaparecer la estrella de ocho puntas que simbolizaba a Ishtar. Borrar su huella por dentro fue mucho más difícil, pero también lo había logrado.

No le había dicho a su hija ni a su yerno que, en una remota época de su vida, ella y ese hombre que ahora les había quitado a Laia habían compartido muchas cosas, ni siquiera cuando Alfonso la dejó oír una grabación que había hecho clandestinamente del discurso del Maestro en aquella reunión «para elegidos».

Mientras cortaba cebolla para el sofrito del potaje de garbanzos en la soledad de la cocina, le acudían recuerdos tan antiguos que parecían imágenes de alguna película de los años sesenta o setenta, cuando los colores del mundo eran más intensos y el ritmo de la vida era más lánguido. Hacía siglos que no pensaba en todo aquello. La época californiana se confundía con la ibicenca, probablemente anterior, cuando Tom se hacía pasar unas veces por español y otras por americano, lo que en aquellos tiempos daba exactamente igual para la vida que ellos llevaban. «Debe de ser verdad que la marihuana te vuelve tonto —pensó—. Apenas tengo recuerdos coherentes de todos aquellos años, cuando nos pasábamos la vida fumados».

Terminó con la cebolla, la apartó, se secó las lágrimas y empezó a trocear el pimiento rojo entre sorbo y sorbo de café con leche.

Sí, lo de Ibiza fue después de Londres, claro. Se habían conocido en el Hyde Park, en un concierto improvisado de donde tuvieron que salir corriendo cuando la policía decidió dispersarlos al ver cómo crecían las masas de jóvenes atraídas por la música. Los dos hablaban tan mal inglés que enseguida se dieron cuenta de que ambos eran españoles y, con enorme sorpresa, de que eran incluso del mismo pueblo, de donde habían salido huyendo para no quedarse atrapados en la monotonía de un país gris y fascista. Se acostaron juntos esa misma noche, en el piso donde él estaba viviendo con un montón de hippies y gente de paso —*drifters*, como los llamaban entonces— que entraba y salía antes de que a una le diera tiempo a aprenderse sus nombres. No recordaba la dirección, aunque sabía que era en Soho, un piso enorme y oscuro, una auténtica pocilga que olía siempre a marihuana, palitos de incienso y ropa sin lavar, pero que a ella le parecía entonces el paraíso, la libertad que llevaba toda la vida anhelando.

No sabía seguro la fecha, pero debió de ser hacia el final de la primavera porque, al poco, la familia para la que ella trabajaba se marchó de vacaciones y ella dejó su empleo para seguir a Tom, que, de golpe, había decidido pasar el verano en Ibiza como estaban haciendo tantos de sus amigos. Fue entonces cuando ella comenzó a sentirse tremendamente sofisticada haciendo de extranjera cuando iban a comprar a la *tendeta* de María en Sant Carles, y ella hablaba español fingiendo acento americano.

Al poco de conocerse, le dijo que se llamaba Tom y ella, entonces, supuso que sería Tomás y lo había traducido para que sonara más moderno, pero más adelante, tumbados en su cama, al salir de un viaje de LSD, le confesó que había elegido ese nombre por un libro que había leído y le había impresionado mucho. El protagonista —Tom Ripley— era un triunfador como él quería ser. Sin embargo, más tarde, cuando se marcharon a Estados Unidos y él se inventó un nombre americano, solo conservó el Thomas, sin Ripley. Del otro nombre y del apellido que eligió entonces ya no se acordaba. ¡Había pasado tanto tiempo!

¡Cómo se iba a imaginar que, más de cincuenta años después, iban a acabar Tom y ella siendo casi vecinos en los alrededores de Benalfaro, donde ambos habían nacido, y sin saber nada el uno del otro!

Pelando los ajos, le acudieron imágenes que creía olvidadas de protestas contra la guerra de Vietnam, de sentadas varias en defensa de todo tipo de iniciativas, de aquellas cosas que llamaban *love-in*, que los burgueses de entonces llamaban orgías y que ahora ya nadie recordaba, ni sabían qué eran, ni les importaba. Le hacía gracia pensar que, por lo que le había contado en alguna ocasión, también por aquellos años Sofía organizaba esas mismas cosas allí en Santa Rita. Se habrían podido hacer amigas entonces, aunque Sofía era mucho mayor que ella, incluso mayor que Tom, pero la edad no contaba en aquellos ambientes.

Luego, después de todo el glamour de aquel tiempo en que fue la encarnación de una diosa, amada y venerada por todos, llegó el terrible despertar del abandono, del desprecio, de la humillación de ser madre soltera en un país donde eso aún era importante, la soledad, la huida a Suiza, a empezar de cero en un país desconocido, con una lengua que apenas si podía balbucir. Haber pasado de ir en limusina, con bar completo y cristales teñidos, a coger un autobús a las seis de la mañana a diez grados bajo cero para ir a un chalet a limpiar la cocina llena de restos de la cena de la noche anterior y los baños sucios cubiertos de pelos.

Sin embargo, todo quedaba muy lejos, como difuminado por la niebla del tiempo, y, si no hubiese sido por Laia, todo aquello seguiría dormido en lo más profundo de su cerebro, cubierto por capas y capas de recuerdos de una vida normal, vulgar, que poco a poco fue mejorando hasta que un buen día se vio en la situación de poder pagarse una asistenta por horas para que le hiciera las faenas más pesadas y, mucho más tarde, después de quedarse viuda y vender el piso de Hervé, que ella había heredado, volver a Benalfaro, donde casi nadie la recordaba ya, y poder compartir la buena vida de Celeste y su marido, disfrutar del placer de tener una nieta lista y guapa que, por fortuna, no había heredado su don.

El único don que tenía Laia era su belleza, su bondad y una capacidad fuera de lo común para calmar a los animales. Quizá también a las personas; la verdad era que jamás se lo había preguntado. Nunca había querido llevar la conversación hacia ese tipo de temas por miedo a que la cría tuviera realmente un don del que no le había hablado y pudiera leer sus pensamientos.

De lo único que se había asegurado ya desde sus primeros años era de que no hubiera heredado el suyo, y eso, por fortuna, había quedado claro. También había tenido la suerte de que Celeste fuera absolutamente normal.

Ella llevaba tanto tiempo cultivando una imagen de mujer arisca, sin tocar a nadie ni dejarse tocar para que su don no resurgiera después de tantos años, negándose a sí misma los abrazos tan necesarios porque no quería saber lo que su don se empeñaba en mostrarle, un don estúpido e inútil porque lo que tenía que ser no podía cambiarse. Y ahora, por pura mala pata, sabía de nuevo algo que no quería saber.

Apartó el pensamiento con la naturalidad que da la práctica. No quería entrar por ese camino.

Puso el agua a hervir en la olla grande y, dando sorbos al café con leche ya frío, se quedó mirando el fondo, esperando ver nacer las burbujas para echar las acelgas.

¿Tendría que haberle dicho a Lola que ella conocía a Tom de antiguo? No. ¿Para qué? Habría sido ponerse en el punto de mira de posibles sospechas. Por lo que se decía en el pueblo, la policía no había avanzado demasiado y ahora el tema recurrente era el del asesinato de Clara López por parte de su ex, delante de sus dos criaturas. Eso era bastante más importante que la muerte de un gurú viejo. Si lo había hecho o no alguno de los suyos no era algo que tuviera que preocuparle. Al parecer, por fin, alguien había tenido el valor de hacer algo para dejar de sufrir. O había sido un simple accidente, o la muerte natural, que siempre llega, incluso para los que se creen inmortales.

Ahora solo le quitaba el sueño cómo recuperar a la niña. Hasta la fecha, Laia no había querido hablar con ella, pero tenía el pálpito de que quizá pronto sería su propia nieta la que se pusiera en contacto. Siempre habían estado muy unidas y si ahora la llamaba, estaba dispuesta a contarle muchas cosas que tal vez le sirvieran para darle la espalda a aquellos fantoches que medraban a costa del miedo y del dolor de sus adeptos, y de la estupidez de sus clientes. Ahora ya no le importaría contarle a Laia cosas de su pasado que jamás había contado a nadie.

—¡Esto es el cuento de nunca acabar! —Lola miraba el cuerpo sin vida de Brisa mientras los del equipo de la científica lo descolgaban de la viga después de haberlo fotografiado desde todos los ángulos—. Estoy abajo. Llamadme cuando terminéis, por favor. Quiero darme una vuelta por aquí sin molestaros.

Hubo murmullos de aquiescencia; Lola se giró hacia Marino y, juntos, bajaron las escaleras.

—Parece un suicidio claro, ¿no? —comentó él.

—Sí. Eso parece, pero me extraña que no haya dejado ninguna carta.

—La pobre estaba ya muy tocada. Igual ni se le ocurrió.

—¿Crees tú que tenemos la culpa?

—¿Nosotros? ¿Por qué?

—Por presionarla tanto la última vez. Ahora queda bastante claro que fue ella quien mató a Ramírez y la culpa la fue minando hasta llegar a esto. Sabía que la íbamos a meter en la cárcel y no pudo soportarlo.

—Ha elegido ella, y no ha sido tan mala elección al fin y al cabo. A su edad, habría salido de la cárcel ya de vieja. Así se lo ahorra.

Lola cabeceó en silencio. Cuando ya habían llegado al salón, donde habían mandado reunir a todos los habitantes de la casa, añadió:

—Puede que tengas razón.

Los adeptos estaban, como siempre que se reunían allí, sentados sobre los talones, con expresión serena. Algunos se habían colgado incluso la sonrisa bobalicona que a Lola le hacía desear emprenderla a patadas con ellos, como si hubiese un motivo para alegrarse cuando una compañera se colgaba de una viga.

—No perderé tiempo —comenzó. Se dio cuenta de que no había dado los buenos días, pero se encogió mentalmente de hombros y continuó sin más—. Si hay alguien que tenga algo que decir sobre el asunto, le agradeceré que lo haga ahora.

Hombres y mujeres le devolvieron la mirada en silencio, serenos, casi sin expresión.

—A ver… ¿les parece normal que una de ustedes se haya ahorcado? ¿Alguien puede imaginar por qué?

—Inspectora —comenzó Ola al cabo de unos instantes, cuando el silencio empezó a pesar—, por supuesto que no nos parece normal. No estamos acostumbrados a este tipo de cosas, pero cada uno de nosotros y nosotras es muy libre de disponer de su vida cuando y como quiera…

—¡No me diga! —la interrumpió sin haberlo decidido.

—Así es, aunque usted no lo perciba de ese modo. La muerte siempre es una opción para nuestra Orden, y si Brisa consideró llegado el momento…

—O sea, que tienen claro que fue un suicidio.

Esas palabras suscitaron un leve movimiento en la concurrencia, como el de la superficie de un lago rizándose bajo el impulso de un viento repentino.

—¿Qué otra cosa puede ser? —preguntó Ola, sorprendida.

—Lo mismo que en el caso del… Maestro. —A ella misma le extrañó no haber dicho «el señor Ramírez», pero lo importante era que se entendiese y allí nadie lo conocía por ese nombre—. Un asesinato.

—¡Por la Madre Sagrada, inspectora! Sin ánimo de faltarle al respeto, pero eso ya me parece deformación profesional.

—Comprenderá usted que me da bastante igual lo que opine de la situación. Ha muerto una mujer de muerte violenta y mi deber es esclarecer las circunstancias del caso.

Ola bajó la vista.

—Por supuesto.

—¿Alguien sabe algo?

Se miraron entre ellos y negaron con la cabeza, despacio.

—¿Usted tampoco tiene nada que aportar, Ascuas?

El interpelado alzó los ojos hacia los inspectores, pero siguió sentado sobre los talones.

—No, lo siento.

—Ustedes eran amigos, ¿Brisa no le dijo nada de lo que pensaba hacer?

Ascuas negó con la cabeza.

—Yo sabía que no se encontraba bien, que había sufrido mucho en sus interrogatorios…, pero nada más.

—¿Y usted, Ola? Nos consta que eran muy buenas amigas, quizá incluso pareja.

Un leve movimiento recorrió la sala.

—¿Les consta? ¡Vaya! Pues no es verdad. Brisa y yo éramos hermanas en Ishtar, pero no teníamos más relación que la derivada de nuestros rituales y nuestras obligaciones. Cualquiera puede confirmárselo, inspectora. No sé quién se lo habrá dicho, pero se ha equivocado. O miente, claro.

—Pensaba que aquí nadie puede mentir. —Sin poder evitarlo, el tono le salió más irónico de lo que habría querido.

—Eso sería lo deseable, efectivamente. Por desgracia, inspectora, no somos más que personas. Mortales. Perfectibles.

—Ya. —La pausa fue larga. Lola pasaba la vista por todos los rostros, con la esperanza de ver algo en los ojos de uno de ellos, pero la mayoría los tenían bajos, mirándose las manos cruzadas sobre el regazo. Por un instante, Laia, sentada al fondo, en la última fila, con todo el horizonte del mar detrás de ella, alzó la vista y la miró. Fue solo un destello, pero le quedó claro que tenía algo que decirle—. En vista de que nadie quiere colaborar con esta investigación, iré llamándolos de uno en uno, a ver si con menos público rebajamos el miedo escénico y alguien tiene algo que contarnos. Necesitaremos un despacho para las entrevistas, Ola. —La mujer asintió y se puso en pie—. Empezaremos por la más joven.

—Laia —dijo Ola—, acompaña a los inspectores. Y recuerda lo que te dije.

—¿Le molestaría decirnos a nosotros también lo que dijo a Laia?

Con absoluta suavidad y sin tener que pensarlo, Ola contestó:

—Que confíe a la policía cualquier cosa que haya podido oír u observar. La colaboración es fundamental. Eso vale, evidentemente, para todos los demás, hermanos míos.

Lola y Marino cruzaron una mirada, dieron la espalda al grupo y, siguiendo a Ola, llegaron a un despacho blanco, funcional, con un escritorio, tres sillas, una camilla y una maravillosa vista al mar, que brillaba como un tejido de lentejuelas de oro.

—Si les molesta la luz, puedo bajar los estores —dijo Ola con un mando en la mano.

—No, deje, preferimos ver bien las caras de nuestros entrevistados —contestó Marino con una sonrisa tan falsa como las de los adeptos.

—Traten con consideración a Laia. Aún es muy joven y no ha sido iniciada todavía.

—No sufra.

En vista de que la policía no parecía querer nada más, Ola salió del cuarto, no sin antes lanzar una mirada de aviso a Laia, que esperaba en el pasillo.

La muchacha entró, se sentó en una de las sillas, frente a las otras dos, rebuscó entre los pliegues de su túnica y sacó un sobre.

—Vaya, ¡tenéis bolsillos en esos ropajes! —comentó Lola para que Laia se sintiera algo más cómoda. No pareció servir de mucho.

Laia, en silencio, mirando a su alrededor y cruzándose la boca con el dedo índice, entregó la carta a Lola con un gesto de que la guardase cuanto antes. Luego hizo otro gesto circular cerca de la oreja y repitió el de la boca. Lola y Marino se miraron. El mensaje había quedado claro. En aquel despacho se grababan las conversaciones que el adepto mantenía con el consultante. Lo del secreto profesional no era algo que se tomasen muy en serio, al parecer, o simplemente querían tener material con el que chantajear a sus clientes.

—En algún sitio hay que llevar el pañuelo —contestó ella con naturalidad, y se sonó la nariz.

—Dinos, Laia, ¿sabes algo de este asunto?

Ella movió la cabeza en una negativa.

—No. Yo aquí soy el último mono. Nadie habla conmigo y, como llevo ya tanto tiempo esperando la iniciación y no me queda nada por explorar en la Casa, me paso el rato meditando, o leyendo… No he visto nada ni sé nada, lo siento.

—¿Cuándo va a ser tu iniciación por fin?

La chica suspiró.

—Iba a ser el sábado, que es luna llena, pero ahora…, con lo de la hermana Brisa…, ya no sé. Aún no me han dicho nada.

En ese momento, algo en la postura de Laia o en su forma insistente de mirarla decidió a Lola a intentar algo. Sabía que la chica quería mucho a su abuela y que, si algo podía darle un empujón considerable, podría ser eso.

—No quería decírtelo porque sé que estás muy concentrada en tu nueva vida, pero creo que debo hacerlo, Laia.

—¿Qué?

—Tu abuela…

—¿Mi yaya? ¿Qué le pasa a mi yaya?

—No está bien. Ha tenido un síncope y, aunque se está reponiendo…, ya no es una cría… y, bueno… Si quieres despedirte de ella, tendrías que hacerle una visita rápida. Pronto —terminó, con intención.

—¿Tan mal está? —Laia estaba descompuesta.

—Yo no soy médico, pero la pobre está muy tocada, y no hace más que hablar de ti. Dice que seguramente no te dejarán ir a verla, y es lo que más desea. Se pasa el rato diciendo que no quiere morirse sin haberte dado un abrazo.

Los ojos de Laia se habían llenado de lágrimas.

—No sé si me dejarán ir…

—Pregúntalo. Quizá no sean tan crueles como para impedir que te despidas de tu abuela.

—Es que… cuando una entra aquí cambia de familia. Mi familia ahora son ellos.

—Pero ninguna familia impediría a uno de sus miembros despedirse de un amigo en peligro de muerte, ¿no? Si quieres, lo pregunto yo.

—No, no… Eso es asunto mío.

—Además… —Se inclinó hacia ella con un guiño de ojos y un gesto para dejarle claro que sabía que los estaban grabando y sabía lo que hacía—. Siempre puedo citarte en la comisaría para un interrogatorio y tienes que salir de aquí. No puedes negarte. Entonces podrías aprovechar para pasarte por Santa Rita.

Laia hizo un mínimo gesto de asentimiento y contestó, muy modosa.

—Nosotros no mentimos, inspectora.

—Bien. De todas formas, es probable que te cite para esta misma tarde.

—Haré lo que me manden.

—Hablaré con Ola ahora mismo.

Dejando a Laia angustiadísima en el pasillo, Marino y Lola fueron a buscar a la jefa en funciones.

—Esta tarde un coche vendrá a recoger a Laia para un interrogatorio formal en la comisaría. Irá sola. Espero que no haya problemas.

—¿La volverán a traer ustedes?

—Por supuesto.

—Que no se haga tarde, inspectora.

—¿Estamos en la casa de la Cenicienta?

—Tenemos nuestros horarios y nuestra liturgia.

—Nosotros también. No se preocupe de nada. Si la han educado bien, volverá.

Santa Rita
1916

*T*erminó de releer la carta, le pasó el papel secante por encima y la dobló con cuidado, como hacía siempre, esmerándose en que los bordes estuvieran uno sobre otro. Sabía que era la última vez que lo hacía y le parecía importante hacerlo bien.

Escribió en el sobre «Querida mamá» con una mano que temblaba un poco, secó la tinta, le dio la vuelta, escribió «Lidia», humedeció la pestaña con la lengua, y lo cerró. Ya estaba hecho.

Ahora solo tendría que esperar el mejor momento, dejarlo en el tocador de su madre cuando no la vieran, bajar al almacén, coger la soga que ya había dejado preparada y llegar hasta el invernadero sin cruzarse con nadie que le preguntase a qué iba allí, siendo Nochebuena y con tantas cosas que hacer en la casa.

Le daba mucho miedo lo que iba a hacer, pero lo que pasaría si no daba ese paso la asustaba aún más. Ya llevaba dos faltas. No tenía forma de comprobar si aquello era debido a lo que se temía, pero no le parecía posible que se tratara de otra cosa. No quería volver a meterse en la cama con las manos en el vientre y llorar hasta dormirse pensando en todo lo que podría pasar si hablaba. Su madre no le hacía ningún caso. Andaba loca de ilusión con los preparativos de la cena en el salón de arriba, con las decoraciones y el enorme abeto que habían puesto en el salón de abajo, reluciente de manzanas rojas pulidas hasta sacarles brillo y lazos dorados, supervisando la cristalería fina y la vajilla de porcelana y los cubiertos de plata, debatiendo hasta la náusea con la tía Soledad qué vestido convenía llevar para la cena y cuál para la comida del día siguiente, lanzando miradas incendiarias a don Jacinto que a ella le hacían querer esconderse debajo de la mesa de pura vergüenza. ¿Cómo era posible que un hombre que a ella le daba tanto asco pudiera resultarle atractivo a su madre?

Y a él no debía de serle indiferente Matilde porque hacía semanas que a ella no la había tocado, ni siquiera para asustarla como hacía a veces, cuando en algún momento de soledad, se acercaba, le respiraba junto al oído, le metía la mano en la cinturilla de la falda, a veces una en la falda, por detrás, y otra por delante, sobándole los senos, y al cabo de un par de minutos se apartaba de nuevo con una sonrisa de satisfacción al notar su terror, su cuerpo rígido, su asco.

Si no fuera por lo que estaba creciendo en su vientre, habría concebido esperanzas de que la situación empezara a mejorar, de que ahora le hiciera a su madre lo que había estado haciéndole a ella; al menos hasta que de verdad el señor obispo lo trasladara a otro puesto más importante. Pero no podía esperar. Si seguía esperando, acabaría por notársele, todos se darían cuenta y el honor de la familia quedaría destruido para siempre, incluso si la mandaban a algún lugar perdido a que tuviera el niño para poder entregarlo a alguna campesina que lo criaría a cambio de una buena cantidad. Su vida y su futuro dejarían de existir. Ya no se casaría. ¿Quién iba a querer a una muchacha que no tuviera su flor intacta? ¿Qué podría ofrecerle a su marido, salvo el dinero de su dote? La casarían con algún viejo viudo que no tuviera tantos reparos como un joven de su misma edad y ella volvería a morirse de asco cuando sus manos manchadas de pecas la tocaran.

No.

Era mejor así. Acabar ya mismo, en el año 16, como los que tenía. Así dejaría de sufrir. En su carta había pedido que la enterraran con su libro favorito, *Las desventuras del joven Werther*, y que plantaran un rosal blanco en su tumba. Tampoco era mucho pedir. No le habían hecho mucho caso en vida, pero a lo mejor, después de muerta, respetaban su voluntad.

Lo del otro mundo también la asustaba, pero menos. Siempre le habían dicho que Dios era un padre para sus criaturas y ella, por la experiencia de su vida, sabía que, si era un padre, sería bueno y podría hablar con él, contarle lo que le había pasado, pedirle perdón y ayuda. ¡Si su padre no hubiera muerto! Con él sí que habría podido hablar, a pesar de la vergüenza. Su padre habría puesto coto a los desmanes de don Jacinto. Su madre era demasiado débil, demasiado cabeza loca, demasiado egoísta para pensar en nadie más que en sí misma. En la familia decían que se parecía a su propia madre, la abuela Leonor, que ella no había llegado a conocer: guapa, pizpireta, superficial.

Y ella, Lidia, debía de parecerse a la tía abuela Amparo, de la que no se hablaba nunca y que, por lo que había podido recoger de aquí y de allá, también se había suicidado «por penas de amor».

Dentro de lo terrible de la situación, le hizo gracia pensar qué dirían de ella muchos años después. Quizá también zanjaran el asunto con aquello tan difuso y manido como «penas de amor» en vez de decir que un canalla con sotana la había asesinado.

Dejó la carta sobre el tocador de su madre. Sintiéndose culpable por hacerlo, incluso en aquellas circunstancias, ya que Matilde se lo tenía prohibido, cogió la botellita de perfume y se roció el cuello y las muñecas. Un maravilloso olor a rosas invadió la habitación. Lo inspiró hasta el fondo de los pulmones, disfrutándolo. Así se sentiría un poco acompañada en su último viaje. Le habría gustado darle un abrazo con cualquier excusa, pero si la buscaba ahora, olería el perfume y no la dejaría explicarse, ni la abrazaría, por desobediente.

Pensó en ir a despedirse de su prima y decidió no hacerlo porque no se sentía capaz de callar, y tampoco podía traicionar su secreto. Con su tía Soledad tampoco era posible. Se daría cuenta enseguida y se las arreglaría para impedirlo o al menos retrasarlo, y ella había decidido que tenía que ser en Nochebuena, que al menos le iba a fastidiar a don Jacinto la misa solemne que tenía prevista, concelebrada con un monseñor que venía de Alicante a propósito y doce monaguillos de los pueblos vecinos. Al menos le arrebataría ese instante de gloria.

Con la soga metida en una bolsa de tela donde, en el internado, metía la ropa sucia para llevarla a que la lavaran, salió sigilosamente de la casa y enfiló el camino hacia el invernadero despidiéndose de cada palmera, de cada granado sin hojas, de cada higuera de tronco plateado, de cada olivo que había vivido mucho más que ella. Estaba cayendo la tarde, pero el invernadero recibiría aún los rayos del sol poniente filtrándose entre las poderosas ramas de los ficus gigantes. Entonces sería el momento. Ya había elegido el lugar y había llevado hasta allí la escalera que usaban los jardineros, una de las pequeñas.

Se había puesto el vestido de terciopelo granate que le habían hecho para estrenar en Navidad; un vestido de línea recta, modernísimo, que le sentaba de maravilla y que nunca más luciría.

Dentro del miedo y de la tristeza brillaba una chispa de excitación. Por primera vez iba a hacer algo que ella misma había decidido. No podía volverse atrás.

16

Magdalenas de almendra

*O*la fue directamente al cuarto de Ascuas en cuanto se hubo marchado la policía. Laia se había portado como esperaban, no había dicho una sola palabra a la inspectora, cumpliendo lo que le habían ordenado, pero ahora resultaba que la habían citado y se la iban a llevar a Santa Rita para que pudiera despedirse de su abuela agonizante. No era lo peor del mundo, sobre todo porque la pequeña aún no había sido iniciada y no había visto ni oído todavía nada que pudiera ser comprometedor para ellos, pero resultaba extraño e inquietante que Brisa no hubiese dejado una carta de suicidio exculpándolos a todos.

No podía evitar el pensamiento de que quizá sí la había dejado, pero Ascuas se había apropiado de ella antes de que Laia hubiese descubierto el cadáver en el desván. No le extrañaría que ese hubiera sido el caso, igual que ella misma había logrado hacerse con una fotocopia del documento en el que Ascuas y Brisa se comprometían, juntos, a asesinar al Maestro. Ese era su as en la manga, el que no pensaba jugar, a menos que Ascuas lo hiciese absolutamente necesario. Él ignoraba que ese papel, firmado por ambos, estaba en su poder.

A cambio, él le había dejado bastante claro que había conseguido encontrar el lugar secreto donde Tom ocultaba lo realmente importante, como el documento que la incriminaba a ella.

No había más remedio que ponerse de acuerdo de algún modo porque, de lo contrario, todos saldrían perdiendo. Se trataba de cambiar un papel por otro, de manera que cada uno de ellos tuviera en manos propias el que podía resultar peligroso en otras manos y, a partir de ahí, quizá no hubiese más remedio que colaborar, anunciar a los Veintisiete que ahora Ola y Ascuas eran, juntos, la encarnación de Ishtar, y dejar las disputas entre ellos dos para más adelante, cuando la policía no estuviera constantemente entrando en la Casa.

—Salva, ¿te acuerdas de que hace poco te dije que quizá te pediría consejo?

Ascen lo miraba, muy seria por encima de las gafas de cerca. Tenía delante de ella un enorme cuenco donde iba echando las *bajocas* —lo que en cualquier otro sitio habrían llamado judías verdes— a medida que las iba despuntando y asegurándose de que no tuvieran hilos que quitar. Él estaba raspando zanahorias; *carlotas*, como las llamaban en la región. Ambas palabras, un caso claro de contaminación lingüística en una zona bilingüe.

—Sí, me acuerdo porque me llamó mucho la atención que quisieras pedirme consejo —sonrió—. Yo estaba convencido de que tú nunca necesitas la opinión de nadie para tomar decisiones.

—Normalmente, no, tienes razón. Pero esta vez… no paro de darle vueltas. Ya te conté lo de la secta que fundamos en California, ¿te acuerdas?

—Claro.

—Pues resulta que el tipo aquel de mi juventud, Tom, es el gurú de esa gente que ha secuestrado a mi nieta.

Salva se quedó mirándola boquiabierto.

—Entonces... Laia... es... —balbució Salva.

Ascen asintió despacio con la cabeza.

—Laia es tu nieta... y la de él.

Ella siguió asintiendo, sin hablar.

—¿Estás segura?

—¡Joder, Salva!, ¡qué pregunta más idiota! Claro que estoy segura —bufó Ascen—. Creo que te dije que leí en el periódico lo de su desaparición. —Él asintió—. Lo que no te dije es que cuando Laia se marchó de casa y yo fui a ver a mi hija para enterarme de qué había pasado, mi yerno me enseñó una foto en la que estaba él y, a pesar de los años, lo reconocí. Luego empecé a investigar en internet, me di bien cuenta de quién era y, aunque suene muy teatrero, se me heló la sangre en las venas de pensar que mi nena estaba allí, de saber lo que le iba a suceder, y no me refiero solo a que se la iba a pasar por la piedra su mismo abuelo, sino todo lo demás, que es para siempre.

—¿Tan horrible es, Ascen?

—Sí. Salvo unos cuantos, los que más mandan, que son malos bichos, los demás acaban convertidos en una especie de zombis sonrientes que hacen todo lo que les ordenan. Esclavos del Maestro y del Círculo de los Ocho. Los reclutan con mil promesas y luego los usan para lo que más les conviene. No los dejan salir de la Casa, no tienen documentos, no les pagan, así que no tienen dinero propio con el que irse si quieren; los convencen de que el mundo es peligroso para gente tan sensible y tan especial como ellos. Se dejan hacer de todo, y están en manos de sádicos, de locos como Tom. No te lo acabas de creer, ¿verdad? Pues yo lo sé. Lo sé porque yo misma lo hice. Los usé, los manipulé, me aproveché de nuestros neófitos de todas las formas posibles.

Ahora sí que cambió la expresión de su amigo.

—¿Hablas en serio, Ascen?

—Yo tendré mis defectos, pero no digo mentiras, Salva. Ya no. Lo más que hago, cuando no hay más remedio, es callar la verdad, sin mentir. Si Tom me echó, aparte del asunto del embarazo, fue porque se percató de que yo era no solo tan buena como él, sino casi mejor; porque se me ocurrían más cosas. —Hizo una pausa, se pasó el dedo un par de veces bajo la nariz y continuó—. Durante aquella época yo me lo tomaba como un juego, no era consciente de que todo iba en serio. Me pasaba la vida probando, a ver si funcionaba lo que se me había pasado por la cabeza. No te puedes hacer una idea de lo que la gente es capaz de soportar si los engañas bien; están dispuestos a todo, se creen las barbaridades más absurdas. Tom me tenía miedo porque le estaba quitando protagonismo. No quería que le hiciera sombra. Me enteré después de que me echara. Entonces fue cuando decidió que sus adeptos debían ser estériles, todos y todas. No quería hijos que pudieran, un día, disputarle el poder.

Hubo un largo silencio. Ascen terminó de despuntar las judías y fue al grifo a lavarlas, las echó en la olla, volvió a la mesa, se sentó de nuevo frente a Salva y continuó:

—Cuando me di cuenta de que Laia iba a ser «iniciada» pronto, se me cruzaron los cables y decidí ir a ver a Tom. Pedí cita urgente, ofrecí una cantidad de dinero desorbitada para que quien le hiciera de secretaria comprendiera por qué me recibía tan rápido. Por fortuna, el procedimiento no había cambiado y el pago se hace al llegar, no antes. Recuperé mis antiguas habilidades y me disfracé de hombre.

—¿Y te reconoció enseguida?

—No. Para nada. Me reconoció cuando, ya a solas en su despacho, me quité el sombrero y las gafas oscuras y me quedé mirándolo hasta que dijo «¡Heaven!», el nombre que tuve entonces, Heavenly Light, luz celestial. —Los labios de Ascen dibujaron una leve sonrisa llena de reminiscencias que no puso en palabras—. Me llamaban «Heaven», Cielo.

—¿Para qué fuiste?

—Para explicarle que lo de Laia no podía ser, que tenía que echarla de allí. Tenía que decirle que no podía tirarse a su propia nieta, que yo no estaba dispuesta a consentirlo.

Salva se quedó callado unos segundos. No era la primera vez que se encontraba con una situación así. En la época en la que había trabajado en los barrios más miserables de varias ciudades había visto muchos casos de familiares —padres, hermanos, tíos, abuelos—, que abusaban de sus niños y niñas pequeños. También sabía que prácticamente no había nada que hacer, que los avisos y reproches no servían para nada, que los agresores no pensaban cambiar de comportamiento y muchas veces ni siquiera entendían qué estaban haciendo mal.

—¿Cómo pensabas impedírselo? —preguntó, temiéndose lo peor.

Ella se encogió de hombros mientras añadía sal a la olla y empezaba a echar las *carlotas* al agua hirviendo. De un momento a otro, no quería seguir hablando.

—¿Lo mataste tú? —insistió Salva en voz baja, cuidadosa.

Ascen negó con la cabeza. Al cabo de unos segundos comenzó a hablar de nuevo, con renuencia.

—Me habría gustado, te lo confieso. Fui decidida a hacerlo, si no conseguía hacerlo entrar en razón, pero luego él dijo que se sentía mal, me pidió que lo acompañara a dar un paseo, me ofreció una túnica blanca para no llamar la atención, le dijo a dos adeptos que nos dejaran solos y salimos al camino que baja al mar. Yo no hacía más que darle vueltas a cómo, a cuándo decírselo, porque lo conozco, lo conocía muy bien. Si le decía «no puedes hacer esto», era la mejor forma de empujarlo a que lo hiciera. Siempre le ha gustado desafiar las normas, las convenciones, estar por encima de la ley. Empezó a marearse, se cogió de mi brazo. Me decía que me había echado de menos, que quizá había sido un error apartarme de su lado. Al final se lo dije sin más revueltas: «Laia es tu nieta, hija de Celeste. No puedes pasarte por la piedra a tu propia nieta de dieciocho años». ¿Y sabes qué hizo, Salva? Se echó a reír, feliz como una perdiz, el muy cabrón. ¿Sabes lo que me dijo? «Peores cosas hemos hecho, Heaven. ¿Ya no te acuerdas? ¿Qué más dará de quién sea nieta? Todas las chavalas son nietas de alguien».

De repente, riéndose como un loco y perseguido por Nel, que rugía y gruñía haciendo de león o de tigre o de cualquier peligrosísimo depredador, entró Sergio en la cocina, y Ascen y Salva callaron de un momento a otro.

—Venga, ¿qué queréis? —pregunto Ascen, tan áspera como siempre.

—¡Magdalenas! —gritaron los dos a coro.

—Pero, bueno, ¿qué os habéis creído? Son para desayunar. Vais a engordar, os vais a poner como un tonel...

Los dos se reían sin poder parar.

—¡Somos dinosaurios! —rugía Sergio—. ¡Somos magda-lenosaurios!

Mientras, Nel coreaba en voz profunda:

—¡Mag-da-le-nas! ¡Mag-da-le-nas! ¡Mag-da-le-nas!

—Venga, venga, una a cada uno y os vais de aquí. Dejad de molestar, que estamos haciendo la cena.

Reme asomó la cabeza a la cocina.

—Salva, ¿puedes venir un momento? Quiero cambiarle las sábanas a Trini y necesito ayuda para levantarla. ¿Vienes tú también, Nel? Así, entre los tres, en un santiamén está.

El hombre se disculpó con la mirada.

—Ahora vuelvo, Ascen.

—No hay prisa. Ya casi lo tenemos todo.

—¿Y el famoso consejo?

—Ya hablaremos más. —Se dio la vuelta, fue a la despensa y volvió con tres magdalenas de almendra, grandes, envueltas en su papel traslúcido, como flores coronadas de azúcar.

Lola y Marino, en el despacho, se miraban entre sí y luego volvían la vista a la carta de Brisa, que reposaba, abierta y con sus dos hojas una al lado de la otra, sobre el escritorio.

—Pues ya lo tenemos. Una confesión en toda regla. Una sobredosis de insulina, como pensábamos —dijo él con una satisfacción queda.

Era justamente un espejo de cómo se sentía Lola: contenta, por haber acertado y haber llegado al final del caso y un poco decepcionada porque hubiese terminado así. Habría preferido, con mucho, poder arrestarlos a los dos, a Brisa y a Ascuas y, de paso, mostrar a la opinión pública lo que se hacía en la Orden.

—Eso parece. Ahora solo tenemos que ver qué podemos hacer con Ascuas y ya podemos cerrar el caso.

—¿Qué crees tú que podemos hacer?

—Brisa lo implica en su carta. Fue él quien la convenció de inyectarle a Ramírez la sobredosis que lo mató. Podemos acusarlo de inducción al asesinato.

—Eso sí, pero no de asesinato directamente.

—Pero sí de coautor del crimen. Menos da una piedra. Si hay suerte con el juez, le caerá lo mismo que le habría caído a Brisa. ¡Pobre desgraciada!

—Sí. Debía de estar ya muy mal para que Ascuas la llevara al punto de preferir matarse. —Marino respiró hondo—. ¿Te acuerdas de que nos dijo que, si la presionábamos, acabaría por confesar? ¡Qué hijo de puta!

—Nunca me ha gustado ese insulto, pero sí, la verdad es que no tenemos nada más fuerte. ¡Qué ganas de ir a arrestarlo! ¡Venga! ¿A qué estamos esperando?

—Lola… Odio tener que decirte esto, pero…

—Pero ¿qué?

—Que por mucho que Brisa lo implique en su carta, no tenemos pruebas contra él. Cualquier persona dispuesta a suicidarse querría que el otro pague igual. Puede ser mentira lo de la instigación. Y… aunque fuera verdad y el menda ese la hubiera convencido para inyectarle a Ramírez una sobredosis de insulina, fue ella quien lo hizo y, además, sabemos que no fue eso lo que lo mató. ¿Ya no te acuerdas?

Lola volvió a dejarse caer en la silla, como si le hubiesen dado un mazazo en la cabeza.

—Se ahogó, es verdad. La causa de la muerte fue ahogamiento. Tenía agua de mar en los pulmones.

—Eso. La insulina pudo debilitarlo, marearlo…, lo que fuera, pero murió de otra cosa. Y ahí no creo que podamos pillar a Ascuas de ningún modo. Aunque, lo que le caiga por inducción al asesinato, bueno es.

—Mejor que nada. Vamos a por él, anda.

—No hay prisa. De allí no se va a escapar. Ahora mismo tenemos a Laia aquí. Hacemos lo posible para que no quiera volver a la Casa y luego lo demás. ¿Te parece?

Lola apretó los puños y volvió a relajarlos. Marino tenía razón. No había tanta prisa, pero estaba deseando poder cerrar aquel caso. Encontraba perverso que alguien pudiera tener tanta influencia sobre otras personas como para destruirles la vida, con su consentimiento, además, y con una sonrisa mansa. Ya le resultaba bastante desagradable que existieran personas llamadas «influencers» que ganaban dinero a base de llevar a los demás a hacer cosas o comprar cosas que no se les habrían ocurrido en la vida a ellos solos, pero que hubiera personas activamente malas que ejercieran esa influencia y ese poder para dañar a otros y que disfrutaran de hacer ese daño…, eso era algo que escapaba a su comprensión. «Eres de pueblo, Lola —se dijo a sí misma, como tantas veces—. Entiendes la violencia bruta, el deseo de medrar, de enriquecerse, de mandar, pero esas sutilezas hipócritas se te escapan. ¡Qué asco!».

—Sí, colega, me parece. Vamos a ver si conseguimos sacar de allí a la cría y no se pone hecha una furia por la mentira que le he endosado. Mira, tú la esperas aquí, la interrogas un rato y la traes a Santa Rita.

—¿Y qué le pregunto?

—Lo que quieras. Cosas de la vida cotidiana en aquella casa, a ver si encontramos por dónde cogerlos. Es importante que tengamos un interrogatorio de verdad por si debemos justificar el haberla sacado de allí.

—¿Y tú, adónde vas?

—A Santa Rita, a hablar con Ascen y explicarle la situación. Me parece importante que esté enterada cuando llegue Laia. Cuando vayáis para allá, si quieres, en el coche ya puedes decirle que su yaya está mucho mejor y que parece que no hay peligro.

—¿Para que diga que, en ese caso, se vuelve directamente con sus «hermanos»?

—Mmm, pues dile solo que está un poco mejor. —Lola enfatizó el «un poco».

Se sonrieron como conspiradores y se separaron.

Antes de salir, Lola fue al baño. Últimamente iba cada tres por dos. Nervios. Aunque también podía ser otra cosa en la que prefería no pensar. Se sentó y se quedó mirándose el pedazo de tela tensado entre sus rodillas. Limpio. «¡Joder! —pensó—. No me puede estar pasando esto. A mi edad…».

¿Sería una menopausia temprana? Ya tenía cuarenta y dos años. Cosas más raras se habían visto. Tenía que ir la ginecóloga, a un control, pero lo iba retrasando todos los días. También podía pasarse por la farmacia, comprar un test y salir de dudas. Ahora se podía hacer. Cincuenta años atrás habría tenido que ir a un laboratorio a hacerse la prueba de la rana y esperar unos días a que estuvieran los resultados, y cien años atrás lo único que podía haber hecho era esperar a tener varias faltas y luego, una vez segura, o atreverse a pasar por un aborto clandestino, o tener a la criatura que había llegado por sorpresa, sin buscarla ni desearla.

Ella tampoco la había buscado, pero ¿la deseaba?

¿La deseaba ella?

Se arregló la ropa y salió de la cabina mordiéndose los labios, como hacía cada vez con más frecuencia. No quería pensar en ello. No quería que le estuviera pasando. No quería tener que hablar del asunto con Nel. Esto era cosa suya. Solo suya. Ya vería qué hacer. Ahora, a Santa Rita, a ver si le daban algo de comer, aunque no se había apuntado en la lista. Algo habría.

Candy se acercó a la mesa donde Ángela y Robles se acababan de acomodar con unas almendras saladas y dos cervezas. Los dos tenían aún la cara enrojecida del frío y del viento exterior.

—¡Qué raros sois! ¿No os apetece más un té bien caliente con una cucharadita de miel?

Los dos se echaron a reír a la vez como si lo hubieran ensayado.

—Vale, vale, *chacun son goût*.

Como siempre que no hablaba en una lengua que no fuera la suya, las palabras francesas sonaron totalmente británicas.

—¿Qué? ¿Avanzáis?

—Llevamos ya medio jardín peinado, incluida la zona del cementerio y la capilla, que es donde más esperanzas teníamos, pero no ha habido suerte. ¿Sabéis seguro que a esa muchacha la enterraron aquí? Igual está en otro pueblo.

—Según Sophie, está aquí seguro.

—¿Quién está aquí seguro? —Greta había aparecido de golpe junto a la mesa, como un fantasma.

—Lidia —contestó Candy, mientras los otros dos la fulminaban con la mirada y Ángela se llevaba las manos a la cabeza.

—¿Esa era la famosa sorpresa? —El asombro de Greta era patente.

—Nos la acabas de fastidiar, Candy —dijo Robles.

—Que yo sepa, Sophie nunca ha dicho nada de ocultarle a Greta lo que estáis haciendo.

—Yo no sabía que estabais buscando la tumba de Lidia y por eso no os pude decir nada —dijo Greta, sorprendida.

—Explícate.

—Que yo sé dónde está.

Robles y Ángela la miraron entre perplejos y cabreados.

—Vamos, creo… —añadió.

—A ver, habla.

—Pues se me ocurrió que debía de estar cerca de la tierra consagrada, porque ninguna madre quiere que su hija esté fuera del camposanto…

—Sí, nosotros hemos pensado lo mismo, pero no está.

—También pensé que lo más probable era que hubiesen puesto algo para marcar su tumba, y empecé a mirar sitios donde hubiera algo que llamara la atención. ¿Os habéis fijado en el ciprés que hay detrás de la iglesia?

—Está fuera de Santa Rita, detrás de la verja —dijo Ángela.

—Sí. Creo que esa es la clave: «fuera de Santa Rita». Seguramente alguien se opuso a que enterraran aquí dentro a una suicida. Allí, a su lado, hay un rosal trepador silvestre enorme, ¿os suena? Uno que en mayo se llena de rosas blancas, de esas que llaman «rosa canina», muy sencillas, perfumadas. Pues creo que Lidia está allí.

Robles se puso en pie.

—Voy a echar un vistazo.

—Pero, hombre, ya es casi de noche y estamos a punto de cenar. Iremos mañana. Esperadme, ¿eh? Yo quiero ir también.

Robles se acabó la cerveza de un trago largo, ya de pie.

—No pegaría ojo si no fuera a ver ya mismo si tienes razón.

—¿Vas a ir ahora? Ya está oscuro.

—Hay linternas. ¿Alguien viene?

Ángela imitó a Robles y se levantó. Greta sacudió la cabeza varias veces, pero acabó por ceder.

—Me mataréis de un catarro. Esperad a que coja un anorak mientras traéis las linternas.

Candy también se dirigió hacia el pasillo.

—Os acompaño.

—No, Candy, tú no vienes. —Robles había usado su intimidante voz de comisario, que con la inglesa no solía funcionar igual de bien que con sus hombres—. Te quedas aquí, volvemos enseguida y te lo contamos todo.

—Ni hablar del peluquín —dijo con total convicción.

Robles se marchó riéndose. Sabía que a Candy le gustaban las expresiones idiomáticas, pero a veces sacaba algunas que debían de haber sido modernas en tiempos de los Reyes Católicos.

Unos minutos más tarde se habían reunido en el zaguán, junto a los faroles en los que alguien había prendido ya unas velas que lanzaban inmensas sombras por toda la escalera.

—¡Qué aventura! —dijo Candy frotándose las manos.

—Ve tú delante, Greta. Yo te alumbro.

La linterna que llevaba Robles era pequeña, pero daba una luz muy potente. Detrás, Ángela encendió otra, para ella y para Candy.

El jardín estaba oscuro. Después del verano habían recogido y guardado todas las luces solares que desde junio iluminaban dulcemente en diferentes tonos de azul y de verde las palmeras, las yucas, los algarrobos. Tampoco estaban las pequeñas, destinadas a marcar los bordes de los caminos y los peldaños de las escaleras, ya que, a partir de noviembre, casi nadie salía ya al jardín durante la noche y los que tenían perro solían llevarlo hacia la avenida de las palmeras y la carretera de Benalfaro.

Lo que en otros meses era un jardín sonriente, lleno de luces, del rumor del agua de las fuentes y de tintineos de cristal de los móviles que pendían de algunos árboles, ahora se había convertido en un amasijo de sombras moviéndose enloquecidas con el viento de poniente contra un cielo oscurísimo donde brillaban las estrellas como trozos de hielo.

—Por aquí —susurró Greta, que, sin saber por qué, hablaba bajito en la oscuridad—. Cruzamos el cementerio, vamos hacia la iglesia, pasamos por el arco del osario y luego llegamos hasta la verja. Desde allí, ya podemos ir acercándonos al ciprés y al rosal.

—No, no, Greta, yo quiero ir por fuera —la contradijo Robles.

—¿Para qué?

—Para asegurarme, para ver qué más hay.

—¿Y cómo vamos a salir?

—Lógicamente por la cancela de la sierra, como cuando fuimos… —Él mismo se interrumpió porque no recordaba cuántos de ellos sabían de la existencia del invernadero.

—Secretos de Santa Rita —cloqueó Candy—. No me digas que llevas la llave.

—Pues claro. La he cogido a la vez que la linterna.

Cambiaron de dirección, llegaron a la cancela, la abrieron sin dificultad porque Robles, después de la excursión al invernadero, se había preocupado de engrasarla y, en vez de avanzar hacia arriba, como habían hecho Greta y él, torcieron a la izquierda y empezaron a bajar una pendiente suave y pedregosa caminando en paralelo a la verja de Santa Rita hasta llegar a la altura de la zona donde terminaba el osario.

Una luna creciente, muy amarilla, parecía colgar de las ramas de los pinos. Se veía su fulgor por entre la fronda de las agujas que se destacaban sobre la luz anaranjada como trazos de tinta china. Por un instante, a Greta le pareció que caminaban por un cuadro de Magritte.

—Ahí está el ciprés —dijo Ángela, dándose cuenta de lo innecesario de su explicación, pero sin poder reprimirse.

Era un árbol maduro, muy alto, muy negro, más incluso que el cielo nocturno sobre el que recortaba su silueta. Se balanceaba en el viento como si quisiera decirles que no continuaran, negando a izquierda y derecha con toda su mole. Las estrellas aparecían y desaparecían tras él con el movimiento. Entre él y la verja se apreciaba la masa de una enredadera —ellos sabían que se trataba de un rosal, ahora sin flores— en la que a la luz de la linterna se destacaban unos frutos redondeados, pequeños y muy rojos. Escaramujos.

—Quizá sea este el sitio —musitó Robles.

—Yo siento que sí —dijo Greta, también en un susurro.

Pasándole la linterna, el excomisario se agachó al pie del rosal y empezó a apartar las matas con las manos.

—Cuidado, hombre, tienen espinas.

—Ya. Las rosas de Santa Rita siempre tienen muchas espinas. Lo dice la leyenda. Ven, enfoca aquí, Greta. Tú también, Nines.

Por una vez, la muchacha no protestó. Casi le resultaba agradable que Robles la llamara así, cuando ya era Ángela para todos los demás.

—Mirad. ¿Veis lo mismo que yo veo?

En el suelo duro y amarillento, unas piedras oscuras, redondeadas, como guijas de río, hondamente clavadas en la tierra desde hacía mucho, formaban unas letras, LIDIA, y unas fechas, 1900-1916.

—¡La hemos encontrado! —dijo Greta, casi a la vez que Candy.

De repente, las linternas que llevaban titilaron como una llama a punto de apagarse y, sin ninguna lógica, bajaron de intensidad, convirtiendo el paisaje en un teatro de sombras movedizas. El viento, que había soplado fuerte todo el tiempo, de pronto se suavizó y, por unos momentos, todo se llenó del perfume de las rosas.

Los cuatro se miraron, espantados, tratando de confirmar en la mirada de los demás la realidad de lo que estaban viviendo. Todos movieron la cabeza, afirmando. Aquello era real. Estaba sucediendo.

Unos segundos más tarde, la luz volvió a brillar y el perfume se apagó.

—¡Vámonos! —dijo Robles, después de aclararse la garganta, que se le había quedado seca—. Ya volveremos mañana.

—Descansa, Lidia —musitó Greta sin saber bien por qué lo hacía, pero con la sensación de que era necesario—. Te llevaremos a casa.

Antes de marcharse, aún creyó oler las rosas en el viento de la noche.

Después del interrogatorio, en el que no le preguntaron nada que la asustara particularmente, y de dar respuestas que no debieron de ser demasiado útiles porque ella no sabía casi nada sobre el funcionamiento de la Casa, el mismo subinspector la llevó a Santa Rita.

Le había dicho que su abuela estaba mejor, pero no estaba segura de si se trataba solo de un intento de tranquilizarla. La yaya era una mujer pragmática y dura. Si había pedido ver a su nieta era porque sabía que las cosas pintaban mal.

Perdió la vista en el paisaje de olivos y lavandas sintiendo de nuevo la pena de tantas veces, cuando ya sabía que quería pertenecer a los Mensajeros de Ishtar y sabía lo que comportaba: renunciar a su familia, tener que vivir donde le ordenaran y no volver a Santa Rita, donde tan feliz había sido desde pequeña en tantas visitas y tantos fines de semana, cuando se había quedado a dormir con la yaya mientras sus padres se iban por ahí con los amigos. Ahora, al menos durante un par de horas, podía regresar y despedirse de todo lo que amaba.

Aunque… desde hacía un tiempo tenía que confesarse a sí misma que la idea de vivir para siempre con los Mensajeros que conocía, metida en la Casa, asistiendo en las consultas y sin más planes de futuro que, quizá, ascender en la jerarquía de la Orden y llegar a formar parte del Círculo de los Ocho, le iba pareciendo menos atractiva con cada día que pasaba.

¿Se estaba arrepintiendo ya de su decisión? Tenía que decidirlo pronto porque, una vez iniciada, sería casi imposible abandonar la Orden. Eso se lo habían dejado claro. El compromiso era para siempre, igual que la ligadura de trompas que llegaría poco después de la iniciación.

Brisa pertenecía al Círculo de los Ocho, era una de las personas más importantes dentro de la Casa y, sin embargo, había optado por suicidarse incluso antes de saber si el Maestro la había elegido para ser la siguiente encarnación de Ishtar. Lo que le había aconsejado antes de entregarle su carta de despedida era algo que merecía la pena tomar en cuenta. No quería desperdiciar su tiempo en la Tierra. Siempre había deseado que su vida sirviera para algo, que ayudara a los demás, que valiera la pena haber estado en el mundo y haber colaborado a hacer de él un lugar mejor. Siempre había pensado que los Mensajeros de Ishtar le iban a ofrecer la posibilidad de hacerlo y, en ese caso, todos los sacrificios que pensaba hacer quedaban compensados. Ahora ya no estaba tan segura, pero abandonar antes siquiera de haberlo probado, después de tantos años de formación, le parecía despreciable.

La muerte del Maestro la había descolocado. Eso y las reacciones de las personas que, como siempre le habían dicho, estaban por encima de las miserias mundanas y ahora se habían revelado tan vulgares en su comportamiento y reacciones. Alguien había cometido un asesinato y, por lo que parecía, los demás trataban de encubrirlo. No sabía qué pensar y, sobre todo, no sabía qué hacer a continuación.

El subinspector puso el intermitente para girar a la izquierda, hacia la avenida de las palmeras que llevaba a la casa grande, y el corazón le dio un salto en el pecho recordando las épocas en las que, cuando su padre enfilaba la avenida, ella, sentada con su madre en el asiento de detrás, se ponía a gritar y manotear con la ilusión de estar a punto de ver a su yaya y a toda la gente tan simpática que la quería y le regalaba chuches.

Aparcaron y, como un fantasma de tiempos pasados, la yaya estaba en la puerta —junto a la inspectora—, tan sana y sonriente como cuando ella venía con sus padres a pasar el domingo.

—¡Yaya! —gritó, echando a correr hacia los brazos abiertos de la mujer.

Ascen la abrazó fuerte, acariciándole la melena antes de apartarla un poco y mirarla a la cara.

—¡Mi nena preciosa! ¡Qué alegría! ¿Cómo estás, cariño?

—Bien, yaya. ¿Y tú?

Ella le guiñó un ojo y sonrió, englobándolos a todos.

—Muy recuperada, ya lo ves. Gracias a tu visita. Anda, pasa, vamos a tomarnos algo mientras hablamos. Vamos a mi habitación por el jardín y así no tienes que hincharte a dar besos y explicaciones, ¿te parece?

Se cogieron del brazo y echaron a andar en paralelo a la casa, disfrutando del sol de la tarde. Lola y Marino se quedaron mirándolas hasta que torcieron al final del camino.

—¿Te apetece un café? —propuso Lola—. Tenemos una buena máquina que los hace estupendos.

—¡Venga! Y también podrías enseñarme esto un poco.

—¿No has estado nunca?

—No.

—Pues ya verás lo bonito que es. Ven, vamos a empezar por la puerta principal, el zaguán y la escalera. Luego iremos a que veas el antiguo comedor del primer piso, la biblioteca y el ambiente de arriba; bajamos, te enseño la cocina y el salón y acabamos en la salita para el café. El jardín puedes verlo luego si te apetece, mientras recojo a Laia.

—¿La torre no se visita?

—No hay nada que ver. Ahí viven Sofía, Candy y Greta y no hay más que sus dormitorios y el estudio de Sofía.

Media hora después ya estaban instalados en la salita con dos capuchinos y un platito de rosquillas de vino que Lola había conseguido de la cocina, donde un hombre que le presentó a Marino como Salva estaba empezando a hacer preparativos para la cena con la ayuda de dos mujeres, Ena y Quini.

—¿Has sacado algo interesante de la entrevista con Laia? —preguntó Lola entre dos rosquillas.

—Me ha contado que la carta se la dio Brisa en mano, a escondidas de los demás; que estaba muy deprimida y le aconsejó que se marchara cuanto antes de la Orden.

—Interesante.

—Sé que no me lo ha contado todo, supongo que por lealtad a esa gente, pero creo que se lo está pensando.

—¿Qué? ¿Salirse?

—Ajá. Tiene miedo, Lola. No me lo ha dicho ni ha insinuado de qué, pero está asustada. Creo que, si la empujamos un poquito, igual decide no volver.

—Supongo que es lo que estará haciendo Ascen, pero, conociéndola, no será un poquito. Será un empujón como para ponerla en órbita.

Los dos se rieron y cogieron otra rosquilla.

—Está muy bien este sitio —comentó Marino.

—Para mí es lo mejor del mundo.

—Has cambiado, Lola.

—¿Yo? ¿En qué?

—No sé bien…, en general. Antes eras más distante, más dura, nunca hablabas de nada personal…

—Y ahora me he convertido en una cotorra.

—No, mujer. Además, ya llevamos un buen rato trabajando juntos y eso también hace, pero de verdad creo que has cambiado. Para mejor —terminó, bajando la vista hacia las rosquillas, como si le diera vergüenza decírselo mirándola a los ojos.

—Gracias, Marino.

Estuvieron un poco en silencio hasta que Lola le sugirió:

—Vamos a dar una vuelta por el jardín. Parece que las chicas se están tomando su tiempo. No veas el cabreo que se llevará Ola si devolvemos a Laia ya de noche.

—¡Que se joda! Y, con suerte, lo mismo no regresa.

En su habitación, Ascen había preparado un chocolate y unas tostadas como le gustaban a Laia, muy crujientes, con un poquito de mantequilla para hacerlas brillar y una puntita de sal para contrastar con el dulzor del chocolate.

—¿No te apetece ponerte unos pantalones mientras estés aquí? Las faldas, en invierno, dan frío.

—No, deja. Con la mantita por las piernas estoy bien. Y la camilla con el brasero es un lujo.

—Me lo compré por nostalgia. Apenas lo uso. A mí los que me gustaban eran los antiguos, el que tenía mi abuela, que era de picón. Lo llenaba todo de humo a veces y se comía el oxígeno de la habitación, pero cuando te metías debajo de las faldas de la mesa y movías las ascuas todo brillaba rojo y naranja como un volcán. ¡Eso sí que era bonito, no estos eléctricos!

—Yaya, lo de que has tenido un síncope es mentira, ¿no?

Ascen miró a su nieta, divertida.

—Sí. Es mentira. Pero no se me ha ocurrido a mí. Ha sido cosa de Lola, para que salieras de allí un poco. Por lo que me ha dicho, el ambiente no es precisamente agradable.

Laia apretó los labios. No quería que la trataran como a una niña. No quería que le dijeran que se había equivocado en su elección y que todos lo sabían, menos ella.

—No voy a darte consejos, hija. —Ascen se acomodó enfrente de su nieta, con su taza—. Eres mayor de edad y muy libre de hacer lo que quieras. Como hice yo.

—¿Tú? ¿Qué hiciste tú? Irte a limpiar casas a Suiza. —Le salió más brusco de lo que había querido, pero estaba molesta por esa manía que tenía todo el mundo de dirigir su vida.

—No tengo ganas de levantarme ahora. Acércate tú a la estantería y coge aquella foto.

Laia obedeció para compensar lo que acababa de decirle a su abuela.

—Mira la foto y dime si reconoces a alguien.

La chica pasó la vista por aquella alegre congregación de hippies desconocidos. Enseguida su mirada cayó sobre los dos protagonistas: un hombre y una mujer, ella mucho más joven que él, vestidos de blanco y coronados de flores.

—¡Yaya! ¡Este es el Maestro! ¡No me lo puedo creer! ¡El Maestro de joven!

—Sí. Ahí aún era solo Tom.

—Y esta… ¿su novia? ¿Es una boda?

—Más o menos. Mírala atentamente. ¿No te suena?

Laia se quedó casi hipnotizada mirando a la joven de la foto. De vez en cuando alzaba la vista hacia Ascen y volvía a bajarla a aquel momento detenido en el tiempo.

—¿Eres tú? —preguntó en un susurro.

—Ajá. Hace más de cincuenta años.

—¿Tú eras una Mensajera?

—Yo inventé a los Mensajeros, preciosa. —Ascen enfatizó el «inventé», para que quedara bien claro—. Tom y yo. Este era el principio, en California.

—¿Erais pareja? —El tono de voz, casi horrorizado, dejaba bien claro que no quería creérselo, aunque fuera cierto.

—Entonces aún hacíamos esas cosas. Antes de decidir cambiar las reglas. En aquella foto, éramos la encarnación de Ishtar, la diosa de naturaleza doble, hombre y mujer, bien y mal, amor y guerra. Luego…

—¿Qué pasó luego? —Laia no estaba segura de querer seguir oyendo lo que su abuela le contaba, pero no podía refrenar su curiosidad y la pregunta le salió sin haberlo decidido.

—Que Tom se fue volviendo loco y nada le parecía bastante. Quería tener el control absoluto sobre sus adeptos. Castrarlos de por vida en todos los sentidos, no solo en lo de forzarlos a permitir que los esterilizaran —Laia se quedó mirándola, casi escandalizada; nadie sabía eso fuera de los Mensajeros—, sino en lo de llevarlos al máximo en todo para demostrar su control y su poder.

Laia seguía mirando fijamente a Ascen; la taza de chocolate se enfriaba frente a ella igual que los picatostes.

—Aún no te han contado lo del delito, ¿verdad? Claro. Aún no has sido iniciada.

—¿Qué delito? —La voz le salió cobarde, temblorosa.

—Todos los adeptos y adeptas tienen que cometer un delito que el Maestro elige, pero suele ser un delito importante, aunque no siempre de sangre. Dice que es una manera inequívoca de demostrar tu compromiso y tu alianza con Ishtar. Dejar claro que las únicas leyes que importan son las de la diosa, no las de los hombres. Después te hace firmar una confesión de tu puño y letra y se la guarda para siempre, para el caso de que se te ocurra marcharte y empezar a contar cosas sobre la Orden.

—Eso no puede ser verdad.

—Lo es, créeme. Lo malo es que solo lo averiguarás cuando sea tarde.

—Pero... pero ahora el Maestro ha muerto.

—Lo han asesinado, para ser más precisos. Supongo que porque quien lo haya hecho ya no podía más. El miedo, a veces, lleva a la violencia más extrema. Cuando estás con la espalda contra la pared y no hay más salida, todo el mundo ataca hacia delante. No hay otra. Bueno... sí. Dejarse matar o autodestruirse.

—Como ha hecho Brisa... —susurró Laia.

—No la conozco.

—Era una de los Ocho. Se suicidó ayer.

—¡Vaya!

—Me dijo que me marchara.

—Lo mismo que te estoy diciendo yo ahora.

—Pero…, yaya…, llevo toda mi vida deseando entregarme a Ishtar. No puedo traicionarla ahora.

—Tus deseos estaban basados en datos falsos. Ahora lo sabes.

—¡No lo sé! No sé nada… —Laia se echó a llorar. Ascen continuó, impertérrita.

—Aún tienes que saber una cosa más. Tom. El… Maestro… Laia miró a su abuela, temiendo lo que pudiera decirle.

—Además de ser un narcisista, un loco y un asesino, era un maltratador y un abusador. Y algo más… —Los ojos de Laia se desorbitaron esperando la siguiente noticia—. Era tu abuelo.

Hubo un largo silencio en el que la muchacha negaba con la cabeza, sin decir palabra.

—Puedes creerme. Tu madre, Celeste, es hija mía y de Tom. Él me echó de la Orden cuando me quedé embarazada. Entonces es cuando me fui a Suiza a limpiar casas y empecé mi nueva vida, la que tú conoces. ¡Venga, tómate ese chocolate antes de que se enfríe del todo! Y ve pensando lo que quieres hacer con tu vida. Ya ves que los planes que tenías no valen la pena.

—¿De verdad era mi abuelo?

—Te lo juro por lo más sagrado. Por eso no quería que te quedaras allí. ¿Te imaginas una velada de amor con todos aquellos carcamales y… con tu abuelo?

—¿Por qué no me lo dijiste antes? —El tono ofendido empezaba a ser claramente agresivo.

—¡Porque no sabía nada de ese colegio tuyo! Ya te preocupaste tú desde pequeña de no dar pistas. Eso os lo enseñaban allí, ¿verdad? A disimular, a mentir, a engañar. No te molestes en negarlo. Eso también me lo inventé yo con Tom, cuando éramos jóvenes y teníamos grandes sueños de formar a los niños y crear un imperio. Pero veinte años de ser pobre, de matarme a limpiar en un país extranjero y de pasar frío le quitan a una mucha parte de su sensibilidad. Por eso no me di cuenta hasta que casi fue demasiado tarde.

—Entonces…, entonces…, ¿tú también tienes un don?

—No hablemos de eso ahora, Laia. Ya habrá ocasión. Si quieres, puedes quedarte aquí esta noche, como tantas veces cuando eras más pequeña. Te lo piensas y decides si quieres volver.

—Tengo que irme allí esta noche.

—Si vuelves ahora, no te dejarán salir nunca más. Lo sabes.

—Y ¿si decido regresar y ya no me aceptan?

—Te enseñaré a fundar una Orden —contestó Ascen con una sonrisa torcida—. Allí serás tú la Maestra.

Laia sonrió apenas. Se quedó unos segundos en silencio, pensando, sin saber qué hacer.

—Yaya, tú no has tenido nada que ver con la muerte del Maestro, ¿verdad? No lo has matado.

Ascen alzó las cejas, hizo una pausa y contestó.

—Te juro que no ha sido por falta de ganas, pero no. No lo he matado. Te lo juro por Ishtar.

—Ishtar no significa nada para ti.

—Más de lo que tú te imaginas. Pero, de acuerdo, te juro por tu madre que no lo he matado.

Laia tardó un tiempo en contestar. Ascen la miraba con cariño, sin darle prisa.

—Gracias, yaya. Creo que me quedo contigo esta noche.

Mojó el pan en el chocolate y se lo llevó a la boca.

—¡Qué bueno está!

—Deja, te tuesto otro pedazo. Ese ya está duro.

Pasó por detrás de Laia, se inclinó sobre ella y la abrazó. Había hecho muchas cosas malas en la vida, pero había salvado a su nieta. Con eso bastaba para redimirse.

Santa Rita
1916

*M*atilde acabó de cambiarse de ropa, se roció abundantemente con su perfume favorito, que durante los años de luto solo usaba en pequeñas cantidades y solo cuando no iba a encontrarse con nadie, se repasó las cejas, se mojó la punta de los dedos con brillantina para darle los últimos toques a su peinado y sonrió, satisfecha. Ya no era jovencita, pero seguía siendo una mujer guapa. Había posibilidades.

Dentro de un rato, durante la cena, pensaba empezar ya a sonreírle a don Santiago, el caballero viudo que había llegado apenas unos días atrás para un par de semanas de cura y que ya había reparado en ella. También aprovecharía para coquetear un poco con Jacinto y que don Santiago viera el efecto que su mirada producía en todos los hombres que la contemplaban.

Esperaba que Lidia estuviera de mejor humor. Últimamente, todo eran malas caras, lloros por cualquier tontería y falta de apetito. A ese paso no iba a conseguir casarla jamás. A los hombres no les gustan las tristezas, y Lidia estaba siempre pálida y melancólica de tanto leer libros antiguos.

Sonaron dos golpecitos en la puerta, dio permiso y su sobrina Mercedes, ya arreglada para la cena de Nochebuena, metió la cabeza en el cuarto.

—Tía, ¿sabe usted dónde está Lidia? No la encuentro por ningún lado.

—No, no la he visto. ¿Se ha cambiado ya de ropa?

—Sí, porque he mirado en el armario y el vestido nuevo no está. Pero ha debido de cambiarse muy temprano, antes que yo.

—¡Esta muchacha me lleva por la calle de la amargura! ¿Has mirado en la biblioteca?

—Sí. No hay nadie.

—No se le habrá ocurrido irse al invernadero, ¿verdad? Con el vestido nuevo y ya de noche…

—No creo. Está muy oscuro.

—Vamos a bajar y le digo a Dimas que haga el favor de acercarse y echar una mirada. Como esté allí, se va a enterar. Esta niña está cada vez más rebelde.

Bajaron juntas, Matilde se fue hacia la cocina y Mercedes dio una vuelta por la planta baja con la esperanza de encontrarse con su prima. Olía deliciosamente a todas las exquisiteces que las cocineras habían preparado para la cena, la gente con la que se iba encontrando estaba de buen humor y se oían risas por todas partes, los clientes llevaban sus mejores galas, los criados, el uniforme de las fiestas. Las lámparas brillaban con más fuerza que nunca, el árbol de Navidad tenía encandilado a todo el mundo. Después de la cena, oirían la misa de gallo en la capilla, que estaba a rebosar de velas de cera natural con su delicioso perfume de miel y, tras la misa, volverían al salón para el ponche, los turrones y los mazapanes, y a cantar villancicos.

Este año, por primera vez, le habían permitido sentarse a la mesa con los mayores y participar de todas las festividades y, también por primera vez, su madre le había comprado unas medias de seda para llevar con el vestido elegante en lugar de los odiosos calcetines cortos. Cada vez que sus piernas se frotaban por debajo de la falda, a pesar de que las ligas le resultaban más incómodas de lo que habría pensado, sentía un estremecimiento de placer. Ya era casi una mujer. Eso era lo que todos decían. Una pollita, casi una mujer.

Miró por la ventana de la salita. La noche era oscura, porque era luna nueva, pero el aire era transparente y las estrellas brillaban como joyas en un cajón de terciopelo. ¿Dónde se habría metido Lidia?

Un rumor de voces exaltadas procedente de la cocina la hizo apartarse de la ventana y dirigirse hacia allá. ¿Qué habría pasado? ¿Se habría volcado alguna marmita llena de sopa?

Al llegar a la puerta se topó con la criada nueva, Olvido, que, con el rostro desencajado, se cruzó con ella murmurando:

—¿Sabe usted dónde está la señora?

—¿Cuál? ¿Mi madre o mi tía? ¿Qué ha pasado?

—Una desgracia, señorita, una desgracia tremenda. ¡Señora! —Doña Soledad acababa de aparecer en el pasillo. Olvido se dirigió hacia ella retorciéndose las manos. Mercedes fue detrás.

—¡Señora! Una desgracia. La señorita Lidia…

—¿Qué? ¿Qué le ha pasado?

Olvido se acercó a su madre y la susurró algo al oído.

—¡No es posible! Olvido, ¿quién te ha dicho eso?

—Dimas, señora. Dimas la ha visto. Los hombres se han ido a traerla.

Soledad apoyó la espalda contra la pared del pasillo y cerró los ojos.

—¡Dios mío! —musitó—. ¡Virgen santísima!

—¿Qué pasa, mamá? ¿Qué ha pasado?

—Tu prima, cariño…

—¿Qué?

—Ha fallecido.

Mercedes sintió un golpe en la frente, todo se volvió negro durante unos segundos y, cuando volvió a abrir los ojos, estaba en el suelo, con las cabezas de Olvido y su madre por encima de ella.

—No puede ser —dijo ya entre sollozos.

—Ven, hija, levanta, no cojas frío. El suelo está helado. Vamos a enterarnos. ¿Se lo ha dicho ya alguien a doña Matilde? —preguntó la señora a la criada.

—No lo sé.

—Vamos juntas. ¿Te encuentras bien, Merceditas?

La niña asintió en silencio, aunque no era verdad. De pronto ya no se sentía mayor, ni mucho menos adulta.

Cuando llegaron a la cocina, Matilde estaba sollozando sentada en una silla de enea, con la cabeza entre las manos. De vez en cuando lanzaba un aullido que hacía que todo el personal de servicio se mirara entre ellos con desesperación por no poder paliar el dolor de una madre. Ramiro, de pie junto al banco de cocina, estaba calentando el infiernillo para inyectarle un calmante.

—Dejadme pasar. Ven, Matilde, deja que te abra los botones de la manga. Enseguida estarás mejor.

Mercedes veía todo lo que se desarrollaba a su alrededor como si fuera una función de teatro, donde por unas horas te crees todo lo que está pasando en el escenario, pero en los peores momentos sabes que se trata de una ficción, una falsedad, un engaño; que aquellos actores y actrices solo están fingiendo el dolor y la alegría y la tragedia, pero que cuando acabe y se apaguen las candilejas, volverán a su vida cotidiana, a comer y beber y pasar frío al volver a casa.

Todo estaba distorsionado, como si las luces se hubieran hecho más brillantes y destacaran mejor los perfiles y los colores, pero como si las caras de las personas fueran máscaras de goma tensadas sobre bastidores que ocultaban monstruos desconocidos.

Oía a su padre dar órdenes a los criados y, aunque las entendía, no le parecían comprensibles: «Que venga don Javier de inmediato; si no lo encontráis, que venga otro médico», «Que la cena se sirva como estaba previsto», «Que se anuncie que la familia ha sufrido una pérdida y no participará en las festividades», «No, que no se diga qué ha sido», «Vamos a ir a recoger a la pobre niña; sí, yo también», «Soledad, acompaña a mi hermana a su habitación y que se cambie de ropa», «Vosotras dos, también; estamos de luto», «Teresa, Olvido, id preparando la capilla ardiente en el saloncito de la biblioteca», «Que alguien busque a don Jacinto y le diga que se reúna con nosotros en el invernadero», «¡Ya mismo! ¿Qué hacéis ahí como pasmarotes? ¡¿Os habéis vuelto todos tontos?!».

Junto con su madre y su tía, Mercedes subió las escaleras sintiendo que las piernas se le habían vuelto zancos de madera. La tía Matilde seguía llorando, aunque estaba algo más tranquila. Su madre la sostenía por la cintura mientras le iba murmurando palabras incomprensibles que debían ser de consuelo, pero que no parecían hacer mucho efecto.

—Merceditas, busca tu vestido negro y cámbiate. Ahora voy yo, en cuanto deje a tu tía en su cuarto.

—¡Quiero verla, Sole, quiero ver a mi hija! —gritaba.

—Sí, Matilde, ahora mismo. En cuanto la traigan a casa. Cámbiate y bajamos. ¿Quieres que te ayude?

—¡No! ¡No quiero nada! ¡Quiero estar sola! ¡Mi hija! ¿Por qué me ha hecho esto, Soledad?, ¿por qué? ¿No he sido buena madre?

—Claro, mujer, claro que has sido buena madre.

—¿Por qué me ha hecho esto?

—Ya nos enteraremos, Mati. Ahora hay que hacer las cosas bien. Voy a ver si Merceditas ha encontrado su ropa. Enseguida vuelvo.

Al quedarse sola en su habitación, Matilde volvió a mirarse al espejo sin poder creer que aquella mujer despeinada y con cara de loca que se reflejaba en sus profundidades fuera la misma que media hora antes se había dado en los labios el toque de carmín que ahora parecía un tajo sangriento en mitad de su cara.

Se desnudó automáticamente, abrió el armario y sacó el vestido negro que pensaba que ya nunca más tendría que llevar, un vestido de luto a la moda antigua, con cintura estrecha y busto marcado. Un vestido de vieja. ¿Cuántos años de luto eran correctos por una hija?

¿Cómo había podido hacerle eso? Precisamente en el momento más hermoso del año, en Nochebuena, la fiesta de la paz y la alegría por el nacimiento de Nuestro Señor, el Niño que trae la luz al mundo, como todos los niños que nacen y alegran la casa. Quería gritar, gritar hasta quedarse ronca, pero la inyección que le había puesto su hermano hacía que no fuera necesario cumplir ese deseo. Ya tendría tiempo para gritar. Iba a tener mucho tiempo ahora, sin paseos, ni bailes, ni juegos, ni cenas.

Se acercó de nuevo al tocador, a peinarse aquellos pelos de loca que se le escapaban del artístico recogido que le había hecho Olvido. Sobre el cristal, entre las botellitas y el perfumador de borla, había un sobre en el que antes no había reparado. ¿Cómo era posible?

«Querida mamá», ponía, en la pulcra letra de Lidia.

Leyó la carta de pie, frente al espejo, sacudiendo la cabeza cada vez con más furia a medida que iba descifrando lo que aquellas líneas querían decirle desde el otro lado de la vida. ¡No era posible! ¿Cómo, incluso después de su muerte, mentía de aquella forma, calumniando a un sacerdote? ¿No habría sido más fácil reconocer su pecado y decir cuál de los mozos que trabajaban en Santa Rita era el padre de aquel bastardo que estaba esperando? ¿Cómo había podido ella no darse cuenta de lo que le pasaba a Lidia, ni ella ni Soledad? ¡Por eso estaba tan pálida, tan desganada, tan triste!

Recordaba que un par de semanas atrás había querido decirle algo, pero insistía en inculpar a Jacinto, diciendo que pensaba que él la miraba de mala manera. ¿Podría haber algo de verdad en ello? ¿O era simplemente que la niña se estaba volviendo loca? Al fin y al cabo, tenía a quien parecerse. Su tía Amparo también había acabado mal.

Releyó la carta, la guardó en el cajón de su tocador y, con una decisión repentina, se fue a buscar a Jacinto.

Aunque había pensado que tendría que ir hasta la iglesia, lo encontró en su habitación porque Tomás le dijo que don Jacinto ya había sido informado y había subido a su cuarto, seguramente a cambiarse de ropa.

—Mi más sentido pésame, doña Matilde —le dijo el sacerdote nada más verla. Sobre la cama había una maleta pequeña ya medio llena.

—¿Nos deja usted, don Jacinto?

—He recibido un llamamiento de Su Ilustrísima y, aunque pensaba marcharme después de las fiestas, he pensado que, dadas las circunstancias, también puedo irme ya mismo.

—¿Y quién oficiará el funeral de Lidia?

—No es de mi incumbencia, señora. Los suicidas no tienen derecho a exequias en la Iglesia.

—No es posible. Solo es una niña.

—La ley es la ley. Mi deber es cumplirla y procurar que se cumpla.

Matilde notó cómo una ola de rabia le subía desde lo más hondo del estómago. Aquel patán se creía superior a ella y a su familia solo porque era cura.

—Ya lo veremos. Escribiré hoy mismo a Su Ilustrísima. Ah, ¿sabe usted que Lidia ha dejado una carta?

—Lo ignoraba; pero es frecuente en los casos de suicidio.

El hombre siguió sacando prendas del armario y metiéndolas en el baúl, cuidadosamente dobladas. En la maleta metió el breviario y unos papeles que tenía encima de la mesa, junto a un candelabro con las velas apagadas y un recado de escribir, y volvió a mirar a la mujer que, a la luz del quinqué, temblaba y, con su palidez, parecía un fantasma.

—¿Se puede saber a qué ha venido, doña Matilde?

—Mi hija dice en su carta que usted la ha ultrajado.

Don Jacinto echó atrás la cabeza como si fuera a estallar en una carcajada, pero se limitó a sonreír.

—¡Pobre muchacha! Es bastante frecuente que las jovencitas se enamoren de sus preceptores o de cualquier hombre que no sea un anciano y esté al alcance de sus ojos.

—Entonces ¿lo niega?

—Claro que lo niego. Lidia, con sus actos, ha demostrado ser una enferma mental. Los enfermos no distinguen entre la realidad y las quimeras. Ella quizá empezó a imaginar que me quería y que yo la correspondía.

Matilde lo miraba sin pestañear. Nunca se había dado cuenta de que fuera tan frío, tan viscoso, tan repugnante. ¿Cómo podía hablar así de una niña que acababa de morir y que había sido su discípula durante más de dos años?

—Igual que tú, Matilde. —El hombre dio dos pasos hacia ella—. ¿No es cierto? Tú también pensabas que podías seducirme, ¿verdad? No te habrías negado si te hubiera… —La cogió violentamente por los hombros primero, le sujetó la cabeza con fuerza y la besó en la boca—. ¿Ves? Así sois las mujeres. Débiles, pecadoras, mentirosas. Ni siquiera te has defendido.

—¡Lidia dice que está esperando un hijo tuyo! —gritó Matilde, desesperada.

—Miente. No es más que su mentalidad de folletín.

—Se ha matado por eso.

—¡Se ha matado porque está loca! —Se acercó de nuevo a ella. Su cuerpo irradiaba un calor repulsivo, sus ojos negros brillaban con una chispa diabólica y sus manos parecían enormes, cubiertas de pelos negros sobre la palidez de la piel—. ¿Quieres tú también? ¿Quieres saber lo que hacíamos, lo que ella se inventaba que hacíamos? Ven, anda, no te quedes con las ganas. Siempre has querido esto, Matilde. —Volvió a agarrarla, le dio la vuelta contra el escritorio y cubrió su cuerpo con el de él, mientras sus manos se paseaban por su pecho y luego empezaban a levantarle las faldas—. Nadie te va a creer. Nunca. Si lo cuentas, que no lo contarás porque tienes que pensar en tu honra y en el honor de tu familia, nadie lo creerá y quedarás como una zorra delante de las personas de bien. Déjate hacer. Te gustará. Será mi regalo de despedida.

Matilde se dio cuenta en un relámpago de que Jacinto tenía razón, y se dio cuenta también de que todo era cierto, de lo que había tenido que sufrir su propia hija durante tanto tiempo porque ella no había querido creerla.

Las manos de Jacinto comenzaron a rasgarle la ropa interior de seda que acababa de estrenar. Pensaba hacerle lo que le hacía su marido, pero Fabián era un hombre decente, cariñoso, que nunca le había hecho daño, que solo hacía lo que un esposo tiene derecho a hacer con su mujer legítima, mientras que aquel animal quería tomar por la fuerza lo que no le correspondía.

Aprovechando que él pensaba que ella se había rendido, apoyó la cabeza contra la repisa superior del escritorio para dejarse una mano libre, agarró el candelabro, lo levantó y, casi a ciegas, lo estrelló contra la cabeza del hombre, que, entre gritos, la soltó de inmediato para cerrar el camino a la sangre que había empezado a manar. Matilde volvió a golpearlo en la cabeza, una vez, y otra, y otra, haciendo saltar la sangre por toda la habitación hasta que, de un momento a otro, el hombre cayó al suelo.

Se tiró sobre él y siguió golpeándolo en la cara hasta que dejó de moverse y, poco a poco, resbalándose en la sangre que rodeaba el cuerpo, consiguió ponerse en pie y tomar aliento.

Miró la habitación como si fuera la primera vez que la veía: el cuerpo ensotanado con la cara deshecha por los golpes, la luz vacilante del quinqué, la silueta de los árboles del jardín a través de la ventana, agitándose al viento de la noche.

A pasos lentos recorrió el pasillo y bajó las escaleras, buscando a su hermano. La biblioteca estaba llena de velas, las que habrían servido para la misa de gallo. Sobre una de las grandes mesas reposaba el cuerpo de su hija, con su vestido de terciopelo granate y un pañuelo de seda blanca atado a la cabeza cerrándole la boca y la mandíbula. Ramiro y su padre, don Lamberto, con Soledad y Merceditas vestidas de negro, algunos de los médicos de Santa Rita y un par de sirvientes la miraban con los ojos desorbitados como si fuera una aparición.

Su padre estaba irreconocible. En unas horas había envejecido diez años. Ahora parecía un muerto en vida, como si hubiera sido él quien le hubiese destrozado la cabeza a golpes al canalla que había llevado a Lidia a la desesperación y a la muerte. En ese momento se percató de que aún llevaba en la mano el candelabro y lo apoyó en una de las mesas vacías.

Caminó en silencio hasta el cadáver de su hija, tendió la mano para acariciarle la mejilla y se dio cuenta de que estaba llena de sangre. Se la frotó contra la pechera del vestido, pero también estaba cubierto de sangre, así que la retiró para no manchar la palidez de su piel.

—Perdóname, cariño —susurró.

Un segundo después, había perdido el conocimiento.

17

La tumba de Lidia

Aunt Sophie, ¡creo que hemos dado con la tumba de Lidia!

Greta acababa de entrar en el estudio de Sofía después de haber esperado un tiempo prudencial para permitirle arreglarse y tomar la primera taza de té de las muchas que vendrían a lo largo del día.

—Ya me lo ha contado Candy, querida.

—¡Mira que es bocazas! Si solo son las nueve…

—Nosotras nos despertamos pronto. Ven, Greta, tómate un té conmigo. Quiero darte las gracias por el empeño que habéis puesto en localizarla. Ahora hay que ver cómo seguimos.

—¿Qué quieres decir?

—Que, como te imaginarás, la idea es enterrar aquí en Santa Rita los restos de mi prima. Y para eso habrá que pedir mil permisos: de exhumación primero, y luego tratar con la iglesia para ver si ahora que ya estamos en el siglo XXI nos conceden la gracia de traer esos restos a nuestro cementerio, abrir la tumba de Matilde y enterrarlos con su madre.

—¿En serio? ¿Todo eso hay que hacer?

—No lo sé, pero lo supongo. ¿O pensabas que íbamos a ir con una pala a sacar lo que haya, abrir la tumba de Matilde y ponerlo allí?

Greta se encogió de hombros y se sirvió una taza de la tetera. Pensó decirle que no le habría extrañado lo de coger una pala y desenterrar los restos sin más. Al fin y al cabo, era lo mismo que le había contado que hizo con el asunto de los huesos de su padre. Claro, que de eso hacía muchísimos años, cuando aún era joven y fuerte, y Santa Rita estaba desierta. Si era verdad… Si no se trataba solo de una de esas historias que Sophie se contaba a sí misma y que, con los años, acababa creyéndose.

—No lo había pensado, la verdad, pero creía que tenías prisa y no se me había ocurrido que fuera tan complicado. ¿Sigues con los sueños raros?

Sofía asintió, con la taza en los labios.

—Sí, pero menos. Parece que la cosa ha mejorado. ¿Sabes? Lo he estado pensando. Mi habitación, donde yo puse mi dormitorio cuando me instalé de nuevo en Santa Rita, fue también el dormitorio de Lidia, de las dos niñas, mi madre y su prima. A lo mejor por eso los sueños…

—O porque tienes una sensibilidad especial. Un don, como lo llaman los pirados esos de los Mensajeros.

—No sé. El único don que yo reconozco en mí es el de inventar historias. Bueno, y una memoria hipertrofiada —cloqueó.

—¿Me vas a contar ya lo que pasó con Lidia?

Sofía suspiró, dejó la taza y se acomodó mejor en el sillón, frente a la ventana, por la que se veía el enorme pino balancearse suavemente al sol de la mañana.

—Te puedo contar lo que me contó mi madre a mí, una historia hecha de recuerdos propios y de cosas que le fueron contando a lo largo de su vida, desde las más simplificadas y blancas cuando era pequeña hasta las más negras cuando su madre, tu bisabuela Soledad, ya era vieja y hablaba con más libertad con una Mercedes ya adulta.

—Sí, ya sé que todas las historias «reales» de este mundo hay que tomarlas *cum grano salis*, que decían los antiguos.

—La primera que se inventaron fue que Lidia se había suicidado por amor, porque se había enamorado de un hombre mayor, casado, que había venido a tomar las aguas. Se había dado cuenta de que su amor era imposible y, en un ataque de desesperación romántica, se ahorcó en el invernadero. Todo mentira, claro. De todas formas, esta historia fue después. Al principio a mi madre le dijeron que a Lidia le había fallado el corazón, que tenía una enfermedad que no había sido diagnosticada, y de un momento a otro dejó de latir. Te puedes imaginar el miedo que pasó, pensando que a ella también podría sucederle eso de morirse de golpe.

»Luego, poco a poco, oyendo hablar a los criados y sacando información de aquí y de allá, y sobre todo cuando se negaron a enterrarla en sagrado, llegó a saber que se había suicidado, pero nadie le explicó por qué. Solo más tarde supo que su prima estaba embarazada y se mató porque no veía otra salida.

—¿Embarazada? —Era la primera vez que Greta oía eso—. ¿De quién?

—¡Ah! Eso nunca llegó a saberse. Aunque, a juzgar por lo que pasó después, podemos quizá imaginarlo.

—¿Qué pasó después? Esta familia es un folletín, tía.

—La vida es un folletín, querida mía, o ¿por qué crees tú que tuvieron y tienen tanto éxito los folletines literarios? Porque representan la vida como es, y hablan de los problemas que tienen y han tenido sobre todo las mujeres; por eso muchos críticos (hombres, claro), los consideran subliteratura, novelas de segunda categoría, porque se refieren a problemas que ellos nunca tendrán: los embarazos no deseados, los abandonos del padre de tus hijos, las violaciones, los hijos bastardos, los abortos clandestinos… Fíjate que, cuando situaciones similares se tratan en el teatro griego, por ejemplo, son tragedias dignas de respeto. Mira *Fedra*, mira *Medea*… Sinceramente, cuando hablo de mi familia y de todo lo que sucedió, pienso más en una tragedia que en un folletín.

Quedaron un rato en silencio. Greta cogió una galleta de jengibre y empezó a mordisquearla. El tema literario le interesaba, pero el de su familia le interesaba más.

—Venga, ¿qué pasó después? —la animó.

—Que la tía Matilde, la madre de Lidia, se volvió loca y mató al capellán de Santa Rita, nadie llegó a saber por qué. Supongo que le echaba la culpa porque sería su confesor y debería haber sabido qué le pasaba a la chica. Creo que lo apuñaló, no recuerdo bien. En Nochebuena. Mi madre hablaba de que…, y eso sí que lo vivió en persona, cuando estaban velando a Lidia, apareció Matilde cubierta de sangre. Luego se desmayó y ya no volvió a ser la misma. Hoy quizá lo llamaríamos un brote psicótico. Entonces no sé siquiera si eso estaba diagnosticado. El caso es que se volvió loca y tuvieron que encerrarla.

—¿Dónde?

—Aquí, hija. Su hermano, Ramiro, era psiquiatra, como todos los hombres de esta familia. Y era una persona importante en la región, y no solo en la región. De jovencito, la misma reina María Cristina, cuando vino a pasar una temporada aquí, fue su madrina de confirmación. Nombró a mi bisabuelo, don Lamberto, marqués de Benalfaro, y amadrinó a su hijo. Eso, entonces, tenía un valor. La idea de que Matilde fuera a la cárcel o incluso acabara ejecutada era algo que no resultaba admisible para la familia. Tu bisabuelo Ramiro habló con todo el mundo, gobernador y ministro incluidos, para explicarles que su hermana Matilde se había vuelto loca de dolor por la pérdida de su hija, y que no era responsable de sus actos, que lo mejor era recluirla aquí y tratar de curarla. Para eso, como te puedes imaginar, Santa Rita tuvo que ir convirtiéndose en un sanatorio, no ya un balneario, y admitir a otras pacientes que ciertas autoridades enviaban para que las curaran o al menos las «protegieran de sí mismas». Según mi madre, el gobernador de la época envió aquí a su esposa. Ya sabes lo que quiero decir… «Hoy por ti, mañana por mí».

—Entonces fue por eso por lo que Santa Rita fue cambiando…

—Para peor, sí. Todo cambió para peor, según mi madre. El patriarca, don Lamberto, murió muy poco después. A mi madre la mandaron interna a Suiza. A mis abuelos ya no les gustaba estar aquí, pero no tenían más remedio. Más adelante, llegó mi padre, recién doctorado por la Sorbona, y muy pronto mi abuelo Ramiro le dejó las riendas de Santa Rita y empezó a desentenderse de todo. Casaron a su hija con él, mi madre, Mercedes, y ellos se dedicaron a viajar. Ramiro sufría de depresiones y parece que el cambio de aires le sentaba bien. Lo que pasó con mis padres ya lo sabes.

—¡Qué lástima, Sofía!

—Sí. Cosas que pasan. En casi todas las familias hay historias de enfermedad mental y, como en la época eran un terrible estigma y casi no había forma de curarlas…, pues casi siempre acababan relacionadas con la violencia: suicidios, asesinatos, ataques… O familias que vivían aterrorizadas por los estallidos de furia de un padre, un abuelo o una tía o quien fuera.

—¿Cuándo murieron los bisabuelos?

—¿Ramiro y Soledad? Él en 1935, en el Casino de Benalfaro. Unos comunistas le pegaron un tiro. Imagínate, mi pobre abuelo que no se había metido jamás en política, pero claro, se relacionaba con todos los importantes por cosas del sanatorio. Ella murió en Londres, cuando mamá, Eileen, ella y yo nos fuimos allí durante la guerra, en un bombardeo. Por eso Ramiro está enterrado aquí y Soledad está allí.

—Donde mi madre.

—Así es. Hace siglos que no he ido, y ya no creo que llegue a ir. Es igual. Lo importante son los recuerdos.

—Justo lo contrario de lo que decía mi madre.

—Sí, tu madre nunca fue aficionada a mirar atrás.

—Cada vez que nos cambiábamos de piso, lo tiraba todo. Yo tenía que luchar como una leona para conservar algunas de mis cosas como cuadernos del cole, o cartas de amigas que ya habían desaparecido de mi vida… Ella decía que todo eso es puro lastre.

—Igual tenía razón, hija. Ya ves cómo está esto de trastos. El pasado también puede ser una losa, tú lo sabes bien.

—Sin embargo, me he propuesto entender la historia de esta familia y no voy a parar hasta conseguirlo.

—Te puedo contar algunas cosas más, si quieres.

—Claro que quiero, pero me parece importante buscar pruebas fehacientes. ¿Sabes si hubo carta de suicidio de Lidia?

—Ni idea.

—Seguiré buscando.

—Sí, hija. La verdad es que me gustaría leer lo que la pobre prima Lidia tuviese que decir.

—Pues me voy a seguir.

—Candy ya habrá empezado a ver qué se puede hacer con lo de la exhumación y las cuestiones eclesiásticas.

—¡Es una fiera esa mujer!

—Ponme otra taza y vete a lo tuyo, querida. Tengo cosas que hacer.

Mirando el balanceo del pino, Sofía se quedó pensando, no por primera vez, que quizá Matilde en lugar de haberse vuelto loca como decían hubiera hecho justicia, pero, sin pruebas, nunca llegarían a estar seguras.

Después de buscarlo por toda la casa, al mirar por una de las ventanas de poniente, Ola descubrió a Ascuas sentado en la rotonda de la prueba del aire, frente al mar. Debía haber supuesto que estaba por allí. El fuego era su elemento y solía salir a pasear por los jardines o por la playa para recorrer de nuevo el Lugar del Fuego y recalar en aquel promontorio donde, al parecer, encontraba la paz. Cada uno de ellos tenía sus rincones más o menos secretos donde retirarse un rato cuando la necesidad de estar solo se hacía acuciante.

Lo miró durante un instante. El poco pelo que le quedaba se azotaba bajo la brisa que venía del mar. Tenía la mirada perdida en el horizonte y las manos serenamente cruzadas en el regazo, lo que, como bien sabía cualquiera de los Mensajeros, no era indicio de que su alma estuviera tranquila, sino producto de muchos años de práctica.

En el rato que había pasado buscándolo, su impaciencia se había consumido casi por completo. Estaban uno en manos del otro. Cada uno de ellos podría destruir al otro. Era como la antigua Guerra Fría en la que el hecho de que los dos contrincantes dispusieran de armas nucleares hacía menos probable su uso porque la destrucción mutua estaba asegurada. Si ella aceptaba que los dos juntos fueran la encarnación de Ishtar no habría problemas, al menos durante un tiempo. Cuando por fin el notario estadounidense se dignara comunicarles la última voluntad de Tom, ya verían cómo seguir. Si la había designado a ella, decidiría si seguir con Ascuas o seguir sola. Si había designado a cualquiera de los otros, lucharía y, teniendo a Ascuas de su parte como coencarnación de la diosa, podrían mantener juntos el poder. En cualquier caso, al menos provisionalmente, le convenía estar a bien con él.

El único problema era que no se fiaba de él y no le tenía el menor afecto, a pesar de los años que habían pasado conviviendo en la misma casa, sufriendo y gozando juntos de todos los extraños juegos que el Maestro les había impuesto. No le había gustado ni siquiera de joven. Cuánto menos ahora que se había convertido en una especie de babosa: un hombre suave, pálido, fofo, con la sonrisa más falsa que había en la Casa, y eso que había mucho donde escoger.

Pero lo necesitaba. Lo necesitaba porque Ascuas, al contrario que ella, era malvado. Más cobarde y blando que el Maestro, pero igual de malvado. Estaba segura de que cuando tuviera las riendas de la Orden, llegaría a ser terrible, y eso podía convenirles de momento para asegurar su poder. Más adelante, sin embargo, las cosas tendrían que cambiar si no querían perder adeptos. A la gente se la podía llevar muy lejos, pero era necesario un tira y afloja para el que hacía falta una inteligencia que Ascuas no poseía.

En cualquier caso, ahora tendría que ceder hasta que, de un modo u otro, pudiera librarse de él. Hizo tres inspiraciones profundas y bajó a encontrarse con su hermano.

Ascuas, sentado en el promontorio, con las manos reposando en sus muslos, ahuecadas con las palmas hacia arriba, y los ojos unas veces cerrados y otras perdidos en la línea del horizonte, alternaba entre una meditación ligera y la confección de planes igual de vaporosos. En los últimos días había tomado diferentes y contradictorias decisiones: compartir la encarnación con Ola, matarla y quedarse como única encarnación de Ishtar después de chantajear a todos los adeptos para que lo aceptaran como Maestro, marcharse de allí para siempre con el dinero de Tom, recuperar la vigencia de su pasaporte y volver a Estados Unidos, fundar otra orden…

La idea más reciente había sido instalarse en algún pueblecito medio abandonado donde a nadie le importaran su nombre ni su nacionalidad, esperar a que todo se hubiese olvidado y solo entonces acudir al consulado de su país, hacerse expedir un pasaporte en regla y decidir qué quería hacer del resto de su vida.

Le escocía reconocerlo, pero, ahora que Tom ya no estaba, sentía su ausencia, le dolía su falta, como si, al desaparecer un dolor al que ya estaba acostumbrado, su vida se hubiese quedado vacía. Después de muchos años en los que sus pensamientos giraban de continuo en torno a cómo librarse de Tom, ahora, de pronto, no sabía en qué pensar.

Por los párpados entrecerrados vio venir a Ola en su dirección. Estaba claro que venía a buscarlo, porque lo había visto y no había cambiado de camino. Su corazón sintió un bienvenido chispazo de odio, como demostrándole que seguía con vida.

Se puso en pie para recibirla, deseando poder darle una bofetada en lugar del ósculo de la paz. Lanzó su don hacia ella y sintió el mismo rechazo por su parte, a pesar de que se había colgado la sonrisa en el rostro. Ola lo detestaba, pero por alguna razón, creía necesitarlo.

Sin embargo, él no la necesitaba para nada, lo que era un alivio.

En cuanto estuvo a su lado, antes incluso de que se inclinara hacia él para el beso ritual, le propinó un violento empujón que la lanzó, gritando de sorpresa y probablemente de terror, por el precipicio hacia los guijarros de la playa. No lo había planeado. No se había molestado en darle vueltas a cómo salirse de la situación cuando la policía llegara a hacerse cargo de otro cadáver en la Casa. Pero tampoco lo había planeado cuando se libró del cerdo de su padre adoptivo en el Old Man Ridge tantos años atrás, y sin embargo salió bien.

Miró con cuidado sobre el borde del promontorio. La playa estaba vacía. El cuerpo de Ola, en una posición extraña, como una muñeca rota, había caído justo al pie de las rocas. Por una afortunada casualidad, el empujón no había sido tan fuerte como para lanzarla hasta las hermosas piedras pulidas por el mar. Era más que probable que pensaran que había sido un accidente.

En cualquier caso, ahora la suerte estaba echada. No podía quedarse allí. Tenía dinero, tenía su medalla de la Virgen de Guadalupe, tenía muchos de los documentos con los que podría presionar a sus hermanos y hermanas si se hacía necesario, tenía un plan vago de cómo salir de allí —a pie hasta Santa Pola o Alicante, luego un autobús, luego varios más, regionales, mezclados con tramos a pie, disfrazado de peregrino a Santiago, después algún pueblo tranquilo donde alquilaría una casa rural por un tiempo—, ¿qué más podía necesitar? Al fin y al cabo, era solo por precaución. Nadie lo buscaba. Brisa se había suicidado y, con eso, la policía había quedado satisfecha. Ya tenían su culpable. Y lo de Ola había sido un lamentable accidente.

Nadie lo había visto. Ahora se trataba de salir rápido de allí. Al llegar a Alicante, conseguir ropa nueva en algún sitio anónimo, en un bazar chino probablemente, comprar un billete de autobús urbano, seguir alejándose…, más tarde…, usar su don para que el destino lo llevase hacia delante. El futuro se mostraba luminoso.

Al girarse hacia la Casa, justo sobre el Lugar del Fuego, donde, en su iniciación, había caminado sobre las ascuas a las que debía su nombre, dos figuras lo sobresaltaron.

—Queda usted detenido por el asesinato o intento de asesinato de su compañera Ola —oyó la voz de la inspectora Galindo—. No se moleste en negarlo. Ambos hemos sido testigos.

El subinspector se acercó a él y le puso las esposas.

Sintió la exultante alegría de ambos y, como tantas veces, deseó que su don hubiera sido el de conocer los sucesos futuros o saber adónde llevaban los caminos que uno emprendía.

18

Miércoles de paella

Ascen entró en la cocina como un tifón tropical, sobresaltando a Salva, que estaba mirando el contenido de la nevera para ir haciéndose una idea de lo que podían poner para la comida de mediodía.

—No te molestes, Salva —dijo sonriente—. Hoy vamos a hacer paella de conejo.

—¿En día laborable? ¡Vaya lujo!

—Es la comida favorita de Laia y, como está con nosotros…

—¡Venga! A mí también me encanta.

—Pues matamos dos pájaros de un tiro. He invitado a mi hija y mi yerno. Laia está de acuerdo. ¡Aún la salvamos, si hay suerte, Salva!

—Sí que me alegraría, la verdad.

—Saca los pimientos rojos. Yo voy a ver si descongelo el conejo.

El hombre la miraba trastear por la cocina con una alegría y un entusiasmo que resultaban contagiosos. Estaba claro que para Ascen la salvación de su nieta, arrancarla de las garras de aquella secta, era lo más importante del mundo. Tenía su lógica, porque ella misma había pasado por ahí y sabía exactamente lo que podía sucederle a la muchacha.

Él también había abandonado el sacerdocio como profesión y vocación al descubrir que no era eso lo que quería hacer con su vida. Sin embargo, él y su mujer habían decidido bautizar a Jorge, su único hijo y educarlo en la religión católica, aunque no fuera más que por motivos culturales, al pertenecer a una sociedad occidental. De todas formas, Jorge se había salido de la Iglesia ya en la época universitaria y no habían bautizado a los gemelos, sin que él hubiese dicho una palabra en contra.

Tenía que reconocer que, desde que vivía como agnóstico, se sentía más libre y más feliz. Siempre le había gustado la frase de: «Quien busca la verdad es un sabio. Quien cree que la ha encontrado, un idiota». Además, ser agnóstico significaba simplemente lo que decía la palabra «alguien que no sabe», alguien que no tiene la completa seguridad de algo, y él hacía mucho que había perdido la seguridad sobre casi todo, al ver la evolución de la Iglesia a la que, desde muy joven, había entregado su vida.

Trabajaron durante una hora entre risas y comentarios sin importancia, cortando los pimientos, el conejo y las alcachofas, picando ajos, colocando junto a los fogones todo lo que iban a necesitar, rellenando la botella de aceite con el que había en una de las tinajas de la despensa —aceite dorado y espeso de sus propios olivos—, saliendo a cortar las hierbas —tomillo y romero— que darían al arroz el perfecto aroma de campo. El día estaba fresco y nublado y no les había parecido buena idea hacer un fuego de sarmientos en el patio, de modo que harían la paella con fuego de gas, como tantos domingos de invierno.

Cuando echaron al agua hirviendo los trozos de conejo con las hierbas y los ajos partidos, después de haber frito y apartado los pimientos y las alcachofas, Salva despejó un extremo de la mesa y, viendo que ya eran más de las doce, sacó la botella de vermut de grifo, un sifón y unas almendras y, con un gesto, invitó a Ascen a sentarse.

—Mientras se cuece eso, un ratito de descanso, ¿te parece?

Ascen se sentó.

—Tú lo que quieres es que sigamos hablando, ¿a que sí? Te mueres por que te diga para qué quería pedirte consejo.

A punto ya de decirle que no era eso, decidió que, con Ascen, no valía la pena disimular.

—Pues mira, sí. Me has pillado. Es que aún no me explico que me estés contando todo esto, y la verdad es que me tienes enganchado. ¡Cómo iba yo a imaginarme la clase de vida que has llevado y la clase de cosas que, incluso a día de hoy, eres capaz de hacer!

—¿Lo dices por lo de la visita a la Casa? ¿Por haber ido a hablar con Tom?

Salva asintió sin decir nada. Se había dado cuenta de que, cuando Ascen comenzaba a hablar, era mejor no interrumpirla; entonces cogía carrerilla y todo fluía de otra manera. También era un reflejo de su época de cura, cuando se sentaba en el confesionario a escuchar lo que el penitente tuviera que decirle. Se acordaba de uno de sus primeros maestros en el seminario, uno ya muy viejo, que les decía: «No sois psicólogos de esos que ahora están de moda. Vosotros no tenéis que curar a nadie, ni darles consejos. Estáis ahí para oír sus penas, aseguraros de su arrepentimiento y darles del perdón de Dios, que es lo que de verdad necesitan. Vuestra opinión no le importa un pimiento a nadie. Sois un instrumento de Dios. No empecéis a creeros que sois alguien. Así nos luce el pelo, cuando cualquier cura de pueblo se cree que tiene algún poder solo porque tiene unos estudios».

Chocaron los vasos de vermut que acababa de servir Salva, y Ascen continuó como si él hubiese contestado.

—Escúchame, te voy a contar algo que no pienso contar nunca a nadie más. Confío en que tú tampoco se lo cuentes a nadie, pero si lo haces lo negaré. ¿Estamos? Y te lo cuento solo porque necesito que alguien me diga si lo que pienso está bien.

Bueno…, no exactamente alguien. Quiero que tú me digas si te parece que he hecho bien.

—¿Por qué yo? —En el mismo momento de hablar, se habría mordido la lengua. Había decidido dejarla contar a ella, no decir nada que pudiera sacarla del flujo narrativo.

—A lo mejor porque has sido cura, pero sobre todo porque me pareces un buen hombre, decente, y quiero saber qué piensas tú. Luego, naturalmente, haré lo que me dé la gana. Pero tienes que prometerme que no hablarás.

—Joder, Ascen, ¿qué me vas a decir? ¿Que has matado a ese tío?

Ella siguió en silencio, mirándolo fijo, dando cortos sorbos a su vermut, hasta que Salva acabó por claudicar.

—Te lo prometo. No se lo contaré nunca a nadie.

—Bien. Te lo agradezco. —Ascen cogió la botella y rellenó el vaso—. ¿Te acuerdas que te dije que fui a la Casa, me encontré con Tom, me reconoció, me cambié de ropa y nos fuimos a dar una vuelta?

Él asintió.

—En las fotos que yo había visto por internet, se le veía muy bien, a pesar de que ya tenía más de ochenta años. Sin embargo, ese día estaba débil, raro; hacía frío y él sudaba, aunque solo llevaba la túnica de lana y una chaqueta abierta por encima; me dijo que sentía un ligero mareo y se me colgó del brazo. Bajamos despacio por el camino que lleva a la playa. Estaba claro que no se encontraba bien. Nos sentamos en unas rocas al final de la playita de arena, unas rocas que están ya casi debajo de una especie de techo, una cueva natural. Hablamos del pasado. Le mentí. Le dije que me había ido muy bien desde el principio, nada más marcharme de California. No le veía ningún sentido a que siguiera convencido de que me jodió la vida. Me pidió ver una foto de Celeste y le dije que no llevaba el móvil, que ya se la enseñaría en otro momento. Pero yo sabía que no habría más momentos.

Ascen levantó la vista de la mesa y miró a Salva, como esperando que comprendiera lo que trataba de decirle.

—Yo sabía que iba a morir, ¿entiendes?

—¿Cómo lo sabías? ¿Pensabas matarlo tú?

Ella negó con la cabeza.

—No iba a hacer falta.

—Entonces ¿por qué? ¿Porque se encontraba mal? Podías haber subido a avisar a alguien.

Ella negó con la cabeza.

—Primero, no quería ir a avisar a nadie; no quería que intentaran salvarlo; no quería que me vieran y que quizá alguien me reconociera, no quería que Laia supiera que su yaya estaba allí. —Hizo una pausa. Larga—. Y... segundo, yo sabía que iba a morir. —Ascen enfatizó el «sabía» de una forma que la palabra pareció quedarse flotando entre los dos, haciéndose cada vez más grande, con las letras más negras.

—¿Cómo que «lo sabías»?

—Ese es mi don, Salva. Un don de mierda, pero es el que tengo. No me pasa siempre ni con todo el mundo, ni lo controlo a voluntad, pero en ocasiones yo sé con toda seguridad cuándo y cómo va a morir alguien. No soy la única en el mundo, ¿sabes? No me mires así. En algunos países hay una palabra para gente como yo, la más famosa es una muy antigua, del norte de Alemania: *Spökenkiekker*. Se usa para las personas que ven la enfermedad, la muerte o la guerra mucho antes de que sucedan. Yo veo la imagen de la muerte en el futuro, y lo sé con total certeza.

»Con Tom lo he sabido siempre, casi desde el principio. Pero como iba a morir de viejo y en una playa, eso no afectó a nuestras relaciones. Y cuando, ya separados, a veces la rabia me llevaba a hacer planes para matarlo —tonterías, claro—, sabía que era imaginar por imaginar, que Tom moriría ya viejo, en el agua, en una playa.

»Entonces, allí, al fijarme en esas rocas, de pronto supe con toda seguridad que había llegado el momento, que después de

427

desearlo tantos años, había llegado el momento de su muerte. Él no podía saberlo, pero yo sí. De modo que comparé la realidad con mi visión interna, esa imagen que había estado conmigo durante más de cincuenta años, y tuve la absoluta seguridad de que era exacto.

»De pronto, él se levantó con esfuerzo, miró hacia arriba, hacia la Casa, sabiendo que no llegaría sin ayuda; miró alrededor buscando a alguno de los adeptos, pero él mismo les había dicho que nos dejaran solos. Me miró a mí y, al verme, se dio cuenta de que yo sabía, que no iba a mover un dedo por él y que le había llegado el final.

»Todas las veces que me había contado con naturalidad, sonriendo, cómo durante un tiempo le robó la personalidad a un amigo suyo al que acababa de asesinar, cómo en otra ocasión tuvo que matar a un detective que había estado a punto de desenmascararlo, todas las cosas de las que se enorgullecía, que lo hacían un ser superior..., todo eso le estalló de pronto en la cara. Porque tuvo claro que yo estaba allí, pero que ya no era solo Heaven, la Heavenly Light de entonces, ni siquiera la tonta de Ascen tratando de salvar a su nieta. Era Ishtar, la vengadora, la leona de las batallas, la que no perdona.

»Tropezó al tratar de salir de la zona de las rocas. Dio unos pasos hacia el agua, supongo que pensando que sería más fácil caminar con el suelo más plano de la orilla; se cayó; intentó incorporarse; falló. Renqueó hacia dentro, hacia el horizonte, quizá pensando en mojarse la cabeza para despejarse. Se había levantado el viento del este, una ola le pasó por encima y empezó a manotear, a boquear. Era casi gracioso verlo sin orgullo, sin poder, sin esa falsa humildad altiva que enseñaba en las fotos.

»La verdad es que fue una satisfacción verlo por fin así, después de todo el mal que había hecho en la vida.

Salva miraba a Ascen, estupefacto. Ella no parecía percatarse, perdida en las imágenes que sus palabras evocaban.

—Yo sabía que podía ser largo, pero no importaba. Cuando llegué a la Casa no pensé ni por un instante que fuera el día que llevaba tanto tiempo esperando. No se me ocurrió que había llegado justo para presenciar su muerte. Es curioso…, no relacioné su vejez y la ubicación de la Casa, frente al mar, con playa privada, con la posibilidad de que hubiese llegado el día. La verdad es que me preocupaba un poco que el taxi estuviera esperando fuera de los muros en la carretera que lleva hasta allí, y que yo tenía que volver a subir, cambiarme de ropa, salir sin encontrarme con nadie y cruzar los dedos para que el taxista no se hubiera cansado y hubiera decidido marcharse. Pero tenía que quedarme hasta el final. Aunque yo sabía que era el momento, no quería arriesgarme a que alguien lo viera y todo se retrasara.

—Pero…, pero… ¿cómo podías estar tan segura?

Ascen pareció salir de un trance, como si alguien le hubiese echado agua fría a la cara.

—No te lo sé explicar. Cuando veo la imagen siempre es verdad.

—¿Y no puedes avisar a la persona para que cambie algo, para retrasar el desenlace, para que se salve?

Ella negó lentamente, se acabó lo que quedaba en el vaso y agachó la cabeza.

—Lo he intentado muchas veces, Salva. No se puede. Cada uno muere cuando tiene que morir, justo como yo lo he visto y cuando lo he visto. He aprendido a fijarme en detalles, señales… Es como si me llegara una foto desde el futuro. No puedo cambiar nada. Por eso lo que quería preguntarte es: ¿tú crees que soy culpable?

Salva se quedó de piedra. No se esperaba esa pregunta.

—Lo vi morir, lo vi ahogarse y no hice nada por salvarlo. Primero, porque sabía que no podría hacer nada, que le había llegado la hora. Segundo…, o primero…, ¡yo qué sé!, porque quería verlo muerto, porque ya estaba bien. Porque no quería ni pensar lo que le iba a hacer a mi nieta, lo que le iban a hacer entre todos, pero sobre todo él. Se merecía morir, y estaba previsto que muriera así y entonces, ¿me entiendes? Sin embargo, cuando me meto en la cama y apago la luz, veo esa imagen, la original que me ronda desde hace cincuenta años y la real, la de hace nada, y las comparo, y son la misma, pero me pregunto…, ¿si yo hubiera intentado salvarlo, habría podido o se habría agarrado a mi cuello y nos habríamos ahogado los dos? ¿Tú crees que lo he matado yo? Yo creo que no, pero ¿qué crees tú, Salva?

De un instante a otro, en la mente de Salva surgió la lista de pecados que la Iglesia contempla: «pensamiento, palabra, obra y omisión». Este era, claramente, un pecado de omisión, agravado por los otros tres. Era un pecado, pero ¿era un asesinato?

—Dime qué crees —insistió ella.

—No lo sé, Ascen. Te juro que no lo sé. Necesito pensarlo. Es muy fuerte eso de tu don. Me cuesta creerlo y no tengo más remedio que tratar de procesarlo primero. ¿Por qué no se lo cuentas a Lola?

Ascen soltó una especie de breve carcajada amarga.

—¿Para qué? ¿Para meterme en líos y arriesgarme a que me enchironen para que la policía pueda colgarse la medalla de haber dado con el culpable? ¡Yo no soy culpable! Tom ya estaba tocado cuando llegamos a la playa. No me extrañaría que alguno de los suyos lo hubiese envenenado o le hubiese cambiado la medicación o algo así. Los Mensajeros no son buena gente, te lo digo yo. Además, no creo yo que la policía vaya a creer en mi don. ¡Si a ti te cuesta creerlo…!

—Es que me estás contando unas cosas que…, en fin, que son difíciles de creer; no te ofendas —terminó Salva.

—Pues son la pura verdad.

—Cuéntame cómo saliste de allí.

La mujer suspiró, se puso de pie, dio una vuelta por la cocina sin buscar nada en particular, se sirvió un poco más de vermut y dio un sorbo.

—Ya te lo he dicho. Dejé a Tom en el mar, volví por la playa y por el mismo sendero, lentamente, «serenamente», como dicen ellos que hay que andar, con la cabeza baja y las manos metidas en las mangas. Volví a su despacho por el camino que habíamos tomado al bajar. Yo era consciente de que los adeptos, sabiendo que el Maestro estaba con alguien, no lo llamarían ni entrarían para nada, a pesar de que era la hora de comer. Estaban todos en el refectorio. En su despacho volví a ponerme la ropa de hombre, salí con las gafas de sol y el sombrero porque estaba segura de que habría cámaras por todas partes. El taxi seguía esperando. ¡Menudo alivio! Me subí al coche, le di al taxista la nota plastificada con la dirección...

—¿Qué?

—El taxista pensaba que yo era hombre y sordomudo. Al cogerlo en Alicante ya le había dado las señas de los Mensajeros en una notita que decía que no podía hablar. No era plan de que descubriera que soy mujer...

Salva la miraba entre admirado y horrorizado. La Ascen que él conocía nunca había sido ni tan ingeniosa ni tan malvada. Ella continuó como si no se diera cuenta.

—Me dejó en Alicante, me cambié en el lavabo de la estación de autobuses y me vine a Benalfaro.

Él sacudía la cabeza, sin acabar de creerse que lo hubiese tenido todo pensado.

—¿Y cómo conseguiste una cita tan rápido? Dice Robles que ha leído en internet que las colas para que te recibiera esa gente eran de meses.

Ella esbozó una sonrisa llena de reminiscencias.

—Ya te dije que le hice una oferta descabellada, pensando en que la secretaria se la pasaría enseguida, y además elegí un nombre que tanto a él como a mí nos decía algo, un nombre que habíamos convenido como señal al principio de todo. No vale la pena que te lo cuente. Tenía la esperanza de que aún se acordara y, al parecer, se acordó.

—Entonces él sabía que eras tú quien iba a visitarlo.

Ascen movió la cabeza negativamente.

—Él sabía que alguien que estaba en el secreto de ese nombre en clave iba a ir a verlo. Podía ser alguien a quien había enviado yo. Podía ser otra cosa…

—No te reconozco, Ascen…

—Ya. —Se encogió de hombros—. Llevo muchos años siendo otra. Casi no me reconocía ni yo a mí misma.

Hubo un largo silencio. Ascen había vuelto a sentarse y, con el índice, trazaba círculos del agua que había escurrido desde al vaso a la mesa. Al cabo de un par de minutos, Salva preguntó:

—Entonces… ¿el consejo que querías?

Ella levantó la vista, serena.

—Hoy ya no lo quería, Salva. La última vez que hablamos quería preguntarte justo eso, que si piensas que debería contárselo a Lola, pero ahora ya he decidido yo sola. Ya sé que no. ¿Para qué? Que investiguen por otro lado, que busquen quién le hizo qué a Tom antes de que se encontrara conmigo. El que haya hecho eso es el asesino. Laia me ha dicho que una del Círculo de los Ocho se ha suicidado. Lo más probable es que se lo tomen como una confesión. Ya tienen su culpable, tanto si es verdad como si no.

Sonó la alarma del móvil y los dos se sacudieron como si hubieran estado en otro mundo.

—Hay que sacar el conejo del agua —dijo Ascen—. ¿Vas tú a traer un poco más de romero? Nos hará falta cuando echemos el arroz.

Salva salió al jardín como un autómata, pensando en todo lo que acababa de oír. Pasó un avión muy bajo, ya a punto de aterrizar en el aeropuerto de Alicante. Se le ocurrió que, si en ese instante, el avión estallara en llamas, o uno de los motores empezara a soltar un humo negro y cayera en picado…, ¿sería él culpable de algo?

Sería simplemente testigo de un hecho que no podría haber evitado. Como Ascen. Si le había dicho la verdad, ella no lo había matado. Ni siquiera había ido a la Casa a matarlo. Solo quería hablar con él y tratar de convencerlo de dejar en paz a Laia, la nieta de los dos. Cuando lo vio en el agua, de pronto, ella, como en las tragedias griegas, supo que había llegado el momento que había esperado desde siempre y se limitó a observar el desarrollo de los acontecimientos.

Claro, que, para pensar así, tendría que creerse sin ninguna duda que Ascen sabía que lo que iba a suceder era inevitable, y eso era algo que aún no era capaz de aceptar.

Si hubiera dado la alarma, probablemente lo habrían salvado y, en ese caso, ella era partícipe en un asesinato, aunque no lo hubiese planeado ni cometido activamente. Lo había deseado. Había negado su ayuda a alguien que estaba a punto de morir, que había muerto por su inacción. ¿Era una asesina?

El sol jugaba con las nubes, que pasaban rápidas y desflecadas, muy rápidas. Se agachó, con las tijeras, junto a una mata de romero y cortó dos ramas. Tendría que darle muchas muchas más vueltas al asunto. Y luego decidir si quizá, dependiendo de lo que decidiera, tendría que faltar a su promesa y contárselo a Lola. Él ya no era cura. No había secreto de confesión. Pero lo había prometido…

Se había instalado en Santa Rita buscando la paz y ahora resultaba que nunca había tenido un dilema tan preocupante, salvo cuando, a raíz de los primeros casos masivos de pederastia, decidió darle la espalda a la Iglesia para siempre. La fe la había perdido mucho antes.

—¿Lola? ¿Te pillo en mal momento?

—Me pillas en un momento maravilloso, cariño. —La voz de Nel, fuera cuando fuera, siempre la ponía de buen humor—. ¡Acabamos de meter entre rejas al tal Ascuas! Ha sido por otro crimen, pero ya te contaré esta tarde.

—¡Enhorabuena, inspectora! Ya me contarás. Pero yo te llamaba para decirte que tenemos paella de conejo.

—¿En día de hacienda?

—Ascen está que no cabe de alegría porque Laia se ha quedado en Santa Rita a dormir y, al menos de momento, no piensa volver con los de la secta esa. Por eso se le ha ocurrido hacer paella, que es lo que más le gusta a la chavala. ¡No te la puedes perder!

—Voy a ver si me escapo para la comida, pero luego tengo que volver. Hay papeleo hasta decir basta. —A pesar de que lo que estaba diciendo era verdad, se le notaba la alegría por el éxito y a Nel le encantaba oírla feliz.

—¿Quieres que vaya a recogerte?

—¿Vendrías?

—¡Pues claro, tonta! ¿No te lo acabo de ofrecer? Pero tiene que ser ya mismo porque Ascen estaba a punto de echar el arroz.

—¡Venga, te espero!

Lola pasó primero por el baño. Nada. Aún nada. Se lavó las manos y fue a buscar a Marino para decirle que salía a comer y que ya lo celebrarían ellos dos por la noche, como hacían siempre que algo les salía especialmente bien. Por un instante pensó en aprovechar el viaje a Santa Rita para decirle a Nel lo que más le preocupaba en el mundo, pero rechazó la idea. Era poco tiempo y tenía que contarle lo de su éxito y…, en general, no era buen momento. Si las cosas seguían así, ya vería cuándo era adecuado hablarlo, si por fin decidía hablarlo con él. Ahora había otras cosas en que pensar.

—La verdad es que me alegro de que no le haya salido del todo bien a ese cabrón —dijo Marino en cuanto entró Lola.

—No corras tanto. Aún no sabemos si Ola se salvará o no.

—Pero lo hemos visto empujarla al barranco. Lo hemos visto con nuestros propios ojos. No se irá de rositas.

434

—No. Entre eso y la carta de Brisa, se va a enterar el muy cerdo. Bueno, pues ¡hasta luego, colega!

Lola llegó hasta la puerta y se volvió de nuevo hacia él.

—¿Te gusta la paella de conejo?

—¿A quién no?

—Pues vente a comer a Santa Rita. Donde comen veinte comen treinta —terminó con una sonrisa.

—Pero comen menos… ¿Lo dices en serio?

—Nos recoge Nel ya mismo. ¡Anda, no te la pierdas! Nos la hemos ganado.

Greta oyó desde su habitación en la torre el gong que anunciaba la comida. Sabía que habían hecho uno de sus platos favoritos, pero la carta que acababa de recibir le había quitado el hambre. Por una parte, se alegraba de haber desconfiado y de haber tenido razón. Por otra, aquellos resultados le hacían temer que su tía se había dedicado a contarle una interminable sarta de mentiras sobre lo sucedido en su familia en el último siglo y así cada vez iba a ser más difícil distinguir lo que sucedió realmente de lo que se había ido inventando a lo largo de su larga vida.

Desde la caja de cartón, la famosa calavera de la sien rota le sonreía con su mueca macabra. Durante mucho tiempo aquel cráneo había sido una excentricidad sobre el escritorio de Sofía, un *memento mori* a la usanza barroca, el recuerdo de un antiguo amigo o novio estudiante de Medicina que acabó allí, en Santa Rita, como tantos otros objetos inútiles. Después, ya recientemente, su tía la había sorprendido, casi escandalizado, con la historia de Mercedes, de su terror a que se descubriera el arsénico en los huesos de su marido, de la ayuda que Sofía le había prestado haciendo desaparecer paulatinamente los huesos comprometedores hasta que no quedaron más que los fémures y otros de gran tamaño en el osario y la calavera sobre su mesa. La calavera de quien, en vida, había sido el doctor Matthew O'Rourke, o Mateo Rus, el psiquiatra fascista y criminal, el violador de pacientes, el torturador de enemigos políticos; su abuelo.

Y ahora, el resultado del análisis: «La persona con la que se ha comparado la muestra no está relacionada con el cráneo de donde se ha extraído la muela para el análisis. No hay la menor posibilidad de que sean padre e hija».

¿Qué había pretendido Sofía haciéndole creer esa historia macabra? ¿O no había sido intencionado? ¿O se trataba de que estaba perdiendo la cabeza y confundía la realidad con sus fantasías de novelista? Al fin y al cabo, de aquello habían pasado más de sesenta años. Cabía en lo posible que su tía no supiera ya de verdad si la historia era inventada o no. Pero ¿cómo podía creer que aquella calavera era la de su padre, si no era así? Las calaveras no son algo que uno se vaya encontrando por ahí y puedan confundirse unas con otras. Además, esta tenía el golpe en la sien que mató al doctor Rus. Era la misma calavera que siempre había estado en Santa Rita. Lo único que no era verdad era la truculenta historia que Sofía le había contado. ¿Por qué?

Volvió a sonar el gong y Greta cerró la caja. Ya la devolvería a su lugar en el gabinete después de comer. Por ahora, y que ella supiera, nadie la había echado de menos, como casi todas las cosas que uno se acostumbra a ver siempre en el mismo lugar, aparte de que el gabinete era la habitación menos usada de todo Santa Rita y nadie, además de ella, Sofía, Candy, y quizá Marta para quitar el polvo, entraban allí de cuando en cuando.

Se preguntó qué habría sido esa salita en otros tiempos. Ya se lo preguntaría a Sofía en algún momento.

El comedor de diario, junto a la cocina, estaba mucho más lleno de lo normal entre semana. Ascen estaba radiante con su familia, Miguel, Merche y Robles se habían sentado en una mesa de seis y comenzaron a hacerle gestos para que se reuniera con ellos en cuanto entró. Aún no había cruzado el comedor cuando llegaron Nel, Lola y su compañero de la policía, de modo que Robles se levantó para unir otra mesa y que hubiese sitio para todos. Las chicas de la lavanda habían sacado unas botellas de vermut rojo que iban repartiendo por todos los grupos. Eloy y Tony habían salido a toda velocidad de la biblioteca donde estudiaban en cuanto los habían avisado de que había paella en un miércoles vulgar. Nieves había terminado una clase diez minutos antes prometiendo alargar la siguiente. Ena y Marcial, que habían ido a buscar a Paco por el jardín, acababan de llegar también. Había un ambiente de fiesta que resultaba raro en un mediodía nublado de noviembre. Un minuto antes de que Ascen y Salva agarraran la paella cada uno por un asa para mostrarla a la concurrencia, aparecieron Candy y Sofía, esta última cogida del brazo de Marta y con la muleta en la mano izquierda. Todo el mundo empezó a aplaudir y a silbar.

—¿Esto siempre es así? —preguntó Marino a Lola, asombrado.

—No, hombre, solo cuando pasa algo especial, y no pasa tantas veces… Bueno, y en fiestas, claro.

—¡Pues qué suerte! ¡Menudo ambientazo!

El único que no parecía tan alegre como los demás era Salva. Lola se dio cuenta porque él la miraba con frecuencia desde la cocina, mientras servía los platos que le iban pasando, como si quisiera decirle algo, pero aún no se hubiese decidido.

Los que más felices estaban —no había más que mirarlos para advertirlo— eran los padres de Laia. Miraban a su hija como si no pudieran creerse que estuviera allí con ellos, vestida con los vaqueros y el jersey que le habían traído de casa, como si todo lo que había sucedido en los últimos tiempos no hubiese sido más que una pesadilla que podrían ir olvidando poco a poco.

Celeste la tocaba con cualquier excusa, como asegurándose de su realidad; una caricia en la mejilla, una mano en su hombro, un roce al pasarle una servilleta… No sabía cuánto costaría contrarrestar todo lo que aquella gente le había ido inoculando al correr de los años; no era tan ingenua como para pensar que podían hacer borrón y cuenta nueva, pero confiaba lo bastante en la inteligencia de Laia como para creer que tenían buenas posibilidades, y ella, aunque pensara que ya era totalmente adulta, aún era muy joven, aún podía desarrollarse y aprender de todo lo que había sido y lo que estaba por venir.

Todos en Santa Rita, especialmente los mayores, que la conocían desde que era una cría que corría por los pasillos jugando al pillapilla y al escondite con cualquiera que quisiera jugar con ella, estaban encantados de verla de nuevo allí, la abrazaban, la besaban y le dejaban claro con sus sonrisas y sus muestras de cariño que ellos eran su auténtica familia, los que no pensaban más que en su bien y no querían, a cambio, otra cosa que su presencia, saber que estaba, y que era feliz. A Laia misma le extrañaba no haberlos echado más en falta en el tiempo pasado en la Casa, no haberse dado cuenta cabal de cuánto la querían y lo importante que era para todos ellos.

Sus padres también habían estado estupendos. En lugar de echarle en cara todos los años de secretos y de ocultación, se habían limitado a abrazarla muy fuerte y decirle lo felices que eran de no haberla perdido, de estar de nuevo los tres juntos. Suponía que, antes o después, llegarían las preguntas, los reproches velados, las reconvenciones…, pero de momento imperaba la alegría, las risas que en la Casa estaban prohibidas, la buena comida de siempre, con aperitivo y carne y verduras y mucho sabor, las conversaciones sobre todos los temas habidos y por haber, importantes o no. Sabía que todavía le quedaban muchas cuestiones que dilucidar para sí misma: entender cómo había sido capaz de desear con tanta intensidad cosas que ahora de pronto, vistas desde fuera, le parecían incomprensibles;

cómo había estado dispuesta a dejarse esterilizar, negándose a sí misma, para siempre, la posibilidad de ser madre; por qué había creído legítimo hacer la voluntad del Maestro en nombre de unos seres de cuya existencia no había la menor prueba.

Comprendía que aislaran a sus adeptos. Era la única manera de que no se hicieran constantemente esas preguntas que ella se estaba haciendo. Después de la conversación con la yaya, todo su pensamiento se había puesto patas arriba y ahora tardaría años en volver a saber en qué creía, qué deseaba, adónde pensaba dirigirse. Tendría que hablar mucho más con ella. Pero ahora no era el momento. Había que disfrutar de aquel regalo inesperado, de la paella, del buen ambiente, de las conversaciones.

—Es una cosa muy rara —estaba diciendo Marcial—. Si no fuera porque no creo en fantasmas, me parecería una cosa de esas… sobrenaturales.

—¿De qué cosa hablas? —preguntó Greta, que estaba espalda contra espalda con él, ya que Marcial se había sentado en la mesa de al lado, detrás de ella.

—Se ha rajado una lápida de las antiguas; pero lo que se dice rajado a lo bestia, como si le hubieran dado un mazazo con un martillo pilón. Si no fuera porque me sé las lápidas de memoria, me costaría leer el nombre. Ha quedado hecha cisco, os lo juro. Si viviéramos…, no sé…, en León…, podría haberse partido de una helada, pero aquí, en Santa Rita…

—¿Cuál ha sido?

Mientras tanto, todo el mundo dividía su atención entre el aroma que salía del arroz y lo que estaba contando Marcial.

—La del cura aquel antiguo, un tal Jacinto Salcedo, que murió el día de Nochebuena. Ponía «presbítero», ¿os acordáis? Pues ahora no pone nada, se ha roto toda esa parte. Increíble. ¡Ascen, Salva! ¡Esto está de muerte! ¡Venga! ¡Un hurra por los cocineros!

Candy, como buena británica, no se hizo de rogar y empezó, con su voz aguda, a gritar «hip, hip» para que todos pudieran contestar también a voz en grito «¡Hurra!», y otra vez y otra vez hasta completar las tres de rigor.

—¿Te pasa algo, Salva? —preguntó Miguel, que estaba sentado junto a él y había notado su silencio y la tensión de su cuerpo.

—No, nada. Le estoy dando vueltas a algo.

—La paella está de puta madre.

—Me alegro.

—Pero no estás comiendo nada.

—Es que…, no sé…, no tengo hambre, Miguel. Estoy como…, no sé, como indigesto de golpe. Me guardaré un plato y me la comeré luego. Creo que voy a salir a que me dé un poco el aire.

Lola lo vio levantarse, dándole una palmada en el hombro a Miguel, y salir del comedor. A cualquier otro le habría lanzado una pregunta muda, solo con los ojos, pero con Miguel había que formularla con palabras y no quería hacerlo delante de todos los demás. Si Salva la hubiese mirado a ella antes de marcharse, habría pensado que era una insinuación, que quería decirle algo, y habría salido también, pero no había sido el caso. Ya le preguntaría después.

Como a nadie se le había ocurrido preparar postre dulce, sacaron naranjas y plátanos y cada uno cogió lo que más le apetecía. Luego la mayor parte pasaron a la salita a ponerse un café.

—Ya está en marcha lo de la exhumación de los restos de la niña. Aún no sé cuándo lo autorizarán, pero con suerte, para Navidad podemos hacerlo —contó Candy en el grupo que se había sentado junto a la ventana.

—Yo lo que espero es que la enterraran con su carta de suicidio —añadió Greta.

—Mira que eres macabra, tía. —Ángela había llegado un poco tarde, pero Robles se había preocupado de guardarle un buen plato de paella.

—No soy macabra. Es que me gustaría saber qué pasó, por qué llegó a pensar que no había otro remedio, por qué no quería vivir a los dieciséis años.

—Cuando uno se suicida no es que no quiera vivir —dijo Ángela muy seria—. Hazme caso, de eso entiendo. Lo que quiere es que deje de dolerle. El dolor es demasiado grande para aguantarlo y la muerte parece preferible. Le ha pasado a algunos amigos.

Todos callaron un momento hasta que la misma Ángela zanjó la cuestión:

—Joder, tíos, primero te llamo macabra y ahora, con esto, acabo de joder la fiesta. ¡Venga; Merche, tócate algo, anda! A ver si mejora el ambiente…

Merche, que estaba en un grupo en la barra, oyó la voz de Ángela y enseguida cruzó el salón hacia el piano y empezó a tocar un boogie woogie que volvió a ponerlos a todos de buen humor.

—Me fastidia decirlo, pero aquí hay gente que aún trabaja —dijo Lola, echando una mirada solidaria a Marino, los estudiantes, Nieves y todos los que le sonrieron, colocándose en la categoría de trabajadores—. Tenemos que irnos.

Nel la cogió por la cintura y, con un gesto a Marino, salieron juntos al aparcamiento con esa sensación de placidez que da haber comido bien y en buena compañía.

Allí, tirado en el suelo junto al coche, como si hubiera querido subir y no le hubiera sido posible, estaba Salva inmóvil, pálido y con el rostro desencajado.

Nel se agachó inmediatamente a su lado y le buscó el pulso.

—¡Llamad a Eloy! —dijo, antes de empezar a hacerle reanimación cardiopulmonar.

Lola salió corriendo de vuelta a la salita. Marino llamó al 112. Unos segundos después, Eloy y Nel se turnaban para tratar de devolverle a Salva el movimiento cardiaco.

—¿Está vivo? —preguntó Lola, aún sin aliento de la carrera.

Nel la miró a los ojos y agitó la cabeza en una negativa.

—Creo que hemos llegado tarde. Un infarto fulminante. ¡Joder, pobre Salva! ¿Quién tiene el número de su hijo?

Cuando llegó la ambulancia, Nel se fue con ellos y los demás se quedaron sin saber qué hacer, mirándose unos a otros, sin poder digerir el shock que acababan de sufrir.

—Venga, aquí hace frío y ya no hacemos nada —dijo Robles—. Vamos dentro y quien quiera se toma una copita de coñac para el susto. Por ejemplo tú, Ascen.

La mujer, muy pálida, tenía dos rosetones rojos en las mejillas y los ojos brillantes de lágrimas. Apartó la vista enseguida, intentando que el hombre no se diera cuenta.

—Es natural, mujer. Últimamente pasabais mucho tiempo juntos —trató de consolarla él.

—Sí. Mucho. —Miró a su alrededor, como si no supiera qué había que hacer. A pesar de que eran casi las cinco, había salido el sol, aunque ya estaba casi a punto de desaparecer tras las sierras azules, y sus rayos entraban oblicuos por entre las ramas de las tipuanas y los algarrobos. Una gran nube oscura tenía la forma de un león con las fauces abiertas como para devorar a una nubecilla que avanzaba en su dirección.

—Ven, Ascen —dijo Lola—, déjame que te acompañe a tu cuarto. Te tumbas un rato y ahora te llevo una tila, si quieres.

Ascen se dejó llevar. El pasillo estaba rayado del último sol de la tarde que sacaba chispas de las losetas negras del ajedrezado.

—Estaba junto al coche, ¿verdad? —preguntó—. Junto a la matrícula.

—Sí, Ascen, ¿por qué lo preguntas?

—Por nada. ¿Qué querría hacer en el coche? ¿Por qué no entró a buscarnos cuando empezó a encontrarse mal?

Lola se encogió de hombros.

—Supongo que uno no piensa bien en esos casos. O quería marcharse, escapar… No tiene lógica, pero lo he visto en compañeros heridos.

442

Llegaron a la habitación y Ascen se quitó los zapatos, a pesar de que las losas del suelo estaban muy frías.

—Voy a poner un poco el radiador —dijo Lola—, esto está helado. ¿Quieres que encienda la luz? Ahora mismo es de noche.

—No, deja. No quiero luz.

—¡Uy, no me había fijado nunca en esta foto que tienes aquí! ¡Qué bonita! ¿Un recuerdo de los años setenta?

—De los sesenta. De la boda de mi hermana. Una boda hippy. Ya han muerto los dos.

—Lo siento. —Lola volvió a dejar la foto en la estantería, como si quemara—. Voy a traerte la tisana. Túmbate, Ascen, descansa.

Laia y Lola se cruzaron en la puerta.

—¿Cómo estás, yaya?

—Bien, cariño, bien. No sufras.

La chica se acercó a la cama de su abuela, se agachó junto a ella y susurró:

—Tú lo sabías, ¿verdad?

Dos lágrimas se deslizaron por las mejillas de Ascen hasta acabar mojando la almohada.

—Ese es mi don.

—¡Pobre yaya!

—No se lo digas a nadie, preciosa. No sirve de nada.

—Sé guardar secretos.

—Mamá, ¿cómo estás? —La voz de Celeste desde la puerta las hizo mirarse por última vez con la conciencia de que compartían algo que nadie más podría nunca compartir.

Cuando por fin se quedó sola, Ascen volvió a repasar la conversación de esa misma mañana en la cocina, cuando ella ya sabía lo que iba a suceder y sabía que no podría evitarlo, que la muerte de Salva era hoy mismo, después de la comida a juzgar por el tipo de luz, junto a un coche con una matrícula que ella había sabido siempre que pertenecía a Santa Rita y que tenía clavada en la mente, con una nube en el cielo con forma de león, como el que acompaña a Ishtar. Recordó el momento en que había visto por primera vez esa imagen del final de Salva, cuando, en la despensa, ella se subió a la escalera de mano, trastabilló y él la abrazó para frenar su caída. Esta vez no había pasado años sabiendo lo que iba a suceder, pero se le había hecho igual de largo.

Estaba agradecida a Salva por su cariño y por que no le hubiera preguntado si, con su don, ella sabía cuándo iba a morir.

Por eso le había contado toda su historia. Porque necesitaba contársela a alguien y sabía que, con el tiempo, por mucho que le hubiese prometido guardar silencio, las promesas y los juramentos se olvidan. Se la había contado porque sabía que no tendría tiempo para compartirla con nadie más, porque la muerte estaba a punto de alcanzarlo y solo la muerte garantiza el silencio. Solo la muerte.

Epílogo

*U*nos días después del entierro de Salva, Ascen y su nieta se marcharon, juntas, de viaje. Laia había decidido empezar a estudiar Psicología en Inglaterra el siguiente semestre de verano, pero de momento las dos necesitaban una pausa y un cambio de aires, con el que sus padres estaban de acuerdo. Pensaban estar de vuelta por Navidad, pero poco antes de la fecha prevista, llegó una postal a Santa Rita felicitando las fiestas y diciendo que se quedaban unas semanas más en Tailandia.

El testamento de Avelino Ramírez, *aka* Tom, no preveía la sucesión de ninguno de los Mensajeros de la Casa de Alicante, ni trataba el tema, de modo que el Círculo de los Ocho de la sede de los Mensajeros de Ishtar en Santa Bárbara designó a una nueva Maestra que se incorporó a mediados de diciembre. Ni ella ni ninguno de los hermanos o hermanas fueron a visitar a Ascuas, que continúa en prisión preventiva.

Candy recibió el permiso de exhumación y, en presencia de la policía, se extrajeron los restos de Lidia Balmaseda Montagut que, efectivamente, estaban debajo del rosal en la verja de Santa Rita, junto con un ejemplar muy manoseado de *Las penas del joven Werther* y su carta de suicidio dentro del libro.

Se abrió la tumba de su madre, Matilde Montagut Salvatierra, y se enviaron muestras al laboratorio que certificaron que se trataba de madre e hija. El día de Nochebuena de 2017, ciento y un años después de la muerte de Lidia, los dos esqueletos fueron enterrados juntos en el pequeño cementerio en un ataúd nuevo. Ambos nombres se tallaron en la lápida de mármol blanco que eligió Sofía para su tía abuela y su prima.

Después de leer la carta en la que Lidia se despedía del mundo, la lápida dañada del presbítero Jacinto Salcedo, misteriosamente rajada, no se reparó. Paco y Marcial la retiraron y la depositaron en el taller para darle uso a la piedra en cualquier lugar del jardín que fuera necesario. Sus huesos fueron desenterrados y colocados en una caja, en la parte trasera del osario, fuera de la verja de Santa Rita. Sin nombre.

Genealogía de la familia Montagut-O'Rourke

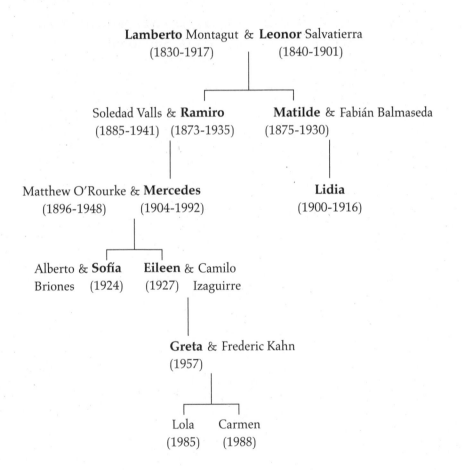

Lamberto Montagut & **Leonor** Salvatierra
(1830-1917)   (1840-1901)

Soledad Valls & **Ramiro**   **Matilde** & Fabián Balmaseda
(1885-1941) (1873-1935)   (1875-1930)

Matthew O'Rourke & **Mercedes**   **Lidia**
(1896-1948)   (1904-1992)   (1900-1916)

Alberto & **Sofía**   **Eileen** & Camilo
Briones   (1924)   (1927)   Izaguirre

Greta & Frederic Kahn
(1957)

Lola   Carmen
(1985)   (1988)

Nota de la autora

Antes que nada, quiero dar las gracias a todas las lectoras y lectores que habéis seguido hasta aquí la historia de Santa Rita, y, por supuesto, también a quienes la habéis descubierto en esta tercera entrega. Es una maravilla escribir sabiendo que lo hago para personas con las que me he encontrado cara a cara en festivales, ferias del libro, clubs de lectura..., y que estáis ahí, esperando saber más de esta larga historia que nos une desde hace ya tres años.

Ya vamos acercándonos al final, a la novela de invierno, en la que se cerrará todo lo que aún permanece abierto.

Los Mensajeros de Ishtar no existen, pero sí existen muchas sectas similares donde se practican rituales parecidos a los que yo describo en esta novela. El proceso de captación y de esclavización de los adeptos y adeptas es similar en casi todas las sectas e incluso en algunas religiones oficiales: convencerlos de que han sido «elegidos» por una instancia más alta para servir a un propósito elevado y altruista, aislarlos de sus familiares y amigos, ir quitándoles la independencia y la autoestima, crear en ellos conciencia de pecado y de culpa en cuanto se apartan mínimamente de las normas establecidas, darles una jerarquía estricta y reglas de comportamiento que conllevan sacrificio y dolor —físico o psíquico— para «superar el mundo material y purificar su espíritu», hacerles creer que pertenecen a una «familia», a una hermandad de la que se puede esperar completo apoyo y solidaridad, que exige obediencia a cambio y sin la cual uno no es nada, crear en ellos terror al castigo, tanto en este mundo como, sobre todo, en el otro… Cada secta tiene sus peculiaridades, pero en estas cosas coinciden todas porque se trata de conductas abusivas y relaciones tóxicas.

Los jóvenes corren más peligro porque las sectas suelen intentar captarlos antes de que hayan desarrollado por completo su personalidad. Por esa razón, las más influyentes tienen colegios y universidades donde adoctrinar a los estudiantes. Una vez que una persona joven, pero ya mayor de edad, ha sido captada por una secta es muy difícil sacarla de allí.

Como en las dos entregas anteriores, también en esta hay un homenaje a otra de las tradiciones de la novela negra. Esta vez se trata de un homenaje doble, a dos escritoras que admiro y de cuyos textos he disfrutado desde mi adolescencia: por un lado, Patricia Highsmith, en particular la serie de Ripley —quienes compartan mi entusiasmo por sus novelas habrán detectado enseguida los detalles sueltos que he ido dejando caer a lo largo del texto—, y por otro, Daphne du Maurier, cuya obra más conocida es *Rebeca*, pero que tiene muchas otras excelentes historias de intriga psicológica.

Sé que esta novela es un poco más oscura que las anteriores, pero estamos en noviembre, las sombras se alargan, viene la noche de Difuntos… Según la tradición, los mundos de los vivos y los muertos se rozan en esa noche… Por eso en esta historia hay algunas pinceladas fantásticas, si se considera fantástico que un par de personajes tengan sueños extraños o premonitorios. Yo lo encuentro realista porque, a lo largo de mi vida, mucha gente me ha contado experiencias similares. Espero que os gusten esos toques.

450

Antes de terminar, por supuesto y como siempre, quiero dar las gracias a mi familia y a mis amigos y amigas de toda la vida, los que leen mis manuscritos apenas salen de mi impresora y llevan décadas ayudándome con sus comentarios y sus ánimos a hacerlo cada vez mejor: mi marido, Klaus Eisterer, mis hijos, Ian y Nina; mi madre, Elia Estevan, mi hermana, Concha Barceló. A Ruth y Mario Soto Delgado, Charo Cálix, Michael Bader, con los que he compartido años de charlas, comidas, viajes, alegrías y penas.

A todo el equipo de Roca Editorial, que siempre me apoyó, y con los que tan arropada me he sentido siempre, especialmente a Blanca Rosa Roca, Carol París y Silvia Fernández. A mi agente, Alexander Dobler, por tantos años de conversaciones y fructífera colaboración. A mi nuevo editor, Gonzalo Albert, con la ilusión de que esto sea «el principio de una larga amistad». A Ana González Duque, médica y escritora, que me recordó lo del MIR. ¡Gracias, Ana! A mis amigos Juan Vera y Emilio Maestre, que tanto hacen por mí y por la difusión de mi obra, y a todas mis lectoras y lectores de Elda, mi pueblo, que, a pesar de los años transcurridos desde que me marché, siempre me hacen sentir que sigo siendo bienvenida y querida allí.

Y por supuesto a ti, que tienes entre las manos esta tercera novela de Santa Rita y has llegado ya casi al final de la aventura. Espero que volvamos a encontrarnos en la de invierno y que lleguemos a conocernos al natural en algún lugar del mundo.

¡Gracias por ayudarme a crear Santa Rita!

E. B.

«Para viajar lejos no hay mejor nave que un libro».

EMILY DICKINSON

Gracias por tu lectura de este libro.

En **penguinlibros.club** encontrarás las mejores recomendaciones de lectura.

Únete a nuestra comunidad y viaja con nosotros.

penguinlibros.club